加賀乙彦

自選短編小説集

妻の死

幻戯書房

作品は、その時々の私の人生を異った色合で照らしている。
その一つ一つを書くあいだ私の魂は、
その一つ一つに集中していて作品に順化されている以上、
回想すればその作品の色合がまず思い出される。
長編を書きながら短編をいくつか書いてきたが、
そのほうは長編のまわりを彩る小さな光のように私には見える。

目次

装画　佐々木悟郎

装丁　緒方修一

妻の死

加賀乙彦自選短編小説集

くさびら譚

一

その病院に、先生と呼ばれている患者がいた。

先生は解放患者であった。つまり、院の内外をかなり自由に歩きまわる特権を持っていた。大抵は青い、囚人服のような作業衣を着、塗りの禿げた胴乱を肩からさげ、古びた麦藁帽をかぶって近隣の山や森にでかける。食事時には几帳面に戻ってき、食後配給される煙草を二本立続けにふかしてから又いずこともなく姿を消した。

ちょっと見たところ先生には狂人らしいところはほとんど見当らなかった。日焼けしてはいるがいかにも上品な面立、人なつこい微笑、尋常な応答。そこで新前の看護人などは「あれでどこが悪いのかねえ」と訝《いぶか》しがるのであった。

先生の病室は、病棟のはずれにあった。患者用の卓球室を改造したその部屋はそれ相応の広さであったけれども、壁をうずめる書物の山やファイリング・ボックスや大小様々な実験器具や寝台や衣裳戸棚で足の踏み場もないほどであった。しかし、雑然としているわけではなくどことなく或種の秩序があって、まるで大学の医学研究室のような威厳と活気を備えていた。実際、先生はその部屋を研究室と称していたのである。

研究室の扉の鍵は三つあり、先生と主治医と先生お気に入りの掃除婦――彼女も患者であった――の三人が一つずつ保管していた。そのほかの人間は、たとえ院長といえども研究室に入ることは許されなかった。

そうはいっても先生は患者は患者なのである。外出する時は金は持たず、食事は病人食を食べ、入浴は週一回だけ、医者の処方した薬をのみ、等々、すべて一般患者と同じ待遇をうけていた。週末の定期診察に先生は主治医のもとに呼びだされる。すると先生は看護婦のうしろから患者らしくおずおずと診察室に入って来た。

「お元気ですか」と主治医が言う。

「ああ、元気じゃな。とても元気じゃ」

「何か御入用なものはありませんか」

「今のところはないな」

「何か病院に対して御不満はありませんか」

「今のところはないな」

「誰かに会いたくありませんか」

「誰にも会いたくないな」

「先生」

「なんだ」

「御仕事はうまくいってますか」

「ああ、とてもうまくいっとる。おかげさまでな」

「先生」

「なんだ」

「先生は幸福ですか、今」

「もちろん、とても幸福じゃ。おかげさまでな」

「それじゃ、結構です。お帰り下さい」

「さよなら」

それで診察は、少くとも公式の診察はおわりである。主治医はカルテに「精神状態著変《ちょへん》なし。落着いた日常生活」と書きこむ。数分後には野外散歩の身拵《みごしらえ》をした猫背の老人がにこやかに微笑しながら窓の外を森の方向へと歩いていくのが見える。いかにも充ち足りた悠然とした足取で先生は去っていった。

二

先生は、私の大学生時代の恩師であった。学生の頃から、精神とか神経とか、いうならば脳をめぐる領域に学問的興味をいだいていた私は、医学部附属脳研究所の朝比奈教室、すなわちわが先生の主宰する神経病理学研究室に時々出入りしていたのである。

学生の私には、もちろん本格的研究にたずさわるだけの知識も技術もなかったから、はじめ私がそこでしたことといえば、解剖図譜を傍に脳のホルマリン漬を眺めたり、脳の連続切片標本を顕微鏡で調べたりという、ごく初歩の勉強なのであった。助手や副手のいる大部屋の片隅で、私がそういった勉強をしていると、時々朝比奈教授が見廻りに来る。すると私は身内がふるえるほどの緊張をおぼえるのが常だった。

なにしろ朝比奈教授といえば、日本の誇る世界的な神経病理学者であり、アサヒナ型とその名を冠した老人性脳萎縮症の発見は、学生の私でさえ知るほどに有名なのであった。

白衣の先生は、後手に組んだ指先をひらつかせながら教室員の後を歩く。時折、顕微鏡をのぞいて何か一言二言いう。それに対して若い助手が尊敬こめたまなざしで答える。先生への質問もそんな機会に行うならわしであった。先生の回答を、教室員全員が耳をすまして聞いた。何か崇高な宗教的儀式でも取行っているかのような空気があたりに充ちたのはそんな瞬間である。

しかし、片隅で小さくなっていた私には先生もとんと気付かなかったのであろうか、私は先生から物を言われたこともなかったし、私のほうも大先生に直接質問するほどの度胸もなかった。もっとも私のしていたような初歩的な勉強なら、新入の助手に教わる程度で間に合ってはいたが。

そして二年ほどが経った。さして熱心に研究室通いをしたわけではなかったのに、それでも私は門前の小僧で組織標本の作り方や染色の技術ぐらいは習得していた。卒業したら、神経病理学を専攻する学者になろうかと真剣に考えることもあった。

或る日、私はミクロトームの刃の研ぎ方をおぼえたいと思った。わけは単純で、私はその滑かな銀色の刃面《はづら》に魅せられてしまったのである。ミクロトームの刀身は油をひいた溝の上を軽やかに移動した。ゆがんだ小さな天井の格子や窓枠が滑っていく。と、鋭い刃が半透明の脳の薄切片をさっと削ぎ落す。脳という未知の暗黒の、しかし精妙に発達した有機体がミクロトームの一振りで瑞々しい断面を白日のもとに曝け出す。そのことは、何か私の未来を象徴する出来事のように思えたのである。

しかし、私の希望を大体は寛大にききとどけてくれていた助手連もこんどは首を振った。ミクロトームの刃研ぎは教室の最古参である老副手の神聖なる仕事になっており、助教授の花井先生でさえ手出しを禁じられていたのである。私はおとなしくあきらめるべきであったろう。が、私はまさに血気盛《ざかり》の年齢にあり、しかもその頃神経病理学を一生の仕事としようと考え、その教室でおぼえられることはすべて学ぼうと気負っていた。そこで、思いきって教授室のドアをノックしてみたのである。

「ああ、きみか」

「荻野です」

「知っとる。知っとる。まあかけたまえ」

部厚い洋書に埋もれて机に向っていた先生は、老眼鏡をもぎとった目を眩しげにしばたたきながら私を見上げた。私は手短かに用件を話した。不思議に私は先生に怖れを感じなかった。先生は、それならば、何故老副手に教えてもらわないのかと言った。

「頼んでみました。でも教えてくれないのです」

「本気で頼んでみたのかね」

「本気で頼んでみました」私は狷介《けんかい》な老副手の顔を思い浮べた。「そうしたら彼は、自分はひとに教えた経験がないというのです。昔、先生に教えていただいた通りやってるだけだっていってました。だから……」

「あの男がそんなことを言ったかね。あの男が」先生は愉快げに笑った。

「だから、先生、直接ぼくに教えて下さい」

「よわったな。きみ。よわった。なにしろぼくももう二十年以上もやっとらんのだ。研ぎ方のこつなど忘れてしまったよ」

「じゃ、ぼくは誰に教わったらいいんです」私は先生を見据えた。あとで悔いたことだが私の心には自分の年の二倍以上の老人をからかうような気持もあった。

するとと先生は声をひそめて私の肩をたたいたのである。

「きみ、今夜、九時過ぎにみんなが帰ったらぼくの部屋に来たまえ。そしたら教えてあげよう。いや、きみ、ほかの連中に知られるとはずかしいんでね。きみ、こっそり来るんじゃ」

その夜、話声がばかに大きく反響するがらんとした研究室で、ミクロトームの刃をにぎった先生の手は精密機械のように規則正しく往復していた。

「いいかな。ほれ、こういう具合じゃ。ほれ、こういうふうにな」

細くしなった指は刃面の要所をぴたりと押え、老人にありがちなふるえの兆候すら示さなかった。

砥石は吟味しつくされた極上品である。荒研ぎ用には京都の青砥と中山の合砥《あわせと》が、仕上げには名倉砥が揃えられていた。

「さあ、やってみたまえ」

先生から渡された練習用の刃を研ぐようながされたとき、私の手はどうしても動かなかった。

先生と私との間には越えられない、否、越えてはならない距離があった。私はそのことを悟ったのである。

「なんだい。できんのか」

先生は刃を取上げると、小鼻に汗を光らせながら研ぎ続けた。

私は定期的に、ほとんど毎日の放課後を研究室で過すようになった。小さな研究テーマを一つもらい、いっぱしの研究者づらをして教室に出入りしたのである。以前にも増して朝比奈教授を尊敬はしていたが、先生の傍にいても不必要な遠慮や緊張を覚えずにすんだ。おそらく先生へのこんな心安い気持が私をしてやや無遠慮な態度をとらせたのであろうか。そして、私が頻繁に教授室を訪問することが花井助教授の反感をかったのであろうか。或る日ちょっとしたトラブルがおこった。

その日、教室員全員が集り、翌週の学会の予行演習を行った。学会への出題者が本番の時と同じ要領で自分の研究成果を講演し、教授が講評を加えるのである。ひとわたり教室員の発表がおわったところで先生が演壇に立ち、特別講演の模擬を行った。それは、アサヒナ型脳萎縮症についての内外の学者の追試を総括したもので、先生の業績の真価を証明するものであった。世界中の追試者の九割までがアサヒナ学説に賛同している様子が諸雑誌の顕微鏡写真や図表のプロジェクションで紹介されていった。資料はすべて教室員が分担して調査にあたったものである。ところでたまたま私の調べた文献の中に、アサヒナ学説を全面的に否定したものがあった。すなわちアサヒナ型脳萎縮症は、昔からよく知られているピック氏病の亜型にすぎず、そんなものはアサヒナの論文以前にすでに十数件も発表されているという。私は、その論文の文献目録を指標に十数件の反アサヒナ的研究をも探しだして先生に提出しておいたのだった。だから、先生がどのような論駁をこれら有力な反論に加えるかを私は待っていたのだ。ところが、意外にも、いや、なさけないことには、先生は講演の最後まで一言も反論に対しては言及しなかった。私は、自分の努力が無視されたことに失望し、さらには先生の学者的良心への疑惑をいだいた。私が発見した論文を反対論者の数に算入すればアサヒナ学説の支持率は九割から六割へと減少するはずではないか。それなのに……

さかんな拍手が鎮ったとき、私はさっそく手をあげ臆面もなく自分の疑問をなげつけた。一学生の大胆な発言のおかげで、たちまち座は白けてしまった。みんなが演壇上の先生を注目する。と、先生をかばうように助教授の花井が立上った。この浅黒い大頭の男は、どんな場合でも押殺したような低い抑揚のない声で喋った。

「先生にむかってこういう質問の仕方は非礼ですよ」

「でも事実です」私は若かった。すぐ熱くなった。

「それはどうですか。あなたが事実といっている事柄のなかには、すでにあなたの判断が入っている」

「それはそうですけど」

「すると、事実ではなく、あなたの判断ともいえるわけでしょう」

「待って下さい」私は落着いているつもりだったけど声はすでに甲走っていた。「アサヒナ学説に反論を加えた論文は実在するのです。現に……」

「いや、あなた、そんな論文は誰だって知ってますよ。ぼくたちは専門家なんですから」

花井は平坦な低い声で論理的に述べたてた。その反論者であるアメリカの学者は、業績数だけは多いがひとつとしてまともな仕事のない流行学者であること。従って彼のセンセーショナルな発言には誰一人信頼をおいていないこと。そんな学者の論文の名を口にすることさえ穢《けが》らわしいこと。

「わかりました」と私は唇を噛んだ。言い負かされたくやしさで顔が火照っていた。

「まあ、花井君いいじゃないか」と先生が言った。「荻野君のいうことにも一理ある。彼の指摘した文献を引用したうえで、今、きみが言ったような反論を加えるべきだった」

「しかし……」

「まあ、いいじゃないか」

「先生」花井が細い首の上で大きな頭を振った。「先生は若いものを甘やかしておられます」

「甘やかす」

「そうです」

「ききずてならんことをいうね」先生の顎がふるえた。小柄な体全体が電気をかけられたように硬張った。「どういうことかね」

「それは先生がよくお考えになればおわかりになるはずです」

「いっこうにわからんね」

「いいや、おわかりになります」

「わからんな」

助教授と教授の激しいやりとりを教室員は呆気にとられて見守っていた。花井助教授は、あくまで冷静さと慇懃さを保っているのに、先生の方は目にみえて語調が乱れ、ついには教授にあるまじき下品な罵言《ばげん》を相手に浴びせかけるに至った。

この喧嘩の結末を私は定かには覚えていない。もちろんのこと花井があやまり、先生が弟子の非をさとすというような幕切れであったと思う。ただ、私が鮮明に記憶しているのは、先生の亢奮が極点に達したとき、まるでゴム風船が破れたように先生の勢が急にそがれたこと、つまりぐったり疲れ果てたように先生が演壇にしゃがみこんでしまったことである。あわてた教室員が先生を教授室のソファまで運んで、額を濡れ手拭で冷やした。こんな時の花井助教授はまことに素早い献身的な活躍をしたのである。

先生の奇行について私が知ったのはその頃である。たとえば先生の放心癖について教室員の間では数々の珍談が語り継がれていた。先生は何かを考え始めると、たちまち周囲の世界を忘却してしまうという。忘れ物は先生にとって日常茶飯である。傘、帽子、眼鏡などの小物はいわずもがな、時には外套まで忘れてくる。或る冬のこと、出先で他人の外套を着て家に帰ってしまい、翌日その外套を大学に着て現われ、まだ自分の間違に気付かなかったという。それから、マンホール墜落事件となると、語っている誰もがその時の先生を夢中になって演じてみせるほどなのであった。

戦争中のことである。先生は大学の同期生であるU――現T大精神科教授――と二人で大学構内を盛に議論しつつ歩いていた。折から話題は知覚論となり、十九世紀に「神経の特殊エネルギー法則」をとなえた学者は誰であったかということになった。初学者でも周知のその学者の名を、どうしたものか先生もUも度忘れして、あれこれと考えめぐった。すると戦時中のことだから、マンホールの鉄蓋が徴発されて、穴がむき出しになっていた。朝比奈君、あぶないよ、とUが注意しようとしたとき、すでに先生はマンホールに墜落していた。もっとも落下する途中で穴の縁に両肘をかけ身を支えることはできた。すなわち首から上がかろうじて地上に出ていた。Uが、駆け寄ると先生の首が物凄い形相で叫んだ。「U君、わかった。ヘルムホルツだ。ヘルマン・ルードウィッヒ・フェルディナント・フォン・ヘルムホルツだ」

先生の放心をめぐるエピソードは、学者としての朝比奈教授の非凡さの証しとはされても、けっして誹謗の材料とされなかったことは特筆すべきである。教授として性格上の欠点、粗忽で威厳がないことや極端に亢奮しやすいことを笑話にする人はいた。しかし、先生を憎み嫌うという人は稀であった。あの冷酷なほど慇懃無礼な花井助教授にしてから、先生に叱責されたあとでも別に不満な様子や先生の蔭口をたたくということはなかった。

人々が楽しげに先生の逸話を語るのをみると、私は自分も先生の奇行の目撃者になりたいと切に願うようになった。先生とは随分と親しくはなったものの、私の目には先生は依然として、生真面目な近寄りがたい大学者とうつっていたのである。

その機会が来たのは。或る晩秋の午後であった。

大学の正門前で私はふと目の前を行く先生の後姿を見た。狭い歩道を急ぐ大勢の学生たちは、自分たちの流れにさからう棒杙《ぼうぐい》のような老人の存在をまだるっこしく思ったのであろう、邪慳《じゃけん》に先生に触れ、時には軽い舌打を残しながら追越していった。しかし、この若者たちの非礼を知らぬげに、相変らずの前時代的な緩速で先生は歩いていた。交叉点で先生の目を細めた夢みるような横顔を認めたとき、私ははっと胸に思い当るものがあった。先生は、今、放心状態にある。

私は先生のあとをつけた。医学部本館に向う銀杏の並木道で学生たちの群は図書館の方角へ去ったので、先生と私は、二人っきりで相前後して歩くことになった。

その日は木枯しが強く、本館裏手の森が騒ぎ、落葉が渦を画きながら花壇のあたりまで吹き寄せられていた。先生は花壇のわきで立停った。私も立停った。

花の消えた土は黒く、小さな猫背の老人はうそ寒げにみえた。先生は地面を見詰めて何やら考えこんでいた。と、思いがけぬ身軽さで、花壇を仕切ってある御影石にとびあがり、平行棒を渡る子供のように両腕を翼型にひろげ石の道を渡りはじめた。その一見滑稽な動作は、本人のあまりにも無邪気な熱中のゆえに、かえっていかめしい迫力を備えていた。先生は四角い花壇を一周すると二周目にかかった。私は先生を呼んだ。先生は、十センチほどとびあがると路にころげ落ちた。私に支えられなかったら腰の骨ぐらいは折ったほどの勢である。

「なんだ、きみか、おどかすなよ、そこでなにをしとる」先生はすっかり照れていた。

「脳研へ行くところです」私は真顔で言った。

「あ、そうか、ぼくも行く、じゃきみ、一緒に行くか」

親しい友人同士のように私は先生と並んで歩いた。先生は妙に口数が多かった。が、どこか上の空で、私に話しかけるというより独語に近い喋り方であった。脳研究所の扉を押すとき、先生は私に囁いた。

「今のことはな、花井には内緒だぞ。わかったな」

三

数年後、ヨーロッパ留学から帰った私は、T大学の精神科の助手として多忙な毎日を送っていた。三年ぶりの日本の夏はすこぶる暑く長かった。

或る日、涼しい風が吹いた。珍しく秋めいた青い空がみえた。私はふと昼食後の散歩をしてみようと思い立った。

図書館前の楠が軽快な葉擦れの音をたて、池に下る坂道には枯葉の酸《す》い芳香がした。何かが絶えず動いていた。水面をかすめた鳩の群が枝葉に身をひそめたあと、子供たちの影がゆらめいた。水に浮んだ白雲を乱して風が渡っていった。

しばらくして私は薬学部裏の薬用植物園の後にある奇妙な廃墟に足を向けた。そこは構内でもあまり人の行かぬ不思議な場所の一つで、朽ちた柴の籬《まがき》に囲まれて、荒れた庭と崩れた石造の建物があった。胸高あたりまでを薄青く染める雑草のむこうに天井の落ちた石壁や錆びた鉄格子が立つ様が好きで、学生のときから私はよくこの場所に来たものであった。

以前、画学生が好んで画架をたてた所に芒《すすき》が群生していた。その銀の穂が波うつとともに森の木々が一斉に葉裏を返した。私は、赤大理石の階段に腰かけ、あたりからわきあがる虫のすだきに耳傾け、煌《きら》めく葉の律動を眺めた。時折、梢が小鳥の影を埃のようにはたき出す。と、風声を小鳥の囀りが派手に装飾した。

その一刻、森の奥で何か黒い人影が動いた。それは老人で、はじめ園丁かと思われたが、かかる廃園に園丁のいるわけがなかった。合点のゆかぬまま、草叢《くさむら》をよこぎり、森に入った私は、それが朝比奈先生であることに気付いた。

いろいろの事情で、私は学生時代の志望であった神経病理学への道をあきらめ、臨床医として立つため精神科に入局した。精神科の教室は、脳研究所のすぐそばにあったものの、私の足は朝比奈教室から遠のいてしまった。たまに顔を合わせれば会釈をする程度の間柄となったのである。そして日本を留守にしたこの三年間このかたというものむろん私には先生に会う機会がなかった。

先生は、以前よりずっと老人じみてみえた。猫背は一層曲ってまるで痀瘻《くる》病やみのようであった。髪は白くしかもめっきりうすくなり、頬には剃刀の傷がいくつも走り、剃り残しのひげはやはり白かった。

「ああ、先生おひさしぶりです」と私は言った。そうして先生の異様な服装に目をみはった。すりきれた黒皮のジャンパーの肩から胴乱をさげ、泥だらけの木綿のズボンにゴム長靴をはいている。研究室にこもっている大学教授とは到底みえず、まるで野犬狩でもしているようななりふりである。

「ああ、きみか。何か急用でもあるのかね」

「いいえ、先生」

「花井のヤツがきみをここへよこしたのかね」

「いいえ、先生」

私は先生が何か勘違いしていると見てとった。それに私に対して妙に警戒的な様子なのも気になった。そこで私は尋ねてみた。

「先生、ぼくが誰だかわかりますか」

「あ、それじゃ。きみは、それ、南部君だったかな」

「いいえ、先生」

「あ、そうか」先生は急に苦笑いした。「きみの顔はよく知っとる。吉川君じゃな」

「いいえ、ぼく荻野です」

「そうじゃ。荻野君じゃな。よく知っとる」

「今年の春帰国しました」

「どこへ行っていたのかな」

「ヨーロッパです」

「何しに行っていた」

「留学です。精神医学の勉強に」

「あ、そうか。南部君は精神科だったな」

「いいえ、荻野ですが」

「そう、荻野君じゃ。よく知っとる。南部君」

先生はどうかしているなと私は思った。私の名前をすぐ忘れてしまう。精神医学的にいえば記銘力の障碍がある。記銘力障碍の原因は老人性痴呆、つまり耄碌かそれとも何か別の脳病か。そんな医学的連想をしていると、先生はもう森の奥へと歩いていた。

「待ってください、先生」

「なんだね、荻野君」

今度は記憶は正確である。すると、先生はふざけているのか。私をからかっているのか。しかし、何のために。

「何をしておられます。こんなところで」

「あ、いや、きみ、うん、困るな、きみ」先生は急に声をひそめた。「花井には内緒だぞ。実はな、キノコじゃ、キノコをとってるんじゃ」

「キノコって、あの茸ですか」

「そうじゃ、あのキノコじゃ」

先生は、観念したように口をすぼめ——口をすぼめると昔の童顔にもどった——胴乱の蓋をあけセロファン紙の小さな包みを取出した。包みを開くと赤い傘で黄色い茎のキノコがおさまっていた。

「ほう、可愛らしいキノコですな。何という種類ですか」

「かわいいだろが」

「ほんとうに」

先生はキノコの名前を言ったが、残念ながら今私はその名を覚えていない。先生は、そのキノコがかなり珍しい種類のものなることを力説した。

それから先生は突発的な亢奮状態に入った。つまり、めざましい雄弁でキノコ学の効用をまくしたてたのである。あたかも私がキノコ学を貶《けな》しでもしたかのように。

きみ、わが日本はだ、世界有数のキノコ天国なんじゃ。可愛いキノコが野山にポコポコ生えておる。ところがだ、わが日本で正式に記載されたキノコは、千五百種にすぎん。あのイギリスではなんと二千五百種も知られとる。いいかな、二千五百種だぞ。わが日本より狭くて山もない国だというのに、千種類も多い。ということはだ、わが日本には、千五百の二倍か三倍の未知のキノコがあるということじゃ。このぼくでさえ、すでに六十種ほどの新種をみつけた。どうだ、面白いだろ。いや、きみ、なにがおかしい。

「別におかしくはありません」私はびっくりして答えた。

「おかしくないのに笑うのか」

「笑ってません。これがぼくのごく日常的な顔です」

「そうか」

先生は疑い深げに私を見た。大声で喋りまくったため額に汗が吹出している。その汗を拭おうともせず、ひとわたり私の顔を見尽くすと、「まあ、よろしい」といい、赤いキノコを大事そうにセロファン紙で包み、胴乱にしまった。そしてポケットから取出した小型の移植鏝《こて》を左手に、短い木の枝を右手に持って、二刀流の遣手《つかいて》のように構えた。

「ところで」行きかけた先生は私を振返り、もう一度私の顔をまじまじと見上げた。「すっかり思い出したぞ。あの荻野君じゃな、フランスのドレイ教授のところに留学した」

「そうです。その荻野です」

「なつかしいな。いつ帰ってきた」

「春です。今年の」

「そうか。ところで、きみ、一緒に来んか。これから採集をするんじゃ」

「キノコをですか」

「もちろん」

「待って下さい」

私は午後二時から予約の外来患者を診なければならなかった。すると先生は私が気乗りしないとでも思ったのか、再び上擦り声で演説をはじめた。

きみ、この森はだな、戦災にあったあと、ずうっと放置されたままだ。つまり空襲のつくった人工的自然林なんじゃ。この十年間にぼくはな、ここで百五十種ぐらいのキノコは採った。そのうち十種は非常に珍しいキノコじゃ。むろん新種も含まれている。

私はキノコには関心があるが時間がないのだ、と先生の言葉を遮った。

「いま何時じゃな」

「二時十五分前です」

「いかん。行かにゃならん」先生は急にあわてだした。「研究室に帰るんじゃ」

二人は廃園を出た。医学部本館前に来ると先生は「ちょっと着換えしてくる」といって姿を消した。あとでわかったことだが先生は本館の小使室にキノコ採集用の道具と洋服一切をあずけておいたのである。

四

先生のキノコの趣味は私に初耳であった。そのこと自体は別に取立てて言うがほどのことではない。専門の神経病理学のほかに、先生がキノコ学をやろうと謡曲をやろうと、釣をやろうと女道楽をしようと少しも異とするに当らない。むしろ私はなんであれ、先生の新たな側面を知ったこと、しばらく跡絶えていた先生との交際が復活したことを単純に喜んでいた。そこで先生から次の日曜日に茸狩にいかないかと誘われたとき、二つ返事で承知したのである。ただ、先生に対する一抹の危惧の念が心のどこかにあった。それは、先生がこの数年間に急速にふけたこと、以前でも時々あった先生の突発的亢奮がどうやら病的な程度にひどくなったことから来るらしかった。

日曜日、私は中古のプジョーに先生を乗せ、都の西の山へと向った。三時間ばかり未舗装の道を行ったあげく、山間《やまあい》を切込む渓流沿いの山道を登れるところまで登った。ついに車の通わない場所に来ると車を捨て、徒歩で山に分け入った。

小一時間もしたころ、勾配がゆるみ幅広の尾根に来た。雑木林の下に笹や萱が濃い緑の茂みとなっている。

「ここだ」先生は休息もとらず、すぐさま例の甲斐甲斐しい二刀遣の姿でキノコを探しだした。草の蔭、木の根、切株などキノコのありそうな場所を小枝と移植鏝でほっつき歩くのである。その要領を真似て歩いていると、やがて私は小さなキノコを枯木の洞穴の中に発見した。

「その調子じゃ」先生は、鑿《のみ》でキノコの付着した木肌を抉《えぐ》りとり、セロファン紙に包み、胴乱の中に大切にしまいこんだ。その次には先生が白い大きなキノコを見付けた。それは無雑作に籠に投げ入れられた。

かくして三十分もたつと、胴乱と籠は獲物で充ちた。リュックサックの中へ獲物をあけ、再び採集にかかる。ほんのしばらくで胴乱と籠は又もやキノコで一杯になった。

何の変哲もないこんな雑木林に、かくも多種類で多量なキノコが発生しているとは驚くべきことであった。実際その時まで、私の頭にあるキノコといえば、松茸、椎茸、松露《しょうろ》、ナメコ、それにフランスで食べたシャンピニヨンやトリュッフぐらいのもので、それ以外のキノコはすべて猛毒茸なりと信じていた。だから、触っただけで手が腐ってくる、臭を嗅いだだけで気が狂う、そんな毒々しい外観のキノコを、先生が平気で手づかみにするばかりか、齧って舌で味わってみたりすることが、私には偉大な啓示と映った。

もう一つ私の驚いたことがある。それは、先生の心身の持続力についてである。キノコ探しには低く身をかがめねばならない。ところで先生はそんな不自然な姿態を一時間でも二時間でも続けられるのである。私など、ほんの十分も地面をのぞきこむだけで腰や背が痛んで音をあげてしまう。そこでいささかの嫉妬をこめて先生を観察していると一つの事実を見出した。先生の猫背、小男、痩せなどの肉体的特徴は、地面にかがみこんで歩くのに恰好な形態なのである。むしろ長年のキノコ狩の間に先生の体のほうが適応し進化したのかも知れない。いずれにしても先生は地上の物を拾い歩くのに有利な肉体の所有者であった。そうとわかったら私は採集を先生に一任することにした。つまり私は運搬掛で胴乱と籠を持ち、わが老師が警察犬のように鼻を突出し機敏に進むうしろに、うやうやしく従うことにしたのである。

午《ひる》近くなると太陽は高く、汗ばむほどの暑さとなった。

「このくらいでいいだろ」と先生が言った。二人は腰を下した。たえず吹き上る林間の風が肌を冷した。私はぐったり横になった。先生は目の前に採集したキノコを積みあげ、その一本一本を鼻先で日にかざして眺めはじめた。しばらくして先生が独り言のように言った。

「きみ、どっかそこらでタキギをとっておいで」

「どうするんですか」

「もちろん、燃やすんじゃ」

「はあ」

「焼くんじゃよ」

「はあ」

「喰うんじゃよ、これをな」

いつのまにか、キノコの山は大小二つの山に選別されていた。先生は、その大きいほうの山を顎で指し、「どうだ、うまそうだろ」と呟いた。

土を払ったキノコを焚火で炙り塩をかけて食べる。その野趣な料理の味は秀逸であった。偉い教授とピクニックにでかけるというので私の母が特別につくってくれた弁当など取出すいとまもあらぬうちに二人は飽食してしまった。これが野生のキノコの食べぞめで、その後私はキノコの素敵な味覚のとりことなってしまうのである。

「どうだうまいもんじゃろ」

「はあ、まったく」

「きみは毒茸を恐がらんね。初心者のなかにはそういう人間が多いもんだがね」

私は胸を張って答えた。

「ぼくは先生を御信頼申しあげてますから」

「ふん」先生は鼻水をすするような粘液の音をたて、存外真剣な顔付になった。そして私に尋ねたのである。なぜか、と。

「だって」私は面喰らった。たしかに、私には先生を信頼するだけの科学的根拠はない。神経病理学の領域内のことなら先生は名立たる学者ではある。しかし、キノコ学についての力量は未知なのである。先生のキノコ学については誰からも評判をきいたこともないし、第一この学問に無知蒙昧なる私に先生の実力を測る力はない。私は厳粛に言った。

「ぼく、ただ、先生を御信頼申しあげているんです。ほんとです」

「よしよし」先生は高笑をした。それから妙なことを言った。

「もし、このぼくがだな、気違いだとしたらどうじゃ。それでも御信頼申しあげるかな」

「先生は気違いじゃありません」

あわてたため何だか自信なげな言い方になった。

「ふん」先生は粘液音をたてた。見ていると今度は本当に鼻汁が流れ出し、ポタリとズボンの上に見事な染みをつくった。

「ほんとうのことを言いたまえ」

「言ってます」

「さあどうかな。きみはぼくのことをまだよく知らんからな」

「どういうことでしょう」

「荻野君、ぼくはね、自分を気違いだと思っとるんじゃ。どう考えても自分は普通の人間じゃない。たとえばこのキノコだが、こんなものに夢中になるのは普通じゃない」

「そのことなら」私は安堵の微笑を返した。「先生のは趣味ですから、とても高級な趣味ですから」

「しかし、趣味も度を過すと気違いになるぞ」

「先生にかぎってそんなことはありません」

「ふん、わからんぞ」

先生は、膝の上でパラフィン紙の包みを注意深く開き、虫眼鏡で吟味しだした。ノートにメモをとり、色鉛筆で丹念なスケッチをする。私はといえば、先生の横にだらしなく腕枕したままそれを見ているのであった。そのうち満腹と日光浴とで私は快く眠りこんでしまったらしい。目が醒めたとき日は西にかなり傾き、すべては青ざめて見えた。先生は相変らず同じ姿勢をくずさずキノコの写生に余念がない。あくびをし、先生の膝の上の黄色い小茸を覗いた私は、完全におもねるような気になった。

「新種ですか」と私は言った。

「いや、とんでもない。そう簡単に新種にいきあうものか」

「何という名前ですか」

「それがわからんからこうしてスケッチをしておる」

「先生でもわからないキノコがあるんですか」

「あたりまえだ」

意外に強い語気であった。私は頭を下げ、黙りこむと器用に動く鉛筆の芯を目で追った。と、大きな藪蚊が先生の額にとまった。先生はそれにも気がつかない。やがて、存分に血を吸った蚊が重々しく沈みながら飛び去っていった。

五

次の日曜日も私は先生と山へでかけた。当時、まだ独身で休日の暇をもてあましていた私にとって山歩きは恰好のレクリエーションであったし、それに私は私なりにキノコ採集に関心をいだくようになっていた。

アマチュアとはいえ先生は一流のキノコ分類学者であった。先生が発見した六十種の新種は国際菌学会で正式に認定され、学名の末尾にはちゃんとアサヒナの名前が付いていた。数回先生と採集行をした末、私は先生のすすめで、上野の科学博物館の中にある日本菌学会の本部に入会とどけに行ったことがある。本部といっても新館の五階にあるK博士の研究室なのだが、先生の名前を聞いたとたんK博士は「ああT大学の朝比奈先生」と尊敬こめて言った。そして、先生が今井、小林、今関などのキノコ学者につづく立派なキノコ分類学者であることを私に保証してくれたのである。

さて、郊外の先生の家は、みるからに凝った趣の数寄屋造であった。北向きの門脇の前庭に形のよい古松が坐り、そこから小道が前栽《せんざい》を縫って後庭《こうてい》へ結んでいる。南面した先生の書斎からは、方一間ほどの小池が見え、池を斜めに切る沢飛石《さわとびいし》を行くと池泉《ちせん》を配した庭に出る。ここは背景に具合よく大学の実験農場の松林が展開し、庭の緑と融け合っているのである。

先生の書斎はほとんど研究室といってよかった。書棚の前は実験台で、キノコのホルマリン漬けの大小様々な広口瓶が並び、また乾燥器や複写器など雑多な器具が研究室らしい光景を作っている。壁側にずらりと並ぶ十数個のスチール製のファイリング・ボックスからは乾燥したキノコ特有のきなくさい臭がうっすらと浸みだしてくる。

山で採ったキノコの整理は順序正しく行わねばならぬ。まず傘・鍔《つば》・茎の大きさや形や色、肉の色や匂や味などを詳しくノートに書きこむ。ついで、ケント紙に原色で写生をする。この場合、図の巧拙よりも精確さが要求される。鱗被《りんぴ》、条線、皺、細毛、被膜の破片などの細部を書きこまねばならない。成熟したキノコだけでなく幼茸も描いておく。×2とか×⅓とか縮尺を記入することを忘れてはならない。写生がおわったら胞子紋の作成である。これは茎と切離した傘を濾紙の上にのせ、水分の漏出をふせぐ意味でコップをその上にかぶせておくと、数時間後には胞子が落下して放射線状の胞子紋がえられる。濾紙の下から油絵用のシェラックを霧吹きして胞子を固定すれば操作は完了である。胞子紋はキノコによって独特の色模様となり、キノコの同定や判別に役立つ。たとえば、有名な毒茸イッポンシメジの胞子紋は美しい淡紅色であるが、食茸のシメジのそれは白いといったふうである。記録、写生、胞子紋がおわったら、次は、標本づくりである。これには乾燥標本と液漬け標本とがある。まず、乾燥標本だが、これは採ったキノコを今関式キノコ乾燥器で乾かすのである。なかなか厄介でしかも火加減に熟練がいる仕事で、私など何回も黒焦げのキノコを作った末、やっと干椎茸のような感じの堅い乾いた標本を作ることができるようになった。もう一つの液漬け標本というのはホルマリンの十倍稀釈液に漬けるのでその場の操作は簡単だが一年ごとに液を取換えてやらねばならず、また嵩張る点が不便である。さて、標本の保存と整理にはとくに心を用いねばならない。大きなキノコはボール紙製の大きな標本箱に保存する。ふつうの大きさのキノコはその乾燥標本を紙袋につつみ、八切り大の模造紙に貼り、それに学名、和名、採集地、年月日、生育状況の記録を書きこむと、ようやくファイリング・ボックスに入れられるものとなる。こんな説明をしながら先生は、次々と大事そうに標本をだしてみせてくれた。私は自分で標本をつくってみて、はじめてその一枚一枚に莫大な手間と忍耐がこめられていることを理解するようになった。そして、そこにある標本の数が一万点を越えるときかされたとき、目のくらむ思いをしたものであった。

先生は沢山の菌類図鑑を蒐集していた。それを書棚から取出してみせてくれる時の、いかにも得意満面とした様子は、本を持つ手付のうやうやしさで私の微笑を誘った。稀覯本としては、天保五年出版の坂本浩雪の菌譜、明治二十三年版の田中延次郎《のぶじろう》の日本菌類図説などがあった。外国の高価な図鑑も集められており、なかには前世紀末に刊行されたジレのフランス菌類図譜八巻をはじめ、ランゲの名著デンマーク菌類図鑑五巻やイタリーのプレスドーラの大冊菌類図解二十巻など、その道の学者が名前をきいただけでふるえるような貴重本も揃っていた。

ところで、先生が教えてくれたキノコ採集法は、あまりにも専門的で煩瑣《はんさ》に過ぎ、私の手におえそうもなかった。それでも、天気のよい休日とみると、私は車に先生をのせかなり遠方の山奥へ、未舗装の曲折した細い道へと分け入った。これ以上進めぬという場所へ来ると二人は車を乗捨て山中で茸狩をした。しかし告白すれば、私の主たる興味は、キノコ分類学にはなかったのである。私は、実のところキノコの味覚に魅せられていたのである。

松茸や椎茸やシャンピニヨンなど市場に出回っているたかだか数種類のキノコのほかに、野山にはもったいないほど多量の食菌が放置されてあった。現在日本で知られている千五百種のキノコのうち毒キノコは三十種ぐらいにすぎない。残りがすべて食用だとはいえないにしても、食べられるキノコのほうがはるかに多いことは確かである。それら食菌のなかには独特の味や香りで一度食べたら忘れられぬ逸品が含まれている。たとえばビールのような匂いのオニフスベ、杏子そっくりの香気を発するアンズダケ、刺身のようなムラサキフウセンタケなどがある。いや、こんな比喩的な表現を絶する美味なキノコがあるのだ。コウタケの芳香はけっしてマツタケにひけをとらぬし、キツネノチャブクロの味には言いがたいほどの霊妙なニュアンスがある。

キノコ独自の味に加えて、調理法の工夫を行ったのはこの私である。先生は毒菌と食菌を見分ける鋭い眼力を持っていたけれど、キノコを食べることには大して執心していず、せいぜい塩焼にすることで満足していた。そこへ私は酢醤油焼や油炒めなどの料理法を導入したのである。料理に必要な焜炉や器具は、車を利して簡単に運べたし、生来私はこうしたこまごまとした道具類をそろえたり使ったりすることが好きなのである。そして、或る日、外国の自動車雑誌で、オーブン、ヒーター、調理台、流しから鍋やフライパンや食器類一切まで備えた、ドライブ用小型キッチンの広告を見た私は、早速それを注文し自分の車に常備させた。採集したキノコを先生が選り分けると、私がいそいそと料理にかかる。先生が記録をとり写生をしている傍で、私がジュウジュウと音をたてながらキノコ料理を作るという寸法である。時々先生が老眼鏡を額にあげ、「きみは妙なものに凝るねえ」というようなことを言う。すると私は「先生も妙な学問にとっつかれましたねえ」とまじめくさって言いかえすのであった。

先生のキノコ鑑識力には絶大の信頼をおいていたものの、毒茸まがいのキノコを食べるときには私もいささかのスリルを覚えた。先生のほうでもそれをよく知っていて、わざと猛毒茸ベニテングダケに似たタマゴダケや、毒茸ツキヨダケに似たムキタケやヒラタケを食べさせようとして私をからかった。そこで或る時、私は猛毒茸中の猛毒茸として知られるベニテングダケの料理法をものの本で勉強して、かえって先生の度胆を抜いてやった。この毒菌は、塩水に漬け、皮を剝げば驚くべく美味な食菌に変るのである。

採集したキノコを学問的に整理するためには、まだ日の高いうちに帰宅するのが得策である。なぜかならば、キノコなる軟植物《なんしょくぶつ》は腐りやすいし、菌体内部に寄生するキノコバエやナメクジの類も多いことだから、どうしてもその日のうちに乾燥標本として保存を完璧にすべきだからである。そんなわけで、日曜の午後、明るいうちに私は先生の家にいることが多かった。

先生の広い屋敷内はいつも深閑としていた。茶菓子を持って現れる上品な老婆が一人いたが、先生の奥さんとしては年をとりすぎているように思えた。白髪で黒っぽい和服を着ているその人は、いつも黙っていた。たまに先生が煙草をとってこいとか、何時に夕食にしてくれというと頷いて跫音もたてずにさがっていくのであった。

十に余る部屋は大方は障子が立切ってあり、人の住む気配はなかった。書斎までいく長い廊下からふと目にする畳の上は空虚で清潔であった。学生時代に脳研究所の助手たちからきいた噂によれば、たしか先生には息子さんが一人いて、医学部志望だとかきいたことがある。又先生のお父さんという人は、T大学の産婦人科の教授であったし、先生の祖先は代々京都の高名な漢方医であった。すなわち先生の家は昔より血統正しき医家なのであると。しかし、私は先生の血筋や家族のことにはさして関心をいだかなかった。私はただただキノコ学者としての先生に傾倒していたのである。

親しく付合ってみると先生は無類の話好きであった。しかも話すことといったら、学問のことだけ、それもキノコ学のことだけなのである。大学で神経病理学についての蘊蓄を若い教室員に向って傾けているときの、あのどこか勿体振った教授然とした様子が、家では全くみられなかった。どうかすると先生は私を全く対等の同僚として遇し、私もいつのまにか先生にむかって敬語ぬきで応対しているようなことさえあった。

或る日、採集の整理が早くおわって先生と私は、池を横切る沢飛石をわたり、射干《しゃが》の植込のあたりを散歩していた。例によって先生はひとりで喋りまくっていた。

ああきみ、日本にだ、キノコを保管する博物館がいくつあるか知っとるか。ひとつじゃ、たったひとつじゃ。しかもそこに保存されとる標本の数ときたらお話にならんほど少いんじゃ。ロンドンの大英博物館、パリの自然科学博物館、ニューヨークの植物園、ハーヴァード大学付属の標本館など、少いもので数十万点、多いもので百万点を越えるキノコを保存し、館の内外に多数存在する研究者やアマチュアによって利用されとるんじゃ。イギリスやアメリカなどの大国だけじゃない、中小の国、たとえばデンマークやスエーデンなどにも立派な博物館や標本館があって、だからまたそれはそれは立派なキノコ図鑑がでておる。ところがじゃ、世界有数のキノコ天国などと自他ともにみとめる国ながら、キノコを保管する博物館がたった一つしかないのじゃ。

大凡《おおよそ》、そんな話を先生はしながらふと身をこごめると、草叢の中の切株をのぞきこんだ。そこには白い小さなキノコがびっしり発生していた。黒いつややかな株と粉のように光る白は驚くほどの美しさであった。

「きれいだな」私は嘆声をあげた。

「ふん」先生は鼻を鳴らして、その白い塊の中から茎の長さ二センチ弱で傘の直径が五ミリメートルほどの矮小なキノコを拾いあげた。この微細な生物は、ともかくも完全なキノコの形を、傘と茎と鍔を備えている。

「イヌセンボンタケじゃ」先生は小キノコの茎をつまみ日に傘をかざす具合にしてためつすがめつした。「可愛いヤツじゃ」

「かわいいいな」躊躇なく私は同意した。

「ほんとうにそう思うかな」

「思うな、ほんとうにかわいい」

「いや思っとらん」先生は私を睨みつけた。

「思ってる」私はむきになって言返した。

「いや思っとらん。少くともぼくの思ってるほどには思っとらん」

「はあ」先生の剣幕に気付いた私は従順な弟子にかえって頭を下げた。

「いいかな。簡単なことだ。キノコ学の始まりは、このちっぽけなキノコを可愛いと思うことだ。わかるか」

「わかります」

「いや、わかっとらん。全然わかっとらんよ。きみには」

「そうでしょうか」

「そうとも」先生は、白いキノコの茎を指先でまわした。傘が廻転してキノコは白くはじけたように光った。

「この一本のキノコはな、きみ、全キノコ類の代表なんじゃ。本当をいうとキノコ類一般などというものはなくて、このキノコがキノコなんじゃ。わかるか」

「はあ」私は曖昧な返事をした。

次の瞬間、先生は高らかに笑っていた。

「そんな、まじめな顔をするな。笑え、笑え」

しかし、私は妙に笑えなかった。最近先生の笑い方には奇妙に悲しいような、どことなく不機嫌な、もっといえば無気味な翳《かげ》りがあったからである。それは笑っている御当人と周囲の人との間にぽっかりと黒い断層を感じさせるような笑であった。茸狩へと向う山道などで先生が笑う。すると偶然すれちがったハイカーが何事かと振向く。とくに若い女性などは、あからさまな嫌悪感を顔に表してそっぽを向くのであった。

六

やがて冬になった。冬山でもキノコは発生すると先生は言った。「キノコというのはな、不思議なもので一年中どこかでなにかがポコポコ生えとるんじゃ」どんな寒い日曜日でも先生はでかける。

しかし、私は或る日風邪をひき、それをしおに山行きをやめた。まだ風邪がなおらない、都合がわるい、それから先は何やかやの理由を考えだして私は茸狩に行かなかった。ところで、春になった頃、私は今の妻と知合った。日曜という日は別な楽しみのため用いられることが多くなった。

そんなわけで、秋の三カ月ほどが私のキノコ学勉強の最盛期であった。我ながら飽きっぽい性質だと思うが、大体私がものごとに熱中する程度とはそんなものなのである。もっとも、春になって私は前よりも不熱心ではあったが何度か先生と山へでかけたし、御宅にもうかがいはしたのである。そんな私にブレーキをかけたのは、わが未来の妻であった。彼女は、キノコやサトイモやナットウ、要するにぬるぬるした感じの食品はすべて大嫌いであったのである。

時々大学で先生と顔を合わす。先生は、私の無沙汰を不審がる。私は恐縮する。弁解する。そういった時期がすぎると先生は何も言わず、にこやかな挨拶を交わすだけになった。そうなると私はかえって先生に裏切者めと睨まれているような気がした。考えてみれば私ほど不肖の弟子はない。学生時代あれほど熱心に神経病理学の手ほどきを受けながら卒業すると脳研究所を去り、こんどはキノコ学を去ったのである。

もう一つ私の心を痛めたことがある。それは、先生が何だか次第に痩せ細って、肌の色も青黒くなってきたことである。まるで癌患者の面相にそっくりな衰弱と疲労の気がみえたのである。

「先生、この頃、おやせになりましたね」

「そうかな」

「何だか疲れていらっしゃるようで」

「そうかな」

「お元気ですか」

「元気だぞ、とても元気じゃ」

先生は、例の黒い断層を感じさせるような高笑いを残して去っていった。

その年の秋、私は結婚した。その直後U教授の世話で埼玉県の山沿いに建つ或る精神病院に赴任することになった。この新しい職場は私の気に入った。この病院ならながく勤めてもいいと思った。私は二年ほどそこにいるうち大学とも疎遠になり、全くの田舎医者になりきってしまった。

八月のはじめの或る暑い日、脳研究所の花井助教授が突然私を訪ねてきた。むろんあらかじめ電話はあった。が、花井はなぜか電話では用件をいわなかった。

「実は、精神科のU教授とも相談したうえでのことなんですが、ことは秘密を要するので学内にいる方より、学外にでている方、たとえばあなたにお願いしたいと思いましてね」

花井は、昔とかわらず莫迦叮嚀な、それでいてこちらの気を苛立たすような話しぶりをした。

「はあ」私はようやく思い当るふしがあって居住いをただした。

「実はですね、その、うちの朝比奈教授が少しpsychotisch じゃないかと思われる――いや、これはU教授の意見なんですが」

「やっぱり」私は思わず言ってしまった。

「御存知でしたか」花井は、ちょっと不快な表情になった。「実のところ妙な噂が流れて困ってるんです」

「いやいや、何もきいていませんよ」私は相手の危惧を打消した。「単なる直観です」あの黒い断層のある笑の感じを誰かにわかるよう描写することは不可能である。

「前に何かあったのですか」花井は私の一言にこだわっていた。

「いいえ、何もありません」

「ならいいんですが」花井はT大学教授ともあろうものが発狂したとあっては教室の名誉、大学の名誉、ひいては日本神経病理学会の名誉にかかわる大事なので、この点に気をつかっているのだと、秘密保持の点を強調したうえ、大略次のような話をした。

半年ほど前、今年の二月頃から先生は急に大学に姿をみせなくなった。しかし、今迄にも先生が無断で一週間ほど休暇をとったり、どこかへ原稿書きに出掛けることはよくあったので、はじめは誰も気にとめもしなかった。ところが二週間経っても先生は出勤せず、不審に思ったぼくが教授室を調べてみると様子がただならなかった。書架から先生の私本がすべて姿を消し、整理戸棚や抽出《ひきだし》の中は空っぽとなっている。つまり完全な引越しが行われていて教授室は蛻《もぬけ》の殻となっていたのである。ぼくはすぐ先生の自宅へ電話した。が、リンが鳴るとすぐ切れてしまう。電話局へ問い合わせたところ故障ではなく、誰かが受話器をとりあげてはすぐ置くためだという。そこで翌日先生の家を訪ねてみた。が、以前先生の屋敷のあった場所に、奇怪な鉄筋コンクリートの建物があり、いくら呼鈴を押しても応答がない。裏へまわろうとしたが通りにバリケードがしてあってまわれなかった。その後教室員に入れ代り立ちかわり先生宅を訪れさせた。しかし、誰一人先生との面会に成功しなかった。

「先生が家におられることはたしかなのですか」

「たしかなのです」花井は答えた。近所の人で先生が自転車で買物に行くのを見たという人がいる。それから、電話の受話器を誰かが取っては置く。

「家族の方は、奥さんはどうしたのですか」

「先生は離婚なすったのです」と花井は意外な事実を告げた。それは一年ほど前のことで、高校に行っていた息子さんは夫人のほうがひきとったという。「だから先生は家に一人っきりでおられるらしいんです。もっとも誰も確かめた人はいないんですが」

「先生は家にこもって何をしておられるんでしょう」

「さあ、それなんだが」花井は溜息をついた。「大体神経病理学なんてのは大学の研究室にいないと仕事にならない学問でしょう」

「キノコじゃないんですか」私はためしに言ってみた。

「キノコ」果して花井は怪訝《けげん》な顔をした。

「キノコ学、菌学、Mycology」そう言いながら、私は、先生がキノコ採集の趣味を大学の教室員には一切内密にしていたことを思っていた。現に助教授の花井すら何も知らない様子だ。

「それは何」

「先生の趣味ですよ」

「趣味ねえ。待てよ」花井は急に思い当ったように膝を打った。「そういえば、先生の家のドアに日本キンルイ研究所とあった。キンルイというのはキノコのことかしら」

「菌類はキノコですね」

「なるほどね。ぼくは又、細菌のことかと思った。先生が細菌学でもはじめたのかと思ったんだ」

「先生のキノコ学を御存知なかったですか」

この私の言い方が悪かったのか、花井はむっとしたらしい強い口調で言った。

「そりゃ薄々知ってましたよ。先生は黙ってたけど、先生がキノコに凝っているぐらいは察しがついた。それから、きみが先生と山に行ってたことも大体は知っている」

「そうですか」私は花井が何でも知っていることにあらためて感嘆した。

「しかし、まさか、先生がキノコのために大学を捨てるとは考えられないなあ」

「それもそうですね」私は同意した。

西日が部屋にさしはじめ、暑さがひとしお募った。この暑さに花井は背広をきちんと着、ネクタイをしめている。浅黒い顔には汗のかけらもない。私はといえば、シャツの上に白衣を着て全身汗びっしょりである。彼はまだ肝腎の用件を言っていない。私は苛立ってきた。

「で、私にどうしろとおっしゃるので……」

「実は緊急に手をうつ必要が生じましてね。つい二日ほど前、事務長が先生の長期欠席の理由をききにきたんです。病気なら病欠届をだせという。このままでは九月はじめの教授会で問題化してしまう。その前に手をうつ必要がある」

「手をうつっていっても、どうしようというんですか」

「真相を知りたいんです。先生がなぜ大学に来られないか。そのわけを」

「もしも」

「先生が精神病《ブシヒョーゼ》だったら、治療《ベハンデルン》する必要がある」

「もしも、そうでなかったら」

「知りません」花井は冷く言った。「教授会への弁解は先生御自身がなさればよろしい」

「精神病《ブシヒョーゼ》だという根拠は何かありますか。教室で何か変ったことでも」

「それが何もないのです。先生は半年ほど前までは全く非の打ちどころのない学者でした」

「失礼ですが」私は花井の浅黒い大きな顔を見詰めた。「あなたと先生の間に何かトラブルがありましたか」

「いや何もありません。先生は立派な学者でした」花井は尊敬を面にあらわした。

「それからもう一つうかがいたい。この件をなぜわたしにお頼みになるのですか」

「実は、数日前、先生から電話があったのです。荻野君が来るのなら会ってもよいと」

「先生からって、朝比奈先生からですか」

「そうです。突然の電話でおどろきましたが、先生の心境に何かの変化があったらしいのです。そこで前からこの件で相談していた精神科のU教授、御承知のように朝比奈先生の同級生で親友の方ですが、あの方にもうかがったところ、あなたなら精神科医として立派なもんだといわれて、それでお願いに来たのです」

「なるほど、わかりました」

私は十年前に比べて大分薄くなった、しかし相変らず整然と櫛の目立った花井の頭へ向って頷いた。

七

先生の家を私が訪問したのは、それから数日経った蒸暑い日であった。空気が重くねばつき、暗色の雲が水を含んだ幕のように幾重にも垂れこめている。そよとも風はないけれど、天気予報では夕方から風雨が強まるという。

わずか二年ばかりの間に、先生の家の近所は様相が変っていた。あちこちに団地が増え、建売住宅の家並が続いていた。やがて、T大学実験農場のこれは昔と変らぬ松林が見えた。その下に見覚えのある灰色のブロック塀がある。さて、袋小路の右手に先生の家があるはずだが、驚いたことに、そこにはコンクリートの建物があった。どことなく荒廃した気配の、まるで歩道用の方形敷石を投げだしたような平らな家である。私は車から降りた。

まことに不思議なコンクリート建築である。よくみるとまだ未完成で、鉄の窓枠もベンガラ色のまま、壁の化粧板も半分まで、ポーチの屋根はなく、扉はペンキ塗りかけという有様。しかし、鉄は赤錆び、コンクリートは染みて罅《ひび》割れ、すべての新しい材料が、はやくも痛々しく腐蝕していた。

刑務所の扉のような素気ない鉄扉に「日本キンルイ研究所」とマジックインクで書いた木札が下っていた。その粗末な札はどうやら蜜柑箱の一部で作ったものらしい。下のほうに新聞紙の貼紙があり、赤いマジックインクで「研究中面会謝絶」とあった。まぎれもない先生の筆跡である。

呼鈴を押そうとして私はためらった。花井も多くの教室員も先生に会えなかったという。どこか別なところから、たとえば庭先から入りこむ隙はないものか。建物の右手はブロック塀と密着していて駄目。左手の五十センチ幅ほどの路地は十メートルも行くと障碍物で行止り。粗朶《そだ》、ガラスの破片、塵埃《じんあい》を目の高さに積みあげたバリケードである。バリケードを乗り越えようとするとガラス片や破れ陶器の塊が崩れ落ちてきた。危険でとても越せそうもない。で、一旦ブロック塀を攀上《よじのぼ》って実験農場の敷地に入り、あらためて庭に侵入することにした。

農場から塀へあがった私は、庭の奇怪な様相に驚かされた。あたかも往古の山塞の堡柵そっくりの榾木《ほたぎ》の列が、二百坪ほどの広い庭一面に並んでいる。それは太い枕木を中央に、左右から大小様々な玉切りの原木を合掌型に並べた、いわゆる「鐙伏せ《あぶみ》」という方式で、キノコ栽培用の榾場なのであった。私はずっと以前、農家の椎茸の栽培所を見学したことがある。しかし、今、眼前にひろがる鐙伏せはその時のものと明らかに相違していた。原木の大小も不揃だし、枕木も長短様々であるる。まるで嵐で吹き寄せられひしめきあう流木の群といった雑駁さである。直射日光をさけるため榾木にかぶせたムシロをめくってみると一つ一つの丸木に異なったキノコが栽培されている。

庭を横切って建物の前に来た。幅三メートルほどのコンクリートがうってあり、テーブルと椅子が置いてある。水道の蛇口からホースが伸び、それが幾重にも丸まった先から水が勢よく庭へ流れていた。水はコンクリートのベランダと榾木の列の間の土を濡らしそこに大きな水溜を作っていた。栓をねじって水をとめると物音が絶えた。どうしたことか松林で鳴いていた油蟬もぱったり声をひそめ、鉛色の空のコンクリートの建物と原木を浮べた庭との間で蒸暑い空気が静止した。ドブやゴミ箱のような臭が鼻をついた。汗が私の全身を包み、私は息をひそめた。できればこの場から逃げだしたい。が次の瞬間私は先生を呼んでいた。返事がない。するともう一度、何かに促されたかのように私は叫んでいた。返事がない。

コンクリートのベランダ沿いに私は建物の中をのぞいて歩いた。はじめの部屋には黒いカーテンがおりていて何も見えない。窓も鍵でしまっていた。その隣は台所らしく、流しには洗ってない食器が山積みにされ、床には調味料の瓶や油の罐が投げだしてあった。包み紙や空罐が屑籠からあふれ、壁やガラス窓には赤茶けた無数の染みが飛んでいた。引戸を引いてみる。これは開いた。異臭がひときわ強い。ここが臭いの源泉だったのだ。

「先生」もう一度呼んでみた。

するとと反応があった。奥で誰かが咳払いをした。聞き覚えのある先生の声音である。その声の様子からじじむさい骸骨のような痩せた老人の出現を予想していた私は、先生が意外に元気のよい姿を現わしたので呆気にとられた。多少垢じみてはいたが白いランニングシャツに少年のはくような短い半ズボンというういでたちで、顔の色もこんがり日焼けして艶やかである。無精ひげと剃刀の傷は相変らずであったが、角刈りにした髪の毛は以前より濃くしかも黒いようだ。要するに先生は何だか若返ったふうなのである。

「やあ、荻野君だな。待ってた。よくきたな」

「先生もお元気な様子で」

「うん元気じゃ。まああがりたまえ。そのまま、靴のまんまでいい」

「はあ」

先に立って案内しようとした先生は、まわれ右をして腕を組んだ。

「どこから入ってきた。きみは」咎めるような目付である。

「塀をのりこえました」私は努めて剽軽《ひょうきん》に答えた。

「のりこえただと、困ったヤツだ」先生は高笑した。久し振りにきく先生の高笑であった。その笑の中に例の黒い翳りを聞取ろうとしているうち、私は異様な物に溢れた暗い廊下に来ていた。

そこは人の住居というよりガラクタの倉庫に近かった。床板もない裸の廊下にはありとあらゆる雑物が堆《うずたか》く積まれていた。新聞紙、ハンドバッグ、ソフト帽、マッチ箱、釘、茶碗、書物、古雑誌、ライター……廊下だけではない。棚にも襖のない穴蔵じみた押入れにも廃物が積み重ねてあった。

そして、埃と黴と垢とあとは為体《えたい》が知れぬ有機物の腐敗臭が漂っていた。

　住居の有様はそこに住む人の心をあらわす。この精神科医の初歩的心得を思いながら私は周囲に目をくばった。これら雑然とした事物を貫く一つの原理、それを発見しようと努めた。新聞紙、ハンドバッグ、マッチ箱、古雑誌、キノコ……わかった、と私は心で頷いた。それは蒐集癖《コレクトマニア》なのである。何か同種類のものをできるだけ沢山集めようとする病的現象、それをコレクトマニアという。

　コレクトマニアの特徴は、集めてくる対象が無意味であること、少くとも余人には蒐集の目的が不可解であることだ。精神病者のなかには病院内を隈《くま》なく探索して物品を集める者がいる。もっとも恰好な対象は紙のたぐいで、塵紙、古手紙、広告、新聞紙（そう、新聞紙である）などはかかる患者たちの宝物なのだ。それから、われわれ正常人にはつまらぬ群品とみえるものの数々が集められる。木片、小石、木の葉、マッチ棒、茶匙、糸屑、石鹸の破片、歯ブラシ、針金、髪の毛、鉛筆、ペン先、ビー玉、茶碗、乾飯《ほしいい》などが大切に保存される。百十七個の乾燥スモモの種子を靴下の中にかくしていた患者や、膣の中に金属製のコップを一個、茶匙を二本、石鹸屑を七個と襤褸《ぼろ》を少々貯蔵していた患者も報告されている。私はあたり一帯に積み上げられた先生の蒐集品の山を見ながら、そんな知識を思い出していた。

　通された部屋は、一目見てキノコ学の研究室だとわかった。その部屋だけには、昔の数寄屋造の邸宅の書斎の雰囲気が残っていた。そして、学究の居室に特有の統一と緊張がどこかにある。机の上の書物もきちんと片付けられ、床の掃除も行届いていた。

「まあかけたまえ」先生はソファを指差した。前の書斎にあったソファである。二人は腰をおろすと、私の全く予期していなかったことに思わず微笑みあった。数年前と同じ会話が、まるで、会話中に魔法で眠らされた者同士が不意に呪縛から解かれたように、二人は話しだした。

「この頃採集に行かれますか」

「行くとも、毎日じゃ」

「毎日ですか」

「ああ、この二、三日はきみが来ると思ったもんだから家におったが」

「花井助教授に電話なすったそうですね」

「そうじゃ、あいつからきみに連絡があったんじゃろ」

「はい」

「なんだかきみに会いたくてな。ぼくの気持をわかってもらえるのはきみだけじゃからな」

先生は楽しげに笑いながらファイリング・ボックスから乾燥標本を貼った模造紙を選びだしてみせた。採集日はつい四日ほど前である。写生図も胞子紋も正確叮嚀に描いた本格的な標本であった。

「立派なもんじゃろ」

「どこで採ったんですか」

「ほれここじゃ」先生はいたずらっぽく片目をつぶって採集地を指先でたたいた。「きみの病院のすぐ傍じゃ。そこからは病院がよく見える」

「ああ、あそこですか」

病院の裏手にある杉林に覆われた丘、わざわざそんな遠方まで先生が足を伸ばしていることに私はびっくりした。

「時々あそこに来られるんですか」

「しょっちゅうじゃ。あのあたりは面白いキノコが多くてな」

「ぼくのことはどうして知られました」

「不思議じゃろ。庭で野球しているきみの姿を見たんじゃよ。白衣を着てな。そこで急に会いたくなった」

「なあるほど」

「奇遇じゃったよ。元気かな」

「はい、おかげさまで」

私は自分の近況を手短かに物語った。二年ほど前その病院に来たこと、結婚して子供があること。が、先生が離婚したことを思い出し話題を変えた。

「先生、二、三の不躾な質問を許して下さるでしょうか」

「いいとも」

「なぜ大学に出られないのです」

「簡単なことさ」先生は別に動じた気色ではなかった。「大学がいやになったのさ」

「なぜいやになったのです」

「その問には答えられんな。人間は好きになるときの理由は問わんのに、きらいになったときの理由は穿鑿《せんさく》する。ちょうど、生れた時はなぜかを問題にしないのに、死ぬときはなぜ死んだか病名をつけたがるようにな」

「でも、先生は教授でいらっしゃる。大学に来る義務があります」

「その教授がいやになったんじゃ」

「弱りましたな」

「なにも弱ることはない。いやになったのはこのぼくじゃ」

「でも、教室の人たちは困っています。ことに花井助教授なんか、先生がいないと教室の研究活動が停止すると心配してました」

「大袈裟だな」

「はあ」

「ぼくはもうながいこと碌な仕事をしておらん。そのことを一番よく知っとるのは花井のはずじゃ」

「はあ」

「それにぼくは今キノコのことしか考えておらん。それ以外のことは何もいらんのだ」

先生は《日本キンルイ研究所》の説明を熱心にはじめた。本研究所は日本で初の私立キノコ研究所であり、研究者にあらゆる便宜を与えるものである。

「わかりました」頷きながら私はいささかの皮肉をこめて言った。「しかし、まだ未完成ですね」

「そうじゃ」先生は嘆息した。「途中で金がなくなった。全財産をつぎこんだが及ばなかった」

丸い背から前に吊下った先生の顔は急に年寄じみて見えてきた。剃り残しのひげがことさらに銀色を目立たせる。二人は黙りこんだ。先生の前で話題が見付からぬ、これは私にとってはじめての経験だった。

さっきから耐えがたく感じていた蒸暑さがその時頂点に達した。気分が不快にさわぎ、頭痛が始った。軽い嘔気もする。私の持病の偏頭痛がおこったのである。田舎の病院にいたこの二年間ほどこの病気はほとんどおこらなかったのである。多分、暑さと高湿度と異臭と先生の異常さと、これらすべてが私の脳細胞の平和を攪乱したものらしい。左側の脳をズキズキと針が刺す。痛みが耐えられぬほどになったとき、救いのような風が窓から舞いこんだ。

書割のような黒雲を背に、松林が肩を迫上《せりあ》げ腕を組みあって身をゆすっている。と、一斉に豆をまくような音がした。雨である。薄暗い庭で、百余の椙木が無数の目を持ったように光っていた。いつものことながら、あたりの変化とともに私の偏頭痛も頭の片隅へと小さく軽くなってきた。そして得もいわれぬ爽快さが胸のほうから押上ってきた。

「どっさり椙木がありますね。珍種の栽培をしておられるんですか」

「いや、なに、珍種というほどでもないがね。それでも四百種はあるかな」

「四百種。ずいぶんありますね。キノコの実験生態学をおやりになっているので」

「いや、なに、それほどのことはないが」先生はしきりと口をもぐつかせた。丁度饅頭でも頰張る具合である。それからいたずらっ子のように首をすくめた。「実はな、ありゃ食用なんじゃ」

「食べちまうんですか」私は吹き出した。

「そうじゃ、食べちまうんじゃ。きみから伝授された料理法でなかなかの馳走ができるぞ」

「それで先生はお元気なんですね。大分太られましたな」

「そうだろ。キノコは栄養がいいからな」

先生は、袋から茶褐色の乾燥キノコをつまみ出し、目の前にかざして仔細に眺めた。度の強い老眼鏡の下に私のよく知っている夢見るような面持があった。それは、あの木枯しの日に医学部本館前で見た顔であり、射干の植込のあたりでイヌセンボンタケを発見したときの表情なのである。

「荻野君、見たまえ、可愛いヤツじゃ」先生は標本を差出した。

「ほんとうに」と答えたものの、保存用の標本というのは生のキノコほどの見事な色艶や形姿を示さないので、私は戸惑った。そんな私に頓着なく先生はキノコを机上におき、こんどは遠くから見惚れた。

「かわいい。実にかわいい」先生は両の掌を蝶のようにひらひら飛ばせながら譫言《うわごと》のように言った。

「ね、荻野君。実にかわいいな。ベニヤマタケじゃ。この透き徹った赤の感じ、えもいわれぬ」

「はあ、ほんとうに」私は仕方なしに調子を合わせた。その時、奇妙なことがおこった。先生の視線をたどっていった先に私はたしかに見たのである——ガラスのように透明な赤いベニヤマタケを。しかも一本ではなく、青々とした笹の葉の下にびっしりと身を寄せ群生している様を。

そんなバカなことが。私は目をしばたたいた。が、幻影はいっかな消えようとしない。そればかりか、緑と赤に益々光輝を増して美しく鮮明になってくるのだった。

「アケボノタケじゃ。かわいい。実にかわいい」

先生の声がした、それはずっと高いところから響いてくる朗らかな声であった。目の前に二羽の蝶が飛び交っている。それが先生の手であることは私も知っている。が、そんな知識はどうしたことか全く無力であった。それは白い小さな蝶であり、私の目は先生の姿を見ることもできないのであった。と、蝶が消え、朗らかな声がおりてきた。

「アケボノタケじゃ。ピンクのかわいいヤツじゃ」

私は見た——竹林の下草の中に紫からピンクへと変幻自在な色でふるえている、生れてはじめて晴着をきた女の子のようなキノコを。それは美しく、私は幸福だった。そう、幸福だと私が思ったとたん、すべての幻影は容易に成就するようになった。私はもはや先生の手の動きを追う必要もなく、ただ先生の朗らかな声を聞くだけですべてを見たのである。

キヌオオフクロタケの大きな傘は黄金の絹糸で編まれている。木洩日を受けてキラキラ輝やくたびにチンチラチンチラと鈴のような音がした。先生がチンチラチンチラと唱った。するとキノコが小声で復唱した。

キヌオオフクロタケの金色の傘を中心に、極彩色、淡彩、原色、中間色、紫、赤、茶、黒、黄、まことに千般各様の大小のキノコが並んだ。その数、無慮五千種。「もっとあるぞ」と先生が言った。「六千種、ことによったら七千種じゃ。わが日本は世界一のキノコ天国じゃ。野に山にポコポコ生えとる」すると新しいキノコがポコポコと誕生の音高く現れた。

ポコポコ　ポコポコ
ポコポコ　ポコポコ
派手な色と豪華な結構のキノコのみがキノコではない。むしろ真のキノコ通はたとえ矮小なりとも真に美しきキノコを賞する。水晶白のイヌセンボンタケや薔薇紅のコウバイタケ、さてはカブラアセタケの草葺屋根やトマヤタケの小人の家。

唱いながら飛びながら踊りながら、先生と私は広大なお伽の国を巡回した。山を林を池を河を草原を訪れた。そうして快い疲労を身内に覚えながら先生の書斎へと戻ってきた。

「天井を見たまえ。ツキヨタケじゃ」

青白く光る真珠貝のシャンデリアはツキヨタケである。この発光茸のおかげで室内は海底のように薄青い光で充ちている。そして蠟燭の赤い焰――たとえばキツネノローソクの類――が食卓の上だけに暖い光をこぼしている。無論食卓はキシメジ科最大のオオイチョウタケである。茶碗も皿も、それから料理も、すべてキノコ、キノコ、キノコ。

「どうかね。くわんかね」と先生が言った。

「はあ、いただきます」

私はアマタケの饅頭を食べ、ベニチャワンタケで緑茶を飲んだ。依然として先生の姿は見えない。

しかし、相手の表情や気持は瞬時に伝播してくる。

「人間のやることでマジメなことは何でしょうか」と私は尋ねた。

「眠ること、喰うこと、排泄すること、性交すること」

「キノコを愛することは」

「前の四つより劣るが、まあマジメなことじゃ」

「そのほかのことは」

「おおむねコッケイじゃ」

「中でも一番コッケイなことは」

「教授であること」

「ははあ、うまく話の辻褄を合わせましたね」

「こんどはぼくがききたい。どうだな。キチガイになることはまじめなことかな」

「もちろんです。狂人は正常人のように自分をごまかしませんからね」

「自殺することは」

「マジメです。自分で死ぬ人は本気です。冗談では死ねません」

「ところで、どうだ。ぼくは気違いかな」

「はい、一種のキチガイです」

「つまりマジメな人間ということじゃな」

「まあ、そうです」

「それなら問題は解決じゃ。きみ、ぼくをきみの病院に入院させてくれんか」

「なんですって」私は仰天した。すると厚い遮蔽膜が破られたように先生の顔が現われた。その赤らかな微笑はしばらく虚空を漂った末に、スイッチを切られたようにふと消えた。

「先生、待ってください」私はその顔の残映に向って叫んだ。

先生の高笑が聞えた。

するとどこかで警報が鳴った。

あたりが驚愕に青ざめた。

そう、それは、西部劇などで喧騒の酒場に突如二丁拳銃をかまえた無頼漢が侵入し手をあげた人々が鳴りをひそめ息を殺している、あの俗っぽいシーンに似ていた。にぎにぎしく部屋中を飾っていたキノコが一斉に色褪せ灰色一色に収斂し、見る間に駈け集ると、一本の大きなキノコとなった。それは明らかに旋風を、よく絵本などに描かれる洋上の竜巻を思い起させた。異常な速度で廻転する飴を伸ばしたような太い長い柱と、その柱の遥か先に歪形に開く傘。その巨大なキノコは、天上の巨人が使う箒のように地上の雑物を、家や道路や電信柱を掃き清めながら進んで行った。地上の街は、安手のミニチュアセットのようにいとも簡単に崩壊し消え去ってしまい、あとには余燼《よじん》のような砂埃が漂うばかりであった。すると激しく雨が降ってきた。

嵐の街である。私は車に乗っていた。広い道は、無数の刃を立てたように雨脚立っていた。雨は、時折、一層激しさを増し、文字どおり車輪をくだすように降ってきた。すると車体は数千の金槌でたたかれたような音をたてた。水の厚い膜に包まれ視界がきかない。ワイパーに押開かれたわずかな膜の切れ目から狂暴な雨がみえた。雨は水銀灯の冷い光のまわりで闇の毳《けば》立ちのように輝いていた。それは暗黒から発生してくる無数の白いキノコのように妙に気味悪く、しかしきまじめに降っていた。

八

先生が入院したのは、それからひとつきほど経ってである。キノコ研究に必要な道具一切、たとえば一万点の乾燥標本をおさめる十数個のファイリング・ボックスまでが院内に運ばれた。残された研究所と敷地は適当な買手と値段がつけば売却することになった。

先生が円満に退職し、より有利な条件で退職金をもらえる（たとえば大学の都合で退職する形式のほうが退職金は多い）ように奔走し、精神病院入院ということを教室外の人には秘密にするよう工作したのは花井助教授である。もっとも、私は先生の真の診断については花井助教授にも黙っていた。私は単純にこう言ったのみである。

「先生は psychotisch です」と。

さて、先生が入院して数カ月あと、春の或る日、花井教授が先生を見舞に来た。彼は、朝比奈教授退官後、教授にえらばれたのである。供として私も顔見知りの教室員が三人ほどついて来た。

折から昼飯をたべに戻ってきた先生に彼らの来訪を告げると、会ってもよいということなので、後刻院長室――院内で一番立派な部屋なのである――でといい、辞そうとしたところ、先生は「ここによんでこい」と強く言った。

「ここですか」私は弱りきった。そこは男子患者用の食堂で、いかにも殺風景で騒がしい。しかも先生は囚人服さながらの青い作業服を、それも午前中の採集行で泥まみれになったのを着ている。ひげも伸び放題である。

「いますぐですか」と私は未練がましく言った。

「いますぐじゃ」先生は愉快そうに笑った。「花井の顔がはやくみたい」

私は仕方なく花井教授の一行を連れてきた。すると先生は口をポカンとあけ、口角からヨダレの糸を垂らし、しきりと全身を小刻みに振動させた。つまり重篤なパーキンソン氏病の真似をしたのである。そして花井教授はじめ昔の弟子たちがこもごも呼びかけても、あらぬかたを見たまま返事もしないのである。それはまさしく完璧な演戯であった。医者なら誰でも《高度の痴呆を伴うパーキンソン氏病》と診断するだろう。しかも、花井教授の専門はパーキンソン氏病の神経病理学的研究ときているのだ。

その場をはなれるや、果せるかな花井教授は大発見に亢奮気味であった。

「ありゃあきみ典型的な症例《ファル》ですよ。いったいいつからああなったんだろう」

私は適当な答をした。すると助手の一人が心から花井を祝福した。

「先生、あの脳《ヒルン》が手に入ったら素晴しいですね」

「そりゃあすごいことになる。なにしろ症例《ファル》の長期観察が完全だからねえ。いいかい。われわれ自身が症例の観察者であったという稀有な場合になる」

　助手が言った。

「ほんとうです。ねえ荻野先生、あのファルの屍体解剖《ゼクチョン》はぜひぼくらにやらせてくださいよ」

　もう一人の助手が心配した。

「ファミリーの同意がえられるかな」

　花井が朗らかに笑った。

「あの患者《クランケ》にファミリーなんているもんかね。ファミリーはぼくなんだから」

　花井は先生の入院の形式上の身元引受人になっていたのである。そこで一同は非常に陽気になった。学半ばにして落伍し、今は零落その極にある廃人朝比奈前教授も生涯の最期に神経病理学に貢献しうるというわけである。

　その日は先生の定期診断日にあたっていたので、私は先生を呼びだした。さすがその日は先生から会話を始めた。

「花井たちは帰ったかな」

「帰りました」

「何か言っていたか」

「先生がおかわいそうにと」

「ふん」先生は鼻を鳴らした。「バカモノどもが」

「先生」

「なんだ」

「きょうの採集はどうでした」

「うまくいってる。おかげさまでな」

「先生」

「なんだ」

「こんどの先生の御誕生日に、とってもおいしいキノコ料理をつくってあげましょう」

「うん、それはいいな、うん」先生はたちまち夢みる幼児のような顔付になった。

最期の旅

「おわりました」と年輩の看護婦が鄭重に頭を下げたとき、私は、機械仕掛の人形のように真直に立上った。

「御存知ですか、道を」

「いいえ」

「御案内します」

看護婦は先に階段を降り、後から髪の半白《はんぱく》の目立つ彼女は、何かの儀式のようにゆっくりとした足取で、手を握っていた五歳の美津夫の小さい足のほうが早く、むしろ私は美津夫にひかれて歩く恰好になった。外来患者の帰った一階のロビーは閑散として無人の長椅子の並ぶ前にテレビがつけ放されていた。

「よろしゅうございますか」看護婦は長い廊下の先を指差した。「あそこの天井に緑のランプがついておりますでしょう。あれをたどってまいられますと御着きになれます」

「どうも」

年とった看護婦が去るとずっと黙っていた美津夫が急に喋りはじめた。

「ママ、どこへ行くの」

「パパのところよ」

「パパはどこにいるの」

「ほら、あそこに緑のが光っているでしょう。そっちじゃない、それよ、わかった？　それからもうひとつむこうにも見えるでしょう。その先にパパがおられるの」

言ってしまって私は後悔したがすでにおそく、美津夫は天井に次々と現れる緑色の照明に夢中になり、「ママ、あそこだよ」「こっちへ曲るんだってばママ」と大層なはしゃぎようで、そんな子供の無邪気さでかえって私の心は翳るのであった。

廊下のはずれの扉を押すと、まばゆい外界が眼を傷め、午後の熱風が私たちを包み、不意の変化にたじろいだ美津夫は、渡り廊下の梁《うつばり》に鈍くともる緑光をやっと認め歓声をあげた。「ほらほら、あそこよ、ママ」

次の建物は改築中らしく、あちこちの扉が明け放たれ、廊下には材木や電線が散乱し、どこからともなく濃い薬品の臭が漂っていた。黒塗りに白字の表札が読め、組織病理学研究室、解剖学研究室、等々と陰気な名前が連なり、廊下の電灯は消え、しかし、緑光のみは点り、荒涼とした薄暗さのなかで皮肉な瑞々しさで私たちを先導した。そのとき小走りに廊下を曲った美津夫が息急き切ってかけもどり、しがみついてきた。

「どうしたの」

美津夫は私を押していき、曲り角の或る地点でしりごみした。そこの廊下の左右に私は異様なガラスの瓶の列を見たが、黄ばんだ液体に漬っているのはまぎれもなく人間の臓器の一部であり、名前と死亡年月日とドイツ語の病名を書いたレッテルが貼ってあった。

「これなあに、ママ」

「なんでもないのよ。こわくないわ」私は子供の注意を天井の緑光にそらそうと努め、おどけていった。「あら、見てごらん。緑ちゃんは平気ですって。おいで、もうすぐだぞって」

「もうすぐパパなの」

「そう」

「パパはどこにいるの」

「パパはね」私は掌の中で美津夫の柔い骨をコリコリさせているうち、涙が溢れ、汗と混って頬をつたわり、ハンカチで拭うと美津夫がしたり顔で頷き「暑いねえ、ママ」と言った。

「暑いねえ」涙と汗を私は拭い拭い、ガラス瓶の谷間のような道を行った。液体に浮くものは白や茶の薄気味悪い茸のように現れ、「ね、早く行きましょう」と私は歩度を速め、美津夫は駆ける具合になった。すると横の扉がいきおいよく開き、声高に喋りながら二人の男が現れた。男たちはゴム長靴にゴム前掛の肉屋姿で煙草の煙をさかんに吐き、陽気に笑っていたが、私たちに気附くと口を噤み目礼した。彼らの出た扉の上に解剖室とあり、その三字が私の胸底に痛みとなって響いた。するとあの二人が夫の解剖をしたのだ。「御主人の解剖は死因をたしかめるため学問の進歩のため是非とも必要なのです。そのことによってあとにつづく大勢の患者さんを救うことになります」という主治医の極り文句を承諾した私はおろかだったと思う。男たちは私のきつい視線にまごついたのか、再び扉のなかに消えた。

「おいで」と私は美津夫の手を強くひき、そうすると怒りが湧き、それが何に対する怒りかわからぬまま胸を割るように荒く息をつき、気違いじみた叫びをあげたくてできず、苛立つ足取りで外に踏み出した。

四角い倉庫のような建物は運河のほとりに立ち、庇の蔭のなかに緑の円光がともり、黒塗りの札には白く霊安室とよめた。

「おいで」と言ったものの、すぐ中に入る気にもなれず、変に水恋しく岸辺を歩けば日を透さぬ黒い水は油で五彩に光り、半ば沈んだ破船と紙箱と人蔘がウロウロと涙でゆらめいた。このままとびこめば、私も美津夫も溺れ死にできると思ったけれども、その場所としてはいかにもけがらわしく迷ううち、美津夫が手をひいて言った。

「ちがうよ、ママ、パパはあのなかだよ。パパは死んじゃったのよねえ。かわいそうなパパ」

夫の容態が急変したのはつい一週間前のことである。その朝、夫はベッドに貼りつけられたように起きあがれず、看護婦の幇助で用便をすませたあと気を失い、午後面会にきた私と美津夫をもはや見分けえなかった。夫の死期が近いと悟った私は主治医に頼んで病室内に簡易ベッドをいれてもらい、美津夫を姉にあずけてひとり夫に附添うことにした。熱が高く汗ばむ夫の体を拭いてやるほか私にできることは無く、時折の譫言《うわごと》も意味はとれず、私はただただ懸命に夫の顔を見守るばかりであった。

脂肪が削げ、骨のとがった頬や鼻先に、壁土さながらの荒れた皮膚がはりつき、口からは病人特有の腐敗臭があふれ、それはもう夫のなきがらに等しかったけれど、何かの拍子に「ツグヨ」とさも気附いたかのように私を呼んでくれることが嬉しく、その瞬間を心待ちにした。また、肉体から魂がはなれる間際に、人は正気にもどることがあると聞いたことがあり、夫にもそんな奇蹟がおこりはしないかと思いつめた。夫は突然、目を開き、私に微笑んで「ああ、きみか」と言い、何か昔のたのしかったこと、たとえば入院する前日に箱根にドライブしたことを話し、「あの日は晴れていたなあ」とか「富士がきれいだったなあ」と私に同意をもとめ、私は夫の一言一言で鮮かな追想をとげる、そんな機会を私は待ち望んだのである。あまりに心に念じたためか夢に若い頃の姿で夫が現れ、私は少女のように夫に寄り添い、すると夫は私の着物を剝いでいき、素裸の私はヘラクレイトスさながらの夫に抱かれていき、空気は湯のように私を洗い……と思うと私は暗い暗い穴の底へと落ちていき、底に足がついたと思うと地が割れてさらに下に落ち、死にたいと願って死ねず……と目覚めれば私は低い堅い簡易ベッドに横になり、夜になって冷房のとまった室内は悪臭と暑さで耐えがたく、窓を開くと一斉に湧きあがる都会の騒《ざわ》めきと執拗にとびこむ蚊の群にもはや眠れず、団扇で夫をあおぎつづけて夜を明かした。

朝、冷房装置が動きはじめ、院内が涼しくなると私は部屋を掃除し、身嗜みをととのえ、受付や薬局の前に蠅のように黒く群がる外来患者を横目に食堂で食事をとり、再び部屋にもどって、夫の傍にはべるのだった。危篤の電報を北海道の夫の弟にうったけれどもまだ現れず、夫の身内は私のみで、次々と来院する夫の会社の人や《登龍》の同人たちの応接を、お茶をいれたり足りぬ椅子を探しなどして私ひとりで気を配った。人々は夫の意識がすでに無いと見ると長居はせず、私に一礼しては去っていたのに、いざ臨終間際となると早手回しに黒い背広を着こんだ同僚たちが廊下の長椅子に強張った形で連なり、リンゲル液や点滴用の器具で物々しい室内には、主治医の万年《まんねん》医師、葬儀委員長をひきうけた高山、美津夫、私などが病人の息を見守った。

夫の息はかぼそくなり、ついにとまったかと思うとまた復活しという具合で、なかなかに粘り強く、筆に含ませては塗る末期の水もやがて乾き、荒涼と罅《ひび》割れた脣《くちびる》があらわれてくるのであった。

そんなさなかに高山は、夫の書き残した草稿を読みふけり、数時間たって夫がみまかる直前に読みおわり、「残念ながら未完成だなあ」と長嘆息した。

「だめでございましょうか」と私は聞き咎め、つい一週間前まで、几帳面にペンをとった夫を思った。

「残念ながら、奥さん、これではものになりません。惜しいけれども」

「未完の長編として出版してやれないのかい」という万年のとりなしに、高山は「むろんその努力はしてみるが小説としては完結していないし、それに文章の粘りが不足で、美浜健特有の筆力がないからな」と答え、しきりと「残念だ、残念だ」と繰返し、そのうち泣きだした。男の泣くことになじまぬ私は、手放しで涙を流す彼の号泣をあまりにも芝居じみた仕種ととったけれど、高山の心は私にも伝わり、私も泣いた。その時、万年が「御臨終です」と言い神妙に頭をさげたのである。こうして夫は四十歳の若さで死んだ。あまりにもあまりにも若すぎる死だ。

よく考えてみると夫の死は緩慢に始っていたらしい。

三月に手術した後の経過は上辺は順調といえ、ひとつき目には夫の顔の色艶もよくなったし、痩せていた体も幾分肥ったほどである。しかし、胃が無いため少し食べると満腹となり少量の食物を何回にも分けて食べねばならないのが厄介であった。それに胃切除後遺症とかいうちょっとした不都合もおこり、しょっちゅうオナラがでるとか、食後に鳩尾《みぞおち》が苦しくなって嘔《もど》すこともあった。夫は、こっそり入手した通俗解説本『胃病のすべて』の知識から、これは《ダンピング症状》といって、ダンプカーが荷台をかたむけて砂利を一挙に落下させるように、のみこんだ食物がいきなり腸に落ちるためのショック症状なのだと説明した。そうじて夫は病気の症状に敏感で、すぐとあれこれ推測や解釈をしてみせたが、いつまでもそれにこだわるふうではなく、この頃、夫としては稀なほど多弁で陽気であった。そんな夫の気分を乱したくないので私は病気の話は避け、夫の言うことには一切さからわず、注文する本を買い、小説の草稿が欲しいといえば持参し、笑顔をみせるように努めた。午前中に夫は少しずつ長編の筆をすすめているらしく、私たちが病院にいくとよくサイドボードの上に原稿用紙がひろげてあった。そんなとき「書けますか」ときいて不機嫌な答えがかえるのを恐れ、私が黙っていると或る日夫は「毎日二時間ずつ書く。それがノルマだ。それ以上は運を天にまかせるんだ」と言った。

運を天にまかせるとは何の意味かと私は怪しみつつ夫に向って微笑み「それができあがったら素敵ね」というと夫は、変に弾んだ声で、この小説を書くのはずっと前からの計画で、ぼくはこれを書くために生れてきたようなものだといい、構想の一部を話してくれた。それは戦争中の話で、夫が陸軍幼年学校にいた時の体験と東京の空襲で両親を失った思い出を縫い合せたもので、夫の今迄の短編が、フランスのヌーヴォ・ロマンを真似た筋のない難解なものだったのに比べると私にもよくわかった。話をきいただけで傑作になるような気がすると言うと夫は喜び、できあがってその本が出版になった時の世の評判などを夢みるのだった。夫の死期が迫っていると知る私にはそんな夫があわれで、夫が朗かになればなるほど気が沈み、涙をかくすために生欠伸の真似をしてみせ、昨夜は美津夫が寝惚けてよくねむれなかったのだと子供にかこつけた。

梅雨の頃になると夫の痩せが目立ってき、明らかに顔色が悪く、動作ももものうげになった。夫はそれを不順な気候と不備な空気調節のせいにしたが、それには一理あり、この病院では電気代の節約のため昼間しか冷房装置は動かず、そのくせ効きすぎるほどに冷え、夜になると蒸し暑く寝苦しくなり、窓を明け放すとこんどは近くの運河の腐敗臭が入りこむのであった。どうせ助からぬ命なら、なにもこんな不衛生な病院にいることもなく、どこか大気の清澄な、たとえば夫の好きな富士の裾野の病院へでも移ったらと思うのだが、転院を持出すと高山への義理や万年への感謝を夫は言い、それ以上の口実を夫に打明けるわけにもいかず、私は黙った。

夫の体力が弱るにつれて、おそろしいことながら私は夫の死に慣れていき、いつ頃が終りだろうかと待ち望む心さえおきた。それでも夫に病名を教えてはならぬという万年の禁制は念頭にあり、もしその秘密を漏らせば、夫はたちどころに衰弱して逝ってしまう気がし、他方、これほど死の明らかな兆候があるのに、夫が全くそれに気附かぬのを不便《ふびん》とも不思議とも思った。また、気力の衰えのためか、夫が唯一の生き甲斐だと主張する小説の執筆を何日もなまけて美津夫とたわむれ、子供の心になりきってあそんでいるのをみると死病を本人に明かせという高山の忠告も思われ、真相を話して夫をいましめたいとも考えた。が、結局のところ私は何もせず、ただただ成行きにまかせ、夫の機嫌がよければ喜び、夫が筆がすすんだといえば一緒に、ありえぬ未来を語った。

今年は梅雨が長引き、七月のおわりにようやく夏めいた晴れ間が現れた始末で、夫も久し振りの青空と入道雲に素直に見入り子供のように嬉しがった。この頃、夫はなお朝の小説書きを続けていたものの、午後にはほとんど横になっていることが多く、美津夫を見ても以前のようにかまいつけたり連れだって散歩にでたりしなくなった。

或る日、私が来院すると夫は、いきなり、「ツグヨ、キスしておくれ」と言い、私が額にくちづけすると「わるいなあ、酒くさくて悪いなあ」と呟いた。驚いた私が「お酒なんか飲んでいないじゃないの」とたしなめると「酒のみすぎたんだ。頭が痛いよう」と繰返し全く正気を失った様子なのに、さて、医師を呼んできてみると全く我にかえっており、先程の奇妙な発言を記憶していず、むしろそれを言う医師を怪訝《けげん》そうに見返すのであった。こんな薄気味悪いことが何回も起り、たとえば「うるさい家だなあ。どっかへ引越そうよ」と入院前に相談していたことを口走ったり、「ああ、美津夫が原爆で死んじゃった」と悪夢を語るように叫び、「きみの髪はなぜ短くしたんだ。長いほうがいいのに」と婚約時代のできごとを喋ったりした。

けれども夫の意識が多少とも変になったのはつい最近のことにすぎず、夫は入院中ほとんど明確な判断力と平静な気分を失うことはなかったのである。なるほど、あの手術のあと三日ほどは痛みに苦しんだけれども、一週間目には苦痛も去り、ベッドの近辺を一人歩きできるようになったし、例の頻回の食事も半年もたてば、腸が拡張して胃の働きをしだすとかで案ずるほどのことではなく、むしろ夫はいままでになく健康な体を楽しむかにみえた。

「またとない休養の機会だよ」と夫は笑った。

「そうね、いままでが忙しすぎたからね」

「暮から正月のあの多忙さが続いたら、おれはノイローゼになってたろうな」

「ノイローゼのかわりに胃が弱ってくれたのよ」

「まったくうまく出来てるよ、人間というやつはなあ」

面会時間は、一時からだが、美津夫の幼稚園のひけが二時で、私たちが病院につくのは三時頃、それから門限の六時までいるのが日課になった。体力が恢復《かいふく》し軽い仕事が許されても夫は、休養中といい何もせず、もっぱら美津夫を相手に遊びたわむれ、そんなのんびりした父親を見たこともない美津夫は、父親のあとを仔犬のように慕い、毎日の病院行きを楽しみにしていた。

日曜日は午前十時から面会が許され、夫の知人も何人か見舞に来てくれた。会社の同僚が二人、あとは雑誌《登龍》の同人たちで、こうした文学関係の友人の来訪を夫はことのほか喜んだけれども、彼らは大てい長っ尻で小難しい議論を蜿蜒《えんえん》と続けるので、私たち、とくに美津夫にはさっぱり面白くなかった。父親を奪われ、退屈しきっている美津夫を私は部屋の外に連れだし、地下の売店やら屋上へのぼってみたが、所詮は病院で目新しい場所とてなく、元に戻ってみると夫はまだ議論中という始末、やっとその友人が帰り、美津夫が夫にとびつき、ふざけはじめたところに、やはり《登龍》の同人の高山が入ってき、美津夫の気持を察してその人を憎たらしくも思ったが、入院の世話をうけた義理やら夫との文学上の利害関係やらのおもわくが働き、無下に不快の念も見せえず、紅茶をいれクッキーを揃えてもてなした。

「割合元気そうじゃないの」高山は、顎がとがって鉢が開き、つまり三角形の顔立のなかで、小さな縁無眼鏡をキラめかした。

「ありがとう。経過は順調でね」夫は、よせばいいのに勢よく体を左右にねじってみせ、相手に反応がないので仕方なく、ベッドに腰を下ろした。

「このごろ何をしてるんだ」

「ごらんのとおり何もしてないよ。いわば完全な休暇でね」

「創作はどうした」

「当分おあずけだな」

「医者から禁止されてるのか」

「そういうわけじゃないさ。まあ、入院中は休養すると自分勝手にきめたまでだ」

「なぜ」

「なぜって」夫は高山の冷たい眼鏡の奥をのぞきこんだ。「自分で勝手にきめたと言ったろう。どうせいつまでも入院しているわけじゃなし、天の配剤と心得たのさ」

「いつ頃退院できるんだ」

「さあ、よく分らないが、自分ではあと一週間か十日もいれば充分と思うけどね。そう、きみ、万年先生に会ったら頼んどいてくれよ、なるべく長く入院させてくれって。何だか思いきりのんびりしたいんだ」

「本気で言ってるのか」

「むろん、本気だ」

「ひとつだけきいておきたいことがある。去年から書いていた例の長編ね、あれはどうなった」

「中断してるよ。今年は年頭から病院通いでね」

「あとどのくらい書けば完成するんだ」

「三百枚ぐらいかな」

「三百枚だときみの筆でどのくらいかかるんだ」

「かかりきりで半年かな。もっとも終日かかりきりで物を書いた経験はないんだけれどね」

「ふむ」

高山はしばらく沈黙し、蒼白な霧に沈むビル街と枕頭の螢光灯を明滅させて遊んでいる美津夫を等分に見、それから最近雑誌にのった或る新人の作品を評し、一転してメルロポンチだのフーコーだのブランショだの実存だの構造だの高級そうな言葉を、紫煙とともに吐き出し、それに応じる夫はいかにももっともらしい微笑を浮べるのであった。

　ところでその夜、私は高山から不意の電話をうけたのである。夫が入院してからというもの、電話というと何か不吉な知らせのような感じで私はこわごわ受話器をはずしたのを覚えている。

「さきほどは、わざわざ御見舞くださいましてありがとう存じます」

「いいえ」とも「どういたしまして」とも言わず、まして子供のいる家への夜分の電話を恐縮するわけでもない、きわめて直截な切出し方で、「ちょっとうかがいますが、奥さんは美浜君の病気のことを御存知なんですか」と言った。

「どういう意味でございましょう」

「診断ですよ。本当の病名です」

「もちろん、知っております」私は相手の言い方に傷つけられ声に力をこめた。

「そうですか、それなら言いやすいんですが、ぼくは、本当の病名を美浜君に知らせるべきだと思うんです。彼ほどの才能ある小説家が、自分の大事をも知らずに、あんなふうに、失礼ですが御子さんと遊んで暮している。惜しいと思います。人生の最期の貴重な時間をむざむざと無為にすごすのを見ていて耐えられません。彼にはまだ今書きかけの長編を完成するだけの力があります。本当のことを知らせたほうがいい……」

　そんなような、高山らしい歯に衣を着せぬ話しぶりで、私が黙りこんでいるのをいいことに喋り続けるのであった。

「いったい、その診断とやらをどこでおききになりました」

「主治医です。万年君」

高山と万年が旧制高校の同級生で、夫が高山の紹介で万年医師の診察を請うた以上、このことは当然といえばいえたけれども、妻である私より前に、高山に真実を洩らした万年のやりくちに憤りをおぼえ、私は受話器の相手を睨《ね》めつけるようにしてきっぱりと言った。

「いまのお話、よくわかりました。考えさせていただきます。それまではどうかこの件、御待ちください」

そこで電話がきれた。火の気のないところに寝巻姿でとびだした私は寒さでふるえ、いそいで蒲団にもどったが、いちど冷えきった足は死人の足さながらでいっかな暖まらず、私はふるえ続けた。癌という言葉が頭の中で鳴りひびいていた。ところであれほど恐れていたことが事実となるとこんどはそれが相変らず、恐れていたときのように不確定なことと思える。夫は癌だと思う一方で癌ではないと感じる、そんな両極にひきさかれたような気持で、私は冷たい足をすり合せた。

翌日の午後、私は主治医の万年に会った。

「ほんとうのことをおっしゃってください」と私はたのみ、「わたくしは妻でございます」とも見えを切った。

医者は考えこんでいた。たしか夫と同い年なのにもう頭が禿げ四十半ばを過ぎたように見える。顔は無表情で大きな目で物を言う人なので私はその目を懸命に見詰めていた。

「失礼だけれども、御主人にもっとも近い血縁で男の方がおられますか」

「どういう意味でございましょう」

「つまり、御父上とか御兄弟とか」

「父は死にました。弟が一人おります」

「弟さんはどこにおられます」

「旭川です。Ｋ銀行の支店に勤めております」

「北海道ですか、遠いなあ」

「なにか、弟に御用でもおありですか」

医者の目に現れた困惑の色を私は見逃さず強く言った。

「弟に言えて私に言えないことがおありで」

「いいえそうではないのです。いや、奥さん、お怒りになってはいけませんですよ。この病院の習慣なのです。男には真実を告げるが女には告げないほうがいいいと」

「なぜでございましょう」私の声は軽く震えていた。

「女のかたは正直だからです。お知りになった真実を患者さんにかくすことができない。どうしても色に出てしまうのです」

「患者に真実を告げてはいけないと」

「全部がそうではありません。中には真実に耐えうるかたもおられます。でも、大部分のかたは、真実の重みにまいってしまわれるのです」

「うちの主人の場合はいかがでしょう」

医者の目が不意に私を睨んだ。形のよい二重瞼の、切れ長の目である。

「知っておりますんで、わたくし、主人が癌だと」私は急いで、昨夜高山から電話があったと附加えた。

「かれから」

「はい。そのことを主人に知らせるべきだ、そうして死までの時間を有効にすごさすべきだと」

「ばかな」医者は呶鳴った。「とんでもないことです」

無表情がこわれ、癇性《かんしょう》な四角い目が額の下に刻みこまれたのを私は驚いて眺めた。

「高山は二重にけしからんことをしたものです。あなたに知らせたこと、それから本人に知らすべきだなんて言うこと」

「では主人は、真実に耐ええないとおっしゃるので」

「ああ、いいえ、それはわかりません。そういう問題ではないのです」

「では、わたくしに真実をおっしゃってくださいまし。主人が癌だというだけで詳しいことは何も存じませんので」

「高山はけしからん男です。後悔しています、あんな男に喋ってしまったこと」

「お願いです。覚悟しております。主人のことは何でも知っておきたいのです」

「では」医者の目が一瞬こちらを見た。「約束してくださいますか、奥さん、御主人には黙っていると、真実をかくしておくと、できますね」

「もし必要なら……でも主人は……主人なら真実に耐えられると思いますが」

「奥さん」医者は決心した様子だった。「このことは御主人には内証にしておきましょう。高山にはぼくが忠告します。こういうことは絶対秘密にしておくべきことなのです。これが原則です」

「でも主人の場合……」

「あなたの御気持はわかりますが、原則を破る場合は、破るだけの根拠が必要です。あなたは御主人が耐えられるとおっしゃる。しかし、その根拠は失礼ですがあやふやでしょう。ことは科学的に結論すべきなのです」

「科学的に……」

「ごめんなさい。こんなところで科学を持出したりして。でも、医学も科学の一つですから、すべての治療行為は科学的判断の上にきずかれるのです。つまり事実の蒐集に対する判断が……」

「むつかしいことはわたくし……」

「では手取早く申しましょう。真実を告げると精神的にまいってしまう患者さんが多いのです。すると不思議なことに病気も悪くなってしまう。死期を早めるようなことは避けるべきなのです」

「それはわかります。けれども……」

「患者さんには真実を知る権利があるとおっしゃりたい。高山の説がそうなのですね。あなたは、どうやら高山説に同意していらっしゃる」

「いいえ、とんでもない」私は自分の強い語気に吃驚《びっくり》した。

「とんでもないとおっしゃったんですね。するとあなたはぼくと同意見だ。真実を御主人に伝えることに少くとも或る種の危惧を覚えていらっしゃる」

「わかりません、わたくし」

「奥さん、お約束下さい。今からお話することは御主人には一切内証だと、そして誓ってください、御主人の前で嘘——残念ながらこれは嘘です——をとおして下さると」

医者の目の角がとれ、それは柔和なまろみに隈取られた池のようで、私は深く頷いた。医者は、すでに一度話してくれた手術の際の所見を伝えたすえ、胃潰瘍だと説明していた病巣のしこりが実は有棘腫《ゆうきょく》という悪性のもので、すでに肝臓やリンパ腺に飛び火しているから、現代医学の実力ではいかんともしがたいのだと嘆息した。ききおわっても私には何も感情もおこらず、それは昨夜、冷たい床のなかで高山の電話についてあれこれ考えたときと同じく、何か非現実的なできごとのように思えるのであった。

「わかりました」私はその場にふさわしい沈んだ声をつくった。「それでうかがいたいのですが、主人はまだ四十歳になったばかりでございます。こんな若さで癌になるということは多いことなんでしょうか」

「発病率の問題ですね。四十代のはじめに多いとは言えません。しかし皆無ではありません」

「つまり、主人は少数な不運な人の一人ですのね」

医者は無表情のまま黙っていた。

「もう一つうかがいたいのです。その……あとどのくらい……主人の命はあとどのくらいでしょう」

「それは」医者は考えこみ、目を伏せてしまったので、私はその、考え深げな額の皺のほんの微細な動きをも見逃さないように見詰めた。「こういうことは、正確な予言が不可能なのですが、御主人の場合、かなり広範な転移があり、たとえ精力的に放射線療法をしたとしても……」

「ながくはないということですね」

「それは……」

「だいたいのところをおっしゃってください。わたくしは覚悟しておりますので」

「それでは申しましょう。おおよそ、数カ月、ながくて一年」

「ありがとうございます」私には相変らず何の感情もおこらず、そんな自分が後ろめたく、頭を下げながら脣を嚙んだ。

病室には山吹色の光が照り映え、それは、丁度落日の方向にビルが無く、窓枠の影が右の壁の半分を切り取るくらいに日が射しこむためであった。風がスモッグを払った青空にはむかいの高層ビルの屋上の日の丸が――何のためか毎日必ずそこには日の丸が掲揚された――子供の絵にでもよくあるような景色となっていた。

逆光線に包まれた夫と美津夫は窓の下の高速道路を行く車の品定めをし、時々車の名前で言争い、論争は美津夫の勝でおわった。「お前はよくおぼえてるなあ」「パパは何んにも知らないのねえ」「それじゃ、美津夫、あの赤いのはわかるかい」「あれは××の六七年型でしょ。一九〇〇シーシーの六気筒よ」「まいったなあ」「あ、パパ、旗をおろしてるよ」「ほんとだ」「あれね、パパ、自動でおろしてるんだよ」「そうだろうな。今日は晴れてるな」「今日は晴れてるねえ」「こんな晴れた日にはこっから富士山が見えるはずなんだけど」「ほんとう。パパ、富士山見たいねえ」「ああ、見たいな」「ね、パパ、屋上にあがれば見えるでしょう」「無理だなあ、むこうにあんなでかいビルがあっちゃ」

父子の埒の無い会話はとめどもなく、そうしている夫はいかにも屈託なく、体の芯でおこっている異変などにとんと気附かぬ様子だった。思わず私も夫の傍にいき、美津夫の上から夕日に燃えあがったようなビルの窓や、向いの演舞場のきらびやかな灯火を眺めると、夫は私にも機嫌よく話しかけ、退院記念に芝居を見にいこうとか、極上のフランス料理を食べにいきたいが、自分は少ししか食べないから経済的だと笑い、その朗かさがかえって私を不安にした。というのは夫は、困ったとき不愉快なときに、かえって底抜けに上機嫌な態度を示すことがあるからで、いつかも仕事の上の失策で部長からひどく叱責をうけたとき、変にベラベラ喋りまくり、数日してからそれを告白したことがあった。私の恐れは、ひょっとすると夫は自分の病気のことを知っており、そのことを私に匿しているのではないかということで、敏感な夫のことだから医者や看護婦の素振や昨日の高山の言葉の端からでもすでに推測している、いや何よりも今日の私の変にぎこちのない動作からでも察している、と思えるのであった。夫と、ほんの十分間も一緒にいるうち私の苦しみは倍加した。それは、もし夫がそれを知っているとすれば、私のしらんふりは嘘になるし、もし知らないとしても私は知ってることを秘しているのでやはり嘘をついていることになるということだ。こうして、夫がそれを知っているかどうかが私の関心の的となり、わざと退院後の仕事の予定とか、来年の春小学校に入る美津夫の学校の相談をもちかけ、それに夫がまっとうな答えをすればするほど私は苦しんだ。あげくのはて、私は夫の顔を見ることもできぬ有様で、医者から真相をききだした自分自身を呪うほかはなかった。

日の暮れおちた鈍青《にぶせい》の空に残光の白いぼかしが染み、ビルの狭間を吹き抜ける風にはどこか春めいた暖さがあった。しかし、演舞場の横を右に折れ病院の五層の窓が見えなくなると、そこは街灯が銀色に照らす人気のない道で、風が急に肌寒く感じられた。

「寒くないかい」と美津夫に言い、外套の襟を直してやるうち、いつもは地下鉄でまっすぐわが家に帰り、夫のいないためつい手のかからぬ料理となってしまう食事をとるのを、今夜はどこかで夕食を食べて帰ろうと思いついた。

「ねえ、おなかすいたでしょう。何を食べる」「スパゲッティ」「マカロニ・グラタンじゃないの」

「あ、マカロニ・グラタンがいい」「どっちさ」「グラタンだよ」美津夫の好物はこの二つで、どんな高級レストランでもこの二つのどちらかを欲しがるので、行く先はおのずから限定されてしまうのだった。

宵の繁華街は混雑し、晴着姿の若い女連れが目につき、今が卒業式の時節と気附くと、不意に九年前、大学を出てすぐに夫と結婚した頃が遠くに浮び、年月の厚みが自分と彼女たちを隔てていることをひしと思った。そう思うと人々はすべて仕合せそうで、夫婦には健康が、恋人には未来があり、交叉点でカメラをかまえる外人の老夫婦も羨しく、私は自分自身が亡霊のように頼りない気がするのであった。
二、三軒迷ったすえ、或る服飾店の八階にあるレストランにのぼり、美津夫のためマカロニ・グラタンを注文し、さて自分はと考えると何も食べたくなく、同じものをたのんだものの結局は食べずじまいで帰宅した。
今朝はまだ夫がいないだけだったわが家は、その夜、もう夫のもどらぬわが家と見え、部屋のなかは見知らぬ場所のようによそよそしく、またうそ寒く、石油ストーブをつけて美津夫をねかしつけようとしても、母の気持を察してか子供はしきりと淋しがって母をはなさず、子供に添い寝をしてやり、子供が眠りこけたあとも私は一人眠れず、相変らず冷えきった足をみじめに擦り合せるのであった。そこへ電話があり、起きるのも億劫で十回まで鳴らしてやり、耳にあてると高山からで、のっけより「よくお考えになりましたか」ときいてきた。

「あのお話、わたくしは反対でございます」と迷わず言えたのは、昼間医者と話したせいであろう。しかし、相手はひるまず、「なぜです」と切りこんできた。「なぜって……」とたちまち口籠り、言うべき理由は多々あるのに「いやだからでございます」なぞ感情的な答えしかなしえず、ひとこと言えばその上を言われる相手と知るからにはそれ以上切返す才覚もなかった。

「奥さん、これは御主人にとって、というより作家美浜健にとって重大なことなのですよ」

「はい、それはわかっておりますが」

「率直にいって、彼は作家としてはまだほんの新進です。新人賞をとったあの作だけではなんともさびしいのです。今彼が書いている長編の完成こそが彼の名前にとって重要なのです」

名前、なんの名前だろう。名前にとって重要とはどういう意味なのだろう。

「奥さん、ぼくはあの長編の一部を読ませてもらったのですよ。文体といい構想といい立派な作になる可能性がある。以前の彼の小説とはまるでちがったスケールの大きい本格的長編なのです。いまのまま黙っていれば未完におわる。惜しい。完成させてから逝かせてやりたい。彼が無能な作家ならこんなことは言いません。彼にはそれを完成する才能も、それから体力もある。足りないのは時間だけです。いまですよ、いま取掛れば、日本文学に傑作が生れる可能性がある」

「それはわかりますが……」ほんとうにはわからないのだ。夫の才能だとか、日本文学に傑作を生むとか、そのこと自体は好ましい言葉だけれども、つまりは言葉にすぎない。

「おわかりだったら、いますぐ彼に決意させるべきです。それが彼にとって最良の道です」

「どうして最良の道だとわかります」私はふと反撃のきっかけをつかみ、その論点にしがみついた。

「友達の一人としてわかります。もし彼が真相を知ったら、彼が決心することは明かです」

「お言葉ですが、わたくしも妻でございます。主人は、現在、入院生活を楽しんでおります。子供とのんびりあそぶのを喜んでおります。それを強いて苦しみに――主人は物を書くとき大層に苦しむのでございます――あのささくれだった気持におとしいれるのは酷でございます。いまのまんまが最良の道です」

「それは欺瞞的状況にすぎない。彼は身の危機を自覚してないから、楽しんでいられるだけです。つまりはまやかしの幸福です。本当の幸福は苦悩のなかにある、おわかりですか、奥さん、あなたの言われた御主人の苦しみ、それこそが実は幸福なのです」

「わかりませんわ、そんなこと。何がまやかしですの。子供と楽しむのがどうして不幸ですの。いったい、主人が子供とあそぶより苦しんで何かを書くほうが幸福だなどと、どうしてあなたに決められますの」

「それはですね、奥さん」とよどみなく続いた高山がそこで絶句したので私は畳み掛けた。

「わたくし、あなたをお恨み申しあげます。実のところ、昨晩、お電話いただくまでは、わたくし、主人が癌などと知らなかったのです。今日万年先生に詳しくうかがい、それからあとはもういっときたりとも落着けません。なぜ、わたくしにお電話なすったか深くお恨み申しあげます。いったいなぜですの」

「それは……奥さん、ぼくが迂闊でした。けれども……この際……本人が幸福、真の幸福を何とか実現できるようにしてやるのが……」

「重ねて申しますが、わたくしは妻でございます。子供もおります。妻や子供をぬきにした、本人だけの幸福なんぞ信じません。なぜって、わたくし主人を愛しておりますから」

愛するとロを出たとたん、私は赤くなり、身内を熱いものが貫き走り、相手に倍する力をもつという自信をえた。が、高山は愛という概念を摑み、それを武器として挑んできた。

「ああ、奥さん、その愛なのです。本当の愛とは作家としての自己を実現させてやること、これなのです。彼は小説家なのです。それ以外のものではありたくない、それが彼の本音です。小説にくらべれば、会社も地位も、ひょっとすると、家庭も小さなもの、そう考える男なのです。つまり、この点で彼は立派な気違いなのです。あなたは御主人を愛すると、そうおっしゃるなら気違いも愛さなくてはなりません。わかりますか」

「わかりません」私は叫んだ。

「ぼくは気違いを愛してるんです」

「そんなことわかりません」

「それは残念です。本当の愛のこと」

「もう沢山」

「それでは明日もういちどお電話をします」

彼が電話をきるとすぐ、私は万年医師を思い出し、彼に高山と話してもらうのが得策と考えついた。さいわい万年は自宅にいて、事情をきくと直ちに高山に電話し、大分長話をしたらしく、一時間ほどして私に電話をかけてき、顔を見て話し合わないことには埒があかないので、明日の午後、病院近くのK喫茶で会うことにしたからあなたも立会ってくれと伝えた。

私は蒲団にもぐりこんでから高山という男のことをあれこれ思った。

夫が小説を書きだしたのは結婚して三年目、丁度美津夫が生れた頃であった。美津夫が三つになった頃、夫は《登龍》という同人雑誌の同人になった。月一回の同人会を夫は楽しみにし、その日は大抵同人達と深夜まで飲み歩いた。高山がはじめて家に現れたのも午前四時で、夫と肩をくんで大声でわめきちらしながら戸をたたいたのだ。

初対面の高山は垢じみた茶の袷《あわせ》の着流しで、素足につっかけてきた草履下駄が泥だらけ、彼の歩いたあとはべったり白く足跡がつくという始末であった。逆三角形の顔には不精ひげがあり、それに煙草を一刻も口から離さず、室内にはたちまち煙と体臭の混った異臭がたちこめた。酔っぱらっていたとはいえ、諸事無遠慮で、私が苦心して集めたテーブルや食器戸棚を見て、「きみの家は大量生産品ばかり買いこんでるな」と評したり、結婚記念にパリの友人が贈ってくれたフェルメールの《裁縫女》を見上げ「ふん、複製とは俗悪な趣味だな」と言う。あんまり失敬だと内心腹を立てていると、パジャマ姿の美津夫がねぼけまなこで出て来、大抵の客なら可愛い坊ちゃんとお世辞の一つもいうものを、「原子戦争がおこるというのに子供をもつとは無責任な生殖行為だ」と、原子戦争不可避論を述べたので私はついに口を出し、「子供たちのために原爆を落さないような思想をお考えになるのが思想家のおつとめでしょう」と高山にくってかかった。高山は素面の私が突然議論に介入したことに驚いた様子で小さな目をしばたたき、そこでふつうの人なら話を冗談に流すのに、かえって生真面目に私に反駁してきた。彼の議論の細目は忘れたけれど、要するに、原子戦争がおこるというのは二十年も昔からわかっており、こんな時代に結婚して子供をつくるのが大間違いなのだという論旨で、いざ述べたてると弁は立つし学問はあるし、私はすぐ黙りこまされた。だらしのないのは夫で、妻の私が傷めつけられているのに、かえって高山に味方し、「結婚などくだらん。子供をつくるのは罪悪だ」とわめきちらす始末。

高山は、すでに数冊の単行本を持つ評論家で、文芸雑誌にも時々書くということで《登龍》の同人たちからは一目置かれていたらしい。夫は若い頃に文学青年だった時代がなく三十代半ばで急に小説を書きだした関係上、文学上の友人は《登龍》の人々よりほかになく、ことに高山とは深く附き合ったけれど、その夫すら高山の変人ぶりには辟易していた様子であった。いつだったか《登龍》で三浦半島に旅行したとき、寝るだんになって、おれはひとりでないとねむれぬといって同室の同人達を追い出し、セリエの耳栓とかを両耳につめて坐禅をくみ、そのますますまじい鼾をたてて眠ったという。或る晩、夫が高山に電話して一杯飲もうとさそったところ、高山は、おれは今某誌の原稿を書いている。今夜中にあと五枚書く予定だがもし五枚分の稿料をお前が払うならお前と飲んでもいいと答えた。夫は時々高山に立腹させられるくせ妙に高山が好きで、「あいつは実は気が小さい男で、表面上の伝法は仮面にすぎない」とか「あの男は思ったことを口にせずにはおけない純粋な男だ」と弁護していた。そして高山のほうも夫の才能を評価し「奥さん、御主人はかならず立派な作家になれますよ」と言うのであった。

ところで私は夫の才能を高山のいうほどには買っていなかった。はじめは夫が文学をやるのは極端に暇を嫌う夫の奇妙な性癖のしからしむるところと思っていたのである。

新婚旅行のとき、夫は終始黙りがちで、それも不機嫌だからではなく、暇が惜しいからで、汽車の中でもホテルに着いても文庫本を読み続けたものだ。それはその後の私たちの生活を予示したようなできごとであった。夫は、私と話をするよりは読書を好むというふうで、会社から帰ると寸刻を惜しんで机に向い、深夜まで書物から離れなかった。夫が、小説を書き始めてからは、今迄の忙しがりやが今度はのべつ苛立つ人になり、毎晩原稿用紙をひろげて潰された獣のように呻き、聞くに耐えぬ雑言を喚き散らし、赤ん坊が泣くと邪慳にどなり、まるで気違いであった。私は保険会社の社員と結婚したのだし、それで満足だから、小説家のあなたはきらいと言えば喧嘩になり、あとの気まずさが不愉快なのでつい私も忍従するようになった。夫が《登龍》の同人になってからは、ますます机にかじりつき、私や美津夫と過す時間なぞ夕食の時ぐらいのものであった。こうして夫の創作気違いを黙認してはいたものの、私は夫の文学的才能を信ずることはできず、時折高山が夫の才能をほめるのを、毒舌を吐いたあとのうめあわせの世辞ととったのである。私が夫の文学に幾分の興味をいだいたのはようやく去年、夫がT誌の新人賞に当選した時からにすぎない。ただし、正直に言って私は夫の文学よりも、夫が有名になることや原稿収入があがることのほうに大きな関心を持っていたといえる。

今、高山の電話を受けて私の思ったことは、高山の言うことは正しい、しかし、今、死を間近にひかえた夫の本当の価値は高山の指摘するところと少しちがうところ、おそらく妻の私だけが知っているところにあるように思えた。しかし、ただそう思うだけで私にはそれを表現する能力がないのであった。

翌朝は鼠色のスモッグが街をひたし、午頃《ひる》より始った小雨は、幼稚園のひけ時にはどしゃ降りに変った。夫は昨日とうってかわり妙にうかぬ顔で臥《ふせ》っており、偏頭痛だと額を拳で押えた。夫は陰鬱な天気になるとなぜかひどい頭痛の発作をおこしやすく、それにはドイツB社のA錠が特効薬なので、いまもそれをとりだしてやりながら私は苦笑した。

「あなた、胃がなくてこれ吸収するかしら」

「さあそいつは問題だな。しかし食物は吸収するんだから、そのくすりだって大丈夫と思うがね」

「なんだかこわいわね。先生にきいてからにしましょう」

「そんなちっちゃなことで先生をわずらわす必要はない」夫は不機嫌に顔をしかめると瓶から錠剤を手にあけ、のみこんだ。

「水は」ときくと「いらない」と睨みつけた。まるで原稿の締切間際のような険悪さに、たちまち美津夫は怯《おび》え、私にぴたりと身を寄せ、私は硬質の雨音の立つ窓へ眼をそらした。へんに焦げくさい臭がすると見ると灰皿にうず高い吸殻の山で、私たちより先に高山が来たのだと悟り、胸一杯の不快を吐きだすように言った。

「あのひと又来たのね」

「高山か、来たよ」

「ながいことといたの」

「一時間ぐらいかな」

「困るわね」

「何が」

「入院患者のところに一時間もおられちゃ困るわ」

「見舞に来てくれたんだぜ」

「長居しすぎるわよ。いったい何を喋っていたの」

夫は眉を顰《ひそ》め、それは答えたくないからで、夫は会社や文学のこと、つまり自分の仕事を妻と語りたがらぬのだった。このことで私は一度もうらみがましいことを言ったこともなく、むしろ夫の特権と尊敬していたのに、その日、私はヒステリーをおこした。どうせわたしは莫迦だから、無知無教育な女だから、文学なんかわからないから、いいわよ、あなたはわたしなんかより文学が好きなんだから、わたしは美津夫と死んじゃうぞ、と泣きわめいたのだ。

涙とヒステリーに弱い夫は、威厳を取繕いながら当惑の体で、一方で、まあきみ、美津夫もいることだしとなだめ、他方で、なんだはしたない、と叱りつけ、とどのつまり目的を達した私は鉾《ほこ》をおさめ、そこでやさしく「ねえ高山さんと何を話したの、おしえて」と尋ねた。

「なあに、例の長編のことだ。ぜひ書けとすすめるんだ」

「退院してから、ゆっくり想をねって書けばいいんでしょ」

「そうもいかん」

「どうしてよ」

「入院が長引きそうなんだ。けさの回診のとき万年先生から言われた。用心のために放射線療法をうけたほうがいいというのだ」

「何の用心」

「なんでも胃を切ったあとが前癌状態になりやすいからだという」

「前癌状態って、まさか癌じゃないんでしょう」

「ちがうさ」夫は微笑した。「ぜんぜんちがうよ」

「ああびっくりした。癌かと思ったわ。癌だったら大変」そう言いながら私はひそかに夫を観察し、そんな図太い自分の行為に驚き、これが私かしら、夢のようだ、夢のなかで私はこんな大胆な演技をしていると思った。

「入院がながびくとすれば、高山のいうように、ここで小説を書いたほうがいいかもしれん」

「ながびくってどのくらい」

「それをぼくもきいたんだ。万年先生ははっきり答えてくれないが、この本によれば、放射線療法は三カ月から半年とある」

夫は『胃病のすべて』という本を指し、昨夜本屋で買ったと言い、開くと、夫の癖で青と赤鉛筆で傍線をひいた頁がすでに半ばに達していた。

「こんな本読まないほうがいいでしょう。取越苦労しちゃうから」

「心配するのはきみのほうじゃないか」夫は本を取戻し「小説を書くか書かぬか、それが……」とハムレット風の仕種をした。

「どうするの」

「迷っている」

「ああ、わかった、それで頭が痛むのよ」

「莫迦いえ、偏頭痛は天気のせいだ」

「ねえ、あなた」私は夫の目を覗いた。「あなた、その長編を本当に書きたいの」

「奇妙な質問だな。書きたいの、ときた。書きたい、書かねばならぬ、書ける、書く、それが全部合併した気持だな」

「なによそれ。つまりねえ、書ければ幸福」

「そりゃ幸福さ」

「わたしゃ美津夫と暮すより、もっと幸福」

「ははあそういう問題提起か。次元がちがうね。同じ秤には載せられん。それを同じようなもんだと錯覚するから、きみは文学に嫉妬したりするのさ」

「それならうかがいますけど、あなたが小説を書いているときわたしゃ美津夫が傍へいくと、いやあな顔をするじゃないの」

「潮時というものがある。小説の潮時、きみや美津夫の潮時」

「それはわかるけど、小説のシオドキのほうが圧倒的に長くて重いんだから」

「それはちがうよ、長いけど、重くはない」

「どうですか」

「パパとママ、もうお話やめなさいよ」ワンマン・カーに見立てた扉をあけたてしていた美津夫が間に入ってきた。子供ながらよいタイミングである。

夫はベッドから起上り、頭を振り、どうやら頭痛はなおったようだと言った。

「新しい胃が薬を吸収できたのね」と私が笑うと、美津夫が外を指差し、「ちがわい。雨がやんだからだい」とませた口をきき、夫婦は顔を見合せた。夫に美津夫を託し、買物の口実で院外にでると、私は湿った暖い風にくるまれ、長風呂のあとのように全身がけだるく、水溜りで滑って持ち堪えようとした脚に力が無かった。

私がK喫茶についたとき、すでに万年と高山は何やら熱心に話しこんでおり、万年は私に気附いて会釈したが高山は眼鏡の奥で小さな目をちらとさせたのみで、議論に気を奪われていた。

「だから医者はきらいだ、おれは」

「そういうなよ。きみだって病気のときは医者にかかるだろう」

「かからない」

「きみは健康だからそんなことが言える。もし病気になったら」

「そういう仮定が医者の倨傲《きょごう》だ。いつも原則論で個人をくるむだけだ」

「いや、奥さん」万年は、汗で光る禿げあがった額をハンカチで拭いながら、私に説明した。「高山のいうには、医者は患者に対して診断や治療の方法を教える義務がある、なぜならば人間は自分の体の処置を自分で決定する権利があるから、というのです。患者は医者に自己決定のための資料を要求し、医者は患者に説明しなくてはならない。これは患者の人格の主体性を尊重する建前からいって当然の帰結だ、とこういうわけなんです。しかし、ぼくはちょっとちがう意見で、癌患者に対して無条件に真実を告げるべきだとは思わない。つまり、こんな病院で働いている関係で、患者に真実を打明けることが、彼らからすべての希望を奪いとること、それは残酷な死刑宣告と同じだと知ってるからです」

「死刑の宣告は残酷か」高山が鋭く言った。

「残酷だと思うがね」万年がすぐに応じた。

「おれは死刑の宣告ほど人間的な行為はないと思う。むしろ宣告もなにもなしに犬のように殺されるほうが残酷だと思う」

「それは強者の論理だね。人間は弱いものだよ。とくに病気になった人間は弱いものだよ」

「しかし、真実を打明けたことが、かえって患者に勇気をあたえ、あるいは生涯のさいごに静かな諦観の時をもちえた人物もいるにちがいない」高山は煙草を立続けに燻らし、煙の中で豆のような目を光らせた。

「わからない。こういうこともあるからね。ぼくの先輩の外科医でこの病院の医長をしていた人が肺癌になった。周囲の人はみんなそれを本人に秘密にしていたが、治療効果がさっぱり無いのをあやしんだ本人が真の診断を知りたがるし、本人は癌ならば自分の身辺をきちんと整理して心のこりなく死にたいという。そこで誰かが診断を教えたところ、気丈夫そのものだった人が案外にも意気沮喪し、すると病状が悪化し、ひとつきほどで死んでしまった。癌という一言がその人の死期を早めたんだ」

「その場合、癌だということを周囲の人々がながいあいだ秘密にしておき、或る時突然本人に教えたということがいけないのだ。彼は人間に対する信頼を失ったがために死んだのだ。はじめから公開しておけば、彼も外科医だ、同僚に身を託することもできるし自分の責任で治療方針をきめること、つまり自己決定の道を選んだかもしれない」

「かもしれない、いい、それみろ、きみだって推測できるだけじゃないかね」

「ただし、きみの推測よりは、ぼくの推測のほうが人間的だ。個人の自由と他人への信頼の念を尊重する立場なのだから」

「人間には真実を知る自由がある。それはわかるが、知らない自由だってあるだろう。真実なぞ知りたくないという人もいるよ」

「そういう人が多いといいたいのか」

「そうだとも」

「だから医者は沈黙する」

「沈黙はしないよ。沈黙ほど雄弁なものはないからね。患者に向って、はっきりとこう言う——あなたは癌ではありません」

「完全な欺瞞だ」

「しかし、人間的な欺瞞だよ」

「なにが人間的だ」高山は語気をつよめた。「人間的とは、自由であることだ。個人の自己決定の自由をうばい、真実を隠蔽しておいて、人間的とはおこがましい」

「本当をいうと」万年は、私を振返って溜息をついた。「美浜さんの場合ですね、この男のいうように真実を告げたほうがいいと思うこともあるのです。ぼくは美浜さんの人物をよく知らないから、あるいは高山のいうことも正しいのかもしれない。どうお思いです」

「実は」高山が割って入った。「彼にはもう真実を話したのだ」

「いつ」万年と私は驚いて息を詰めた。

「さっき、むろん、はっきりではないが」二人の剣幕に多少どぎまぎしたらしく、高山は居ずまいを正した。

「莫迦なことをしたな、何て言ったんだ」万年の体から汗がふきだし、室内の温気に生臭い体臭がふっと混った。

「人間はいつ死ぬかもしれん。できるうちにできることをやるべきだ」

「それだけかい」

「それだけだ」

「どんな状況でそれを言ったね」

「一般的な問題としてだ。人間の生き方の問題としてだ」

「診断は――癌だという」

「はっきりは言わない」

「暗示はしたのかね」

「した。きみは作家なのだから、今、死病にかかっていると想像してみろ、そうすれば、一瞬たりとも無駄に生きないはずだ」

「いったい何の権利できみは」万年は平生の柔和な声を甲走らせた。「他人の生に、きみの御得意の用語でいえば、実存に干渉するんだね」

「干渉はしない。暗示したのだ。暗示された事柄を判断するのは彼の自由だ」

「しかし、結局は、きみは彼の実存に影響を与えた」

「それが悪いことか。他人の実存に影響する。それは人間がこの世にあるかぎり致し方のないことだ」

「事は人の生命にかかわるから、少くとも人間の生命に関する限り、きみの論理——倫理といおうか——は間違っているよ。きみの一言で彼の命が（いや奥さんごめん下さい）縮まるかもしれない。ひょっとしたらもう手遅れかもしれないのだ」

「逆に、彼の命が伸びるかもしれない。充実した最期の生をおくれるかもしれない」

「かもしれない。ほら、又出発点に逆もどりだ。どうなんでしょう。奥さん、御主人は本当の診断に耐えられるでしょうか。こんなことをお尋ねして恐縮だが」

「さっき主人に会いましたら、主人は」私は、割切れない濁った空気を追払うように鋭く言った。

「もう知っているようでございます」

「この男のせいですか」

「それもあります。でも、主人はずっと前から、多分入院したときすでに、自分が死病の虜となったことを知っていたような気がするのです。はい、そうです。主人はこの入院が死の入院だと信じておりました。もちろん疑ってはおりました。けれどもその疑いは、信じたくないという気持のためでした」

「それだったら、ぼく達がこんなふうに議論したのも無駄だったわけか」と高山。

「いいえ」私は強く言った。「実のところ議論の内容は私によくわかりませんでしたけれど、みなさんが心配して下さったということだけで感謝しております」私は込み上げた涙にうつむいた。

「奥さん。論理を感傷に流してはいけない」と高山が言った。

「きみ、やめたまえ。失礼だよ。奥さん、この男は彼なりに真剣なのです。お怒りになっちゃいけません」

「わたくし、怒ってはおりません。よくわからないのです。どうしたらいいか」

「誰にもわからないのです。こういうことには唯一つの結論、至上の真理はないのです」

「わたくし」私はハンカチで涙を拭うと微笑み、そうすると晴々した気持になった。「高山さんに感謝しております」

「なぜです」高山は眼鏡を光らせた。

「主人にはっきり言っていただいたから、主人は決心したのですわ、この世を去るまでのあと数ヵ月を自分の自由に生きること、花の強い香りがほんのしばらく消え残るように生きることを」

「しかし御主人は前から知っておられたそうだが」

「ですから、主人は知っていても決心がつかなかったのですわ。それがついたのです」

そう言ったとき、私は心では明確なことを、頭では上手に表現できなかったのであり、それを表現しようとすると夫と私との長大な物語をせねばならぬ、そんな気がしたのである。高山は去り、万年は私を病院までおくってくれたが、途中、ビルの合い間に凝縮された強風が私の髪を乱した。

帰った部屋には誰もいず、にわかに吹き始めた風が窓ガラスをゆするのみであった。廊下を探してみたが二人の影はなく売店にでも行ったかと思い、疲れた頭をベッドにあずけると夫の男くさい体臭がシーツから立昇り、それに鼻をつけて嗅ぐうちに熱いものが乳房に走り、人目のないのをさいわいシーツに頬ずりし枕を撫でて陶然とした。そのうち室内が薔薇色に輝きだしたので驚いてみると西の黒い雨雲がめくれ紺青の空が現れていた。風がスモッグを吹き払ったのか雲の切れ目は鮮明な山岳の形になり、そのマゼンタ色の縁は絹の刺繍のように艶やかであった。私は地下のグリルかテレビのある待合室と見当をつけて二人を探しに出、ふと思い当る節あって屋上にのぼってみたところ果してそこにいた。二人は金網をにぎって風に洗われていた。

「あらあら、風邪ひくわよ」すぐ後まで忍んで行ってから私は言った。

「おどかすなよ」夫はガウンの前をだらしなくはだけた姿で振返った。「ここにいるとよくわかったね」

「わかるわよ」私は夫の前を直し、帯をしめなおした。「第六感」

「何見にきたかわかりますか」と美津夫がクイズ番組の司会者を真似て言った。

「それは山ですか」

「はい、そうです」

「それは高いきれいな山ですか」

「はい、そうです」

「わかりました。富士山です」

「あたりました。キンコン」

らめしく眺めた。
「でも見えないわねえ、富士山」私は西の方一帯に意地悪く立ちはだかっている大小のビル群をう

「あっちの方角なんだけどねえ」と夫が首を振った。

「でもねえ、ママ、海がみえるのよ、こっちいらっしゃいよ」と、美津夫が私のスカートを強くひいた。

海というのは、その方向にわずかに茂る緑——それはH離宮の緑と思われた——の横に見える灰色の線のことで、それが海なのか建物なのか不分明なのに、夫が片目で合図したので私はそれを海にした。

「ほんとうだ、海が見えるねえ」

「きっと船だって見えるよ」と夫。

「こんど、船を見に来ましょうよ、ねえ」と美津夫。

風にふかれて三人は並び、大小の墓標のようなビルに囲まれた四周のうち、一点、海と思われるものを眺め続け、そうしているとそこに鉛を流したような海が確乎として横たわり、その遥か上に巨大な塔のような富士山がそそり立つ気がした。

二月の初めの火曜日、夫が入院する前日に、私たちは一家でドライブに出掛けた。その半年後に夫は死に、その間病院から外へは出なかったのだから、これは私たちの最後の旅になったわけだ。

それは、寒風の空を洗う日で、ラジオは山岳部の雪を予想していたけれど、そんな予報が嘘のように軽やかな陽光が山々にそそいでいた。往き交う車は少く、風のみ激しく黄緑の丸い丘を渡っていき、それは笹原がなびき伏して幾重ともない波型を頂へと送る様子となり、あたかも地表から風

が噴出するように見えた。そして富士が、青空を切抜いたように鮮明に中空に懸かっていた。

箱根には何回も来たのに私たちは天候にめぐまれず、いつも富士が見られなかった。だからその日、湖をめぐる外輪山の彼方にひときわ抜きんで、まるで絵葉書そっくりの構図のなかで富士をみたとき、一瞬それが本当と思えず、へえっと溜息をついたものだ。「あれなんだ」「そうよ、あれよ。美津夫、ほら、富士山よ」「ほんとだあ」と頷き合いながらそれを見、実際の富士は意外に高くふり仰がねばならず、そうしている私たちを上から見下し面映げに目をしばたたいているようであった。頂上から真白にひろがった雪は宝永山の削げた崖のあたりであおずみ、その青は起伏のたびに濃さを増して地上の青へと融けこみ、その和やかな移行に親しみがもてた。

とある曲り角に空地をみつけ、昼食にしたが、外へ出ると寒いので、座席を後に倒して車内に店を広げ、車を風がゆさぶるなかでそれだけは小さなわが家という安心で、私たちははしゃぎ、平素気難しい夫がいつになく打ち解けて美津夫をからかった。美津夫も父親と一緒にこんな遠方にドライブしたのは初めてのことだし、急に空気のよい山に来たためもあり、うきうきと父親に応じた。食後、ふたりは手をつないで外に出、父親が風に倒れぬよう子供をささえ、ならんで小用をたす図もむつまじく、それを目を細めて眺めていた私は、ふと黒々とした不安が胸底にうずいて目をそらした。その不安は、美津夫へのやきもちと夫への憐みの混った変な気持で、それというのも、夫が私にあまり話しかけず、話しかけても、何か自分の言いたいことを心で抑えるような不自然さがあったからである。

その前日、月曜日の朝、八時ちょっと前に夫は会社にでかけ、私は美津夫を幼稚園まで送り、かえって洗濯機のスイッチをいれたとき、電話がかかった。重い男の声で、こちらの名字をたしかめ、

「奥さんですね」と念を押したうえ、「こちらは癌センターですが、ベッドがあきましたので、水曜日の午前十時までに入院の準備をしておいてください」と録音された天気予報のような事務的な調子で言った。ただちに会社に電話して夫を呼出し用件を告げるうち、急に無性に腹が立ち、私に内証で診察をうけ入院の予約までするとはひどい、あなたが死んだら私も美津夫も生きていけぬから死ぬと、電話口でヒステリーをおこし、さすが会社の交換手が盗みぎきしていたらと声を鎮めた。

「どこがわるいの、あなた」

「胃だ」

「ひどいの、あの……癌なの」癌という言葉を口にしたとたん、私から冷汗が滲み出た。

「それがわからんから入院してしらべるのだ」私が苛立てばすぐ腹立たしげになるはずの夫の声は同僚の手前もあってか小憎らしいほどに落着き払い、机の抽斗に入院案内があるから必要なものを揃えておいてくれ、と頼んだ。

入院案内の携帯品の項がすぐ注意をひき、洗面用具、下着類、寝衣、スリッパ、箸、スプーンのうち新しい下着だけは買いにいかねばと、幼稚園のひける前にデパートにかけつけ、美津夫を迎えて帰ると社を早退けした夫がいた。

「ねえ、どんなふうに具合わるいの」

「去年の暮、会社の胃の集団検診でね、要注意ということで正月からずっと外来で精密検査をうけ、その結果入院ときまったんだ」

「でも癌センターに入院なんて、いやな感じだわ」

「入院する人が全部癌だというわけじゃあない。あそこにはいろんな胃腸病の患者が集るんだ」

「外来の先生のお見立ては？」

「胃潰瘍のうたがいで、ひょっとしたら手術が必要かもしれん」

「いやだわ、手術なんて、痛いでしょうね」

「いや、今は胃の手術なんて簡単で安全なものらしいよ。心配いらん」

「それにしても」私の声は上擦ってきた。「なぜ、わたしに黙っていたの」

「きみを心配させたくないと思った」

「あら、隠してたほうがよっぽど心配よ」

それ以上何を尋ねても夫は生返事で、せっかく早めに帰宅したのにくつろぎもせず、私の揃えた下着類を見向きもしないでたのまれた原稿を入院前に仕上げておくというと書斎に籠ってしまった。なにも入院間際まで仕事をせずともと思うのだけれど、言いだしたことにさからえば夫の性分でかならず癇癪をおこされるので、じっと耐え、夕食後、そそくさと夫が書斎に立つのも笑顔で見送った。けれども、テレビ・雑誌・週刊誌、なにを見ても面白からず、思い出してハンカチにアイロンをかけ、これもすぐおわり、夫と美津夫のズボンを出し、次々にアイロンをかけ、やたらと忙しがりつつ心で飽きあきしているうち、十二時となって夫が現れた。

「おわったの」

「ああ、何とか書きあげた。これ頼むよ」夫は新聞社あての封書を私に渡し、「ほかの頼まれ原稿はことわるより仕方がないな」と欠伸をした。

「もうねるの」

「そうだな、一杯のむか」

夫はウイスキーの罎とグラスを出し、冷蔵庫をあけてツマミを物色し、そうなると私は急にいそいそと白菜の漬物を切ったりオイル・サージンの缶詰をあけたりし、それから自分用のグラスを持って夫の横に坐った。

「なあんだ、きみものむのかい」

「のませていただきますとも。胃病の患者さんがのむのだから」そう言ったものの朝から胸底に蟠《わだかま》っていた心配がうごめき、「ねえ」と夫に言いかけてやめた。

「へんだねえ、きみは」夫は笑い、笑うと目尻に集った皺が顳顬《こめかみ》の白毛を注目させ、ふいに老人じみた容貌にみえてきた。こころなしか浅黒い肌にうるおいが足りず、それに頬がこけているようにみえ、皺の目立ちもそのせいかしらんなど思った。私は夫に話しかけたかったのに、夫はテレビをつけ、丁度すきなジャン・ギャバンがとびだすとそれに見入ってしまった。

夫が床に入ったのは映画がおわったときで、私も寝、酔った勢で私は夫に寄り添い、抱いてと甘えかかった。夫は私を撫でながら、「明日はひさしぶりのドライブにいこう。何だか急に、山が見たくなったよ」と言った。

「入院の準備はしなくていいの」

「きみが揃えてくれたんだろう。ぼくはこの身一つでいけばいいんだ」

「たいしたことないといいわね」

「いいや、癌かもしれないぞ。ぼくは死んじまう」

「いやよ。そしたらわたしも死んじゃうから」

「美津夫はどうするんだ」

「道連れにするわ。心中」

「ばかな」夫は私を抱いたまま、心配するな、四十歳で癌になってたまるか、癌としては症状が少なすぎる、胃の不快感・胸焼・噯《おくび》・下痢・貧血などのすべての症状がないだろうと言った。けれども、その一つ一つを確かめ、私の同意を求めるやりかたが私にはかえって夫が癌を恐れているととれ、夫が「どう思う」と尋ねたとき、私は声を励まして「そうよ四十歳で癌になるもんですか。絶対に癌じゃないわよ」と否定してみせた。

　天気予報のせいか、また平日のせいか、路上に車は稀で、湖畔の町にも人影は少く、風が陽光をかすめて笛のように鳴るばかりであった。箱根に来たのは、思えば夫が文学など始める前の暇な頃、美津夫がまだ生れぬ頃で、最初は秋で新婚旅行のとき、二度目は夏、三度目は春。今を冬とすればこれで四季とりどりの箱根を見たわけだと私が言うと、ハンドルを握っている夫は、なるほどそうだと頷き、冬は車が少くていいと言いざま速度をあげた。

「おやめなさいよ。あぶないわ」

「百キロだ」

「スピード違反よ」

「平気さ」

「つかまるわよ」

「つかまりゃ、面白いさ」夫は愉快そうに高笑いし、タイヤを横滑りさせて七曲りの道をとばした。

その時、後の席にいた美津夫が、頓狂な声をあげた。

「パパ、こわい顔してる」

私は夫の横顔を見た。裂けんばかりに目を見開いて、額には点々と汗を吹き出しているその奇怪な面相は、まるで狂人のそれであった。

「あなた、後生だからスピードをおとしてちょうだい。美津夫がこわがってるわ」

「あ、パパ、笑った」美津夫がバックミラーを覗いて言うと、同時に速度が落ち、車は、平坦な舗装路を気持よく進んだ。

「ばかなひと」私は子供にきこえぬよう小さく言った。

道が半円形に彎曲した端に銀色の旗竿が並び、見覚えのあるユネスコ村の村落が斜面にひろがり、と思うと小石をけたてて車がとまった。

「どうするの」

「入ってみよう」

「やってるのかしら」

「売店の電気がついているからやっているらしい。美津夫、おりるんだぞ」

砂利敷の駐車場には私たちの車だけしかなく、その空虚な広場を吹き抜ける風は氷のように固く冷たく、美津夫に厚手のセーターを着せ、私が顔をスカーフで包んでいる間に、夫は髪を逆毛立った形で流しながら歩いていた。

無人の村の道に日は白く跳ね、そこを夫と美津夫が駈け私が追い、三人の影は妙に淋しく伸び縮みした。大半の建物は閉鎖されて、外側を眺めることしかできず、それでも平仮名で標示された国名は美津夫にも読め、いぎりす、あめりか、ぎりしゃ、と子供の澄んだ声が風に乗った。遠くから、日本館と見た家屋は近寄ると水車小屋をかたどった便所で、冷えて小用のたまった三人が用を足した。そうして体を動かしているうち私たちは朗かになり、お国ぶりの建築を巡りながら鬼ごっこをし、美津夫などは顔を真赤に上気させていた。疲れてぶらじる館に入ると、ここはカウンター型のコーヒー店にしつらえてあり、アノラックを着、日焼けした青年が愛想よく迎えてくれた。

「中々寒いなあ、山は」と夫が手袋をぬいでかじかんだ指に息をかけた。

「今日はこれでも暖いほうなんでさ。正月に吹雪いたときは零下二十度になったけな」

「ほう」夫は大袈裟に驚いた。

「新道が凍って車が数珠繋ぎでね。動くとスリップするんで、結局、ストップでさ」

「ほう。みんなチェーンもなしに来たの」

「チェーンがあってもだめ、なにしろ氷の斜面ですから。ところでおれの勘では近く雪が降るからあなた方もはやく下山したほうがいいな」

「ほう。なぜ」

「こう風が強くて富士がよく見えるとあとで雪がふる。この前もそうだったから」

「なるほどね」

「とにかく、あいつが、でっけえ雪の塊なんだから」

青年はアノラックの襟から太い頸をつきだし窓ごしに外を覗いた。夫は手袋でガラスの曇りを拭い、私たち三人は頬を寄せ合って富士を眺めた。その美しい山が吹雪をよびおこす冷酷な雪の塊かと思うと私は心配になった。

「雪が降ったらわたしたち帰れなくなるわね」

「そういうわけだ」

「早く帰りましょうよ。帰れなくなったらたいへんよ」

「なあに、そうなったら入院をのばす口実ができていい」

夫は内心、入院がいやなのだと私は気附き、強いて茶化すように言った。

「でも、入院前日にドライブしてたなんて不謹慎だっていわれるわ」

「入院案内にドライブ禁止とあったわけじゃなし。そんなことといえば、酒をのんじゃいかんとも書いてない」

「お客さん、入院ですか」と青年が言った。

「まあね、今をはやりのドック入りというやつだ。きみなんか若くて病気がないからいいなあ」

「お客さんだって若いじゃない」

「ははあ、ぼくがいくつぐらいに見えるね」

青年は夫と私と美津夫を見較べ、首を傾げた。

「三十……二か三だな」

「いや、ありがとう」夫は高笑いし、親密な目附で青年を見た。「急に元気になったよ。若い気持になった」

「ほんとはいくつですか」青年は素朴な好奇心を示した。

「四十だよ。あとひとつきでね」

「そんなに……そんなには見えませんね」

「お世辞がうまいね」

「お世辞じゃありません」青年はむきになった。「ほんとに三十二ぐらいにみえますよ」

そんな話をしているうち美津夫は退屈し、外に出ようとせがんだ。村の斜面の遥か下に風車が廻っていたのでそこまで行ってみようということになった。

「驚いたね、ぼくは大抵年齢相応に見られるんだけどな。暗くて皺が見えなかったんだろう」

「空気のせいよ。のんびりしたから皺も伸びたんじゃない」そう微笑んでみせたものの、日に曝された夫の顔は昨夜と同じくじじむさくみえ、私の微笑みは余計物のように具合悪く頬に残るだけになった。

大型のオランダ風車は、湖面を渡ってくる無障碍の風を受け、腕木を力一杯に振廻していた。風車小屋の二階に登ると眼下にひろがる湖には白刃をかざした波が出没するのみで、そのけわしい風光に私の胸はさわいだ。頭上で廻る風車の軋みがなぜか体をえぐるようで軽い眩暈《めまい》を覚え、欄干を押えていると、夫が私の心を読んだように、新婚旅行のときここに登ったねと言い、あっと昔を思い出した。私たちは第一夜を仙石原のホテルですごし、はじめて女になった朝のおそらく女だけが知るもの悲しい気持で夫に従い、山頂へロープウエイで行ったり、湖水めぐりをしたりで忙しくすごしたすえ、ここに来たのだがなぜかここの印象がながい間記憶から欠落していたのだ。大勢の観光客と押し合いながら風車小屋の階段を登り、湖を見渡したとき、突風がおこって風車がまわりだし、私はそれが滑稽で大声で笑い、夫から不審の眼で見られた。

「なにがおかしいんだい」「ただ、なんとなく。風車がまわるから」「風車がまわるとおかしいかい」「ええおかしいわ。だって、まわらないと思っていたのがまわるんですもの」夫は若い女の笑いを理解せず、その当惑した様子がおもしろくて私はなお笑い、ついに夫が本気で不快な表情を示したのでうろたえて私は笑いをやめた。私はその時、終結した娘時代への感傷を、つまり夫というはじめてで最終的な男性に自分をささげた哀愁をおさえて笑っていたのに、夫は私を慰めもせず、かえって顔をしかめ、乱暴に階段を下りていった。私は泣いて夫のあとを追い、涙を夫にみられるのがいやでそっとハンカチで拭い、夫が振り返ったときはにっこり笑ってみせたのである。

美津夫が寒がるので私たちは風車小屋を引揚げ、斜面を登りはじめたが、私の気はむすぼれ、夫と美津夫のあとをつける気もせず、二人の影が小さくなってもゆっくりと歩いた。ふと私はたった一人で、異国の建物の間におり、私の影法師が異様に黒く地面に貼り附いているのを見た。魔法の力で幻影の世界に拉致されたように、あたりの明暗のコントラストが強くなり、明るい部分はギラギラめくるめくほどに白く、暗い部分は穴の奥底のように黒く、いわば調子の狂ったテレビの画面のなかに置去りにされたかのようであった。そんな莫迦なことはありえないと私は力み、尾根や湖や富士などがふつうの感じに戻るように凝視してみるのだが、どうしたことか私の視線は一点に定まらず、何か底意地の悪い磁力で弾きかえされたかのように物から物へと飛んでいき、そのあげく私は何もみることができなかった。物の形ばかりではない、私はすべての物音を一時にきき、そのため何もきかないのと同じことになった。美津夫と夫が私を呼んでいる——そのことは分るのだけれども、同時に、風声が波の音が何かの倒れる音がきこえ、美津夫の声だけに注意を集中することができないのであった。「どうしたの、ママ、はやくいらっしゃいよ」「ツグヨ、何してるんだ」「ママ」「気分でもわるいのか」

私は夫に支えられて車までいき、毛布をかぶって横になった。夫がなにくれとなく私の世話をしてくれるのが嬉しく、まるでそれを目当てに病気になったようできまりがわるく、目をつぶっていると夫は濡れタオルを額においてくれた。

「気分はどうだ」

「気持がいいわ」

「医者を探そうか。近所のホテルにいけば頼めるだろう」

「こうやっていればなおるわよ」

「どうしたんだろうねえ」

「何だか急に気が遠くなったみたい。きっと寒かったせいよ。足がとても冷えるの」

「どこか暖いところで休もう」

夫は車を出発させた。私は大分人心地がついていたけれどそのまま横になったままで下から世界を眺めた。キラキラ光る杉の梢が青空を薙《な》いでいき、野放図に深い青には滑らかな肌を輝かす雲が浮び、そんな光景にみとれているうち、不意に無骨な鉄線と塔が視野をかぎり、そこは湖尻のロープウエイの発着地であった。

「誰もいないな。しまっているらしい」

レストランの窓はカーテンを垂れ、改札口は無人で、駅に停ったゴンドラは風に顫動《せんどう》し、キーンと鉄索が唸り、岸辺から舞上った赤茶の砂塵が道を渡っていき杉林に吸いこまれていった。

「ゴーストタウンだな」

「ゴートタンてなあに」と美津夫がきいた。

「お化けの町だ」

美津夫は私にしがみつき、男の子のくせにだらしがないと思いながら、抱いてやり「こわくないのよ。パパがおどかしてるのよ」

「パパ、おどかしちゃだめよ」美津夫は父親の肩をたたいた。

「ハイ、ハイ」

夫は車をのろのろと動かし、砂塵をよけ、「ここで毒蛾に出会ったな」と言った。

「あら、あれはここだったかしら」

「この道だよ。もう忘れちゃったのか」

「あの時は暗くてどこだかわからなかったわ」

美津夫が生れる年の夏のこと、強羅に泊った私たちは夜ドライブに出て毒蛾の大群に囲まれたのであった。暗い小雨の降る夜で、湖畔にでようと坂を下っていくうち人っ子ひとりいない道に出、ヘッドライトの光芒のなかに突如花吹雪のようなものが現れ、それはほとんど無数というべき銀色の蛾で、ペタペタッと濡れた羽音をたててガラスに貼りついてきた。狼狽して窓をしめたが数匹が中に入り、生来この虫の嫌いな私は金切声をあげて逃げ、ハンカチで蛾を潰す夫の奮闘ぶりを頼もしいと思った。ちょうど箱根一帯に毒蛾が発生したというニュースが流れているときでもあり、あちこちにこびりついた鱗粉が気持悪く、その場を脱しようと速度をあげて群につっこむと、それが功を奏し、蛾の群は敏感にとびのいてトンネルのような道をあけてくれた。ところが、帰路、ダッシュボードに落ちていた蛾が羽をひろげてとびたち夫の頸にとびかかり、不意をつかれてハンドルをあやまった夫は急ブレーキをかけ、雨にすべった車は路辺の鉄柵に当ってとまった。

「あぶなかったわね、あのときは。あと三十センチで、崖から落ちてたわ」

「そうすりゃ今我々はこの世に存在しないわけだ」

「そのほうがよかったかも知れないわね」

「なぜ」夫が聞き咎めた。

「だって」私は夫の強い口調にうろたえた。

「いや、そのほうがよかったかも知れんぞ。どうせ、おれは死ぬんだからな」

「そんな意味で言ったんじゃないわ」

「人間は死ぬ。いつ死ぬか知らずに死ぬ。あわれなもんさ」

「もうそんな話やめましょうよ」

「きみが言いだしたんじゃないか」夫は考え深げに附加えた。「おれはもう長く生きられない。そんな予感がするんだ。おれの一生は無駄だった。会社員としては二流、作家としては無名、夫としては失格、父としては無能」

「およしなさい」私は、夫の顔に意外に険しい立皺が刻まれたのを見て恐くなり、努めて明るく言った。「ばかな考え、やめましょうよ。あなたが死んだらわたしも死ぬわ」

最後の言葉を美津夫が聞いた。「いやだよ。ママ、死んじゃいやだよ」

「この子だけがおれの痕跡として生き続ける。おれの名は消える」

「それじゃ、わたしはどうなるの。わたしは無名だけどそのことで一生が無駄なんて思わないわ。そりゃあなたが作家として価値のある仕事をしてくださるのは嬉しいけど、あなたが作家としては無能だってわたしにとってのあなたはちっとも変りやしない。あなたと一緒にいることで幸福よ」

「幸福か」夫は薄笑を浮べた。

「女の幸福ってそんなものなのよ」

「はかないな」

「はかないわよ。ただし申し上げておくけど、あなたは結婚した以上妻子を幸福にする義務がありますからね。それがいやだったら結婚しなけりゃよかったのよ。高山さんみたいに独身主義を通せばよかったんだわ」

「高山か」夫はつぶやいた。「あの男にはあの男の信念があるんだよ。そういえばきみはあの男が嫌いだなあ」

「嫌いじゃないけど……よくわからないのよ、あのひとの言うこと。いつだったか、美津夫を見て、子供をつくるとは無責任きわまるだなんていうでしょう」

「あれは、彼なりに筋が通っているんだよ。彼の思想には、将来人類が原子戦争をおこさないようにするだけの回答がない。戦争によって殺すような子供をつくるのは罪悪だというわけだ。彼は自分の思想に忠実なんだ」

「忠実だか何だか知らないけど、あのひと、結局は子供のかわいさってことがわからないのよ。子供を認めない思想なんてインチキだわ」

「インチキか」夫は苦笑した。後の席に横になっている私にはバックミラーを通して夫の顔がよく見えた。

道が二つに分れていた。

「さて、どっちへ行くね。きみ、気分はどうだ」

「大分いいわ。まだ足が冷たいけど」私は起きあがって道標を見、「仙石原に行きましょう。Fホテルに行ってみたいわ」と言った。Fホテルとは私たちが新婚第一夜を過したところである。

「あのホテルはまだあるかな」

「行ってみればわかるわ」

「よし」

車は滑らかに走りはじめ、道の左右に真新しい大小のホテルが現れては去った。

「このへんも変ったねえ」と夫が溜息をついた。

「昔はずっと野原だったわね」

「しかし、まだ空地はあるな、どうだいここに地所でも買って別荘を建てるか」

「結構ですね」とおどけたように私は言ったものの声は弾まず、それに気がついたのか夫は眉をひそめ「そんな夢もはかなしか。この景色も見おさめだ」と言った。

「いやよ、また不吉な想像して」すぐ笑に打消した私は、夫が自分の病気と死を結びつけて考えていると思った。今から思えば、夫は病気を、なにか言い知れぬ体内の感覚としてはっきり予感していたとも思えるのである。

乙女峠の有料道路が開通したためか、仙石原のFホテル近辺の様相も一変し、道幅が広くなった分だけ沿道の森が削られ、別荘やホテルが殖えて人工の傷痕が歴然としていた。しかし、見覚えのある横道を入ったところにあるFホテルは昔と変らぬ古風な姿を私たちの前に現した。山小屋風の佇いも広いゴルフ場を見渡す広間も以前と変らず、それが嬉しくて夫を見ると夫も微笑んでいた。

「かわってないねえ」

「かわってないわ」

「あの時はゴルフ客が一杯いたけどもね」

「そういえばそこがちがうわね」

私たちが着いたとき、ロビーにはゴルフズボンにスポーツシャツの男たちが溢れ、酒と煙草と皮の臭がこもっていた。どこかの会社が主催したコンペで賞品を山積みにした横に若い社員がかしこまり、わが夫も会社であんな仕事をやらされているのかと思って気の毒になり、「あなたもゴルフをおやりになるの」と尋ねると「ぼくは運動神経が鈍いから」と夫は頭をかき、「これからはゴルフの一つもできないと出世できないらしいから、ぼくには出世の望みはない」と言った。

「今は、シーズン・オフだから」

「平日のせいもあるのでしょうね」

広いゴルフ場の芝は黄に枯れ、点々と生えた鬱金《うこん》の草が風に激しくゆれるのみで人は見当らず、全体に陰気な感じがあるのは、いつのまにか低い雲に空が塗りこめられているせいであった。

「さあ、ストーブで暖ったらいい」夫は私にソファを指し、自分は美津夫にせがまれて片隅に並べられたアメリカ製の電動ゲームのところに行った。私はクッションを枕に横になり、粗朶《そだ》の炎に体を火照らせた。

体がぬくもるにつれて睡気が私をつつみ、深い暗黒に漬っているうち、夫の死の直前にも見たのと同じ夢、あの、素裸にされた私が暗い暗い穴の底へと落ち、底に足がついたと思うと地割れがしてさらに下に落ちるという魘夢《えんむ》を見た。この類の夢を私は時々見、恐怖の絶頂で唐突に目覚めるのが常なのだけれども、その時は、誰かにゆり起されているのにどうしても目覚めぬという奇妙にもどかしい目覚め方をした。目を覚まそうと思い、私は闇を泳いで上の世界に出る、がそこは依然として闇でさらに上まで泳いでいかねばならぬ。そんなことを繰返すうち、私の全身は麻薬でもうたれたように麻痺してしまい、自分が眠ったままでフワフワと風船のように心地よく昇っていく……

目を開くと夫が私の肩をそっと押えていた。

「ああやっと目が覚めたわ」

「大分気持よさそうにねてたな。具合はどう」

「もうすっかりいいわ」私は元気よく立上った。すると、体中に力が甦ったようにしゃんと立てた。

「なんだか雲行きがあやしいから帰ろうかと思ってね」

「そうしましょう。雪になったら大変だもの」

「この子がお腹すいたというんだけどね」

「ここで食事していったら。どうせ家につくのは八時頃だから食べておいたほうがいいわ」

食堂に行くと、まだ夕食には早いためか客は私たちだけで、眺望のよい窓側のテーブルに席がとれた。そこは昔、私たちが坐ったところで、ゴルフ客のなかで二人だけが新婚客だった私たちのためホテル側が特別に確保してくれたのだ。

「ちっとも変ってないね」

「ほんとね」私は周囲を見廻した。

室内の造作もテーブルも椅子も窓からの景色も、すべて以前と変っていない、そんな気がしていると夫が「驚いたなあ」と声をあげた。

「どうしたの」

「おぼえてないかい」夫はクリスタルグラスの花瓶にさした黄色い花に目くばせした。

「あら」鼻を近附けると甘い香りが濃く漂い、それは私の胸の隅々まで沁み透り、遠い過去をそこだけスポットライトの光をあてたように明るくした。夕食のとき、この花が卓上にあり、夫が「いいにおいだね」と私に話しかけ、私も「ほんとうにいいにおい」と相槌をうち、それがおそらく披露宴のあと夫へのこだわりなしに言えた最初の一言であった。「何ていぅ花かな」「フリージヤよ。春に咲くのよ」「今は秋なのに妙だな」「あら、これ温室咲きよ」「きみみたいなもんだな。温室育ちか」「ええそうよ。そのかわり小さいくせに香りが強いのよ」そんな会話を取交わしながら二人はこもごも花に顔を近寄せたのである。

「そうよ、あの時の花よ」と私は言った。

「この花の名前は……」

「あの時教えてあげたわよ。言ってごらんなさい」

「フリージヤ」

「おぼえていたのね」

「でも妙だな。このテーブルにはこの花ときまっているのかなあ」

「まさか」

「それじゃ偶然かな」

「私たちのためにそうしてくれたのよ」

「誰が」

「神様が」

夫も私も神を信じていず、その言葉には大した意味はなかったけれど、私は何かこの世の裏側にひそんでいる力が私たちに作用しているような気がし、その力を確かめるような気持で花をじっと見詰めた。もろこし色に縁取られたレモン色の六つの花弁は、華麗な飾り袖のようで、そう見ると白い雌蕊《めしべ》は少女のほっそりとした手を思わせ、それはさらにはるかな昔、まだ中学生の頃に私が着た服を思い出させた。

「ぼくにも見せてよ」と美津夫が言った。夫は子供の前に花瓶を押してやり、子供の顔に頰を寄せるようにして花を眺めた。私は若い頃の自分が四つの目で吟味されているような不思議な羞恥を覚えた。

美津夫が何かねだっており、その声が暑さに苛立ちを強めていくのを心得ながら、しかし黒い水のむこうの死を思って私は立尽していた。ほんの一歩踏み出せばそれですべては終りであり、生暖い水の中の私と美津夫はあの黄ばんだ液体に漬った臓器と同質の気味悪さを保ち、こうして夫と三人の生活が永遠の安定をうる、そうでなければ死んだ夫に私は見詰められ、羞ずかしく、不安で、苦しみ続けるという気がした。

「ねえ、ママ、どうしたの。はやくいこうよ。どうしたの。パパが待ってるってさ」

「はい、はい」

私は幼い手に曳かれて霊安室に近付いた。刃物のような鋭い影が光を断ち切ったとき、私は思わず子供を抱きしめた。

「こわいよ、こわいよ」

美津夫は不意に泣き始め、泣き咽《むせ》ぶと、泣き方はとめどもなく激しくなった。

「ばかだねえ、何もこわいものはないじゃないの。暗いだけよ。ここはただ暗いだけなのよ」

自分が強く抱いたために子供が泣いたのか、子供が泣いたから抱きしめたのかわからぬまま、私は闇黒《あんこく》のうちにこもる幾分の冷気に肌を撫でられていた。

遭難

学生の頃、正月は山で迎えることにしていた。下界にいると親戚縁者との付合がわずらわしいので暮から山で気儘な生活を送ったのである。大抵は信越のどこかのスキー場へ気心の合った友達と行った。安宿に泊りこみ昼間はスキーを楽しんでいたのである。

或る年、志賀高原の熊ノ湯で遊んだ。猟師のYさんの家に泊めてもらい、横手山の裾を滑った。当時はまだ山頂までのリフトも備わらず、シールをつけたスキーで適当なところまで登っては下りてくるのだ。

三箇日は晴天続きで一同遊びほうけた。家へ帰る段になって、バス道路を滑って西北の渋温泉まで行く順路よりは、遠くとも横手山頂から東南の渋峠を経て草津に下ったら面白かろうと言うことになった。案内書にも中級程度のコースとあったし、土地に詳しいYさんも晴れてさえいればごく易しい道だと保証してくれた。

いちばん熱心に草津行を主張したのは鹿島である。素人スキーヤーの私たちのなかでは、彼はともかくもスキーに堪能で、山行きの経験もあった。伝田は下りだけで楽な順路がよいと言った。肥っている彼は連日の運動に疲れており山登りが億劫だったのである。私はどちらでもかまわないと答えた。私の技倆では長途の滑走には不安があった。蓮池や丸池を貫く月並なバス道路を帰るのも曲《きょく》がないとも思った。結局、天気がよければ草津へ向うと決った。この行に反対していた伝田も納得した。

正月の四日の朝は快晴であった。鹿島はリーダーを引受け、Yさんに注意を書きこんでもらった地図を持って先頭に立った。私が続き、はるか後方に伝田がついてきた。いきおい、私はせっかちなリーダーとのろまな殿《しんがり》の塩梅役《あんばいやく》となった。

覗き小屋から岨道《そばみち》にかかった頃から雪が柔くなり、スキーをはいていても膝までもぐった。正面から朝日が射し、汗の染みた眼を痛めた。

右側は逆《さか》落しの崖で、はるかの白い谷底には細流がきらめいていた。そこで鋭く反転した山肌は、迫上《せりあが》った末に白根や万座や飯綱の力強い山塊となって青空と接する。地上を埋めた輝く白を染抜いたように濃い青空であった。

休み休み登るうち渋峠の小屋が見えてきた。峠から先は草津まで下り一方の斜面が開ける筈である。一同は陽気になり、歌を唱ったりして進んだ。

峠まであと一息というところで急に霧が流れてきた。それはどこからか流れてきたというより空気そのものが灰色に変質したように視界を完全に塗りこめてしまった。暗い空から雪が浸み出てきた。寒くなった。一同はあわててヤッケをまとい頭巾の中に顔を埋めた。

あの時すぐ引返していたらと思う。しかし峠は五百メートルほどに迫っていたのだ。峠には小屋があった。真直ぐ行けばたやすくそこに着く、誰もがそう思った。

ところが一時間ほど経っても峠には着かなかった。迷ったということを誰も信じたがらず、何とか目的地に着こうと歩くうち一時間が経ってしまったのである。霧は消えたが風が出、いつのまにか吹雪になっていた。横なぐりの風に乗った飛雪は無数の銀の紗幕を流したのに似ていた。視界は狭く、たまに稜線のようなものが見えても視線が定まらなかった。先頭を歩いていた鹿島が首を傾げ、「迷ったらしいな」と言った。磁石と勘をたよりに引返すことにした。が、その時はすでにおそかったのである。見馴れぬ唐檜《とうひ》と岳樺《だけかんば》の大木が無気味な姿を行手にさらした。雪も深くなり、腰までもぐった。持てるだけの衣類をつけたのに寒気が染み透った。

一同のなかでは比較的に冬山に経験のある鹿島が先頭に立ち、私が続いた。肥っている伝田はかなりおくれてついてきた。おくれる伝田を待つため先の二人は屡々《しばしば》立止まらねばならなかった。

数時間経った頃、一同は疲れ果てた。地図を按ずれば通称ガラン沢という難所に迷いこんだらしい。ここは複雑な山襞《ひだ》が数粁《キロ》四方にわたって迷路をつくり、天候がよくても立入ることは危険とされている奥深い山中である。遭難したという事実が一同の胸に迫ってきた。若者たちの常として死を遠くに、自分と無関係なものと考えはしたが、重苦しい不安が胸に蟠《わだかま》った。ひどい空腹にもかかわらず落着いて食事をとる場所がなかった。

その時である、「小屋があるぞ」と鹿島が叫んだのは。私は懸命に目を凝らしたがそれらしいものは見えなかった。幾重にも銀の紗幕がはためくような光景のなかで、唐檜の林が近くにあることがわかった。それから先は灰色の暗い空間である。聞き返そうとしている間に鹿島は滑りだしていた。かなりの急斜面である。たちまち遠ざかる。あとの二人はあわててあとを追った。

胸高に雪煙が立ちのぼってくる。丁度白く泡立つ流れに漬って行くような気持であった。そして雪煙のなかに小屋が現われた。「ほらみろ、小屋だろう」鹿島が誇らしげに言った。

それは最前見えた峠の小屋とは似ても似つかない、雪に潰れたような板葺屋根の納屋であった。

風を避けるためだろう、尾根より少し下った斜面にあり、脇の林が切開かれて丸太置場になっていた。木挽《こびき》の休憩所だなと鹿島が言った。いくつかの雪盛りがある。雪を払うと小枝を藁縄で束ねた薪がうずたかく積上げてあった。戸口は谷を見下ろす方角にある。戸を開くため硬く凍った雪を搔かねばならなかった。暗くて何も見えぬ。鹿島が懐中電燈を取出した。中央に壺型の薪ストーブがあった。燃差しが数本突込んである。外から粗朶《そだ》を運びこみ、新聞紙を火種にすると黒煙が目に渋く充ちた。何度も試みるが消えてしまう。煙突につまった雪を枝で取除き室内に散っていた乾いた薪を用いるとようやくに燃えあがった。八畳ほどの広さで窓も天井もない板の間が照らしだされた。一同は芯が抜け落ちたようにぐたっと腰をおろした。空腹と寒さと疲労とでそのまま立上れない、立上りたくない気がした。

こういう場合に必要な処置を手際よくとったのはやはり鹿島である。非常事態にのぞんで判断し行動するだけの力が彼には備わっていた。少くとも他の二人には不充分なので彼にそれを期待した。で彼は他の二人に命令的な口調で物を言うようになったのである。スキーの雪を払い部屋の隅に並べる。濡れた衣類を火に炙る。食事の仕度をする。藁縄をほぐして寝床をつくる。戸外に雪穴を掘って便所とする。必要なだけの薪を運びこむ。こうしてどうにか一夜の宿の体裁がととのった。

問題は食事である。あるだけの食料を持ち寄ってみるとその日の昼食用のむすび九個、鮭罐二個、キャラメルとチョコレート各一箱、それに不時の用意にと鹿島が持っていた鰹節が二本。あとでこの鰹節が役立ったわけだが、その時はむすびにかまけていた。天気予報によれば明日は晴れる。とすればあと朝食と昼食を残せばよいと考えた。結局、鮭罐を一つあけ各自がむすび一個を食べた。消耗した体力の補給としては物足りないが仕方がない。それでも食後すぐに睡くなった。私はいきなり深い眠りに落ちていった。

翌朝、肌を刺す寒気とせわしげな物音で目を覚した。戸が開いて雪掻きをしている鹿島と伝田の姿が見える。外に出てみた。

まだ降り吹雪いている。灰色の天に雪が忙《せわ》しくひしめき、目の上の尾根がファーンと甲高く鳴っている。手袋をしてシャベルを握った。小屋から少し離れると壁のような闇に遮られ何も見えなくなる。恐怖が私をとらえた。

火をつけ、湯をわかした。昨夜の取決めに従いむすびを一つあて食べた。これで残りは一人に一個となった。体を温めるため湯をやけに飲んだ。しばらくして私は便意をもよおした。朝食後にそれがおこるのは長年の習慣で山に来ても変えようがなかった。おわると睫《まつげ》の上まで雪にまみれた。

昼近く、風の音がやんだ。みんな戸をあけて暗い空を仰いだ。粉雪だけが静かに降っていた。かすかな希望は、しかし、すぐ裏切られた。かえって風が前より強く吹き始めた。今日もここに泊るより仕方がないなと鹿島が言った。

昼食は用心して、各自がむすび半分に制限し、鮭罐を二分して汁をつくった。塩も醬油もないので汁は文字通り味気ないものになった。この午後何をしていたか全く記憶がない。もう緊急にやるべき作業もなかったからストーブを囲んで話をしたと思う。鹿島は例によって言葉少なで、伝田がまずは喋りまくったろう。伝田は猥談が得意であった。私も嫌いではなかった。二人が面白おかしく話しこむ傍で、鹿島がにこりともせず坐っている。そんな図が想像される。聴いていないのかと思うと要点に来て彼は不意に笑いだす。実に愉快そうに笑うのだ。しかし決して自分で話しだそうとはしない。

夕方になって空腹が耐えがたく思えたことは覚えている。風雪は少しの衰えも見せず、小屋にもう一泊すべきは確実となった。食料を節約しなくてはならぬ。ひょっとすると明日も吹雪が続くかも知れない。一同に残された食料はむすび一個半、鮭罐の残り半分、鰹節二本、キャラメルとチョコレート各一箱である。

明日もひょっとすると明後日もここに閉籠められる。それを食い繋がねばならない。残った一個半のむすびが急に貴重な栄養源に見えてきた。今夜は鮭罐のスープで我慢することにしよう。含水炭素の補給はキャラメルですまそう。味などかまってはいられない。飢えが切実な問題として迫って来た。

貧しい食事をすますと鹿島の提案で、体力の残っているうちに運べるだけの薪を運びこんでおこうということになった。朝から坐ったきりだったせいか立上るとみんな足元が定まらなかった。すでに体力の衰弱が始ったのだと伝田はわざと大袈裟によろめいてみせた。私は笑ったが、鹿島がいやな顔をしたので笑いやめた。

昨夜とちがって食後睡くはならない。三人は横になり火を見詰めた。東京の家族が心配してるだろうと思う。昨夜おそくには帰ると熊ノ湯から速達を出してあった。草津に着いたらすぐ夜汽車で上野へ向うと書いたのだ。誰かの家族が熊ノ湯のYさんに問合せれば一同が出発したことは分るだろう。それにしても一同が遭難したと考え捜索隊でも出ると大事になる。そうなる前に何としても自力で脱出したい。誰言うともなくそんな話をした。

地図を眺めて現在地を推測もした。渋峠の近くまで行ったあと数時間もさ迷ったのだから峠を中心に円を画いてあれこれ推してみたが、地形の特徴からみてやはりガラン沢のどこかだろうということになった。とすれば、草津のすぐ近くに来ているかも知れない。みんなその道を滑り下りているような気持になった。温泉宿で腹一杯の料理を食べることを想像した。

伝田が黙りこんだなと思っていると大きな鼾が聞えて来た。高校の寮以来同室者が悩まされ続けてきた野放図な鼾であった。肥った体に着れるだけ着こみ、おまけに保温のため新聞紙を肌着の下に突込んだため、盛上った体は呼吸のたびにパリパリ音をたてた。

「相変らずだな」私は隣の鹿島を見た。

眼を瞑った率直な目鼻立を焔が赤く照らしている。この横顔は教室で見馴れたものだ。彼は好んで窓側に席を取って、授業中にはしきりに明るい戸外を眺めた。それから眼を瞑る。戸外の景色を眼底に刻みつけているかのようであった。

伝田も鹿島も私と高校以来の同級生である。同じ年に同じ大学に入った。伝田は農学部、鹿島は理学部、私は医学部と所属がちがったためお互いに会う機会は少なくなったけれども、この暮から正月にかけてのスキーだけは続いていた。

伝田は昔から肥っていたので綽名はブータであった。ブータは大の採集好きでよく近隣の丘陵地帯を歩き廻っていた。時たまには私も同行したことがある。右肩から胴乱を左肩から殺虫瓶を下げ、右手に捕虫網を左手に移植鏝《ごて》という大仰な出で立ちで行く彼の後を私は気恥ずかしい思いでついて歩いたものだ。珍しい花や昆虫を見付けるとブータは眼鏡をとり、丸く突出した眼球を対象に近付けてしげしげと観察した。「近眼てのは便利なもんだ」というのが彼のきまり文句であった。

野山を歩くのが趣味のくせ伝田は足が弱かった。百メートルほどの丘を登っても汗みずくになる。分泌しただけの水分は補わねばならず彼は頻繁に水を飲む。そのための大型水筒が山歩きの必需品だった。歩いているうち出し抜けに腹が減る癖があった。まだ目的地に着かぬうちに坐りこみ、弁当にしようと言うのだ。いちど言いだしたら腹充つるまで動こうとしなかった。

伝田はクラスの人気者であった。最前列の席で黒板を舐めるように見ている彼は丁度クラスの意志を教師に伝達する役目を果していた。新婚早々の倫理の教師におのろけを話させたり、大学出たての生物学教師の植物分類学の無知を衝いて赤面させたりするのは彼のもっとも得意とするところであった。張りのある声で弁が立ちしかも剽軽《ひょうきん》で人を笑わせる。

派手な伝田に比べれば鹿島はまるで地味な存在であった。教室では後の席にひっそりしていた。授業中も発言することはないし、不断も無口一方で通している。いるのかいないのかわからない。いや、実際に彼はよく学校を休んだのである。不意に姿を消し一週間もすると日焼けした顔で現われた。それは真黒な日焼けで一目で山登りのあとだなと分る。が、誰もどこに行っていたとは問わない。問えば不機嫌に口脇《くちわき》を下げるだけなのをみんなが知っていたからである。

鹿島と私が付き合うようになったのは一つに教室内の座席の関係である。彼は最後列の窓側に坐り、大抵はその隣が私であった。彼は山行きのため勝手に姿を消しうる位置を選んだのだし、私は授業を無視して本を読むためであった。

或る日彼は私の本を覗きこんで怒ったように言った。

「何を読んでいるんだ」

「小説だ」

私は著者の名を言った。たしか現代フランスの著名な作家の名だったはずである。彼はその名を知らなかったばかりか、何のためにそれを読むのかと尋ねてきた。

「面白いからさ」

「ふん。しかし役には立たんだろう」

「役には立たんさ。小説なんてそんなもんさ」

鹿島は顔をそらし校庭の芝生を眺めた。何か言うかと思っているとそのまま黙っていた。

次の授業時間、彼は私を校庭の端に誘い出した。そこの土手は校舎から死角になっていて恰好の休息場なのである。私たちは話しこんだ。鹿島は文学が役に立たぬという説を繰返したうえ、自分が山に行く理由を私に打明けた。それは地質の調査と鉱物の採集のためであった。決して無益な運動をしているのではないと彼は強調した。その単純な論理が私を微笑ませた。

鹿島は私を散歩に誘うようになった。学校の授業なるものに厭《あ》いていた私は喜んで誘いに応じた。鹿島は自分の言いたいことを喋るとあとは黙りこむ妙な性分がありそれは私を気詰りにさせた。私が何かを喋らねばならないのだが私の喋ることに彼はほとんど関心を示さないので困るのだ。そこで私は会話の引立役として伝田を呼ぶことにした。伝田の雄弁には、無口で無愛想な鹿島でさえ引込まれるだけのものがあった。

そんなわけで、三人が何となく一緒に行動するようになった。伝田の丘巡りに鹿島が加わったのが皮切りで、その夏休みには鹿島の先導で北アルプスの縦断行をした。鹿島は数多く山を踏破していたけれども、岩登りなどをする専門的登山家ではなく、熱心なハイカーであった。その点、伝田も私も彼と気楽に山登りを楽しめたのである。冬には白馬岳《しろうまだけ》の裾野でスキーをした。伝田も私も全くの初心者で鹿島からコーチをうけた。暮から正月にスキーをすることが、以来私たち三人組の習慣になったのである。

翌日も雪吹雪が荒れていた。風の音が昨日よりむしろ鋭いようだ。気が滅入った耳にそう聞えるのかとも思ったが、一時間も放置しておくと雪で戸口が開かなくなり、積雪量が増したことを示していた。陽気な伝田もさすがに黙りがちだし、もともと鹿島は無口で、私も口数は多いほうではない。何とも陰気な雰囲気になった。といってすることもない。ストーブに薪をくべ飯盒の湯が涸れぬよう雪を投げこむ、やることと言ったらそれだけである。私は文庫本が読みたかったが窓のない室内でストーブの明りだけでは不可能であった。夜も昼も同じく暗いところにいて時の区切りをつけたのは食事である。

朝と昼は鰹節を食べた。風呂敷を床にひろげ、その中央で鰹節を立てると鹿島は登山ナイフで慎重に削り始める。私が風呂敷に溜った切片を煮立つ湯に落す。湯気が香ばしくなる。汁は飯盒の蓋に分けて押しいただくようにして啜る。汁を飲みおわるとみんな眼をつぶった。わずかな蛋白質が胃壁や腸壁に吸収されることを願ってじっとしていた。

昼食のあと、異様な物音がした。風音とはちがう地鳴りを伴い、小屋全体が揺れ軋んだ。地震かと思ってみんな外へ飛び出すと、鹿島が下のほうを指さして何やら叫んだ。白い巨大な煙が斜面に立昇り少しずつ移動していく。「雪崩だ」と伝田が震え声で言った。すんでのところで私たちも巻き添えにされたところだ。白い煙がおさまってみるとそこにあった林が消え、岩のように突兀《とっこつ》とした雪の集積が現われた。雪崩はすぐ近くの尾根の下からおこったらしく、雪が削げて熊笹と岩が黒々と露出していた。

申し合わせたように私たちは頭上を振り仰いだ。そこには真白な大量の雪が私たちを脅かすようにのしかかっていた。

小屋に戻ると私たちは重苦しい沈黙に落込んだ。沈黙を破ろうと私は無理に体を動かしてみた。大きな目の粗朶を選んではくべ、新聞紙の扇で火勢を煽り立てたのである。おかげで暖気《うんき》は中に充ちたけれども焚き口を溢れた煙が目を痛めた。みんな煙に噎《む》せながらも文句を言わなかった。鹿島は難しい顔付で焔を凝視していたし、伝田は飯盒の湯に雪を投げ入れていた。

夕方、大事に残しておいたむすびが饐《す》えはじめたのがわかった。暖い空気に触れていたためらしい。取って置くわけにいかず食べた。少し酸い米粒が素敵な味であった。最後の飯だというのでいつまでも噛み締めた。

翌朝、つまり小屋に来て三日目の朝、もう慣れっこになった風雪を聞きながら一同は重い眠りから目覚めた。昨夜あまりにも気が滅入ったためと、むろん飢えのためとで体に力が入らなかった。寒さで頬が痛むのに立って火をおこす気もしない。私は尿意を我慢して羽目の隙間から洩れる外の鈍い光を見詰めた。伝田は起きているのか鼾の音がしなかった。

私も寝返りをうった。と、伝田が「目が覚めたのか」と言った。伝田は胡坐をかいてストーブを燃やしていた。火は今つけたばかりらしく、生木の煙る匂いがした。鹿島の姿はなかった。小便にでもでかけたのかと思ったが、かなり待っても帰ってこなかった。私は伝田に訊ねた。

「出ていったよ」そう言うと伝田は煙に噎せた。

「出ていったって、どこへだ」

「知らんよ」

「おい冗談じゃないぞ」私は飛び起きて伝田の顔を窺った。伝田はよく人をかつぐ。真面目に物を言うかと思うと真赤な嘘ということがある。

「冗談じゃない。本当に彼は出て行ったんだ。何でも地形を偵察してくるとか言ってた」

「だってまだ吹雪いてるんだろう」

「風はあるが雪は小降りなんだ」

「しかし一人じゃ危いじゃないか」

「おれもそう言ったんだがきかないんだね」

鹿島はスキーをつけて出掛けたという。私は心配になった。未知の山奥の、この寒気のなかを飢え疲れた体で単独行は無理である。

「どうしてとめなかったんだ」

「とめたさ。とめたらえらく怒りやがった」

伝田はマッチを擦った。紙は昨夜で使い果してしまったので薪のささらを集めて火種としたがうまく燃えあがらないのである。私も手伝った。やがて焰の中に伝田の顔があかあかと浮き出した。

「ヤッコサンは様子がおかしいぜ」と彼は出し抜けに強く言った。

「おかしいってどういうふうに」私は腑に落ちず目をしばたたいた。

「さっき怒鳴ったんだ、そう妙な目付でおれを見るなってね。こうなったのはおれの責任だ、だからといってそう妙な目付で見るなという」

「こうなったって、今度のことは吹雪のせいで彼の責任じゃない」

「むろんのことそう言ってやったさ。ところがこんどのツアーはもともとヤツが言いだしたことだ。それに峠の手前で雪が降り出したとき闇雲に前へ進もうと言ったのもアイツだ」

「きみがそんなことを言ったのか」

「いいやヤッコさんが自分でそう言ったんだ。だから自分で悪いと思っている。それを、きみは許さず妙な目で見る、こう言った」

「被害妄想だな」

「医学的に言やそういうのか。アイツは様子がおかしいぜ」

「そう深い意味で言ったんじゃない。カレは思い過しをしているだけだ。疲れたんだよ。とにかく連日このざまだ。おれたちもカレに頼りすぎる」

「しかしさっき飛出していった時の目付は尋常じゃあない。狂人の目だ。何だかぞっとしたよ」

「帰ってきたぞ」私は風声のなかに何かを聞き分けた。二人は顔を見合わせ、期せずして立上ると外に出てみた。

昨日までの曖昧な景観とちがって意外に遠くまで見透せる。風は地上の新雪を吹払うほどには強くない。分厚い白のマントを被った林や近くの稜線や異様な雪塊——雪崩のあとだ——がはっきりとした輪郭で見える。すべての上へ粉雪が降りかかる。同じ角度で同じ密度で几帳面に降り続ける。しかし鹿島の姿はどこにも見当らない。

探しに行こうかと相談した。が、鹿島ほどのスキーの技倆は到底二人にはない。伝田も私も人の滑り固めたゲレンデなら自由に滑れるが、山中の柔かな処女雪では思うにまかせない。それに、この荒涼とした山奥に行くということ自体が衰えた体力では無理であった。私たちは、彼なら大丈夫帰ってくるというささか卑怯な根拠の薄い希望で自分を慰めた。つまり小屋に戻って待つこととしたのである。

一時間ほどして風が募った。扉の隙間から雪が舞い込む。吹雪き始めた証拠である。「行こう」

と伝田が立上った。私も応じた。私は何度も友を探しにいかねばと思い、言い出せずにいたので、伝田がきっぱりそう言ってくれたのを感謝した。同時に、そう言いだしたのが自分でなかったことを残念に思った。

雪中行は楽ではなかった。三日前、小屋に辿り着いた時より雪はずっと深く、スキーを履いても一歩一歩穴に落ちこむような具合で滑るどころではない。風向きによっては硬い氷雪もあったが、表層雪崩の恐れから避けて通らねばならない。小一時間ほど努力してもまだいくらも進めなかった。唐檜の木立をいくつか過ぎ、かなり遠くに来たと思っても小屋は近くにあった。というより私たちは小屋を離れるのが怖かったのである。何とか小屋を見失わない範囲で探索の義務を果そうと努めたのである。いよいよ力尽き、私たちが帰ろうとした時、小屋の方角から鹿島が滑って来るのが見えた。伝田と私がやっとの思いで渡って来た吹溜りを、無造作に彼は渡ってきた。

「ばかだな、きみたちは」鹿島は本気で怒っていた。「全く余計な心配をかけやがって」

「待てよ」伝田が強く言い返した。「おれ達はきみを探しに出たんだぜ。心配をかけやがったのはそっちだ」

「とにかく帰ろう」私は間に割って入った。「凍えちまあ」

「いったいだ」鹿島は折から吹きおろしてきた風の中で声を張上げた。「きみたちはおれを信用してない、そいつがいかんのだ」

「そんなんじゃない」伝田が首を振った。「信用してるさ。きみはリーダーだ」

「ばかにするな。じゃなぜおれの許可もなしに宿営地を離れたんだ」

「もうよせよ」と私。

「いいよ。どうせおれは駄目なリーダーだ。そうだろう」

「もうよせよ」

「きみたちはそういう目でおれを見てるんだ。そう思ってるならはっきり言ったらいいだろう」

「もうよせと言ったらよせよ」

激しい風雪が会話を吹飛ばした。鹿島を先頭に私たちは抱き合うようにしてどうにか小屋に帰り着いた。そして無事帰り着いたことを素直に喜び合った。火が燃え、室内が暖まるに従って鹿島の機嫌も直ったかに見えた。

ところがである。濡れた衣類を乾かしているうち、また一悶着がおこったのである。自分のリュックザックを調べていた鹿島が、ポケットの鰹節が無いと騒ぎだしたのである。

そこでみんなの持物を総点検してみたけれども、一本半ほど残っていた筈のものが半本ぐらいしかなかった。丸一本が消えていたのだ。

「誰が食べた」と鹿島は居丈高に構えた。

「誰かが食べたとはかぎらないよ」私は鹿島をなだめようとした。「鼠かも知れないよ。我々が留守をしたあいだに何か動物がとっていったとも考えられるし」

「そういえば鼠かな」鹿島は意外に単純に納得し、懐中電燈で床や天井の隅々まで探索し始めた。そのあまりに真剣な態度がかえって私を狼狽させた。はじめから私は伝田があやしいと気付いていたのだ。彼は動作は鈍いしのんびりした性格の反面、妙に素早く思い切ったことをすることがあった。高校の時新宿の書店で大きな英英辞典を盗んだことがある。酔った末ではあったが、或る私鉄の駅の広告板に貼ってあったポスターを全部剝いでしまったことがある。この時は駅員に発見され、警察に連行されて一晩油を搾られたあげく始末書を取られた。

伝田は頭を抱えている。と、ふと目をあげ大声で「おれだよ」と吹鳴った。それからあっさり犯行を自白したのである。昨晩から空腹に耐えられず、悪いと思いながら齧っているうち一本食べてしまったというのである。

「まるごと全部かね」鹿島は呆気にとられていた。

「全部だ」伝田は平然と胸を張った。肥えて大柄な彼は胸を張ると変な威圧感をもった。

「どうするつもりだ、これから先」鹿島は泣き笑いのような表情になった。

「あやまるよ。とにかく」

「あやまったって仕方がないね。いいか、あと数日吹雪いてみろ、おれ達は餓死するかもしれんのだ」

「すまん。あやまる」

「全くあきれたね」鹿島は伝田の顎を拳で嚇《おど》し、それから笑い出した。「全く怒る気にもなれん」

鹿島につられて私も笑った。真面目くさって立っている伝田を見るとなおのことおかしくなった。頃合を見て私は言った。

「とにかく善後策を練ろうよ」

「練るといったって、これを削るより仕方がない」鹿島は残った鰹節を握って差出した。

「今からおれはこれを中川と二人で分ける。いいな」

「いいとも」伝田はしおらしく頷いた。そして遠慮深げに片隅に身をひいた。私は薪をくべ鹿島は鰹節を削った。こうして朝と昼とが過ぎるとそれは卵ほどの大きさになっていた。

その日私たちはほとんど黙りこくっていた。体力の消耗をふせぐため横になって目を瞑った。薪のはじける音と風声を聞く、それしかすることがなかった。

あと数日も吹雪が荒れ狂ったら、私たちには自力で脱出するだけの体力が残っていないだろう。熊ノ湯のYさんが救援隊を繰出してくれるとしても、私たちが発見されるという保証は何もない。

餓死ということを私は考えた。人間の生命力の限界についての医学的知識を思い出してみた。正常の栄養状態にある人間なら水分のみの摂取によって四十日間は生きられると私は知っていた。だから自分が餓死するという恐怖はなかった。ただ、飢えという異常事態で体の組織が、たとえば肝臓や脳が取返しのつかぬ変質をうけてしまうのを恐れた。

が、それは死についての知識にすぎない。最初の日や今朝の雪中行の時に近くにあった死は、暖い小屋の中では遠かった。先程の探索で地形の上から小屋は雪崩に襲われぬという判断があり、私たちは小屋に信頼を持つことができた。晴れれば何とかなると思った。その希望を頭の中で反芻した。

外が暗くなった頃、鹿島がむっくり起き上った。

「さあ、最後の晩餐だ」と言う。

私は隣の伝田を見た。彼は顔をそむけ闇に面を漬けていた。

鹿島は卵大の鰹節を慎重に削りはじめた。もう見馴れた光景だが、これが最後だと思うと一種の儀式めいた荘重さが備わった。一削りごとに呪文でもとなえるように手を休める。いつのまにか伝田も身を起して鹿島の手元を見詰めた。

その赤黒いものには不思議に堅固な質感があった。それは鰹節というよりもう少し抽象的なもの、それを食べれば確実に栄養分になる蛋白質の塊りと映った。ところでそれを食べたいという気がありしなかったのは何故だろう。それを食べたいというよりそれを食べねばならぬという義務の念のごとき気持が私にあった。空腹は常の感覚では迫ってこなかったのだ。腹の中の胃腸が消え、空気でも詰めている感じがした。そこには空虚でありながら奇妙な充実があった。それを飢えというのだとようやく思い当った。

汁を分配する段になって鹿島はそれを三等分して伝田にもすすめた。伝田は遠慮したが鹿島と私が強くすすめると飯盒を手にとった。三人は顔を見合わせて微笑した。和解の雰囲気ができあがった。いっせいに汁を飲むと誰からともなく笑いがおこった。自分たちのしていることがかぎりもなく滑稽な気がした。笑いはとまらなかった。

汁を啜ってしまうとみんな急に喋りだした。口が自然に弛み冗談をとばしたくなった。鹿島の髭面がおかしいと笑い、伝田には髭がないと言って笑った。猥談の名手伝田が蘊蓄を傾けた。私も以前から秘かに蒐集していた小説の濡れ場の描写を紹介した。話はとめどもなく弾んだ。まるで酔い戯れの会話であった。

五日目は雪が小降りになり、終日濃い霧に閉ざされた。明日は晴れると喜びあったのに、六日目には再び猛吹雪になった。薪が残り少ないので節約すると急に室内は寒くなった。どだい隙間だらけの掘っ建て小屋である。絶えず燃やしてようやく暖を保ってきたのだ。林の枝を切るにしても登山ナイフ一梃では小枝を落すのがせいぜいである。

細い焔に室内は暗かった。もう馴れっこになった外の物音に耳を洗わせ横になっている。すると睡くなる。別に眠っても危険はないのだが、深夜眠れずに過す苦痛を思ってなるべく起きていようとした。

羽目の横木を数える。ちらちらと動く光のために数えにくい。もういちど数え直す。それを飽きもせず繰返した。そのうちバゲットというフランス・パンに見えてくる。驚いて凝視するが幻影は消えない。こんがり焼けたパン皮の割れ目や香ばしい臭いまでする。身を捩《よじ》って頭を振ると消えた。私は眠っていたらしい。夢ならば別に異とするにあたらないと安堵した。

いろいろなものを見た。湯気のたつ蒸し芋、皿に盛られたビフテキ、ソーセージの貯蔵庫、うな重など食物が多かった。細部まで鮮明な映像となって空中に漂うと消えた。映像を望みのままに加工することもできた。ビフテキにソースをかけたいと思うとソースが流れてきた。ソースのどろっとした粘りや匂いまでが即座に現われたのである。

が、こういった都合のよいものばかりを見たのではない。無惨に腐爛した屍体が火葬場に置いてある。よく凝視すると、それは鹿島と伝田の寝姿になった。夢が現実に重っているのだ。現実は歪められて奇怪な夢となった。棺桶が並び、葬列が行き、墓場がひろがった。谷中か青山の光景である。あまり苦痛なので目を覚す。黄ばんだ焔がゆれている。それが無数の顔になった。

夢のような幻影を見たのは私のみではない。はじめ「パンがある」と叫んだ時、伝田も「ほんとだ」と応じたのである。それ以後、時々口ばしる私の言葉に従って伝田は私と同じものを見た。逆に伝田の見たものを私が見ることもあった。しかし、鹿島には絶えてかかる現象はおこらなかった。彼は私と伝田の狂態をよそに天井を見詰めたまま動かなかった。彼のこんな姿態が彼を頻繁に屍体に見せたことは否めない。一つだけ鮮かに記憶に残る幻影がある。鹿島の蒼白い髭面が聖ヨハネの首のように転がり、額が割れて血糊が髪にべっとりついていたのである。この不吉な像は私の胸の底を乱し、私はそれを追払うべくわざと声高に鹿島に話しかけてみたりした。

夜になっていよいよ薪が尽きた。床を壊して燃やそうと伝田が言い出したが、鹿島と私が反対した。使った薪は代金を払うことで償えると考えたけれども小屋自体を壊すことは持主への礼儀として出来ぬと考えたからである。

寒い寒い夜となった。小屋の中は乾いていたしみんな厚着をしていたので凍死することはないと思ったが、頬や背筋は痛いほど冷えた。三人は身を寄せ合って眠ろうと努めた。しかし寝付かれない。氷と雪の非情な山中にちっぽけな三つの生命があるのだと実感された。強大な自然のただなかにあっては人間など何者でもなかった。みんなはこもごも下界の事を話し合った。急に幼い子供の気持に帰って家や両親や兄弟を恋しがった。とにかく私たちはまだ二十を少し過ぎたばかりの青臭い若者であったのだ。私は話をしているうちに無性に涙が出て困ったのを覚えている。涙は頬を伝わるうちに氷になって貼り付くのであった。

朝、いつもと様子が違う。音がしない。静かだ。しんと静まりかえっている。かえってそのため目を覚したらしい。私だけではない。友人たちも目を覚していた。

「風がやんだぞ」鹿島は飛び起き、いきなり扉に体当りする。難なく開く。痛いほどにまばゆい光が射してきた。いつものように雪が舞込んでこない。外で叫んでいる。晴れてる。晴れてる。

物凄く明るい。太陽は青空から抜落ちたように輝いていた。小屋の上手に登ってみた。白くたたなわる山並みが鮮かに見える。みんなで地形と地図を引比べた。よく見知った白根と横手の山容を見分けると現在地の見当がついた。何のことはない。私たちは渋峠をとっくに越して、二粁西南の山中に迷い込んでいたのだ。つまり風の通り路で遭難の名所といわれる山田峠のすぐ上にいたのだ。

ここから少し行けば万座温泉のゲレンデに出るはずだ。草津へ下るよりははるかに近い。

おそくなれば天気が崩れるやも知れぬ。すぐ出発しようと鹿島が言った。声には張りがあった。彼はリーダーの威厳を取戻しててきぱきと指示した。小屋の中を片付ける。ストーブを掃除する。小屋の持主宛の置手紙を書く。不必要な持物を捨て身軽になる。スキーにワックスをぬる。整列。彼は先頭に立った。殿は例によって伝田である。

光の中を行く。何もかも白く目を眩ます。枝折れの雪をまとった樅の林は輝き、吹溜りのふくよかな雪も崖に露出した熊笹をうずめる斑雪《はだらゆき》も煌く。サングラスをかけてもなお眩しかった。しばらく登るうち眩暈を覚えた。少し運動しても精魂を使い果しよろめきそうになるのだ。体を休めようとするとこんどは深く雪中に沈みこむ。そこで絶えず歩き続けねばならなかった。

先頭の鹿島の苦労は並大抵ではなかった。新雪を踏み固め、地図を調べ、おくれがちの私たちを励まし、しかも自らの衰えた体に鞭打たねばならなかった。ところで私は彼のあとを追うだけで精一杯であったし伝田にはそれさえあやしかった。ついに伝田は坐りこんでしまった。

「立て。がんばるんだ」鹿島は引返すと伝田を引起した。それは弱卒を叱咤する将校の趣きがあった。伝田は苦笑しながら（あるいは苦痛に顔をゆがめたのかも知れないが）立上った。

とこうするうち私たちは鞍部に上ることができた。ここからは一気に滑り降りればいい筈だ。雪煙を立てて急斜面を滑走する。まず私が転んだ。這い出してみると伝田も転んでいた。遥か向うで鹿島がストックをあげていた。

どうにか鹿島のところまで行き着くと彼は矢庭に出発し私たちを引き離した。伝田は口惜しがって鹿島を追いまた転んだ。滑っては転びを繰返すうち私たちは粉をまぶしたコロッケみたいになった。背筋まで雪が入りこみ冷い。深い新雪がこんなに滑りにくいとは知らなかった。が、妙なものでそうやって我武者らに運動していると体に活力が甦ってきた。体の中から飢えという毒素が追い出されたかのように爽快な気分になってきた。

急斜面の次はなだらかな場所に来た。ここは積雪が多いらしく、木々はすっぽりと雪に覆われ、円錐型の樹氷となっている。一列縦隊で滑る。私たち以外誰もいない。太陽と空と雪と、それだけである。加速度と雪の抵抗が相殺して均一な速度で滑れる。耳朶を切る風は快く鳴り、精巧な水晶細工を思わせる樹氷が次々と去っていく。熊ノ湯を出て以来やっとのことで味わった山スキーの楽しさであった。

ふと、鹿島のコーチで始めてスキーを履いた時を思った。白馬山麓の素朴なスキー場にはリフトも宿屋もなく、私たちのほかには近所の子供たちが滑り戯れているだけであった。すぐ近くにラジオの連続ドラマの舞台となった《鐘の鳴る丘》があったので、私たちはその近所の丘を鐘の鳴る丘と名付けていた。最後の日は丘の頂上に行ってみた。二時間ほど苦心して新雪を登った末、鹿島を先頭に雪煙を立てて一気に滑り降りた。十分もかからず下に着いたが、その短い間のさわやかな気持は忘れられない。「また来ような」と私は言った。伝田は寮歌を唱った。珍しく鹿島はおどけて、大袈裟に腰をひねってウェーデルンを繰返した。

こうして下るうちに雪の上に突出した黄色い柱に出会った。雪を拭うと文字が現われた。「コース20、万座温泉」とある。ゲレンデの道標らしい。たしかにそこから先は林が幅広く切払われ滑りよい坂が伸びている。もうすぐだと私たちは喜び合った。先頭を行く鹿島が谷間に人家を見付けたのはしばらく経ってからである。五百メートルほど下に唐松の林があり、その梢越しに屋根がみえた。目を凝らせば窓が光り、煙突からは暖かそうな煙も立っている。温泉宿だ。食事と入浴と休息の思いが私たちの胸に熱くこみあげてきた。

「よかったな」私は鹿島の肩をたたいた。

「たすかったぞ」伝田の声は調子がはずれて悲鳴のように聞えた。

「きみのおかげだよ、たすかったのは」私は鹿島の髭面に笑いかけた。

鹿島は首を振って黙っていた。その顔は少しひきつっている。サングラスの下で泣いている様子であった。

「ここで休憩、あとは一息で下までいく」彼は低い声で命令した。

私たちは雪の柔かなクッションに身を沈めて休んだ。日は高くなり眩しさはひとしおである。光が重いようだった。光の下に押し潰されている気がした。忘れていた飢えが迫ってきた。体中の力が抜けていく。私はそのまま横になり、誰かが温泉宿まで行って人手をかりて救出してくれることを空想した。

伝田の窶《やつ》れた顔が同じ思いを表していた。肥っていた彼は痩せたため皺だらけのみすぼらしい面相に変っていた。まばらな髭がそれを斎むさくみせている。それは鹿島の顔と対蹠的だ。鹿島の髭面は痩せたことでかえって猛々しく見えたのだ。

「もう動きたくないな」「ああここにいたい」「このまま死んでもいいような心持だな」「そういえば何だか睡いよ」「誰かたすけに来てくれんかな」

そんな会話を交わしながら、私たちは鹿島を横目で見た。今、下まで滑り降り、宿屋の人の手を借りて私たちを救けだす能力のある人物、それは鹿島だけではないか。私たちは口では言わなかったが、彼にその行為を期待していた。彼に甘えかかっていた。

鹿島は背を伸ばし、しきりと下を眺めていた。地図と磁石を出し現在地を推定しようとする。と、彼は踊りあがった。「誰か来るぞ」と言う。声は顫《ふる》えている。私たちはあたふたと立上った。

林の端に誰かの影が現われたのである。黒い人影のなかで金具が光っている。やがて、スキーやストックが見分けられた。五人、いや四人のスキーヤーだ。リュックザックを背負い山スキーの装備だ。七日ぶりに見たなつかしい人の姿に感激するより、彼らの持つ食料品に関心を持ったのは我ながらあさましいことだと思う。何か分けてもらえるな、そう思った時は私は声を張上げていた。私たちはみんな声をかぎりに呼んだ。

が、どうしたことだろう。彼らは私たちに気が付かず、次の林に入って行く。彼らは行ってしまう。

私はスキーをつけようと焦った。しかし、かじかんだ手では思うにまかせない。見ると伝田も火中に投げこまれた昆虫のようにじたばたしているだけだ。結局鹿島である。彼のみが素早くスキーを装着すると林に向って滑ることができた。私たちの希望を乗せて彼は一直線に滑降する。足元より泡のような雪煙をあげ、両手を高くあげてストックを振り、まさしく颯爽と滑っていく。

「がんばれよ」「たのんだぞ」二人は鹿島を声援した。

あっと二人は叫んだ。急に雪煙が消えたのだ。転んだなと思った。が、いつまでも起き上らない。雪原は白く事もなげに輝いている。そのかなり下に林があり、さっきの四人は行き隠れていた。変だな。とにかく行ってみよう。私たちは相前後して急斜面へ飛び出した。

高速度の滑降にもかかわらず、一度も転倒せずに私が下まで行き着けたのは不思議である。しかも鹿島が転んだとおぼしき場所で無意識に制動をかけたらしく、気がついた時は停っていた。

　鹿島が倒れていた。俯せになり山側に頭が谷側に脚があり、丁度両脚をふんばって立上ろうとすると見えた。呼んだが返事がない。肩に手をかけ表へ返そうとすると横に滑っていき頭が谷側に移り、逆吊りの形になってしまった。講義で習った医学的知識を掻き集めて診察してみた。気を失っている。額が割れて血が流れている。脈がひどくおそい。一つことりと搏《う》ってから、しばらくしてことりと搏つ。この独特な脈は脳の内出血だと気が付いた。悪い徴候である。内出血がひどければ死が来る。この山中では施す手立はない。

　林の手前に数十本の枯木があった。かなり古いものらしく、枝は朽ち果て、灰色の幹だけが無気味な墓標のように立ちはだかっている。その幹の一つに鹿島は激突したのである。彼のスキーの腕前では幹を避けることなどはた易いことだから、うっかり幹を見なかったのだとしか考えられない。幹に打ちつけた頭を後に残し、下半身を前に投げだして彼は倒れたのである。はずみでスキーやストックは下の方に飛ばされたらしく見えなかった。

　私は脈をとったまま鹿島に寄り添い、ぼんやりしていた。太陽は熱く眩しく、あたりはただもう白一色に静まり返っていた。生暖い腕にあったかすかな脈は、しばらくしてピタリと停った。そこへ伝田が滑り込んできた。「死んだよ」と私が言った。転んだ拍子に眼鏡を飛ばしてしまった伝田は、手探りで鹿島に這い寄った。そうして花を観察する時の目付で友の顔をしげしげと見詰めていた。

雨の庭

道を間違えたと彼は思った。彼のアパートは見当違いの方角にある。ついうっかりと旧居へ行く道を辿っていたのである。

仕方がない、行って見ようと思い直した。旧居がその後どうなったか見極めたい気もした。四月中旬にはビルの建築にかかるという話で、大急ぎで家を明け渡したのであった。が、六月もおわるこの頃になっても工事を始める気配がなかった。はじめは心残りもあって何度か元のわが家を見に来た彼も次第に待ちくたびれてきた。それに人手に渡った家というのは見ていて気持のよいものではない。その家が確実に解体されるとなるとなおさらのことである。

まだ昼を思わせる白い空から小雨が降ってくる。しかし、百貨店の輪郭に接して速い黒雲の姿が認められた。交叉点を渡ったところで繁華街は終りである。事務所やマンションのビルが立並ぶ下を勤め帰りの人々が疲れた足を運んでいる。その先、左側の緑の濃い一角、南側からビルに迫られた二階屋が彼の旧居である。そこは繁華街から北上して来たビル群の辺縁にあたる。家の後には緑の濃く繁ったなかに背低《せび》くの木造家屋が甍《いらか》を出没させている。蔦からむ西洋館もあれば桂や青桐の大木がそそり立つ邸宅もある。それらはすべて戦前からの建物で、全焼した繁華街の近くでは珍しく焼け残ったのである。

まだあるな、と彼は家を見上げた。数段の石段を登ったところに引戸のみの簡素な門が立ち、その上から二階の窓がのぞいている。三月前までこの家に住んでいたのだ。戸の割れ目から前栽と玄関と奥庭がなつかしい形で彼を誘った。戸に手をかけると難なく開いた。まるで自宅に戻ったように自然な気持で中に入ると彼は戸を閉めた。この家を去ってから中に入ったのは初めてである。

垂れ下るほどに徒長《とちょう》して傘を奪おうとする八手の葉や飛石を深く覆って足を濡らす羊歯や夏草に無人の住居の相があった。玄関横の木戸を押し庭に抜ける。段ボール箱や麻縄や焚火の燃えさしが引越しの日の混乱を思い出させた。

家の売買契約がすんだのは一月末である。二ヵ月の猶予を経て三月末には家を引払わねばならなかった。移転先ときまったのは近くの高層アパートである。一家五人が五十平方米のせまい場所なので荷物は大幅に制限せねばならなかった。彼は蔵書の半分を大学の研究室に運び、あと半分は一時倉庫にあずけることにした。妻は食器の大半を古道具屋に売った。彼夫婦が新しい住居に割合素直に順応しようと努めたのに、老人夫婦は頭の切替えがなかなかできなかった。戦中戦後の筍生活で嫁入り衣裳の一切を失くしてしまった母はあまり家財に執着がなかったが、祖父の代からの古い家具や小物を惜しむ父は物を捨てることに踏切《ふんぎり》がつかなかった。じっさい、天袋や納戸や簞笥の陰などから思わぬものが出てきた。明治時代に出版された五百冊からの碁の和綴本、黒革縅《おどし》の鞫《しころ》のついた星兜、数々のゴルフの優勝カップ、外遊時に買い集めた民芸品や人形、大学時代の日記や講義ノート、戦時中の国民服、一時期蒐集に凝った安茶碗など、どの一つをも父は捨てることができず、結局は全部を箱詰めにして持っていこうとして積みあげ、周囲からやいやい言われていた。

が、父を責めるわけにはいかない。彼自身も思わぬ物の出現に驚き、それに愛着を覚え、捨てるにしのびなくなることが多かった。たとえば押入の隅に積みあげてあった林檎箱から幼い日の絵本や玩具、小学校の教科書、冒険小説、習字や絵や工作の作品などが出てきた時彼は終日その前から動けなくなった。それらは戦争末期に疎開のため梱包されたまま打捨てられたものだった。それらのほんの一部しか新居に移せない。とすればどれを選ぶべきか。いっそ思い切って全部を運び、ベランダにでも積んでおくか。そんなことで迷い出すと際限もなかったのである。

未練がましく古い物にすがりついている父と彼を諫める役は弟である。早くから家を出、引越しの常習者である弟は、物を捨てることを現代人の美徳とみなしていた。父と彼は不承不承に捨てる物を脇へどけた。弟は金目の物は古物商むけに集め、あとは容赦なく燃やしてしまった。

一つだけ父が強く抵抗したのは金庫である。それは大正時代に輸入されたアメリカ製の大金庫で重さが一屯ほどあった。五十年間それを愛用していた父は何がなんでもそれをアパートに持込むと言ってきかなかった。エレベーターの力が弱ければ金庫屋に起重機を出動させ宙吊りにして窓から搬入するし、床が重みに耐ええなければアパートを作った建設会社に頼み特別に補強してでも設置するというのである。結局この件では誰も父を相手にしなくなった。父は金庫屋や建設会社に交渉するすべを知らず、たとえ知っていたとしてもそうするだけの気力はさらになかった。最後の日、父は黙って金庫を開き、必要な書類を鞄につめると、また叮嚀に鍵を閉めて金庫を捨てた。

あらかた荷物の片付が終ったところで弟がひとつサヨナラ・パーティをやろうじゃないかと提案した。三月半ば、春とはいえ寒波が襲った肌寒い日に一家眷族《けんぞく》、つまり父と母、彼夫婦と息子、弟夫婦に姪と甥が八畳間に集った。彼と弟は酔って馬鹿陽気に笑いこけた。母は珍しく酒をすごし、息子たちの笑いに誘われて笑っていたのに、ふと顔を曇らせると声をあげて泣きはじめた。びっくりしたのは子供たちである。荷造りのすんだ段ボール箱や食器棚を利用して隠れん坊に興じていた子供たちはおばあちゃまの異変に立ちすくんだ。妙に白けた宴は、妻が気をきかして移り住む先のアパートの美質を、鍵一つで外出できるとか掃除が簡単だとかを語り始めたため再びさんざめいた。そんな一同の動きに終始無縁でいたのは父である。父はみんなの会話からは全く取残され、一人黙々と料理をつついていたが、やがて縁側に立ち水虫の足裏の皮をむしり始めた。そんな父を弟がおひゃらかしたけれど父は動じなかった。耳が遠いからな、きこえんのだよと彼が大声で言っても父は振向きもしなかった。

その時父が何を考えていたかを彼はおぼろげに分るような気がする。父の七十年の全生涯はこの一軒の家で過されたのだ。それが今確実に消えようとしている、その気持を表現するとしたら黙り込む以外にないのかも知れない。

いよいよ当日になった。母に息子をあずけると妻は運送屋の指揮をひきうけた。荷物を選別しトラック内の場所を指定し、大の男たちを意のままに動かす、そんな妻の能力に彼は瞠目した。女たちの有能ぶりと対蹠的に男たちは無能であった。彼は塵芥を土間に掃きおろしたあとすることが見付からず、庭にぼんやり立っていた父の傍に並んで立った。いよいよおわりだな、と言うと父は頷き、それからあわてて家の中にあがりこんだ。しばらくして父は両腕に電球をかかえて出てきた。父は照れくさそうに、しかし相変らずにこりともせず、これだって残しておくのは惜しいからな、と言った。

庭に集めた塵芥をどうするかで彼は父と争った。どうせ他人に渡すのだからこのまま放置すればと彼が主張すると、きれいに片付けるのが新所有者への礼儀だと父は反論した。彼が制するのにかまわず父は塵芥の山に火を付けた。何かの化学製品のせいだろうか、物凄い黒煙が巨大な舌のように吹き出し、前のホテルの窓をなめた。ホテル側も驚いたのだろう、窓の閉まる音がし、支配人が抗議しに来た。恐縮した父は竹箒で火をたたいたり、塵芥の山をかきまわしたりしたが火勢はかえって募った。彼が風呂場に行きバケツに水をくんできた時は黒煙はやみ、通常の焚火となっていた。支配人は火の用心に配慮して欲しいとくどく念を押して帰った。

父と二人で火を燃やした。年の暮れになると焚火をする父を見慣れていたが、こうして彼が父の手助けをするのは幼年時代以降はたえてなかったことだ。彼は痩せて皺の深い、このところ年々小さくなってきた父の姿が火照った眼蓋の下でゆらめいているのを不思議に親密な思いで見た。

彼の父は或る生命保険会社に三十五年間勤めあげた。几帳面一方の勤めぶりで、しかも会社がおわるとまっすぐ帰宅し、母をして少しは遊んだらいいのにと嘆かしめたほどであった。もっとも模範社員としてなすべきことはしたのであって、つきあいのための麻雀とゴルフなどは十人並にやった。精勤の甲斐あってか五十歳をすぎて取締役となり、本社ビル新築の責任者になった。新しい会社ビルをつくるには先進国の立派な建物を見るにしくはなしというので社用の世界一周をした。満鉄の株にしてあった財産の大半を戦後に失った父にしてみれば、これは思いがけぬ恩典であった。出発の時の父の得意な顔を彼は忘れない。それは昔、自弁でベルリン・オリンピックを見に行った時の若い父の顔を髣髴とさせた。欧米各国の代表的保険会社を訪ね、数百枚のカラー写真をとり、帰国すると本社ビルの設計施工の総監督となり、盆暮には業者から山なす付届をもらい、その威勢はめざましかった。めでたく超モダンなビルが完成した時、父は六十歳の定年に達していた。取締役でもあり、ビル建築の功労者として何らかの特典を期待していた父は、つまるところ一介のやとわれ重役に過ぎず、すなわち何一つ特典のない一社員として退職金をもらい、大学を出てから無欠勤で勤めた会社を去らねばならなかった。

定年退職してから父は暇をもてあますようになった。とにかく何もせず終日家にいる無聊《ぶりょう》に耐えられなかったのである。といって老人に適当な勤め口はおいそれとはなく、はじめ元重役であるからには月給十万円以下では沽券にかかわるといっていた父も、やがて五万円でもいいと言いだし、ついには使ってくれれば給料は問題じゃないと泣き言を並べた。頼むべき知友とすべて会い尽し、あとは為すこともなく、終日家に居るうち父は急速に老けこんできた。八十瓩《キロ》もあった体重が五十瓩台に下り、体がすぼんだだけ皮膚の皺が増え、煙草を立続けにのむので持病の喘息は悪化し、のべつ肉を引きちぎるような咳をした。まだそんな年でもあるまいに、あれじゃじじむさすぎる、と家人は話し合った。かつて熱中した麻雀やゴルフをすすめても、それらは会社員という地位に相応しい娯楽なので、失職中の身には何の魅力もなかった。

思えば父には何の趣味もなかった。若い頃には円本を律儀に買い揃え、切手蒐集に精を出し、十六ミリや八ミリの活動写真に凝った。中年以降は麻雀かゴルフで土日を費すのが常であった。けれどもこれらの行為は時の流行に従ったのみで、いわば他人の真似であって、他人の消失した今となっては行為の動機が失われたのである。

父が或る小さな水銀燈会社の相談役として就職できた時の嬉しげな様子を彼はよく覚えている。父は若がえったようになった。食も進み適度の威厳を保つほどに肉もついたのである。しかし、十年ほど過ぎたこの頃、父は勤めが辛いとこぼしはじめた。相談役というのは実質的な仕事がなくて退屈であるし、午後になると我慢のならぬほどの睡気がおこり、欠伸の涙眼を若い社員から盗み見されるのが、実に辛いのだという。

彼は弟と相談し、すべての原因は父の老衰にあると結論した。会社をやめさせねばならないけれども、薄給で働くうち以前の退職金はあらかた使い尽していたから、いま住んでいる百坪の土地を売るより仕方がない、彼も弟も両親を養うに足るほどの収入はないからと話し合った。父は息子たちの意見に、お前たちのいいようにしてくれと言った。その困惑し疲労した表情は、小さくて無力な老人のそれであった。

黒ずくめの紳士の一行が来訪したのは、彼が不動産屋に行ってから数日後である。何でも金属問屋の健康保険組合の理事連とかで、理事長とかいう品のよい爺さんが名刺をくれた。突然のことで洗い髪に白毛の目立つ母は顔を出さず、たまたま家にいた彼が案内役となった。

「木が沢山ありますな」理事長が言った。「この辺では珍しい」

「子供の時のぼった木です」そう答えると自分の個人的回想が相手には無縁のことと気付き彼は顔をしかめた。

しかし理事長は気さくに微笑した。「そうでしょうな。木というものは生きて愛着がありますからな」

理事長は今度は連れの事務長とかいう中年紳士に「これだけの木は保存したいものだな」と言った。事務長はうやうやしく頭を下げた。

不動産屋から例の健保組合が土地を買いたがっていると電話があったのはその翌日である。彼は会社にいる父にすぐ電話した。父は、「そうか、すぐ帰る」と言った。その声は上擦っていた。まさかこんなに早く土地が売れるとは考えていなかった父は、すっかり周章していたのである。

彼と父は弟を呼んで相談した。彼も父も世間知らずで、相手の金属問屋の組合がどんな団体でどの程度の信用を持つものやら見当もつかなかった。ゴム会社に勤めていた弟は、この点かなり頼りになる筈であった。期待に答えて弟は相手の組合がいくつかの大銀行に預金を持つ確実な資産の団体であることを調べてくれた上、不動産屋の仲介手数料が売値の三パーセントもあるのは高過ぎるからと不動産屋と渡り合い二パーセントにまけさせてしまった。

　売買契約、内入金の受渡し、移転登記など、事が始まると事務的な操作があれこれと進み、彼は感傷を覚える暇がなかった。父も同じであったろう。忙しく過しているあいだに引越しの日がいつのまにか到来したという感じであった。

　最後の焚火を燃やすことに父は夢中になり、あたりが夕闇に包まれてもやめようとしなかった。新居の片付けを終えた妻が心配して戻ってき、あちらに夕食の仕度ができているという母の言葉を伝えた。もう少しでおわると父は答え、彼が父の答を補強し、もう少しでおわるから先に食事をしていてくれと言った。塵芥を燃やしおえると二人は期せずして積みあげてあったガラクタに手を出した。一種狂暴な衝動が彼におこってきた。どうせ他人に壊されるなら障子や襖や、家の中の燃えるものはみな燃やしてしまいたくなったのである。荒々しく障子をはずし、火に投げこむ彼に対して父は身をよけただけで何も言わなかった。障子は刹那に炎上し、中央の硝子は砕け散った。障子をおえて襖に手をかけたとき彼は不意に空しさを覚えた。電球を取払われた暗い部屋に入ると彼は雨戸を閉め、窓に内側から鍵をかけた。まるで夜休む場合のように戸締りを入念にすると彼は勝手口から外へ出た。家中でそこだけが外から鍵をかけられる場所だったのである。

　雨は燃えさしの墨を流していた。あの夜、暗いままに後片付けのはかは行かず、焚火に水をかけると帰ってきた、そのままの姿が雨にたたかれている。彼は自分の荒んだ心を剝き出しにされたような気がして眼をそむけた。それだけではない。荒廃し混乱した庭には静けさが微塵もなかった。雨に励まされた車の騒音がもろに空気をふるわせ、これも雨の日にかぎって地に這う排気ガスの悪臭があたりに充満していた。追憶にふけっていた彼はそれで目が覚めたように顔をしかめた。高層ビルの新居に移ってから忘れていたこと、いまの大都会で大通りに面した木造家屋がこうむるべき運命的な状況をまざまざと思いだしたからである。家を売ったのは（実際は土地を売ったのだが、彼はどうしても家を売った、と発想してしまう）、父母の生活費を出すためだけではなくて、家が事実上住めなくなったからである。

ここ数年、門前の大通りにはゴキブリのように車が増殖した。繁華街と繁華街を結ぶこの道は四六時中気違いじみた行列が続いた。停滞し臭いガスを吹き出している車は、何かの拍子に一斉に毒々しく鳴きながら移動する。日曜日と深夜はいくらか数が減ったけれど、そうなると車は爆音高く間断もなく疾駆するのであった。

空気の汚れを実感させたのは息子の生れた時である。口で息することを知らぬ赤ん坊はうっかりすると大きな鼻糞のため窒息しそうになった。鼻糞ほじりが育児の第一歩であると知って彼も妻も不安であった。息子は成長すると咳の発作をおこした。医者は小児喘息で澄んだ空気の場所に転地する以外に治療法はないと言った。息子ばかりではない。彼も妻も不断に咽喉を痛めていた。外の騒音に加えて家の中には咳の音が絶えなかった。

南側の隣家が消失したのはある不動産会社の所有になってからである。平屋の古い家が取払われ、樹木が切倒されると、ブルドーザーが整地し、砂利がしかれ、野天の駐車場になった。管理人なしの月極め専用の駐車場で車の出入りも閑散で、彼の家にとってはむしろ家一杯に日光が入る嬉しい変化であった。妻は、うちは空気が悪いが日光だけはふんだんにあるの、と言って息子をパンツ一枚にして日に当たらせたりした。ただ彼は、小さい時から見馴れていた借景の消えたことを残念に思った。四季に色取を変えた青桐の大樹や熨斗《のし》皿に草の生えた屋根や木目の見事な下見板などが失せたことを惜しんだ。

駐車場はほんの一年ほどの間であったろう。或る日何の予告もなしにそこにビル工事がはじまった。ダンプカーの列がひきもきらず、敷地一杯に穴が掘られ、と思うまに、コンクリートの杙《くい》打である。鉄パイプの櫓《やぐら》が組まれ、その高さから推すと彼の家の日光が全く奪われそうだと気付いた彼は、あわてて父に、抗議すべきじゃなかろうか、と言った。自分の会社をやめたいと愚痴をこぼしていた父には、この新たな事態に対処する気力がなかった。彼は弟に連絡し、弟の紹介してくれた弁護士にも会った。弁護士は、日照権の問題は専門家のあいだでも意見が分かれるところだが、自分は、この件についてあなたが相手に抗議するだけの法的権利を持たないと判断すると答えた。

とこうするうちビルは建ってしまった。陽光の絶えた庭は冷たく湿り、苔や羊歯などの陰気な植物がたちまちに繁茂した。妻と母とは、洗濯物の乾かぬことを嘆き、庭一面を見下すビルの窓の視野を嫌った。日光不足が子供の痀瘻《くる》病をおこすと新聞で知った妻は、ことにそのビルを憎んだ。

日の光を奪われたためであろうか、庭の木々が目に見えて衰弱していった。松、楓《かえで》、栗、欅《けやき》などが枯れた。二本あった唐《とう》楓の一本も枯れた。梅は花をつけず、桜の花は小さくなった。ひとつ勢のよいのは八手であった。ハバカリの目隠しとして植えられていたこの木はいつのまにか数を増し、玄関口から庭先へと領土をひろげてきた。薄暗いなかに重なる、厚い濃緑の葉は何がなしおぞましい姿であった。枯れた木を切倒すと切株には蕈（きのこ）が生えた。その黄や赤や白の派手な色彩がかえって病的なものと映った。

家を売ったのは父の老衰のせいでもあるし車やビルの害のせいでもある。内外の事情が彼の家族を攻め、それにあらがう力がなかった。そのことに未練がましくしても仕方がない。ほかに方途はなかったのだ。戦災で家を失った多くの人に比べれば戦後二十数年旧屋を維持しえたのは得がたい贅沢であったのだ。彼はそう考え、つとめてこの家を忘れようとしていた。しかし頭ではそう考えても心では家を思っていた。人手に渡ったものを見にくる不快を押して何回か家の前を通ったのもそのせいなのである。

或る日、彼は何回目かに《道を間違え》、旧居の手前にさしかかった。と、十米ほど先を俯いて歩いていく老人がいた。背恰好や歩き方から父だと知れた。いでたちからすると散歩ではなく、どこかへ、映画館か展覧会へ行った帰りらしい。とすれば全く見当ちがいの道を歩いていることになる。家を見にきたな、門前で振向くなと思っていると、予測どおり門前で歩度を落し、ゆっくりと家を見上げた。彼が声をかけると父は照れて苦笑した。父の笑顔はそんな時でなければ見られないと彼は思った。彼は工事が予定よりおくれているのが気がかりだ、こうなったら早く始めてほしいものだと言った。父は、まったくだなとつぶやいた。

軒端から落ちてくる水を傘に受けながら彼は裏へまわった。ぬらりと光る土に足を滑らしそうになった。風呂場の前に戦時中の防水槽があって、樋から雨水が流れこんでいる。茶室の下地窓に黴が生え、土壁は崩れ、羽目は破れていた。人の住まぬ家屋はわずかの間にもひどく痛むものだと彼は思った。

勝手口のあたりは薄暗くて、ガラス戸を手探りせねばならなかった。戸をひいてみたけれども鍵がかかっている。戸を要領よく持上げれば簡単に鍵ははずれるはずだ。が、そうすることは持主に対してはばかられた。たとえ持主がこの場に現われても言訳はできると自分に言聞かせると、こんどは家の中を見るのがこわいような気がしてきた。それは屍骸を見る前の恐れに似ていた。死んだ家の怨念が家の中にさまよっていて中に入った彼を犯すような予感がした。にもかかわらず玄関口に来た彼は呼鈴を押し、呼鈴の電気が切られたことを思い出すと、格子戸をゆさぶり、何とか家の中に入ろうとした。自分の気持が矛盾していることに彼は憤り、何とか気持を整理しようとして焦った。再び庭に来た。何かを考える前に彼は縁側の硝子戸に手をかけていた。ここも鍵がかかっている。結局のところ彼は家を一巡してどこからも入ることが出来なかったわけだ。家からはじきだされた体で彼はたたずんでいる。

縁の下に乾いた板を見付け、それを沓脱石《くつぬぎいし》に敷いて彼は腰かけた。傘をたたんだところで、急に激しく降ってきた。軒樋の破れから洩れた水が足先に注いだ。石の上に足を引揚げ背を丸めて膝をかかえた。宿なしのようにあわれな姿だと彼は自嘲した。誰かに見られている。視線は目の前に切立つ壁から、壁にうがたれた多くの小窓のあちこちから来るようだ。

かまうものかと臍《ほぞ》を固めると視線は消えた。消えたというより、風のふぶいたしぶきや、目の前の壁一杯に紗幕を下げたような雨脚にさえぎられてしまったのである。初夏というのに少し肌寒いほどになった。八手の葉先からはらはら落ちる雫のむこうで一本の木が黒く目立った。欅である。目通り十糎《センチ》の若木は枯れて冬の裸木のようだ。二年ほど前の春、芽がでず、それきり枯れてしまった。それは彼が植えた木だ。日比谷公園で催された植樹祭に小学校の代表として参加した彼が、みやげとして大事に持帰ったものである。どこに植えたらよいか父に尋ねると、欅は大木になるから周囲に木のない場所がよいという答であった。そこの土は硬く、彼の幼い力にあまって父に助けを求めた。父はシャベルに片脚をかけるとたったの一押しで深い穴をあけた。

　欅の根元は大きな水溜りにかくされている。その水上の島のような丸い御影石、それに見覚えがあった。間違いなくそれは犬の墓である。犬の名はベルといった。来たときはまだほんの小犬で甲高く吠えていた。世話係は彼と弟ということになったが子供の移り気ですぐ犬にあきてしまった。ベルが全くの駄犬でいくら教えても芸一つ覚えず、空腹時にはやたらと吠え、そのくせ夜は眠りこけて夜警の用に立たずという有様だったことも子供たちの嫌気を誘ったのである。かわりに犬係を申し付かったのがアサヤという女中である。田舎から出たての十六、七の小娘で、いまだ稚気さらず、彼や弟とまともに喧嘩したり、朝寝坊をして叱られていた。アサヤは母よりベルの世話を命じられると、おれは犬が生来大嫌いでございますだと言い、強いて命じられると泣きじゃくる始末だった。それがどうした加減かベルを溺愛するようになったのである。冬ざれの庭にしゃがみ、両手をシモヤケの繃帯だらけにしたアサヤは、笑いながらベルの蚤をとっていた。やがてベルは成長しておそるべき大食漢になった。物資欠乏の折から母はベルを厄介視したが、アサヤは自分の食事を減らしても犬にやろうとした。相変らずベルは無芸無能であったけれども、不思議とアサヤの意思だけはよく理解し、食事時の大騒ぎでさえアサヤの一喝でおさまるのであった。或る朝、ベルが行方不明になった。学校から帰った彼はベルが死んだことを母から告げられた。アサヤは彼を犬の墓まで連れていき、いきなり大声で泣きだした。朝からアサヤは犬を探し歩き、二粁《キロ》もはなれた練兵場前の道路で車にはねられているベルを発見したという。それでね、アサヤはね、ベルを抱いてきたのですよ。坊ちゃん、それはね、重かったですよ。死んだ動物というものはね、それはね、とっても重くなるんですよ。

涙霞みのように風景がゆれた。風向が変り、彼に雨が降りかかった。彼は濡れたズボンの裾をたくしあげると傘をひろげて庭の中央に出た。川のようになった雨水がいきおいよく流れていく。その流れの中へ彼はかまわず踏みこんだ。靴の中に泥水が染みてくる。ふと彼はこのあたりに防空壕が掘ってあったことを思い出した。

戦の激化とともに、中学生である彼は川崎の鉄工場に動員され、小学生の弟と母は栃木県に疎開した。白く輝きわたる昼下り、彼は駅に降り立ち、一望荒地のような焼跡を歩いた。焼けてみると繁華街はあっけないほどに小さく、すぐに通り抜けてしまった。そして墓標を思わせる焼けぼっくいの尽きたところに意外にみずみずしい夏木立があり、それがわが家だと認めた時の驚きと喜びを彼は今でも忘れない。あたりの破滅的な情景とそれはあまりにもかけ離れていて夢幻の出来事のようであった。門を入ると蟬時雨の庭先に上半身裸の男がいた。それが一人で家を守っていた父であった。父は防空壕の中に隠してあった家財道具を運びだし縁先で乾していたのだ。今から壕をうめるのだが手伝ってくれと言われ、彼は勇んで応じた。二人で壕をうめおえると父は飯盒で飯をたきとっておきのシャケ缶をあけた。とにかく無事でよかったと、父は繰返した。

二階の軒樋から長い滝となった雨水は、階下の戸袋の腹を太鼓でもたたくように打っている。この大量の雨を処理しきれず破綻を生じているのはそこのみではない。あるいは滝となり、あるいは水の飛礫《つぶて》となって、まるでこの破屋《やぶれや》を水底からひきあげたような具合である。あの二階に彼は妻と十年間を住んだ。そのことが遠い過去のように思える。まして彼の幼年時代がそこで経過したことはまるでまぼろしのようにしか思えない。彼は縁側に近付き、さっきはちらとしか見なかった中を仔細に窺った。

縁側の内側は居間に使っていた八畳で、その奥が両親の寝室である四畳半、八畳の右隣には昔は子供部屋、最近は応接間にしていたコルク張りの六畳がある。家具を取去った室内はいかにも寒々と広い。それは人の住んでいた場所とは思えない。そこに四十年を過した彼にしてさえ、昔を再現するのは難しいのだ。けれども、もしかするとそれをもう二度とは見ることができぬという思いが彼の眼を鋭くした。青黒い四角な窪みに洋服箪笥を置き、燃やしてしまった障子をはめこんでみる。そして失われた日差を与えてみると、そこに母がいた。

母は日向ぼっこをしながら繕い物をしたり編物をしている。今もそうだが何か仕事をする時ラジオをつけっぱなしにするのが母の癖だ。門を入ると軽音楽や流行歌がきこえ、母がいることがわかる。彼はランドセルを子供部屋に置き、暖かな八畳に顔を出す。オヤツをもらうためである。棚の上の海苔缶から《卵パン》と呼んでいた楕円形のビスケットが出、《ニイタカドロップ》の角缶からドロップのいくつかが取出される。母はけっして無制限にオヤツをくれなかった。いつも定量を菓子皿に並べ、海苔缶やドロップ缶は子供の手のとどかぬ高い棚に置かれるのである。オヤツを食べてしまうと彼は自転車で遊びに出る。路地の入組んだこの界隈は遊び場に事欠かない。チャンバラ、兵隊ゴッコ、探偵ゴッコをはじめ相当のイタズラをする。ある百貨店の別館の屋上からカンシャク玉を路上に落したり侯爵家の下屋敷に侵入して池の鯉をとったり、まあ彼はかなりのワルであった。

友達のほうが先に遊びに来ると子供部屋はたちまち模型の国に変ってしまう。コルク張りの平な床はレールを敷いたり自動車を走らせるのに実に好都合なのだ。箱梯子の押入から彼はとっておきの玩具を取出してくる。ハンドルやクラッチのついたドイツ製の大型トラックと寸分の狂いもなく積み重ねられたアーチが組立てられる石の積木などは父の外遊の土産で、友達を十分驚かせたものである。

彼は汚れたコルク張の床を見渡し、それから壁に目を移して黄の色砂に残る画鋲の跡を探した。壁の四周に画鋲の跡が無数に認められる。彼は頷いた。その壁は地図を貼るためにずっと使われてきたのだ。

彼が小学校一年の時、父が外国旅行をした。ベルリン・オリンピックを見物するかたわら欧米各国を巡ったのである。出発の前、父は壁に世界地図を貼り、自分の旅先の位置を一目でわかるようにしておいた。毎朝、彼は日の丸の旗のついたピンを父のいる場所にとめた。以来あの壁に地図が欠けたことはない。支那事変がはじまると支那全図が、大東亜戦争がおこると大東亜共栄圏之図が、戦後は朝鮮、最近はベトナムと、地図は貼られ続けたのだ。むろん父は戦中の日の丸の旗のピンにかわって、戦後は星条旗のピンを用いたのである。

夕方、遊び疲れた彼が戻ると母は女中と一緒に台所にいる。八畳のラジオは相変らずつけ放してあり、株式市況などをやっている。タカネ、ヤスネ、トウギリとかいう言葉を夕闇の中で大人のつぶやく不思議な呪文と聞きつつ、彼は机にむかう。あたりは夜の準備でざわめいている。昼間、明るくそれなりに空漠とひろがっていた都会が、夜、疲れて狭い家の中へ吸収されていく、そんなざわめきである。台所でリズミカルに菜を刻む音、豆腐屋のラッパ、市内電車、汽笛、時たま通る自動車の音に風情があった。それらの音がなければ彼は不安で勉強できなかったろう。それらの音は快い諧調になって彼を安堵させたのだ。やがて空腹を刺戟する煮物か焼物の匂いが流れてくる。彼は待つ。すると母が呼ぶのだ。ゴハンですよう。

八畳の中央、あのあたりに茶袱台が置かれたのだ。祖父の代から伝わった茶袱台は脚が長い。子供が正坐して背を伸ばすと丁度の高さになっているのは子供の姿勢に気を使った祖父の創意だ。家族が坐る位置はいつもきまっており、彼が結婚して二階に住むようになるまでは変化しなかった。父は黙っており、喋るのはいつも母である。母は夕食という儀式の主催者であることがこの上もなく嬉しく、それを表明せずにはおれぬというように喋り続けた。

あたりが仄暗くなってきた。目を凝らしても部屋の奥はもうほとんど見えない。襖の絵も灰色に塗られてしまった。彼は沓脱石の上に立ち、硝子戸に額をぴったりつけ、その冷たさに心も冷えるように思いながら眼だけを動かした。床の間の花莫蓙模様がかすかに浮出し、違棚の下の地袋の戸が開いて黒い四角な闇を吐き、廊下の端の柱が骨のように白い。やがてすべては闇夜の底に潜んでしまうだろう。彼はそれらをもはや二度と見ないだろう。

くらがりに一本の柱が白い。白骨と見立てたその柱はこんどは道標のように見える。忘れていた記憶の奥底を指し示す道標である。いつの頃であったか、たぶん新婚の妻に古い写真帳を見せたときだから、十年ほど前、一枚の古い写真に見入ったことがある。それは二歳ほどの小さな彼が廊下で木馬にまたがっているところで、背景に唐草の布と柱がうつっていた。うしろから写真をのぞきこんだ母は、ふと、その柱にちっちゃいときのお前の背丈を記録したものだよ、一月ごとに鉛筆で条《すじ》を刻んだものさ、と語った。たわむれに柱を調べてみた彼は感嘆した。年月の腐蝕や無数の払拭に耐えて柱には二十数本の条が残っていたのである。ほんの赤ん坊の高さから始まって、四歳ぐらいままでの幼い彼の肉体の刻印がそこにあった。彼は罅《ひび》割れた柱を昔の乳くさい自分の体臭を嗅ぐような思いで撫で続けた。

同じようなことがもっとあるかも知れないのだ、彼が忘却してしまったことを家が記憶していることが。彼は薄暗い八畳間のなかから忘れ去った記憶を掬い出そうとし、一つの情景を思い出した。それはたしかにこの部屋でおこったと思うのだが、彼は暗い室内でばあやに抱かれていた。ばあやはミヤジ——突然この名前が甦った——と言って、夏の間だけ田舎から上京してきて彼の家の留守番をしていた。夏の間は彼は母や弟と一緒にM半島の海水浴場に行っていたのである。父の病気か何かの理由で彼はわが家に帰り、真夏の眩しい外光に慣れた眼に家の中がひどく暗く感じられたのだと思う。とにかく彼はその暗さが恐く、ミヤジの胸に顔を伏せながら外へ連れていけとせがんだのである。しかし彼が外という意味で使ったオンモなる言葉がミヤジにはどうしてもわからなかった。彼はその時、生れてはじめて、自分とは生いたちの違う他人の存在を意識した。母の解説で得心したミヤジが彼を明るい大通りに連れ出してくれた時の喜びを、陽光の光に濃い影を落す並木の美しさを彼は今、目蓋の内側に鮮明に見ることができた。

あの明るさと同質の喜びを与えてくれたのが雪の庭である。或る朝、庭一面に雪が輝きわたり、小躍りした彼が外へ飛びだそうとしたら母に止められた。きょうはこわい人がいっぱい外にいるから幼稚園は休みですよと本当にこわい顔で言った。ラジオを聞き流す癖の母がその日にかぎって、妙に真剣にラジオに耳を傾けていた。事件の意味は彼には了解できず、明るい雪の日にこわい人がいっぱい外にいることが神秘に充ちたできごとに思えた。

小止みがちになっていた雨が、再び繁く降ってきた。闇のなかで雨脚は見えず音だけが激しい。

と、庭一面に血膿のように生々しい色が落ちた。ホテルの屋上の大きなネオン・サインが点ったのである。二階の風呂場が明るくなり、磨硝子《すりがらす》ごしに男女のシルエットが現われた。どこかの部屋から、雨音を押しのけるような音量で歌謡曲が吹き出してきた。昼間眠っていたホテルが活動しだしたのである。彼は弾じかれたように縁を離れ、刻々に変るネオンの光に背を押されながらその場を去った。門外に出、石段を降りる時、彼は自分が全身ずぶ濡れになっていたことに気付いた。

家が壊されたのはその直後である。数日後、久しぶりの梅雨晴にもう一度家を見ようと勤先からの帰りに回り路してみた彼は、家のあった筈のところが単なる空地に変っているのを眺めねばならなかった。わずかに石段が残っているのみであとは何もなかった。何か特殊な機械で破砕したのだろうか、柱も板も一様に砕かれ粗雑な大鋸屑《おがくず》のようなものになって山積みにされていた。山の裾に黄色いブルドーザーが一台あり、傍にヘルメットをかぶった二、三人の男が休んでいた。彼は何かもう少し緩慢な解体作業を考えていた。しかし、まず屋根瓦をはずし、垂木を剝がし、梁から天井へと分解していくといった手のこんだやり方を、ビル建設を目差す新しい持主がする筈がなかったのである。塀のあった場所に張り縄がしてあって中に入れない。彼はゆっくりと歩きながら庭を振返った。庭も全く消失していた。幼年時代彼が登った唐楓も枯れた欅も数多くの八手も、すべてが切倒され、薪のようにたばねられてあった。

残花

丘

私は旅に出た。特急電車に二時間十分乗り、Nで降りた。駅前へ出、銀行とデパートと証券会社のビル群の前を端から端まで往復した。三度目に掲示板が目についた。七人の凶悪犯の写真が貼ってあり、これは重要指名手配犯人です。お気づきの方は通報ねがいます、とあった。犯人の一人が私に似ていた。半白《はんぱく》の顳顬《こめかみ》、禿げあがった額ばかりでなく、怯えたような目が、さっき車中の洗面所の鏡で見た自分の顔を思い出させた。

巡査はむこう側を向いて坐り、尻の肉が腸詰の形にはみだしていた。彼が振返りそうに思え、何かを占うような気持で私は待った。生暖ったかな風が広告の紙を数枚吹き流していった。私は咳払いした。こちらを向いた巡査は年寄じみた顔をしていた。皺のところが粉をまぶしたように白く、目は黄色かった。私は自分が凶悪犯であるかのように走った。しばらくして振向いてみたが、巡査はむこう側を向いて坐ったままだった。

喫茶店の看板を見た。階段を降りていった先は暗く、地下の穴倉と思ったら、窓から川を望むテラスであった。川は黒く、絶えずガスを沸きあげ、熱帯魚の卵のような泡を浮べていた。流行の服装をした若い人たちが充ち、耳が痛むほどの音楽が響いていた。水を口に含んだとき咽喉の渇きに気付いた。立続けに水を三杯おかわりしたのでボーイがしかめ面をした。水は消毒薬の臭がしてまずかったけれども注文した甘すぎるジュースよりはましだった。

むかい席に二人が坐った。ボーイが来たので四杯目の水をたのんだが、持ってきたのは二人のアイスクリームだけだった。男が女を抱いた。女の体は柔かく融けた形になった。けさ見た夢が甦った。私は妻の心臓にナイフを突き刺し、妻は柔かく融けてしまったのだ。目蓋の裏に妻の顔を描きだそうと努めた。目鼻を書きこむ前の人形のように白いままであった。目を開くと女が男の頬に接吻して離れるところだった。

タクシーに乗り友人のEの住所を言った。N市の地理はよく知らぬと言うと、面倒くさそうに地図を調べたうえで乱暴に発車した。暑すぎたため窓を開いた。運転手は風邪をひいていると文句を言い、私は窓をしめた。二年前来たことがあるのに町並に記憶がなかった。それでもEの家は見分けられた。呼鈴を押すと犬が吠え、四歳ぐらいの女の子が玄関をあけた。犬は私を認知したのか吠えやめ、尾を振った。マルチーズで、以前仔犬だったことを思い出した。

Eは診察中で、E夫人が応対した。女の子と犬はそばでたわむれていた。宿はどこかときかれ、まだ決めてないと答えた。何も用事がなく、ただ近くに来たから寄っただけだと言った。二年前はN市でM語学会があったついでに訪れたのである。近く診療所を改築するとか交通事故者が増えて外科医であるEが多忙であるとか、夫人はのべつに話しかけてきた。三十分ほど経ってEが現われ、軽い夕食をとると再び診察室に去った。私との間に話題を無くした夫人は女の子に絵本を読んでやった。そのうち女の子は眠ってしまい、私は夫人と向き合った。家族のことをきかれたので、昨年、妻が息子を連れて里に帰ってしまったと告白した。私は事実を言ったのに、夫人は驚き、事情を知りたがった。妻が婦人雑誌に出ている料理ばかりつくったからだと解説したところ夫人は笑い、私が本気で言ったと気付くと考えこんだ。診察を終えたEと二人で外に出、彼が行きつけの飲屋に行った。周囲で客が入れ代ったが私たちは坐り続けた。Eは半年前から飛行機の練習を始めた。すでに滞空時間は四十五時間だと自慢した。毎週二時間教官と同乗し、東京近辺にもよく行く、きみの家の真上も飛んでいるという。

酔うとEは陽気になり、私は黙りがちになった。私の顔色が悪い、肝臓の検査をしたらどうだというので、私は「なんでもない。病気じゃなくて、ただ心が空虚なんだ」と答えた。Eは「そういうことはよくあるさ」と慰め顔になり、日常生活では空虚でも空を飛んでいるときに青い天にとろけるような充実した心持になることを話した。しきりに飛行機の練習をすすめるのだが、費用の点で私には出来そうもなかった。

二人は帰り、枕を並べて寝た。私が目を覚ましたときEはすでに起きており、庭で木刀の素振りをしていた。曇り空で、生暖ったかな強風が吹いていた。ドライブにさそわれて、きょうが日曜日であることに気付いた。どこへ行きたいかと尋ねられ、どこでもいいと答えると、それでは歩兵学校の跡を訪れてみようとEは元気よく言った。

家族連れの車の列が続いた。二十数年前、Eと私が歩兵学校の同期生として訓練を受けていたその頃の話となるとEより夫人のほうが熟知していた。おそらくEは繰返しその話をするらしいのだ。Eが成績優秀な模範生徒であり、剣道では全校一の腕前を持っていたこと、しかしいたずらで、桃を軍帽にかくして校内に持ちこみ謹慎三日を命ぜられたこと、敗戦の年には当時流行した関節炎で入室したこと。それは関節が痛み、歩行不能となる奇病で全校生徒の三分の一がそのため動けなくなった。医務室は満員で応急に酒保が病室として使用された。そこで大きな副木を両脚に当て、這いつくばったEの姿を私は思い出した。「あれは痛むものらしいね」「いや、むろん仮病だったんだ」「驚いた模範生徒殿だ」「宅は、剣道以外の運動がいやだったんですの。教練なんか大嫌いでしたって」「キョーレンてなあに」「兵隊ごっこさ」とEが説明したが、それがまた女の子に通じなかった。

高速道路に出てから視界が少し開けた。地図で按ずると昔は一面の田圃だったところが、ほとんど街になっていた。インターチェンジのガソリンスタンドでEが尋ねたが要領をえず、一軒の花屋に坐っていた六十年輩の親爺に尋ねてやっと歩兵学校の跡がわかった。そこはたしか今警察学校になっている筈だという。Eが、歩兵学校の少年兵であったというと親爺は幾分のなつかしさをみせ、自分はその近くの工廠の徴用工で弾丸を作っていたと言った。私は、歩兵学校の丘の上から巨大な工廠がみえたこと、敗戦の前日、それが空襲にあって大爆発をおこしたことを思い出した。

アパートや社宅や工場の立並ぶ道を行くうち小さな橋を渡った。灰色の給水塔が現われ、そのてっぺんの風見鶏《かざみどり》を認めたとたん私は不意に車を停めてくれと頼んだ。橋まで歩いて戻った。古びたコンクリートの桁や傍の水門や、橋詰から見た風見鶏の具合に見覚えがあった。川は干上っており、橋の下に油と泥を捏ね回したような液体がわずかな溜りを作っていた。見渡すと家々の狭間に小さな田圃があり、稲の株が黒かった。

「この橋を覚えてるかい」と私は言った。Eは頭を振った。「ほら、きみと二人で、学校からここまで歩いてくると、小川があってさ、子供たちが泳いでいた……」「おぼえてないな」「そうかなあ」私はもう一度、橋を見、そこから真直に、田園を貫いて走る赤土の道を想像してみた。それは郊外電車の駅から学校の前へと通じる二粁《キロ》の道で、風が吹くと赤い塵を舞上げたが、雨の日は血海となった。赤い色が鮮かに思い出されるのは、この道を日曜の外出のあと門限ぎりぎりの時刻に帰ってくることが多かったせいもあろう。赤い道のかなたに夕日を受けたゆるい丘陵が連なり、丘の裾に炊事場の煙突が火を点したマッチ棒のように光った。

敗戦の数日前も私はこの道を歩いた。敵の本土上陸が間近いという予想で肉親への暇乞いのため帰省を許されたのである。東京のわが家で父に別れ、私は予定より十数時間もおくれてN市に着いた。ふつう七時間で着く筈のところ空襲でおくれ、一昼夜かかったためである。午後五時と定められた門限までわずかの時しか余さなかった。バスは出たばかりで、仕方なく私は駈けに駈けた。手で握っていた剣は汗で滑り抜け、腰に付けた雑嚢はずれて前へ回る始末であった。その時歓声が聞えてきた。川で子供たちが泳いでいた。岸辺に立つ首領株の少年は私と同じく十五、六に見えた。水門に塞き止められた淵の中で青く染まった肢体が涼しげであった。私は汗みずくの軍服を脱ぎ捨てて一緒に泳ぎたいと思った。喇叭が鳴った。私は再び夢中で駈けたけれども門限にはおくれてしまった。

夫人が私たちを呼びにきた。女の子が待ちくたびれているという。かつての学校のあたりに着いた。しかし学校らしいものは見えず、建て混んだ家々が続いていた。駐在所があった。奥から丸首セーターの青年が出てきた。これが巡査で質問したEに、職業的習慣である不審顔を向けた。Eは手早く名刺を出し、「ぼくもこの人も、実は歩兵学校の出身なのです。警察学校がむかし歩兵学校だったことは御存知でしょう」と言った。次に彼が出てきたときは巡査の制服を着ていた。助手席に乗った彼の案内で私たちはすぐ学校に到着し、中に入ることができた。

　様子はかなり変っていたにしろ、昔の痕跡がいたるところにあった。これが生徒舎で少年兵たちが起居していたところ、それは物干場《ぶっかんじょう》といった洗濯物用の設備、あちらのプールは生徒たちが掘ったもの、とＥは妻に解説した。運動場は自動車の練習場となっており街路を模した舗装道路が縦横に通じていた。私たちは山上へと登った。

「なつかしいでしょうな」と若い巡査が言い、Ｅは頷いた。この青年は敗戦の年には生れておらず、しきりと当時のことを知りたがった。Ｅが、この山が遥拝所《ヨウハイジョ》として使われており、毎朝、坂道を駈け登ってきては、宮城、皇大神宮、故郷の三方向を拝した上、軍人勅諭を読んだものだと語ると、青年は古代の遺跡でも調べるように好奇のまなざしであたりを見回した。Ｅは彼のために古代人を再現してやるように東にむかって最敬礼し、その恰好がおかしいと女の子が笑った。

　目通二十糎《センチ》ばかりの黒松があり、梢は風に揺れていた。その枝振はかつてそこにあった小さな松の成長したものらしく、とすればその下が遥拝所であった。そこを四角に囲った石の跡なりと見出そうと歩くうち私はＡのことを思い出した。敗戦後一週間ほど経った朝、Ａは東を向いて切腹したのだ。彼の血潮は頭上の松に飛び、凝固して紐のように垂れていた。「Ａのことを覚えてるか」と私はＥに言った。「おぼえてるとも」Ｅは、女の子におどけてみせた顔を真顔になおし、「実は、ぼくもさっきから彼のことを考えていた」と瞑目した。

「Ａって誰でしたっけ」と夫人が尋ねた。Ｅが一言言うと夫人はすぐ「ああ、あの人」とわかり、今度は巡査に説明した。巡査は「なぜ自殺したのです」と夫人に問い返した。夫人は「わかりませんわ。あなた、なぜですの」と夫を振向いた。「あの時はみんな死のうと心の底では思ってた。敗けてくやしかったからね。ただ、Aてのは莫迦正直だから思ったとおりに実行しやがった」「可哀想だわ」「そうとも全く無駄に、間違った思想にかられて死んだんだから」私は「そうは思わないな」と間に入った。「無駄死じゃなかったさ。たとえ間違った思想でも、信じているという形は美しい」「それは危険な意見だ」とEは頭を振った。「あの頃の思想は幼稚そのものだったからな」私は「幼稚な考えを否定することはできやしない。子供が幼稚だからって、大人が子供を否定できないように」と言った。風が吹きつのり、足元で草がなびいた。女の子が睡いとむずかり始め夫人が車の中へ連れ戻した。

「要するに莫迦げたことだったんだ」とEは私に向って言った。「ずっと昔の悪夢さ。大人どもに騙されて、少年兵だなんておだてられて、死ななくちゃいけない。死ぬことは美しいと信じこまされて、そのあげくに戦争に敗けた。ぼくはあの時、佐官以上の軍人は、全員が腹掻き切って責任をとると思ったね。ところがそんなことはおこりゃしなかった。死んだのはAみたいに莫迦正直なやつだけだった。そりゃ、正直は正直だが莫迦には違いない」Eは松の幹を靴先で蹴った。「きみは、大人は子供を否定できないなんて言うけどね、ぼくは自分の中に子供があったってことが認められないんだ。子供時代のぼくなんて、あいつは他人なんだ。いまのぼくとは関係ない」私が黙っているとEは巡査に向って微笑した。「お若い方にはお判りにはならんでしょうな。あなたなんかは幼年時代、少年時代、青年時代が連続している。一人の人間としてすくすく育ってこられたわけですからね。ところが、ぼくなんかは、人生が十六歳のところで突然断ち切られている。少年時代までの自分が死んじまったんですな。ここで死んだAていう友人、あいつは莫迦げた少年時代を自分のものとしてとっておくために死んだ。ぼくは自分の少年時代を殺して生きのびた。まあAとぼくは同じようなもんですけどね」巡査は硬い表情のままだった。彼は何も理解できぬ様子だった。「それじゃ、きみ」とぼくは言った。「きみが敗戦の時に死んだとして、戦後のきみは何だったんだ。幽霊か」「そうかも知れんよ」Eは陽気に言った。「そうだとも、幽霊だ。本当に生きちゃいない」「そうでもないらしいぜ」私は皮肉をこめて言った。「けっこう世間的には成功しているし、妻子はあるし、家も車も金もあるし」「幽霊だからね、正体を見破られんためには世間並の生活をしてみせる必要がある。こいつは幽霊の処世術なんだ」私は黙っていた。別に反対する理由もなかった。

巡査が腕時計を見たので私たちは車に戻った。自動車教習所に来ると巡査は同僚の姿をみつけ、ここで降りると言った。私たちはこもごも案内をしてくれた礼をいい、別れた。二人の巡査は私たちに横目を使いながら何やら話していた。「ついでだから、建物の中を見せてもらおうか」とEが言った。彼はひとりで最前の巡査のところへ行き頼んだ。巡査の表情から彼が難色を示したのがわかった。彼は車庫の中の事務所に入りどこかへ電話をかけた。Eが戻ってきて、当直の教官に許可をもとめてくれた。やがて彼が来てくれる筈だと報告した。

教官は肥った小男で、汗をかいていた。Eと私に一枚ずつ名刺をくれた。「中部管区警察学校教官」とあった。いかにも忙しげに、十二時には巡察に出掛けねばならぬからそれまでしか時間がないと言った。今は十一時三分過ぎだった。しかし、愛想はよく、歩兵学校の先輩なら、いまの警察学校の大先輩だから、どうぞ見たい場所を自由に見てほしいと言った。それから、軍隊と違って民主警察には何も秘密もないのだからと付加えたが、その言い方がとってつけたようでEと私は目まぜをした。

夫人と女の子はすでに退屈しており、夫人の運転で付近をドライブしたうえで十二時に迎えに来ることにして去った。教官とEが並んで歩くあとに私は従った。Eの恰幅のよい後付は、教官の毬のような矮軀《わいく》を際立たせた。Eは自分が剣道五段の腕前で、いまでも警察の道場で教えているというと教官はすっかり感心してしまい、尊敬の面持でEを見上げた。

食堂の建物は昔のままで、ただ食卓や椅子が現代風に変っていた。不意に私は咽喉の渇きをおぼえ、飲料用冷却水の栓をひねり、備えつけの紙コップで水を三杯のんだ。咽喉を焼くような薬の刺戟があったが渇きのためには仕方なかった。三つあった生徒舎は一つだけが残り、他はコンクリートのビルとなっていた。古い木造の建物に入ったとき、廊下の電灯に視線が吸い付けられた。それは球形の磨硝子で出来たごくありふれた電灯傘で、その一つを大掃除のときこわして下士官から譴責《けんせき》されたことがあった。二十数年間、こわれもせず廊下にその硝子玉が吊り下っていたことが珍しかった。私が立止っておくれたため、教官とEが振返った。「なにか面白いものがあったかね」とEが問うた。「いいや。電灯のカバーが昔のままだったから、ちょっと感心しただけさ」と私は笑った。

コンクリートの建物は警察学校の生徒宿舎で、青年たちの集団がかもしだす特有の臭がした。柔道場はなかった。敗戦後一時米軍が接収したとき火事で焼失したという。剣道場は古い建物で竹刀の音がした。一手教えてやって下さいと教官が言うとEは、本当に教えたそうに腕を撫でた。「どんなもんでしょうね。昔の学校へ来てみるってのはなつかしいものでしょうね」と教官がいい、Eは頭を振った。若い巡査には頷いてみせたのにと思っていると、Eはいどむように声を荒げた。「なつかしいって感じじゃないですね。いやあな感じですね。ぼくらはこの学校で虐待されましたからね」教官は不思議そうにEを見た。その表情のどこかに不快の影を見付け、私はEをいなすように言った。「やっぱりなつかしいですよ。この男は逆説的にものを言う癖があるんです。お気になさらないでください」「そうです」とEが弁解を引継いだ。「なつかしいてのは、女々しい感情でしょう。少くとも男らしくない、だからいやあな感じって言ったんです」教官は汗を拭った。三人の生徒が傍を通った。渡り廊下に日が射込んでいた。生徒たちの数は少く、ほとんどは日曜外出をしていると思われた。私は彼らの生活を思ったが、大した興味は覚えなかった。多分この教官だって歩兵学校の生徒の生活に興味を覚えはしないと思った。

正門の前の広場へ出た。ここからだと正面の建物が見渡せる。建物は歩兵学校時代のまま、内部の改築もせずに使われていた。校長室、事務室、受付、すべて古いままである。中央の破風板、菊の紋章をかかげたところに警察の標識があるのが違うだけだ。この広場で復員式をしたときの情景が鮮かに見えてきた。全校生徒が整列し、校長の何とかいう少将がながい訓示を垂れた。明治何年以来光栄ある歴史に培われた大日本帝国陸軍少年歩兵学校もここに最後の日をむかえるにいたった。諸子は本日の痛恨を一生の指針として大元帥陛下の御ため神州のために怨敵に復讐を誓わねばならぬ、云々。つづいて皆の前に大きな焚火がたかれた。「捧げ銃」の号令がかかり、一同注目するなかで校長の白手袋にかかげられた「御真影」が火にくべられた。白木の箱もろとも、それはあっけなく燃えた。続いて訓育部長と副官の二人の将校に運ばれて「菊の御紋章」が焰の上に置かれた。黄金製とみえ、日夜少年兵たちの尊崇の対象であったものは、黒く燻り、やがて木材の特質を剝き出しにして白く燃え渡った。金箔は皺だらけになると熱に融けた。一塊の余燼《よじん》の煙を前に、一同は「海ゆかば」を唱った。校長をはじめ将校たちが泣き、それは少年兵たちに伝播していった。しかし、私は泣けず、煙の行方を見詰めていた。あのとき、自分の魂は白煙となって中空に漂い流れ、一刻ののち、一人の少年の屍体にもぐりこんだのだ。Eの言種《ことぐさ》を借りれば私は幽霊に変身したのだ。「復員式のこと思い出すな」と私はEに言った。「ああ、あれね」とEは教官をちらと見た。教官は数メートル離れていた。「いやあな思い出さ。いまでも時々夢に見るよ。たいてい自分の屍体を焼いている夢さ」「きみも、そうか」私は微笑した。Eと会ってから私が微笑したのはこの時が初めてである。「おんなじ夢をぼくもしょっちゅう見る。自分の屍体が燃えあがる様子は気味が悪いな」「そうとも」とEは微笑した。「自分の屍体が白骨や灰に変っていくのをみると、ああ、これで自分は幽霊になったんだと痛感するね」教官がすぐ傍にいた。私たちは鄭重に御礼をのべると正門前へ出て車を待った。

山と海

N市の西にあるI岳に登ることにした。標高千三百メートルのこの山は、N市を中心とする平野の端にそそり立っていた。最近山頂まで自動車道路が開通したから簡単に登れる、何ならぼくが連れていってやるとEが言ったが私はことわった。私は一人で、しかも歩いて登りたかったからだ。しかし、登山口にあるO市に着いた頃より雨が降りだした。旅館の番頭に尋ねても、雨の登山は危険だからあきらめたがいい、それに、自動車道ができてから旧登山道は人が通らず荒れるにまかせてあり到底案内人なしでは登れぬという。それならどこかに案内人がいないかと言うと、番頭は私の年齢を見たためか怪訝《けげん》な顔をした。彼が何か尋ねてきたら、若い頃にI岳に歩いて登ったことがあり、それがなつかしいからだと答えようと思ったが、彼は沈黙したままだった。おそらく案内人を探すのが面倒だったのだろう。

夜になって雨音は繁く、風も激しくなった。床を延べていた女中が何年に一度かの珍しい春の台風ですと言った。明日は晴れるだろうかと呟くと、テレビをつけてごらんなさい、台風情報をやっているでしょうと言った。「テレビや新聞てのは嫌いなんだ。見たことがない」と言うと、女中は、妙な顔をした。さっき見た番頭の表情にそっくりの、胡散臭げな、気違いでも見る目付なのだ。見られているあいだ、私は自分が逃亡中の重要指名手配犯人のような気がした。

朝、曇り空を見上げながら宿を出た。低く、せわしい雲行きであった。バスに乗ったとき明るい切れ間を見つけ、この分なら晴れるような気がした。しかし麓近くに来ましたと、テープコーダーの女の声が告げるのに一向にI岳は見えなかった。登り坂にかかり、茶褐色の土肌に笹や松が抜け落ちたようにまばらに生えていた。テープコーダーは時々回った。くだくだしいと思いながら、その女の声が妻に似ているので、どんな顔付の女だろうかと想像した。すると妻の顔が鮮かに思い出された。私がナイフで迫ると、恐怖の角張った目で私をにらんだ。妻が去っていく前、私は妻と少くとも平和には暮していた。彼女は料理がすきで、テレビや婦人雑誌の提供する料理をメモにとり、次々と新趣向の料理をこしらえ、私はそれをほめた。ただ不都合なことといえば私の低収入である。大学の非常勤講師の給料とM語雑誌の稿料だけでは立派な料理をつくるのに不足気味であったことはたしかだ。が、だからといって夫婦がおたがいに不満をいだいたり、争ったりすることはなかった。平和で、平凡で、ありきたりの家庭であった。強いていえばそういったところが欠点であったかもしれないが。私は自分が妻をナイフで殺すシーンを何度か繰返して見た。夢を見ていたのだ。

目覚めたところ、灰色の霧の中で何も見えず、雨が窓硝子にうろうろとしたアラベスクを描いていた。テープコーダーの女が喋っていた。

「……古生層石灰岩からなる山岳でございます。三合目以上からこのあたりまで続きます草原は有名で、草の種類は千八百に及んでいます。なかには薬草が多く、全山で判明している薬草の数は三百余種、そのうち三十種は採取禁止となっております……」山頂の方角からバスが下ってきた。こちらの運転手は窓を開いてむこうの運転手に呼びかけた。風の音が狂ったフルートの合奏のようだった。運転手が窓を閉めると、雨が鉄板をたたく単調な音のみになった。マイクを通じて運転手が話した。山頂は台風のまっただなかで、後続のバスは運行中止になった、このバスも山頂へついたら、五分後にすぐ引返すよう会社からの指令だという。私の前の席の男女が顔を見合せた。二人とも仕立下ろしの洋服で新婚の夫婦と見えた。その時自分以外の旅客の存在に気付いた。新婚夫婦が三組、中年の和服姿の女の三人組、それに私で客はすべてだった。テープコーダーが喋り始めた。「左に見えますのが、有名なB湖でございます。S県の中央に位置し、全県の約六分の一の面積を占める大湖でございます。断層陥没湖で、むこう側の岸辺に見えます、白く光るあたりが断層の名残りでございます。本K鉄バスでは、B湖周遊観光バスを御用意いたしております。御用のお方は運転手まで御申し出下さいますよう……」灰色の霧のほかには何も見えず、バスはエンジンを響かせながら、あやうく止りそうな気配でゆっくりと進んだ。

山頂へ着いた。からっぽの駐車場と売店があって雨に打たれている。客は便所へ走ったり売店でジュースを求めたりした。咽喉が渇いていたが、甘ったるいジュースは飲む気になれず、我慢することにした。I岳登山史という小冊子を買った。バスまで駈けたが下着まで濡れてしまった。頁を繰っているうちに、少年兵のときした登山のことが甦ってきた。まっ暗闇を濁流に腰まで漬り、前の者の剣鞘《けんざや》を握って列を保ちながら、一歩一歩をやっとの思いで登ったのだ。夕方麓のO村（当時はまだ村だった）を出発し、夜間戦闘の訓練をしながら、山頂を占領する敵陣地を明け方に攻略するという想定であった。山地の戦闘においては、兵力および運動を敵に秘すること、また寡兵をもって衆敵を抑止することができるというので、迂回路を登るうち、雨が降り出し、それはたちまち奔流となって道を馳せ下ってきた。少年兵たちはお互いにはげまし合って進んだが、水の力は強く、或る急斜面で十数人が押し倒され、Dという少年が行方不明になった。小一時間して、百メートル下の松の枝に彼の背嚢が発見され、夜があけるとさらに三百メートル下の崖下に彼の屍体が発見された。

あれはどのあたりであったのかと私は灰色の霧を見透かした。その彼方に、今も崖があり、この大雨では激しい滝つ瀬が、岩や木を押し流している筈だ。濁流に巻きこまれたDの団子鼻と丸い顔が脳裡をかすめた。

Dは農村の出身で、いかにも田舎者じみた顔付をしていた。体は頑丈であったけれども、胴体が極端に長く、或る種の案山子を思わせた。舌が短くて、いつも促音だらけで喋っていた。みんなは何かというとDの体型や発音を嗤ったが畏敬の念で見もした。というのは彼は学科の出来が飛び切よかったからだ。数学や理科はかならず満点で、答案をかえしてもらうときは一番に呼ばれ、誇らしげに胸を張って自席に戻ってきた。暗算が得意で、三角測量の答をみんなが紙上に鉛筆を走らせている間に、手をあげた。Dが他人にゆずった能力は、モールス符号の解読力のみである。消灯前にスピーカーから放送されるトン・ツーの文章は次第に速度を増し、聞きとりにくくなる。最後まで正確な解読をしうるのはSという少年であってDではなかった。が、Sの特技はモールス符号のみであったからDの敗北はむしろ同情され、神話的な能力に人間的な魅力を付加えることになったのだ。卒業の時には恩賜の銀時計というのがもっぱらな噂であった。

なぜ、Dひとりだけが流されたのか。道に濁流が溢れ出したとき、握りしめていた前の者の剣鞘を離した者が多かった。草や木や、とにかく手で探り当てた物に夢中でしがみついたのだ。しかし、Dの前にいたTの報告ではDは剣鞘を離さず、ためにこのTも一緒に流されたという。「離してくれと叫んでも死神みたいに離さない」と彼は身震いして言った。「あいつのことだから、あくまで命令を守ろうとしたんだろうね」とも言った。

笑声が聞えた。私の前に坐っていた男女が缶ビールを打付け合って乾杯をしたのだ。男は一缶を一気に飲み干し、女は大喜びした。車内のあちこちに陣取った人びとは、外の嵐をむしろ意想外の面白い出来事とみて楽しんでいた。快活に自分のゴルフの腕前を吹聴している男、トランプに大袈裟な悲鳴をあげる女、誰彼の陰口をたたきながら折詰の寿司をゆっくりとつっついている中年女たち。私は自分の新婚旅行を思った。山の温泉を巡るバスの中で二人は黙っていた。私は文庫本を読み、妻は窓にかじりついて景色を見続けていた。時折私が文庫本から目を離し、景色を見ると、妻は私を振向き微笑するのだった。あの頃、妻は若くて可愛いく、私は充分に満足していた。しかし、すでに何かが二人の間に欠けていた。何かが……そのまま私は眠ってしまい、顔を刺す日の光で目を覚ましたとき、視野一杯に青空があった。バスは平野を走っており、路辺には絵具を溶かしたような緑の川が流れていた。すべてが明るすぎて何だかうつつとは思えなかった。

バスを降りてO駅へ歩きながらどこへ行こうかと考えた。半島の先のKまでの切符を買った。電車が動き出したとき、今度は海岸だと思った。どこでもいい、行こうと思う場所があるうちは、そして旅費のあるうちは、私の旅は続く筈であった。どちらかが無くなった場合のことは考えないことにした。断りもなしに休講にして教務課では私のことを問題にしているだろうとふと思った。が、思っただけで何の感情も湧かなかった。

Nで乗換えた。海岸線の電車はひどく無様な流線型で、行楽客用のため売店を備えていたが、月曜日のためか客は少く、売店の女の子が気の毒であった。私はビールを二缶買ったが、一缶も飲みおわらぬうちに眠り込んでしまった。ひどく疲れており、意識よりも体のほうが先に睡気に浸されているのがわかった。女の子に起されてみるとKに着いていた。美しくはないが健康に成熟した女の子で、多分呼んでも反応がなかったためだろう、私の肩に触れたのを恥じているふうだった。その恥じらいが私を刺戟した。数分間、私はその子と一緒に旅を続ける可能性を信じていた。

風が私の思考を吹きとばした。廃墟の壁の穴で風が鳴るように心のどこかの狭間で風が鳴っていた。広い砂浜を求めて海に行くと、コンクリートの防波堤しか見当らなかった。行けども行けども真直な平行線が伸びるばかりで砂浜がなかった。方角を間違ったかとKの町を顧みると小高い丘に見覚えがあった。そこを目差し町並を縫いつつ登ってみると、松林の裏に昔ながらの小学校があった。ここの教室に少年兵たちは寝泊りし、褌一つになると松林の斜面を駈け降りて海岸に行ったのだ。校庭はアスファルトで固められ、模擬の道路と信号が作られていた。交通法規の練習でもするらしかった。教室の中では授業がおこなわれており、私の靴音は高く響きすぎた。授業の邪魔をせぬよう苦心して松林に達すると、昔したように一気に斜面を駈け降りてみた。舗装道路に突き当り、車の通行が繁くむこう側になかなか渡れなかった。むこう側は堤防で、その脇腹には、海が迫っていた。私はむかしの砂浜が消失したことを完全に理解した。

硬いコンクリートが靴を弾ねた。五十メートル四方の正方形の広場に木のベンチが並び老婆が陽に当っていた。煙草の煙が日光を薙《な》ぐように口から伸びた。私が近付いても一向に意に介せぬ体で海を眺めていた。その目は白目の部分まで褐色で日焼けした皮膚の一部のようであった。腰を降すと、再び立上れぬほどの疲労が体に染み渡っているのがわかった。汗ばんだ首筋に付いた太陽の熱を強風が急に冷やした。むこう岸は工場が並び灰色に沈んでいたが、海は白く脹れあがり、今にもはち切れそうであった。波にはリズムがあり、四つか五つに一つ、エネルギーを結集した大きな波が、無数の鉄玉を吐き出すような重々しい様子で迫ってくると堤防に鈍い響きを伝えて突き当った。そのたんび、広場に亀裂が走るような気がした。事実、足元には細かい罅《ひび》が網の目を作り、それが集るとかなり太い裂け目になって稲妻のように広場を横切っていた。睡気が私を襲ったが、何かが絶えず私を苛立て、眠れなかった。私はベンチの背に項《うなじ》を押し付けたり、横になったり、また起き上って足を組んだりした。老婆は身じろぎもせず、まるで光と風と波の間で完全な平衡を獲得しているようだった。私は羨望をこめて老婆を見、語りかけた。「おばあさん。おばあさんはずっとここに住んでいるんですか」老婆はちらと私を見、すぐ視線を海に返した。「そうだよ」「戦争中もずっとここですか」「そうだよ、ずっと……」「あの頃は海岸がありましたね。広い砂浜があって、松林があって」「そうだよ」「あの砂浜はなくなっちゃったんですね」「なくなった。海はなくなったよ」老婆は海を締め出すように目を細めた。「あの頃ですね、戦争中ですね」私は熱心に言った。「夏になると兵隊たちが泳ぎに来たのをおぼえてますか。子供の兵隊です。陸軍歩兵学校の。小学校に泊っていたんです」「さあ……」「ほら、赤い褌をつけて、白い帽子をかぶった、少年兵たち」

「少年兵たち……」老婆は糸が切れたように体をこちらへ向けた。「ここはよく、いろんな学校の生徒が来たからね」「でも戦争中来たのは、少年兵だけだったと思いますが。ほら、一人、溺れて死んで浜が大騒ぎだった。村……あの頃はK村でしたね、村中が総出で探してくれ、夕方やっと屍体が浮んだ」「ああ、おぼえてるよ、兵隊の卵だったね」皺にまぎれていた褐色の目が開いた。「それであんたは」「ぼくも兵隊の卵だったんです。死んだのはぼくの友人でした」「ああ、ねえ」老婆はしきりと頷いた。しばらくして海を向いて呟いた。「海はなくなったよ」「ええ、なくなりました」私は同意した。私は老婆の目で海を見た。それは海ではなかった。コンクリートのむこうには白く乾いた光があるばかりであった。私たちはそうして眺めていた。ながい間、私は凝《じ》っとしていた。さよならを告げても老婆は答えなかった。聞えなかったのかも知れないし、私への関心を消失したためかも知れない。

浜辺で敵前上陸訓練をした時、Iは先遣隊として鉄兜をかぶり銃を背負って泳いだ。鉄兜と銃の重みでともすれば沈みこもうとする体を懸命に浮きあがらせて進むうち、不意に姿が消えた。鉄兜と銃はその場で発見されたが、体は流れてしまい、二時間ほどして見つかったのは波打際であった。夕凪の水面から繰出してくる小波がIの肩を舐めた。下士官の背中でさかしまになったIの口と鼻から水がどっと流れ出た。砂上まで運ばれ、さらに水を吐き出させた。蒼い皮膚は翳った砂の色に似ており、かなりながい間乾布摩擦されても一向に変化はなかった。やがて皮膚は傷つき、あちこちが摩り切れて赤くなった。血をともなわぬ赤は、肉屋に吊された生肉にそっくりであった。摩擦が中止されたとき、浜は暗かった。

西日を受けた波は眩しく輝いていた。それは水の反映というより粉をまぶした堅固なものに見えた。ある場所で、堤防の下にわずかな砂浜を発見した。黒くねっとりとした縞の上に箱や瓶の破片が乗っており、尖ったような光が一面にこびりついていた。駅では次の電車を待つ人々が改札口に並んでいた。とにかくN市へ帰ろうと私は思った。やがて人々は争って電車へ走り席を取合った。しかし私がおくれて乗ったところまだ車内はがら空きであった。再び売店でビールを買い、飲み始めた。今度の女の子はさっきのより美人だったが愛想が無く、あきらかに今の仕事をいやがっていた。私は急速に酔って寝込んだ。時おり少し意識を取戻したが疲労は体をべったりと座席に押し付け、目蓋を開くのすら億劫であった。Nに着いたときEに電話しようと駅構内のボックスに入ったけれどもそれも面倒になり、偶然目についた駅前の旅館に泊ることにした。私の姿を見ると男が前金で宿泊費を払えと要求した。部屋の鏡でみると埃まみれの上着や垢じみた襟、なによりも伸びたヒゲが乞食の面相であった。しかしどうしようもない。私は横になるとすぐ寝てしまった。朝、いくらか気分がよく起きた。十時を過ぎており、チェックアウトになったのだから、これ以上部屋に止るなら超過料金を払ってくれといわれた。私は抗議し、口争いになった。この喧嘩のおかげで何だか元気が出、ヒゲを剃ったり身形《みなり》を整えたりすることが出来た。超過料金は払わずに出たが男は追ってこなかった。

花

N市より電車を乗継いでYへ向った。Yは桜の名所だが、盛りの時期にはおそいようであった。特急でありながら単線になると各駅停車となった。登り坂でゆっくり進むため踏切の警鐘が耳に長く残った。段々を形作る乾田に草が青く、木の芽の脹らみが見えた。春という言葉を思った。しかしその言葉は私の感覚を十全には表現していず、何かが逃げ去っていく思いがした。Y駅前の土産物屋はあらかた閉まっていた。すでに山裾の花は散ってしまったが奥のほうではまだ咲いている筈という。ケーブルカーで登った。客は私と一組の男女のみであった。二層の山門を入った。往古忠臣のMが何とかという親玉の身がわりとなって討死したといわれ、子供の頃忠勇義烈譚としてよく聞かされたものだが、今その前で私は何の感動も覚えなかった。故事来歴を剝ぎとるとこの名のある寺院も境内もありきたりのものに過ぎなかった。かつて少年兵の制服に身を固め、教官の雄弁に往事を空想しつつ歩いたことが滑稽に思い出され、若い男女がいたるところに立つ立札を尻目に足早に歩くのを当然のことと思った。しかし、男が旅行案内書を手にしており、彼らも一応はお定まりの順序で、寺から行宮《あんぐう》跡へ、神社から天皇陵へと巡るのであった。六百年前に、現今の天皇の祖先が住んでいたところに若い二人がどんな反応を示すかに私は好奇心を持った。しかし、彼らに話しかけてみるほどには好奇心は強くなかった。

満開の八重桜のどこかで鶯が鳴き、あまりにおあつらえむきの出来事が私の苦笑を誘った。春という言葉が意識の表層に再び浮びあがり、媚態を示したけれども私の承認をえずに沈んでいった。絶えず登り続け、山路で往き交う人は稀であった。道に傷ついた花弁が散り敷き、枝々には葉のみが残っていた。道は狭く、階段を形作る丸太は腐っていた。しかし登るに従って花の数は増え、ついに全山が白で覆われた場所にきた。あるかなしかの風が花々をくすぐり、静かな笑いが移っていった。私は地面に寝ころび、青空のもとにうごめく白を見た。そうしていると、昔、Fが花の下で死のうと思った気持がわかるような気がした。

Fの失踪が発覚したのは宿舎の寺で日夕点呼がおこなわれた時である。ただちに非常呼集となり、全員に探索が命じられた。山は暗く、一つの懐中電灯に二十人ほどが分隊を組んで行動した。あらかじめ地図を割って受持区域を定めておいたが、実際にはほとんどの分隊が道に迷い、混乱した。私の分隊は隊長の下士官の土地勘がよく、奥地の谷までは正確に達したものの、それでも沢歩きをしているうちに方角を失った。夜が明けて宿へ引返したところへ、別な分隊がFを発見したと逓伝《ていでん》兵を寄こした。

Fは満開の桜を見上げて坐っていたという。呼びかけても答えず、連れ戻されたあとも放心状態が続いた。剣を抜いて自殺を図ったらしく、腹部に長さ二糎《センチ》深さ五粍《ミリ》の傷があった。医務室で手当を受け傷が癒えるとFは退校になった。講堂に集った全校生徒の前で校長が罪状を読みあげた。逃亡とともに、「陛下の赤子であり、重要な兵力である自己の身体」を故意に傷害した罪が重視された。皺だらけの中学生服を着て去っていくFの血の気の無い顔を私は思い出した。小学生のように稚い肩をした、小柄な子であった。一月たって彼は、自宅で首をくくって死んだという。

Fは劣等兵であった。長距離の駈け足のときはかならず落伍し、柔道の勝抜試合ではいつも最下位であった。一度、手榴弾を投げた右手を剣付銃の先にぶつけ、手首を切って教官にひどく叱責されたことがある。「お前の身体は、お前のものではない、陛下に捧げた身体だ。お前が傷ついてよいのは陛下の御為になる場合だけだ。よいかな、将来陛下の御為に喜んで死ぬために身体を大切にせい」「はい」とFは答えた。直立不動の姿勢でぴんと伸ばした指先より血がしたたり落ちた。彼は寝小便をよくした。こっそりと濡れた毛布を乾すのだけれども、誰記の名前からFのであることがすぐ判った。毎日のように失策を繰返すので、彼の毛布は真中の色が抜け腐ってしまった。同室の者は小便の蒸れた臭を嫌った。

山を下る途中、脇道から例の若い男女が出てきた。「S法師庵入口」と立札にある。そこで行ってみる気になった。Fが発見されたのはその庵のあたりと聞いていたからである。小さな草葺の庵のまわりは紙屑が堆《うずたか》かった。花は半ば散り、さかんに風が舞った。庵の前には鉄パイプで囲った案内書があった。読んでも別に何の感じもしなかった。薄暗くなってきたので急いで引返した。宿をどこにするかで少し考えたが偶然表に水をまいていた男に聞くと空き部屋があるというのでそこにした。

谷を見下ろす部屋で、花の盛りには絶景ですと女中が言ったが、今は平凡な景色だった。暗くなると星が輝いた。プラネタリウムのように完全な密度の星空で、そんな空はここ十数年見たことがなかった。蒲団にもぐると窓を開けはなし、星を眺めた。Fが星座の名前に詳しかったことをふと思い出した。それは、劣等兵である彼の唯一の取得であった。ひょっとすると彼は星空を一人で存分に眺めたくて宿を抜け出たのかも知れぬと思った。眠りに落込みながら、こんなふうにして旅を続けたらきりがないと思った。といって家へ帰る気もしない。ひょいとEが現われ、「どうせぼくらは幽霊なのだから」と言った。「そうかも知れない」と私は同意した。自分の声があまりに大きかったので、目を覚ました。空はあくまで暗く、星は明らかであった。額は屍体のように冷たく、夜気に馴染んでいた。

ドストエフスキー博物館

並木道の角地に、蜜を流したように黒々と人が集っていた。人の集っている所は好きでつい目が行く。露天の魚市場であった。前掛にハンチングの中年男が、峰に錆の渡った大庖丁でいかにも面倒くさげに冷凍魚をぶっ切り、恵むように投げだすと、主婦がそれを拾ってビニールで包み、買物袋に入れる。主婦たちは列に連なっていて、黙々と自分の番を待っていた。人々の黒い影のむこうにはレニングラードの十月の空がある。どうしても氷を連想させる青い冷たい空だった。

市場というほどの活気はない。陽気な呼びこみも高調子の叩き売りも、買い手の敏活なひやかしもなかった。厚外套と深頭巾で身を守った人々は、ただ鈍重に従順に列を作っている。

それでもネフスキー大通りの取澄ました肩の凝るような町並から横にそれ、ふと歩み入ったこの裏町には庶民の生活が滲む光景があって、心和む。

生活、それは最大の言葉だ。売り手があり買い手があり魚が手渡される。どんな沈黙も無表情も、生活は匿せない。人々の心は私に直接に伝わってきた。それが嬉しい。おや、ナイフの研ぎ屋があった。足踏みのグラインダーをすえて、黒ベレーに黒外套の老人がナイフを研いでいる。乱暴で簡単なやり方だが、音と火花で人目をひく。お客が二人いる。待てよ、と私は思った。二人のお客も黒ベレーに黒外套、それに親子のように老人に似た顔付だ。下手な桜らしい。老人はナイフからわざとらしく火花を飛ばす。その火花を見ている息子たちもすでに年老い、わびしく背を丸めている。

壁に不意に亀裂ができたかのように、人々が現われた。地下鉄の駅の出口だ。魚市場に関心を示す人もいるが大部分は寺院前の横丁に吸い込まれていく。行ってみると横丁には市が立っていた。

左右の歩道に露店が目白押しで、肉、野菜、果物などコルホーズ出来《シュッタイ》の食料品を売っている。中には、木箱の上に紙をひろげ茸を置いただけの個人もいる。奇妙なのは、ここでも人々が影絵のように声を失っていることだ。しかし、ともかくも雑沓がある。生活がある。私は人々の肩越しに覗き、時には人々の隙間に割って入り腸詰の生々しい腹に目を凝らしたりした。

なつかしい思いが襲ってきた。この街には来たことがある。露店が切れて商店街が始まったあたり、一軒の果物屋に見覚えがあった。軒先に取り付けられた二方向を向く拡声器が珍しくて覚えていたのだ。私は振り向く。そう、四階建てのビルの端、階段をさがった半地下に両開きの木扉があり、鴨居石にドストエフスキー博物館の金文字が読めた。

昨日、ソ連作家同盟の案内で訪れたのだった。いや、一昨日も雨の中を作家同盟差回しの車で来て、閉館後というのであきらめて帰ったのだから、三度目に私は扉の前に立ったのだった。半地下が受付、一階が展示館、二階がフョードル・ミハイロヴィチ・ドストエフスキーの旧住居である。

昨日は、かなり丹念に見てまわり説明を聞いた。フョードル・ミハイロヴィチは、ここで、晩年の二十八カ月を過し、『カラマーゾフの兄弟』を書き、死んだ。展示館にある数々の資料よりも私の印象が強かったのは旧居であり、その細部がいま、鮮明に思い出されてきた。

ごく普通の賃貸アパートだ。アンナ夫人の手記にある通り、六つの部屋、玄関、物置、台所を備え、北側のクズネーチヌィ通りに面して七つの窓がある。書斎は一番西にあり、あと東にむかって客間、食堂、アンナ夫人の部屋が並んでいる。歩測してみた結果、全体として百五十平方メートルほどの広さであった。

私の感心したのは、間取のよさである。玄関を入って左手に客間があり、来客があると書斎から直接出てこられる。親しい人々を招待した場合は客間から食堂にすぐ招じ入れられる。この客間と食堂の外に開かれた空間とは別に、奥に夫人の私室と子供部屋の内々の空間が保たれている。そして子供部屋だけは日当りのよい南側に面している。

私たちは通訳を介して、婆さんたちにいろいろと質問した。婆さんたちはこういった博物館の勤務者によくある物知りのタイプが多く、調度品の一つ一つの来歴を詳しく語ってくれた。ここ大作家の旧居は長い間他人によって住まわれていたが、一九七一年十一月三日、偉大なるロシア作家の生誕百五十年記念に国家が買いとって博物館としたものです。この時計は作家が死んだ日時を示しています。ただし、ここにある調度品のほとんどは作家が使用した物ではなく、当時の模様を再現するための模造品です。本物は玄関の帽子とアンナ夫人の部屋の書き机と子供部屋にあるリュボフィ（リーリャ）とフョードル（フェージャ）のプロフィルぐらいのものです。この「シスチナの聖母子像」の写真複製ですか。もちろん、これも作家が友人より贈られて狂喜したという実物ではありません。

そう言われてみると部屋の天井はいかにも新しいし、書斎の壁紙も最近のものであることが見てとれ、モスクワのトルストイ邸のように何もかも昔の物が大切に保存されていたのに較べて、ドストエフスキーがこの国で永年不遇であった証しとも思えた。

婆さんたちの説明から離れ、私は勝手に部屋から部屋へと渡り歩いた。が、昨日、私はあたりの物事にあまり関心を持てず、その前日飲み過ぎたアルメニア・コニャックで二日酔だった頭が重く垂れ、結局、玄関にあった椅子に坐りこんで喘いでいた。

いま、昨日の無躾を詫びるような気持でもう一度半地下の受付に入った。クロークには誰の外套もかかっていない。つまり、私ひとりが来館者というわけだ。一階の展示館で婆さん（どの人も同じ顔付の婆さんに見える）から、ここから見るのが順路だと注意されたが会釈して通り過ぎ、二階の旧居へのぼった。

玄関から婆さん連が、外敵に脅えた魚のように、散っていった。雑談に興じていたらしい。ちょっと済まない気がした私はフョードル・ミハイロヴィチの古ぼけた黒っぽい帽子に軽く頭をさげ、左手の客間に進み、書斎の前に立った。入口に紐が渡してあり中には入れない。

机上には真鍮の燭台が左右相称に置かれ、おそらく婆さんが急いで点したのであろう、まだ芯の弾けている炎がゆらいでいた。

二本の蠟燭に挟まれるようにして執筆に励むのは彼の習慣であった。妻子が寝静まった夜、濃い闇をわずかに押し除けている黄ばんだ光のもとでペンを走らせた。友人が言うように「ビーズ玉か絵のような」美しい文字が、書かれるというより紙の上に流れだした。昼間の殷賑《いんしん》は街頭より消え、馬車も通わぬ裏町は静まり返っていた。ペン音、息、鼓動、独り言。作家は闇のさなかから言葉を引き出しては紙に定着させていった。

ふと、机に向うフョードル・ミハイロヴィチの姿がありありと見えてきた。窪んだ眼は灰色で、小さいけれども鋭く光っている。薄い唇はかすかに動き、ペン先の文字を読んでいる。一行書き終えるたびに長い鬚髯《しゅぜん》（アゴヒゲとホオヒゲ）が上着の襟や胸を磨り、すこし傾いだ頭が回転する。

時折、苦しげに咳込むのは晩年の彼を悩ませた気管支の病気のせいである。この病気を治すためドイツのエムスに療養に出掛けたり、効くと言われたあらゆる薬剤を忠実に服用してみたが、症状は一向に改善されなかった。

ついに咳がひどくなり、立ち上って痛む胸をさする。意外に小柄で骨太な体格だ。私より五センチほどは背が高いが、ロシア人としては小男に入るだろう。あまり激しく咳込んで眠っている妻や子供たちを起すのを怖れ、厚いタオルで口を覆う。そんな風に無理して咳を抑え込むと気管支内の気圧が高まり血管が破れて危険だと医者から警告され、アーニャも小うるさいくらいにたしなめるのだが、彼は自分の咳が他人に不快を与えるのを何よりも怖れてしまう。

エムスの錠剤を口に含み、水差の水を飲んだ。凝《じ》っと我慢していると窒息する思いとともに咳が治まってくる。ぜいぜいという咽喉の嫌な雑音が胸の奥に沈んでいき、息が通ってくる。しかしまだ息苦しい。窓を開く。冷たい夜気が鼻孔に快い。医者のいましめを思い出した。咽喉を冷してはいけません。寒い折には、たとえ室内が暖められていても、マフラーを首に巻くように細心の配慮をして下さい。彼は無念の思いで窓を閉めながら、暗いクズネーチヌィ通りを見渡す。街燈のない狭い通りは漆黒の溝のようだ。家々も一枚の壁に凝縮して暗い。

再びペンをとるが、最前の感興は甦ってはこない。ペンは白紙の上を蚊のように頼りなく飛び、溜息が蠟燭の炎を弱々しく煽る。胸のどこかに沈んだ咳がまだ隙を襲おうとうごめいている。アリョーシャと彼はつぶやく。この五月に亡くなった末の息子の可愛い顔が笑いかけてくる。

あの日の午《ひる》近く、アーニャに呼ばれたおれは、耳元でアリョーシャの様子が変だと囁かれ、一遍に目を覚した。アーニャの顔付からただごとでないと見て取ったからだ。アリョーシャの小さなべッドには婆やのプロコロヴナが付き添っていた。

「どんな具合だね」

「ああ旦那様。神様にお祈りいたしましょう」プロコロヴナは泣き腫らした目でおれを見た。

三つになる男の子は、両腕と両脚を赤ん坊みたいに曲げ、お腹をマトルーシュカ人形のように脹らまして苦しんでいた。小さな唇は死人さながらの紫色で、開いた瞼の間では眼球が何も見ずに白黒していた。

「アリョーシャ」おれは両の頬を掌ではさみ叫んだ。「ああ。アリョーシャ、しっかりしておくれ」おれは一目で事態を見て取った。それは激烈な癲癇《テンカン》の発作なのだ。癲癇、そう、おれの宿痾が、いつのまにかアリョーシャに遺伝した。何という不幸だ。

かかりつけのチョシン先生の見立てでは、病気はちょっとした風邪で、痙攣はすぐやむだろうということだったと、アーニャが言った。

「とんでもない」おれは医者に対して燃えあがる怒りを爆発させたが、すぐアーニャの脅えた面持を見て後悔し、やさしい声で言った。「とにかく、ウスペンスキー先生に往診を頼もう」

ウスペンスキー博士の所へアーニャが走った。折から診察の立て込む時刻で待合室には二十人からの人々がいた。博士が診察が済み次第行く、それまで鎮痛剤をあげるから飲ましてみなさい、酸素吸入器を貸してあげるから使ってみるようにと言った。アーニャは重い吸入器を持って汗みずくで帰ってきた。

医者を待つ間、おれとアーニャは坊やに付きっきりであった。眠っているのではなく、もう完全に意識を失って蒼白になった坊やは、時々、針金でも突きさされたように全身に痙攣をおこし、体を痛々しくゆすった。が、もう最初の頃のように呻いたり顔をゆがめたりしなかった。いたいけな生命が苦しまないでいてくれること、それがせめてものおれの救いだった。しかし、痙攣のたんび、おれの掌の中で、小さな手が段々冷たくなっていくのが分った。

　ウスペンスキー博士が来てくれたのは午後二時をとっくに回っていた。おれは非難と感謝ではらわたを引きちぎられる思いがした。博士の診察は慎重そのもので、病気の根を確実に突きとめ、それをとっちめてやるという自信に充ちていたのでおれは幾分安心して、その皺だらけの手を見詰めていた。博士はおれに目くばせした。

「落着いてください。あまりお泣きにならないように」

　おれは博士について廊下に出た。博士の力量への信頼から来た安堵は、博士自身の一言でこなごなに砕かれた。

「残念ながら御子息は、断末魔《アゴニー》の状態におられます。あと一時間ほどしたら生命を終えられるでしょう」

「助かりませんか」

「まず助かりませんな」博士は、呪わしい科学者の自信を唇のあたりに漂わして言った。

「苦しむのでしょうか」

「いいえ、御子息は昏睡《コーマ》の状態におられますから。そう、奥さまには黙っておられたほうがいいでしょう」

　アリョーシャの傍に戻った。おれは、アーニャの手前気を強くしようと努めながらも、頬が濡れていくのを抑えられなかった。アーニャは一心にわが子を見守り、弟を心配して近付いてきたリーリャとフェージャを両脇に抱いて待っていた。おれは彼女が息子の死を諦めとともに待っていると思ったが、実は彼女は息子が生き返るのを待っていたのだった。そうと知っていたら、おれはその場にいることに耐えられなかったろう。アーニャに嘘をついたことは、誓っていうが結婚以来一度もなかったのだから。おれの心にあったのは、長女のソーニャの死の折の光景であった。十年前ジュネーブの宿で、生れて三月の、おれたちの最初の喜びであったソーニャは、風邪をこじらせ高い熱に喘ぎ、静かに息を引き取った。アーニャとおれは、赤ん坊の死を始まりから終りまで、ともに心配し、ともに絶望し、ともに悲しんだ。ソーニャの死を、おれはアリョーシャに重ね合せ、妻もおれと同じ心であると信じていた。妻とともに幼い子に涙し、叫び、嗚咽し、小さな顔と小さな手を接吻で覆おうと予感していた。悪い予感は刻々に現実となり、ついに可哀相なアリョーシャの呼吸が止った。その時のアーニャの驚きほどに強くおれの心臓を貫いたものはない。

「フェージャ、これはどういうことなの」と彼女はおれを難詰し、一瞬ですべてを悟り、死んだ息子の名を呼びだした。「いいえ、こんなことがあってはならない。さっきウスペンスキー先生は、何とおっしゃったの。なぜ、わたしに黙ってらしたの。フェージャ、ひどいひと」

おれは、ソーニャの時のように取乱しはしなかった。アリョーシャの顔と手に接吻し、三度十字を切った。アーニャが泣いた。リーリャもフェージャも泣いた。一家四人が幼い子供のために泣いた。

ソーニャの悲しみのこもったジュネーブをただちに離れたように、おれたちは、旧居を引き払い、ここクズネーチヌィ通りのアパートに越して来たのだった。

フョードル・ミハイロヴィチは、末の息子の笑顔を忘れようとして手で目の前を払う。と、左側の蠟燭が消えそうに大きく揺れる。アリョーシャと彼は呼びかけ、いま書きつつある小説のどこかに子供の死を書き留めようと思う。一人の子供が死んだあと友人たちが埋葬の式に連なる。青い柩の中には、両手を組み合せ、眼を閉じた子供が横たわっている。白っぽい窶《やつ》れた顔と、その死顔が生前とほとんど変らない事実をきっかりと書きこまねばならない。

 彼は気を取り直して書きかけの原稿に向い、ゾシマ長老に会いに来る「信心深い女の群」の続きを書く。そう、三つになる男の子を失った女の悲しみを書くのだ。女は泣きながらゾシマ長老に訴える。「息子が可哀相なのでございます、方丈さま、三つになる男の子でございました。三つになった三月足りないだけでございました……」彼のペンから文字が泉のようにきらめきつつ流れだす。深夜だ。一時間、二時間、蠟燭はぐんぐん短かくなっていく。窓が白み始め、鳩が鳴き、通りを行く荷車が舗石にかたことと当る。しかしフョードル・ミハイロヴィチのペンには淀みがない。思考の早さをペンが追いかけていく。朝の薄明かりに白いものが目立つ鬢《びん》も鬚《あごひげ》も、同じ速度で傾いでは回転する。ふと彼は机上の時計に目をやる。五時半だ。もうとっくに眠る時刻であった。彼はラファエロの「シスチナの聖母子像」の真下の寝椅子へ行き、抽出から敷布と毛布を取り出して寝台を作る。この大きな抽出付のトルコ式寝椅子は当時の流行で、ペテルブルグの家具屋が争って製作したものだった。

 主人公が眠ってしまったので私は寝椅子から机へ、書棚から肘掛椅子へと目を移した。婆さんの点した蠟燭の炎は、ようやく芯をたっぷりしゃぶり、丈を伸ばしていた。振り返るとあたりには誰もいない。私があまり長い間書斎の入口に立ち尽していたため、婆さんもむこうへ行ってしまったらしい。相変らず来館者もいない。静かに午後の時がずり落ちていく。

食堂へ行くと、サモワールの栓をひねり、一人の男が茶碗に湯を注いでいた。何と、さっき見たフョードル・ミハイロヴィチである。いま目覚めたばかりらしく、幾分の睡気が眉宇《びう》に残っているが、きちんと服を着てネクタイを締め、糊をきかしたカラーにまっ白なシャツを着ている。この服装の几帳面さがいかにも彼らしい。ロシア人が好むように、部屋着姿でスリッパをつっかけるようなだらしなさを極端に嫌った彼は、一流の仕立屋でつくった服を着、蠟燭の染み一つでもすぐ女中に染み抜きをさせた。

「おはよう」彼は日本語で快活に言う。何しろ、大作家フョードル・ミハイロヴィチ・ドストエフスキーだ。「おはようございます」と私は丁寧に頭をさげ、握手しようかと手を差出しかけたが、相手が先に出すのを待つのが礼儀だと考え、引っ込めてしまう。そのかわりショルダー・バッグから自分の著作、『ドストエフスキイ』を取り出し、大急ぎで献辞と署名を書いてテーブルに置いた。

「失礼ながら、これは貴方について書いた小冊子です」

「ほほう」フョードル・ミハイロヴィチは私の本のページを繰り、所々熱心に読んだ。灰色の眸《ひとみ》が生きいきと輝く。どうやら彼は日本語も読めるらしい。

「どうも、お恥ずかしい研究でして」と私は口を挿んだ。フョードル・ミハイロヴィチはちょっと頭を上下させて挨拶したが、眼は熱心に文章を追っていく。さっき見た彼よりも老けて見え、頭髪もずっと薄く、頬はこけ、下の展示館にあったデス・マスクにそっくりだ。額の下部が瘤のように盛り上り、筋の通った鼻は指標のように高く突き出している。

「ふうむ、おれの病気についていろいろ分析しているようだね。とくに癲癇について書いている。あんたは……」

「医者です」私は恥ずかしげに言う。二人の子供を医者の見立て違いで失った彼は医者に不信の念を抱いている。『カラマーゾフの兄弟』の裁判の場面では精神科医が徹底的に嘲笑されている。で、すっかり心臆した私は、それでも「精神科医です」と小声で付け加える。

「精神科医か」と呟いたフョードル・ミハイロヴィチの顔には、しかし、皮肉の影はなく、私がよく知っている、患者が医師に質問する時の、一本気な表情が現われている。「どうなんだろうね。おれの癲癇は、あんたの精神医学に照らしても、やっぱり、癲癇なんだろうね」

「そうだと思います。この病気だけはギリシャ時代から現代まで変らぬ〝神聖なる狂気〟です」

「神聖だって、いやはや、この病気のために、おれがどんなに苦しんできたか。で。どうなんだ、あんたの精神医学で癲癇は治せるのかね」

「発作はとめられます。脳波検査で病巣の推定は出来ます。しかし、それ以上は……」

「あんたの精神医学もあまり進歩はしておらんようだね。しかし発作が止められればいい。発作のためにおれは記憶喪失になった。あんた、長編小説を書いていて突然記憶喪失に襲われる、人物の名前も複雑な筋も、何もかも忘れてしまうてのは恐しいことだよ」

「わかります。あなたの創作ノートを拝見すると作品の創造過程を何もかも克明に記録しておられますね、あれは記憶喪失を補おうとなされた努力の跡ではありませんか」

「ふうむ。そうだ。あんな具合にしとかないと発作のあとでは大混乱を来すのでね。実際、神聖どころか悪魔の病気だよ」

「医者として前から関心を抱いていたのですが、あなたの晩年には発作がかなり少なくなっておられるようですね」

「そうだ、不思議とね。そのかわり、肺気腫だ。こいつは一体どういう病気かね。エムスのオルトという医者は、おれの肺の一部が正常位からずれていて、そのため心臓も位置がずれてると言った。治療は鉱泉だけだという。ケッセルブルーネンの含嗽《うがい》で始め、クレンヘンを二杯飲むんだ。ロシアに帰ってからはエムスの錠剤だけにしたがね」

「ああ、さっきも飲んでおられましたね」

「え、いつ」フョードル・ミハイロヴィチは怪訝《けげん》な顔付になる。

「一八七八年の十月頃、つまり、あなたがここに引越して来られてすぐのことです」

「ああ、随分前の出来事だな。そう、覚えているよ。あの頃、エムスの錠剤を飲んでいた。もっともさっぱり効きはしなかったがね。ところで、いま何年だね」

それは丁度人に時刻でも尋ねるように気軽に言われたので私は一瞬戸惑い、相手の笑顔を崩さぬよう微笑で和しながら答える。

「一九七七年です。十月五日水曜日」

「すると、おれがここに越して来て九十九年経つわけか」

「そうです」私は素早く計算する。「あなたは、いま、百五十五歳です」

「ははあ」フョードル・ミハイロヴィチは面白そうに笑う。「おれはもうそんな年かね。しかしおれの体は死んだ時の五十九歳のままだ。永遠にな」

「そうです」私は復活したイエスが永遠に三十三歳の体であるのを思う。しかし、イエスと比較などしたら、せっかく上機嫌のフョードル・ミハイロヴィチは恐縮して私と別け隔てのない会話を交わす気分を無くすかも知れぬと気が付く。

「ところでお医者さん」と彼は幾分からかい気味に言う。「おれの肺気腫だが、これはあんたの医学で治せるのかね」

「肺気腫といっても原因がいろいろありますから一概には言えません。ともかく病気が或る程度進行した場合は治療は困難です」

「やっぱりね。あんたの時代に生まれてもおれは助からなかったわけか」

「そうです。あなたは、一八八一年にお亡くなりになってよかったんです」

「そう言うなよ。むろん今じゃあきらめたが『カラマーゾフの兄弟』は未完なんだ。あれを完成出来たならなあ」

「あれはあれでよろしいのではありませんか。最後の章は見事です。イリューシャの葬式と子供たちに対するアリョーシャの別辞、すばらしい印象を残します」

「そう思うかね。あの小説を書き始める時、あの場面をどこかに書きたいとは予感していたんだ。何しろ、三歳の息子が死んでから、あの作品の詳細なプランが完成し、書き始めたんだ」

「そうでした。第一、ここに越してこられたのも、お子さんのアリョーシャのせいでいらしたわけでしょう」

「そうなんだよ」フョードル・ミハイロヴィチは沈み込んだ。深い憂愁が彼をとらえている。癲癇発作のあと一週間の余も経験したという喪の気分が、さがった肩のあたりに黒々と詰っている。私は、イリューシャの葬式など口にしなければよかったと後悔する。何とか彼を慰めてあげたい。そこで、サモワールに手を触れてお茶を勧めてみる。

「もう一杯注ぎましょうか」

「ありがとう、もらおうか。あんたも遠慮なく飲みたまえ。ロシア茶の味はどうだね」

「好きです」私はサモワールから熱湯を急須に入れる。ゆっくりと揺ってから、二つの茶碗に注ぐ。急須も茶碗も紺の花模様で、しゃれたデルフト焼だ。茶は素晴しくうまい。

「おいしいです」と頷くと、フョードル・ミハイロヴィチは片目をつぶってみせる。「そう、ソビエト政府も茶だけは極上のものを用意してくれる。ソ連アカデミーや作家同盟のおえら方が来ると、ここで茶を出すもんだからね。もっともせっかくの極上茶の大部分は、婆さん連の口に入ってしまうんだが」

「婆さんたち、さっぱり姿を見せませんね」私はアンナ夫人の部屋の帳《とばり》の蔭や客間の磨かれたリノリウムの床を見回す。

「なに、玄関の方で駄べってるのさ。話題は給料の増額、年金の多寡、その場にいない者の悪口、それにあんたのことも話している。あの、ヤポンスキーはいつ帰るかだなんて言っている」

「いつまでもここにいたいですよ。沢山お話したいんです」私は熱心に言う。「そうそう、一昨日、ソ連作家同盟の案内で『罪と罰』の舞台になったあたりを歩きました。ルバイヤドフ運河のあたりです。ラスコーリニコフの家、ソーニャの家、金貸婆さんの家、センナヤ広場」

「そうかね」気のなさそうな相槌だ。

私は急いで言う。「もちろん、モデルになった家が、作品からの逆な類推に過ぎないことは知っています。第一、『罪と罰』は、外国で書き始められたんでしたね」

「そうとも」いくらか力の入った返事である。「あれを書き始めたのはヴィスバーデンでだった。無一文で、時計を質に入れ、ホテルのボーイは食事を持ってこない。飢えて貧しい夏だった」

「ですから、外国で夢想されたペテルブルグの夏が描かれたわけで、モデルとの関係なんて後世の研究家が勝手につけただけなんでしょう」

「そうとも、あんた」フョードル・ミハイロヴィチは話題に対して完全に興味を回復した様子だ。

「批評家や歴史家の頭というのは、モデルがそのまま作品に描写されると信ずるほど単純なんだから。ラスコーリニコフの家だって、そんなものが現実にあるわけがない。きみの言うとおり、あれはヴィスバーデンにあったというのが正確だよ」

「モスクワのあなたの生家も訪れました。あそこも博物館になっていますね」

「そう。おれも時々あそこに行くが、あそこには悲しい思い出があるんでね。足が遠のくんだ」

「お母さんが亡くなられたんでしたね」

「そうだ。母が亡くなって、その悲しみを忘れようとして、おれはミハイル兄さんとペテルブルグに出立したんだ。その後二度とあそこには帰らなかった。何か悲しいことがあると、そこから離れたくなるのはおれの若い頃からの癖だよ」

「アレキサンドル・ネフスキー大修道院のお墓にも詣でてきました」

「おやおや、おれの住んだ跡を総点検したみたいだね」

「そうでもありません。まだまだ行ってみたい処が数多くあります。とくにシベリアのあなたの足跡、オムスクの流刑監獄跡なんか見たいのですが、あそこは現在外国人には立入禁止になっています。……私は以前、日本で監獄医をしたことがあるんです。あなたの『死の家の記録』でも獄吏のうち監獄医だけは好意的に書かれていたと思いますが……」

「ああそうだ。しかし監獄は辛い思い出でね。あそこでおれは癲癇をこじらせてしまったんだし、屈辱と病気と貧乏の後半生が始まったんだ。しかし、何だってオムスクへ行ってみたいんだ」

「わかりません。多分、いまのようにあなたにお会い出来ると思って」

「おれはオムスクなんかには絶対に行かんよ。むろんアレキサンドル・ネフスキーの墓なんかにも行きはしない」

「大体このアパートにいらっしゃるのですか」

「そう。ここはアンナの思い出が染み付いていて好きだからよく来る。しかし、ここんところ、おれは外国旅行が多いんだ。フランス、アメリカ、世界中だ。日本にもよく行く」

「日本にいらっしゃったんですって」私は飛びあがるほど驚いてフョードル・ミハイロヴィチのいたずらっぽい目尻の皺にまばたきする。

「そう、日本には友人が多いからね。あんたの家にも行ったことがある」

「そうですか、気が付きませんでした。ちょっと声を掛けて下さればいいのに。じゃ私が医者だなんて先刻御存知だったわけですか」

「むろん、それにあんたが小説を書いていることも知ってるさ。あんたとは一度話をしようと思っていたが機会がなくてね」

「光栄です」私は上擦った声を出す。「あなたが私と話をしたがっておられるとは思ってもみませんでした。どんな御用件でしょうか」

「死刑囚の心についてだ。あんたは監獄医のとき、死刑囚を大勢診察したそうじゃないか」

「それでしたら、むしろ、私の方がおうかがいしたいのです。ミハイル・ミハイロヴィチ宛のあなたの手紙のことです。あなたはセミョーノフ練兵場に引き出され、死刑の宣告が読みあげられ、十字架に接吻させられ、頭の上で剣が折られ、白シャツの死装束を着せられました。あなたは二番目のグループで、あと一分ぐらいしか御自分の生が残されていなかった。あなたはその一分間、ミハイル・ミハイロヴィチのことだけを考えたそうですね。でも本当でしょうか」

「おれはミハイル兄さんを愛していたんだぜ」

「ええ、でも、ほかの人のこと、亡くなられた母上マリア・フョードロヴナのことなんか思われませんでしたか」

「昔のことでね、もうはっきり覚えていないよ。あの時のことは……もっとも、おれの作品の中には正確に書き残した筈だ」

「『白痴』でしょう。ムイシュキン公爵のアグラーヤへの話ですね。知っています。でもあれは小説ですから」

「おれの小説には嘘は一言も書いてないよ」

「立派です。でも小説は小説です」

「あんた、おれから何か新しい事実を聞き出そうとしてももう何も出て来ないんだよ」

「わかってます」私は大審問官がキリストに言った言葉を思い出した。〝お前は、もう昔に言ってしまったこと以外に、何一つ付け足す権利さえ持っていないのだ〟。「あなたには書いたもの以外の新事実を述べる権利はない」と私が言うと、フョードル・ミハイロヴィチの面から、快活と上機嫌がみるみる去っていき、何だか悲しげな顔になり、ついで全身が薄ぼんやりとしてくる。顔を透かして食器棚が見えてくる。

「フョードル・ミハイロヴィチ」と私が叫ぶと、その姿は掻き消されたように見えなくなった。婆さんの一人が傍にいて、険しい目付で私を叱った。意味は通じないが、私が椅子に坐り、ソ連アカデミーと作家同盟のおえら方用のデルフト茶碗を手にしていたのが癇に触ったらしい。私は礼儀正しい異邦人として鄭重に日本語で謝罪し、もし何なら茶碗を綺麗に洗ってお返ししたいと言ったが、婆さんは私が茶碗を盗もうとしていると思い込み、同僚を声高に呼び集めた。婆さんの一人が私から茶碗をもぎり取った時、中のロシア茶が零《こぼ》れぬかと心配したが、私が飲んでしまったせいか、それとも最初から茶など入ってなかったためか、中には一滴の茶も無かった。

外へ出てみると、クズネーチヌィ通りはさっきよりも賑いを増し、夕方とともに人々も失っていた声を回復したようだった。買物袋をさげた主婦たちに呼びかける露店の親爺がいる。計りに載せられた肉片を見ながら朗らかに話している太った婦人がいる。人々の裾をかすめるようにして子供たちが歓声をあげて駆けていく。

ドストエフスキー博物館を見上げると、二階の七つの窓は暗く、フョードル・ミハイロヴィチの書斎だけ、蠟燭の炎でわずかに黄色く照明されていた。その下に彼の肖像を刻んだ浮彫がかかげてある。が、通りを行く群衆は誰一人それに注意を払おうとしない。佇んでいる私は何度か邪魔そうに肩をかすめられたり、ショルダー・バッグに触られたりした。

ウラジミール・マリア寺院の角を曲ってネフスキー大通りへ向う前に、もう一度私は振り向いた。建物と融合して、博物館は見分けられない。地下鉄の駅にはウラジミールスカヤと駅名が読めた。魚市場のあったあたりは並木が続くのみで斜陽がひっそりと散っていた。

おや、研ぎ屋がまだ立っていた。夕闇で火花が明るい。老人一人がゆっくりとグラインダーを回している。結構客があって、男一人と女二人が手に手にナイフや庖丁を持って並んでいた。先程見た黒ベレーの男二人が老人の息子で桜に立っていたという私の推理も見当はずれだったらしい。

　私はひっきりなしの人通りの中で明るい赤い火花を横目にしばらく待っていた。また会ったねと、フョードル・ミハイロヴィチが声を掛けてくれるような気がしたからだ。が、この異邦人には誰も声を掛けようとせず、人々の影は櫛の歯のように伸び、あたりには黒い氷の闇が急速に迫ってきた。

ヤスナヤ・ポリャーナの秋

入口の両翼に立った円筒形の塔が門柱の役目をしていた。ヴォルコンスキー公爵の時代に礼拝堂があった跡といわれ、そう思ってみれば塔の白壁にはロマネスクのアーチが刻まれて、礼拝堂をかたどってある。

左手に丸い池が開けた。志賀高原の丸池よりは小さ目である。黄ばんだ木々の枝葉を映してさざ波を打っている。トルストイが水浴したのはこの池だろうか。トルストイの伝記作者、ビリューコフが訪れたとき、トルストイが魚獲りの網を打っていたのもここかも知れない。冬になって凍ったら、スケート場にもなりそうだ。『アンナ・カレーニナ』のレーヴィンのようにスケート好きだったトルストイがそこで滑る様子を想像してみた。青いまろやかなさざ波が親しみ深い、池の光景であった。

白樺の並木道が一直線に奥まるむこうから新婚夫婦の一行が近付いてきた。白衣に毛のセーターをまとった新婦が、新調の背広に派手なネクタイを締めた新郎に寄り添っている。私たちの後にも一組ついてきた。こちらは新婦が花束をかかえている。

「トルストイの墓に行くのです」とエレナさんが言った。

「きょうが土曜日だからでしょうかね」と私は尋ねた。

「そうですね」とエレナさんが独特の抑揚で答えた。

白樺の幹は太く、地面に近い部分が黒ずんでいる。左側に林檎園があるが実はなっていない。反対側は森で、一面の枯葉を片寄せて、一条の道が続いていた。

左に曲る。林檎園のむこうに薄青い屋根に白壁の建物が二つ見えた。ヴォルコンスキー邸の一部だ。この二つの建物の間に、トルストイの生家である宏壮な邸宅があったのだが、若い頃、金に困ったトルストイが隣の地主に売ってしまった。このヴォルコンスキー邸を母体にして、トルストイが『戦争と平和』のボルコンスキー邸を創出したのは有名な事実だ。「すべての部屋が無性に大きく天井の高い」ボルコンスキー邸の様子を私は空地を地盤として組みたててみた。食堂が鮮明な映像となってあらわれてきた。髪粉《プードル》をつけた老公爵と小柄な公爵夫人リーザと輝かしい目の令嬢マリアとお喋りのフランス娘ブリエンヌ、それに冷やかなアンドレイ公爵と、老公爵の気まぐれで陪席を許された、隅へむいて格子縞のハンカチで鼻をかむ建築技師がいる。

モデルになったヴォルコンスキー邸の全部がそこに無いために、かえって小説のボルコンスキー邸の全体が鮮かに見えてくる。おそらく、作者のトルストイにあってもそうであったろう。一八五〇年代のはじめ、二十代のトルストイは生家の一部を売り払った。彼が『戦争と平和』を書き始めたのは、一八六〇年代、三十代の半ばである。その跡地を綺麗にならした彼はクリケット・グラウンドを作った。するとにわかに、禿山《ルイシエ・ゴールイ》のボルコンスキー邸が生きいきと形作られてきた。

食堂に接続して台所や廊下がある。侍僕室の隣には老公爵の書斎があり、規則正しい轆轤《ろくろ》の音がしている。書斎というよりちょっとした工場だ。書籍や設計図ののる大テーブル、鍵のかかった硝子戸の本棚、開いた本を置いた立ち机、轆轤と諸道具、そして鉋屑《かんなくず》。それは作者がこの場所に築きあげた映像だ。ひとたび空中に創り出された映像は、むしろ現実を押し除けて確実に存在し始めた。と、ボルコンスキー邸が透明になり、書斎から召使部屋に向けて新婚夫婦の一行が通っていく。両親、兄弟、友人たちが列を作っている。笑声が風に乗ってきた。

丘の上である。ヴォルコンスキー邸からは領地一帯が見渡せるようになっている。坂道が下っていき、途中で草刈機や木製の橇の置いてある空地を通り、さらに小川まで達している。川のむこう側の斜面は畑で、木立の多い村落が奥にある。目を凝らすと、畑に隣接した草原に石ころのように散らばっているのは牛であった。ぐるりと地平線が続いている。その後に山が見えず、森や畑を小さく載せた地平線は無限に続くように思える。日本にはこんな限り無い平野はない。平野の広さに応じて空も引延ばされている。こんな広い空もない。あの村は、ロシアのどこにでもある平凡な村だ。それがヤスナヤ・ポリャーナであり、トルストイと結びついた時に、すべての様相が変ってしまった。もはやトルストイを無視して、森も川も家も空もありえなくなった。

トゥーラ駅に着いたときは、待ちかまえていたいじわるな空が、人々にむけて一斉に放水したような降りだった。屋根のないプラットホームを人々は駆けた。私たちのように傘の用意のあった人はわずかで、大方は外套をかぶったり、新聞紙を頭にのせトランクを背にし、雨脚が地表に水の膜を作るプラットホームを、逃げ走った。

駅前広場は戦争で住民が立ち退いた街のように荒れて、雨を吸い込んでいた。駐車中の車はわずかでバスは見えない。土産物屋も旅館もなく、濡れた赤煉瓦の数軒は扉をとざしていた。タクシーが六台並んでいたが、どの運転手もヤスナヤ・ポリャーナと聞くと首を横に振った。ヤスナヤ・ポリャーナはトゥーラ市の郊外だから、遠すぎるという。この大国でわずか二十キロの地が遠すぎるというのも解せないが、要するに運転するのが面倒だということらしかった。

エレナさんは広場のどこかで要領を聞いてきた。行先を告げずに車に乗りこんでしまえというのだ。この方法で私たちはタクシーを動かすことに成功した。エレナさんはソ連作家同盟の通訳で、ソ連各地を知っている筈だが、雨の日のトゥーラのタクシーをどうやったら動かせるか知らなかった。この国には不可解な事態が時々おこる。

土曜日の午近《ひる》くというのに街には人気がなかった。車も少なかった。雨の染みに一層陰気な煉瓦の家並が流れていく。これが一度見たいと願っていたトゥーラかと私は座席の背に頭をあずけ、ワイパーの扇形跡に、現われては消える屋根や窓や欄干を眺めた。トゥーラはトルストイの生涯と深くかかわりあった。それは彼にとってモスクワへの入口であった。しばしば歩いてトゥーラ駅まで来たし、生涯に三度はトゥーラを通過しモスクワまでも歩いたという。一九一〇年の十月末、家出を決行した彼は、ここから汽車にのり、オープチナ修道院へ向った。

街が跡切れると森と畑と牧場の、クラピウェンスキー郡の田園がひろがった。雨があがり、ヤスナヤ・ポリャーナに入ったときには時折薄日が射すようになっていた。

ヤスナヤ・ポリャーナとは、明るい晴れやかな草原という意味だそうだ。しかしこの地方にはヤーセニという樹が多く、ヤーセニの生える草原という意味だという説もあるとエレナさんが教えてくれた。この稿を書くので原卓也氏におききしたらヤーセニとはトネリコの一種だそうで、その説を言い出したのは評論家のシクロフスキーだが、ヤーセニの形容詞化はヤスナヤとはならず、その説には無理があるということだ。

意味はともかく、私にとっては、ヤスナヤ・ポリャーナは片仮名で書いたその字のまんまでなっかしい。翻訳でトルストイを読んできた私には、それは安らかな響きを持った日本語である。

ぼんやり景色を眺めている私を呼んでいる。エレナさんとTとNだ。ヴォルコンスキー邸の横を入っていくと、左にトルストイの創った学校があった。右に曲って、ちょっと行ったところが彼の家だった。

白塗りの木造二階建てで美事な蔦が垂れ下っている。が、修復中で中には入れない。お蔭で誰も見に来ず、私たち四人だけがそこにいた。観光客のいないトルストイ邸、これは、群集のざわめきや視線や説明にわずらわされず自由に見て回れる得難い機会である。ひとりで庭に入ってみた。ベランダは木組で支えられ、仕事台や材木や木屑で一杯だ。調度品の片付けられた、がらんとした室内がうかがえた。庭には秋の虫がすだき、奥には松や楡の大木がひかえ、木々の背後から深い森が始まっていた。

書斎を頑丈な大男が歩いている、口髭を蓄え、黒いルパーシカに灰色のズボンをはき、後手を組み、鋭い目付で天井をにらみながら。男はベランダにいる私のほうに顔を向ける。扁平な鼻、分厚い唇、そして小さな灰色の目、三十九歳のレフ・ニコラエヴィチ・トルストイだ。

彼は丸テーブルにひろげた地図を見、考えこむ。壁にとめた数枚の、ナポレオン戦役のフランス製銅版画を順々に眺めているうち目を輝かせて机にもどり、ペンを握る。その目はもはや内部の情景を見詰め、その耳は内部の物音を聞いている。つい半月ほど前、彼はボロジノの原野をつぶさに見てきた。半世紀以前に、十万人の人が死に、今は金文字の美しい記念塔が立つ古戦場を二日間、幌馬車に乗ったり、歩いたり、馬で駆けめぐった。数々のノートをとり、実戦の進展と地形との関係を書きつけた。コーカサスやセヴァストーポリで砲兵士官をした頃の知識が、役立った。当時の若々しい気持の昂揚が甦った。この戦を、いかなる戦史家よりも生きいきと再現したい、いや、世界で初めてボロジノ大会戦を紙に定着できるという喜びが彼を夢中にさせた。ボロジノからモスクワに戻ると妻のソーフィア・アンドレエヴナに書いた。

「今、ボロジノから帰って来ました。非常に満足しています。今度の旅行は非常に満足でした。神が私に健康と平安とを与えてくれさえすれば、いまだかつて現われたことのないような、素晴しいボロジノの会戦記を物してみせます」

彼の内部に表現を求めているもろもろの形象が動きまわる。ペンを紙に近付けた瞬間、彼の心は定まってくる。

ピエール・ベズーホフがコローチャ河の両岸にひろがる凹地を眺めている場面を思い浮べる。朝霧のたちこめる沼地に太陽があったらどういう光景になるか、鴨撃ちに行く彼はよく知っている。太陽が昇るにしたがって、霧は薄れて散っていく。霧を透して見えるものは、魔法めかした色や形をおびる。そう、霧に砲煙がまじったらどんな様子になるか想像してみる。そのほか何が見えるだろうか。軍隊の銃剣が光っているだろう。白い会堂、兵隊の密集団、緑色の弾薬車、大砲。霧を透してそれらの物を見たらどういう具合か。そう、すべての物が動きだすに違いない。なぜって霧が漂っている場合、沼地の樹木は動くように見えるからだ。砲煙と轟音との時差も書きこむ必要がある。パッ！　にわかに濃い煙のかたまりが現われ、紫や灰や乳白にひろがると思うと、一秒ぐらいたって、ドーン！　と音が聞える。

彼は書き始める。彼の目は戦場を見詰め、耳は砲声を聞く。ひろげられた地図も壁の銅版画も、棚という棚を占領している優に図書館に匹敵する厖大な参考書類も、もはや彼の関心をひかない。

実地に踏査したボロジノの思い出すらもどこかへ消えてしまった。ペンが言葉を誘い出し、誘いだされた言葉からボロジノが新しく生れ出る。かつて誰も見たことも経験したこともない、独特で唯一のボロジノ会戦がペンの軌跡から躍動を始める。

三時間ほどがすぐ過ぎ去る。レフ・ニコラエヴィチは肩をあげさげして溜った疲労を散らそうとする。右肩が鈍く痛む。ペンを置いて肩をもむ。あれは今と同じように秋だった。丁度三年前の出来事だ。猟犬を連れ、馬のマーシカに乗って出掛けたところ、突然銀色の野兎が一匹とびだした。「あいつを追え、それ」と叫び、拍車を入れた。犬は吠え、馬は躍った。大体マーシカは猟には不馴れだ。それなのに平地なみの物凄い速度で走り、たちまち犬を追い抜いた。あげく、狭い深い溝を飛びこえられず、つまずいてしまった。おれは地面に落ち、肩に痛みを感じながら倒れた。馬は走り去った。朦朧とした意識で一露里ほど歩いた。ずっと昔、これと同じ目にあったと思った。ずっと昔、猟に出て、ずっと昔、兎を獲って、ずっと昔、落馬したような気がした。本道までやっと出たところで、へたりこんだ。百姓たちが馬車で通りかかる。何度も呼んだが彼らは気がつかない。そのうち一人が荷車をとめてくれた。地元の医者は肩の脱臼を治すことができず、結局、モスクワまで行って切開手術を受けねばならなかった。

落馬事故のため長編の執筆がおくれた。おれは手が不自由だったので、タチャーナ・アンドレエヴナに口述筆記してもらった。十五歳のターニャは、何と親切に熱心に仕事をしてくれたことか、目が黒くて口の大きい、美しくはないけれども生きいきした女の子は、小さな子供らしい肩をぴくぴく動かしながら懸命に筆記をしてくれた。彼女は「娘はもう子供でないが、子供はまだ娘にならない」という可愛い年頃だった。

翌、一八六五年のはじめ、長編の最初の部分を『一八〇五年』という題で「ロシア報知」に載せはじめた。しかしすぐ、おれは後悔した。この小説は未熟で、本当に書きたい内容と構成を備えていない。おれは長編《ロマン》でもなく、中編《ポーヴエスチ》でもなく、詩《ポエーマ》でも歴史でもない新しい表現手段をもとめて、考えては書き、書いては消し、また考え直した。そして、既成の形式には所属しえない新しい小説の執筆にかかった。そして二年経った今年の春、小説を単行本として出版する準備を始め、おれは全編を書きあらため、テキストの多くを捨て、文体の訂正をおこなうことにした。そして題を『戦争と平和』と決定したのだった。

『戦争と平和』をおれはすでに半ば以上は書きあげたと信じている。ボロジノ大会戦のあとの物語の結末の部分の梗概も書きあげてある。「終りよければすべてよし」は長編小説においては一番重要な法則だ。同じ日に、ピエールとナターシャ、ニコライとマリアの二組の結婚式がおこなわれる。結婚式がおわるとニコライとアンドレイ公爵は、ロシア軍に入って外国へ遠征する。それは、最終の勝利をおさめる国民の大叙事詩になるはずだ。あとは一気にこの結末に向って、書き進めていくだけだ。周到にはりめぐらしたいくつもの伏線を次第に脹らまし、結合し、幾多の細流が大河に成長していくようにして小説を終らせたい。

ボロジノ戦のあと、ロシア軍はモスクワを放棄して総退却を始める。それは岩場にはばまれた激流だ。その先には、広潤な平野をうねる緩流が見えている。

右肩の痛みはおさまった。レフ・ニコラエヴィチは、今書いたばかりの文章を読み始める。非常によく書けている。戦場の描写にかけてはおれは自信がある。何人といえどもこれ以上の活気のある情景を創造はできぬだろう。これに対抗できるのはオディッセイ、イリアードだけだ。しかし……おれの心にふと迷いが忍び込む。この迷いは書いているあいだ、何かと筆を渋らせた。書いた文章をすべて破棄して、新しい構想で書き直したいという誘惑がおこってくる。いったいボロジノの大会戦のような複雑に入り組んだ戦の目撃者としてピエール・ベズーホフのような、戦争についてのずぶの素人が適当であったろうか。アンドレイ公爵をもっと活躍させるべきではなかったか。クトゥーゾフ総指揮官の視点を入れたらどうなるか。ナポレオンについてはまるでそこに神がいて見下すような書きぶりをしていて、クトゥーゾフについてはそうでない。描写の均衡をどう量ったらよいのか。いや、これらの諸点について、おれはすでに考えぬいていた筈だ。ピエール・ベズーホフは必要な目なのだ。彼は、モスクワの炎上をつぶさに観察し報告させる狂言回しとして使わねばならない。である以上、彼はボロジノ戦の一切を、むろん彼なりに縮小された範囲においてだが、知らねばならない。

迷いは退いていく。レフ・ニコラエヴィチは熱意をこめて原稿の添削にかかり、二時間余のあいだほとんど判読不能なほどの書き込みと抹殺をおこなう。こんな原稿が読めるのはソーニャだけだ。ソーニャだけがそれを浄書することができる。

ノックがある。すらりと背の高いソーフィア・アンドレエヴナが入ってくる。若い妻の出現に、レフ・ニコラエヴィチは笑顔をむける。

「午餐か」

「はい」

「腹が減った。書くというのは重労働だ。さて……」彼は立ちあがる。夫の目は若い妻の額の高さにある。妻は机上を見て、頷く。

「大分お書きになったのね」

「ああ、また清書をたのみたい。まだまだ直したいところがあるが、もう書きこむ余白がなくなってしまったのでね」

「はい」妻はインキ壺の蓋をそっと閉める。

「ところで、ソーニャ……」夫は妻の肩をやさしく抱く。

「ええ」〝わかってますよ〟と言うように妻は笑いかけた。「子供たちはそこにいます」

レフ・ニコラエヴィチも気付いてはいるのだ。さっきから扉の蔭に子供たちの忍び笑がして、可愛らしい靴音がし、「しいっ」というタチャーナ・アンドレエヴナの制止の声がしていたのだ。待ちきれなくなった、四つになるセリョージャが駆け込んできた。お兄ちゃんを追うように三つになるターニャ、そしてまだ一歳半のイリヤを抱いたタチャーナ・アンドレエヴナが現われる。レフ・ニコラエヴィチは、ほんの一刻、眩しげにターニャを見た。十八歳、もうすっかり一人前の娘だ。脱臼の時口述筆記を頼んだ少女はふっくらとした胸と丸い肩を持つ女に成長した。遅れ毛の下の白い項《うなじ》はミルクのように滑らかだ。この年齢の女の子の不思議に快い変化を、作品のどこかに書き入れる必要がある。ナターシャのどこか、あるいはソーニャのどこかにだ。彼はセリョージャとターニャをかわるがわる抱き、ついに二人を片手に一人ずつ抱きあげる。子供たちは、喜びのあまり牧童の鈴のように澄んだ笑声をたてる。

書斎は空虚になった。私は庭をぬけ、開けはなしの木戸を抜け、森に入った。

白樺のほか私が見分けられたのは菩提樹、松、楓、楡である。いずれも大木で、あるものは巨木と言ってもいい。木の葉に埋れた一本の道が伸びていた。執筆に疲れたレフ・ニコラエヴィチが馬に乗ってかよったのはこの道だろうか。いまは誰も通らぬとみえて雑草が道の中央までを覆っていた。かなり奥深くまで行ってから、引返した。トルストイ邸の前を通り過ぎ、さらに行くと林檎園に突き当った。そこから邸の裏手、馬屋と召使小屋の横に出た。エレナさんが手招きした。

「探していました。これからトルストイの墓へ行きましょう」

私たちは、学校の裏から森へと踏み入った。武蔵野の雑木林とは木の大きさが違い、天ははるかな梢のむこうにある。そしてかなりの大木があると思うと、そのまた上に白樺の並びが迫《せ》り出している。軽井沢あたりのほっそりとした、高原を和ませている白樺とは異質な、栄養分たっぷりの頑丈な白樺である。

「あれがヤーセニ、ヤスナヤ・ポリャーナの名のおこりだと言われている木です」とエレナさんが言った。

たしかによく出会う木で、菩提樹や楡よりは小振りだが、くねくねと幹を遊ばせながら立つ様子が微笑ましく朗らかだった。

森は深くなった。落葉樹がほとんどで、緑はそう濃くはない。さっき私がひとり歩いた森と同質の様相でありながら明るく思えるのは、広い道幅だけ樹木が切払われているせいだろう。人の往来も多い。むこうから新婚夫婦とその一族が来た。きょうはもう何組、こういう一行に出会ったことだろう。黒っぽい背広で日焼けした顔付の、農民らしい一団がやって来た。しかし、人々のさんざめきを森はのみこんでしまい、すぐに静寂があたりを閉した。小鳥の声を望んだが、聞えない。肌寒い空気とともに、何か悲しみに沈みきったような森の佇いになった。墓が近いのだった。しかし、墓は思いのほか華やかに目の前に現われた。

ちょっと大きなケーキを思わせる。頂きには赤や黄の花束がいくつか置かれ、四周には緑の草が綺麗に並べられてあった。直方体に土盛りしただけの簡素な墓を、人々は花と草で飾りたてたのだ。根元で二股に分れた菩提樹の大木が墓の上へと枝葉をのばし、時折り枯葉を落した。

有刺鉄線でまわりが囲ってあり、墓の近くには行けなかった。が、墓の土を撫でてみたいような気がした。土は、トルストイの遺体に直接続いている。その土の湿りと粘りを肌で感じてみたかった。

新婚夫婦が来た。花嫁が花束をかかえている。どうするかと見ていると、有刺鉄線の端に隙間があって、そこをまたぐと中に入れるのだった。花嫁は墓に近付き花束を置いた。合掌するでも十字を切るでもない。礼もしない。そのままくるりと帰ってきて、白衣の裳裾《もすそ》をからげて身軽に鉄線を飛び越えた。待っていた一同も、別に帽子をとるでなし、祈るでもなしである。次々に観光団が詰めかけ、みんな墓を眺めながらしばらく立って、珍らしい物を見たという満足感を顔に浮べ、さっさと帰っていった。

「おれたちが結婚したときは有名なトルストイの墓に花束を置いてきたよ。お前のときはレーニン廟だったな」「偉人の墓を見たよ。みんな大勢見に来てたから偉人に間違いないよ」「すごい金持だったのに、あんな墓で我慢したところがえらいやな」「いやいや、あんな贅沢な墓はないぜ、広い森が全部墓地なんだからなあ」

胸に勲章の略綬をつけた赤ら顔で赤っ鼻の老人が話しかけてきた。ロシア語しか話せない。あきらかに酔っていて、からんで来る感じで、友人らしいのが先へ行こうとせかすのを、行きかけては戻ってきて執拗に何か話した。エレナさんの通訳で、昔、日本と戦ったが、今は友達だと言っていると分った。私たち三人に次々と握手をし、肩をたたいていく。ウォトカの匂いが鼻を突いた。

「ニキータ、早く来いってば、何を話してるだ」

「こいつら日本人だっぺ。おめえ、日本人は敵だったに」

「だから、早く来いってば」

「昨日の敵とよお、こうやって握手するのはいい気持だっぺ。昔なら、ぐさっとぶっ殺してくれたものをよ」

「ニキータ、みんな行っちまっただ。ほれみれ、おめえが臭えと日本人が顔をしかめてら」

「何が臭えもんか。おら、永久に握手すんだから」

「やめろって。トルストイに笑われるだ」

「トルストイ……何だ、あんな貴族のゴーマン爺い。笑えるもんなら笑ってみろよ」

「なこと言って、おめえ、トルストイの墓だけは見なきゃ死ねねえって言ったでねえか」

「言ったさ。おらだって昔ちゃんと読んだもんな。『戦争と平和』」

「学校でだろう。ありゃ筋書だけだ」

「ああ、それがどうした。ナポレオンの野郎をやっつける話よ。戦記物じゃ最高だっぺ。ロシア軍は無敵陸軍だからな、フランスだろうがドイツだろうが日本だろうが、ダダダダ……」

「チェ、ニキータ、先へ行くだよ」

老人は、軍隊式に挙手の礼をし、振向いては手をあげながら、それでも友人たちを追って足早に歩み去った。足下が危く、何かに蹴つまずいたのを友人に支えられた。

墓は、いま、静まった重い空気に押し付けられたようにして横たわっていた。枯葉の三枚が花束の横に具合のよい形に載り、そのうちの一枚、土盛りの肩にとまったのが、蝶のように震えた。

トルストイの人気は生前から大きく、一九〇八年、彼の生誕八十年記念に示した人々の熱意はすさまじいほどだった。八月二十八日の誕生日が近付くにつれて、訪問者が増え、書信はおびただしい数にのぼった。いかなる祝賀会も断るという声明をトルストイは新聞に発表したが、「偉大なる愛の使徒であり、天才的な霊の教導者であり、英雄的な生のドラマの表現者である老翁に対する愛と感謝の言葉をつらねて、世界の津々浦々からとうとうと押しよせてくる祝辞の大洋」と熱をこめて伝記作者ビリューコフが述べるように熱狂と喧騒はヤスナヤ・ポリャーナをのみこんだのだった。電報、書簡、公開状、印刷された祝文が毎日毎日机上に堆《うずたか》く積まれた。「敬愛する老伯爵」「深く尊敬する師父」「愛と平和の説法者」「人生の師父」「全世界の良心の権化」著名な作家たちの祝辞、トーマス・ハーディ、メレディス、バーナード・ショー。官憲の圧迫と禁止にもかかわらず、トルストイへの祝辞と賛辞はとどまることがなかった。

一九〇九年の九月、つまり死の前年、彼がモスクワからヤスナヤ・ポリャーナに帰ろうとした時、大群集に取囲まれた。クルクス駅――そこをけさ、私たちも立ってトゥーラまでの列車に乗ったのだ――には、トルストイの到着する前から、数知れぬ民衆が流れこんできた。発車時刻が近付くと駅前広場はびっしりと人で埋まった。人出は数万人と言われている。労働者、商人、画家、文士、代議士、大学生、あらゆる階級のあらゆる職業の人々がいた。新聞記者や写真家が人混みを泳ぎ、取材に息急き切らしていた。トルストイの乗った幌馬車は群集にはばまれ、駅の手前三、四百メートルに立往生した。「来た、来た」の叫びとともに群集は、誰かが音頭をとったようにさっと帽子を脱いだ。次の瞬間、「ウラア」の歓声があたりをどよもした。幌馬車は必死で後ずさりした人々の間をゆっくりと進んだ。トルストイは白い鬚髯《しゆぜん》を光らせ、注目の中心にいて群集に頷いた。歓声は小止みなく繰返された。雑踏と亢奮は駅の構内ではもっと激しく、トルストイは夫人と友人チェルトコフに左右からはさまれて、押し潰されぬようにどうにか立っていた。学生たちが有志を誘って道をあけるためのピケをはった。トルストイは非常な努力のすえ汽車の階段をのぼることができた。客車に入ると、一目でも大作家を見ようと飛びあがる人の頭が数知れず、まるで群集は沸騰する海のようであった。そこでトルストイは感謝の言葉をのべた。彼が話し出すと、やっと人々は静まったが、言葉は震え、みずからの涙で中断された。「有難う、有難う、有難う……」と彼は言った。人々は叫び出した。「わたしたちのほうこそ、有難うございます」「有難う」「さようなら」「長生きしてください」汽車が動きだした。八十一歳の老人は気持の昂りのため、夢を見て譫言《うわごと》を言うような状態になった。汚水のような疲労が、彼の老衰した体を充たした。

当時、レフ・トルストイの家庭は、彼が家出から死への道をたどる切っ掛けになった葛藤にみまわれていた。妻のソーフィア・アンドレエヴナは、夫の死後の著作権が友人のチェルトコフに奪われると思いこみ、夫がそのような遺言書を書きはしないか、いや、すでに書いて隠し持っているのだろうと疑い、監視と哀願と誹謗と憎悪と、つまり老作家がもっとも嫌う混乱と喧騒とで夫を苦しめていた。新婚当時、『アンナ・カレーニナ』のキティのように美しく、『戦争と平和』の創作を献身的に手伝ってくれた妻は、いま六十五歳の、肥った、いかつい顔の老婆になり変っていた。

ソーフィア・アンドレエヴナが精神障碍であったことは当時家族の者たちも気付き、時々精神科医を招いて診察させていた。ヒステリー、パラノイアなどの診断が記録に残されている。夫が家出した直後彼女は池へ飛びこみ、夫がアスターポヴォ駅で死の床についたときも彼女は会うことができなかった。

　私たちは墓と別れ、物思いに沈みながら戻った。秋の森は、涙のようにはらはらと葉を落した。濡れた地表は、落葉の饐《す》えた匂を漂わしていた。森を出ると広い道に出た。小川に下っていく斜面の途中に、藁屋根に丸木造りの家があった。エレナさんは、トルストイの馭者の家だという。その縁先に私は腰かけた。TとNはヴォルコンスキー邸のほうに歩いていった。川岸から冷たい風が這いあがり、私は寒さに震えあがった。まだ九月半ばだというのに、秋は盛りを過ぎ、冬の予兆が大地全体から染み出ていた。やがて雪が降り積り、馬橇が往き交うだろう。白い地表と黒い木のシルエットの中で人々の生活がいとなまれるだろう。トルストイが死んだのは十一月七日、厳寒のアスターポヴォであった。それから六十七年が経った。今年、この国は革命六十周年を祝っている。「世は去り世は来る。地はとこしえに保つなり」六十七年も六十年も、この大地にとってはわずかな年月に過ぎない。トルストイの死はつい先程の出来事だったのだ。

　風がまた吹き寄せ、足元の土に貼りついていた落葉がかすかにめくれた。風の中に馬に乗ったレフ・ニコラエヴィチが姿を現わす。白い毛皮帽をかぶり、白いルバーシカに黒のズボン、馬はデリールという名の競走馬だ。背中がすっかり曲っているし、風になびく鬚も純白で枯れきった老翁という感じだ。相当の速度で近付いてくる。馭者小屋にいる東洋人を小さな目でちらと見る。私は話しかけようと思う。が、その無愛想な、訪問者と讃仰者に飽きあきした顔付と、馬の軽快な速度に、私は心臆する。老人は遠ざかっていく。下から新婚夫婦の一隊が来た。と、残念ながら老人も馬も消えてしまった。

　ヴォルコンスキー邸の前を過ぎ、私たちはふたたび白樺の並木道に出た。門前にレストランや土産物屋がある。その脇の駐車場に、リボンと花で飾った車が何台も来ていた。すべて新婚夫婦とその付添人の車だ。ところでトルストイ邸に直接来るバスはない。この国の習慣でタクシーを呼ぶことはできない。私たちは一キロほど離れたバスの停留所まで、真っ白な空のもとに明るくひろがる牧場と白樺の林が眺められる田舎道を歩いた。が、バスは中々来なかった。そのうちバス待ちの人々が増えた。近所の人たちらしく野菜籠や買物袋をさげた主婦、農夫という感じの男がいる。

バスが来た。すでに満員であった。そこへ、人々は何とか割り込もうと異常な力で押し入る。このバスをのがすと汽車に間に合わないので私たちも全力を尽して入りこもうとした。エレナさんがまず乗り、TとNがどうにか体をねじこみ、私がステップに片脚をかけたとき、バスが動き始めた。ドアは開いたままである。前の肥った婦人の背中と尻を私は自分の肩と腰で力一杯に押した。すると婦人が押しかえしてき、私はあやうく車外に食み出そうになった。TとNが奥へじりじりと寄って婦人との間に隙間を作ってくれた。私は一気に彼女を押してステップ内に体を入れた。その時、不意にドアが閉り、私の右足は靴の上からドアにはさまれた。カメラを入れたショルダー・バッグもはさまれている。カメラの堅さが足を潰す圧力に拮抗している。カメラは破壊されるかも知れないが、足が潰れるよりはましだと考え、そのままでいた。婦人の丸い重い肩が私をドアに押し戻し、私は息が詰るようだった。不安定な姿勢で私は苦痛に耐えた。ヤスナヤ・ポリャーナもトルストイも心から消え、ひたすらロシア人民のエネルギーの汪溢した体力を感じていた。やっと停留所に着き、一人二人が降りたので中に落着くことができた。カメラを調べたがすこしへこんだだけですんでいた。

バスの終点からはさらに市電で駅まで行かねばならなかった。しかし、乗った電車は市内巡回でかえって駅より遠ざかっていった。最後には駅に着くと車掌がいうので、そのまま乗り続けることにした。駅に着いたのは発車五分前で、改札口を無視し、柵を乗り越えて線路づたいに駆け、どうにか間に合った。

列車は混んでいて私たちは別れ別れになって腰を下した。三人掛の木のベンチは尻に固く、眠れそうになかった。目の前にはもじゃもじゃ髪の男が黄表紙の本を読んでいた。それは小説で、会話の部分が踊るようにして続いていた。本は古くてページの端が茶に焼けていた。その右には金髪の若い女がいた。深紅の外套の下からは茶のスラックスの先が伸びていた。窓側には小肥りの中年婦人が、レースを編んでいた。

地味で何の飾りも広告もない車内に、女たちの派手な色彩が浮いているように見えた。青、赤、紫、空色のベレー、茶の毛糸帽、白いスカーフ。

最後の家出のとき、トルストイが乗りこんだ列車は、三等で、ひどく混んでいた。やっと席を探しだすと、大作家だと認めた官吏が話しかけてきた。彼が平凡な意見を回りくどく話すため、トルストイは閉口したが、追い払うわけにもいかなかった。タバコの煙が濃くこもり、彼は何度も昇降口へ行かねばならなかった。眠りたかったが、脳が火照って眠れなかった。八十二歳の、疲れ果てた老人は、汚れた空気と異常な暑さに苦しみながら、モスクワのクルクス駅と打って変り、まるで無関心に黙りこくっている民衆に囲まれていた。私はその時の彼に、むろん官吏のように彼を悩ますことなしに、彼の内奥の心に語りかけ、尋ねてみたい気がする。

「ついに家出を決行なさったんですね」

「ああ、そうだ、仕方がなかった。おれの家は癲狂院のようになってしまった」

「ソーフィア・アンドレエヴナは明らかに精神病ですね。お気の毒です」

「精神科医はそう言うが、そう言うだけで何もしてくれない」

「一九一〇年の精神医学の力量では仕方がないでしょう。失礼しました。わたしも精神科医なものですから。一九七七年の未来からやって来たのです」

〝ふん、精神科医か、くだらん職業だ〟という表情が老人の皺を不自然に押しやる。しかし、異邦人への儀礼からか、彼は不機嫌をかくして言う。

「あんただったらソーニャを治せるかい」

「ええ」私は一応根拠のある確信を持っていう。「治せると思います。あの抑鬱状態を改善することはできますし、嫉妬妄想を軽くすることはできるでしょう。老人性の変化を仮定しますと、幾分治療は困難になりますが、わたしが、驚きますのは、あなたが、精神病者とまともに渡り合ってこられたことです」

「渡り合っていた……いや、いや、おれは逃げようとしていた。ただ、逃げに逃げて、逃げきれなくなったので家を出たのだ」

「それ以外の方法はありませんでしたね。あなたとして、まさか……」

「そう、あれを暴力で押えつけることは出来なかったし、まして……」

「精神病院へ送る考えなど浮びもしなかった。そうです。あなたにはそれ以外の方途はなかった。それは、六十七年後のわたしにも正しい決心だったと思われます。精神病院に送るためには、奥さんの御意志に反して、つまり暴力を使わねばならなかった。それに、あなたは死を予感されたのでした。奥さんに書き残されたお手紙にもありましたね。〝自分の生涯の最後の数日を孤独と静寂のさなかにすごすため〟に家から去ると」

「その通りだ。自分の寿命はおれがよく知っている」

十日後に死ぬ老人の顔は小さく、落ち窪んだ目には光が失われている。硝子玉のような汗を乗せた長い眉が垂れ、湿った鬚髯はまばらに束ねられ、細い皺だらけの首をのぞかせている。そのまま家に留まったとしても彼には同じように死が訪れるだろう。

「あなたが逃げたかったのはソーフィア・アンドレエヴナだけでありませんね、あなたを聖者、天才、偉人とあがめている群集からも……」

「むろん、そうだ。名声、それは頸木《くびき》だからね。若い者は耐えられるが、老人にはわずらわしい」

「クルクス駅での大群集がそれでしたね」

「……」

睡気が私を襲ってきた。老いさらばえた老人は見る見る若くなり、『戦争と平和』の頃の黒々とした髪の男、さっきトルストイ邸の書斎で見た壮年の作家に変った。私は眠りに落ちた。目を覚したのはTかNのどちらかに呼ばれたからである。夜の中に、クルクス駅のプラットホームが寒そうに延び、まばらな人々とともに、私は肩を垂れて、広い階段を降りて行った。

教会堂

十四世紀に出来たといわれる教会堂は折から修復中だった。鉄パイプの櫓《やぐら》と鉄板に囲まれ、まるで巨大な空冷エンジンのような姿で、家々のはるか上に、広場全体へ強力な磁場を投げかけるようにして、そそり立っていた。

ティン教会だなと私は、旅行案内書の地図と見較べて、呟いた。広場の中央にあるのが宗教改革者ヤン・フスの銅像、そして背後には旧市庁舎……このあたりのどこかに、フランツ・カフカの生家があるはずだ。私は広場を囲む黄色い家並を、かすかに波打つ甃《いしだたみ》のむこうに見渡した。

ふたたび教会堂に目が行った。よく見ると、鉄パイプの間に褐色の本体が透けていて、二つの塔の構造がわかる。私は、中に入ってそれを見極めたいと思った。

その入口は広場に面してはいず、前には半円型の破風をそなえた四層の建物が城壁のように並んでいる。多分、横か裏へまわれば入口があるだろうと考え、左脇の道へと進んでみた。しばらく行くと隙間のような小路があった。狭く、しかも曲っていて、見通しがきかない。教会堂が間近に迫り、空を隠して暗い。

道は二手に分れ、また三方に分れた。見当をつけて進んでいくと袋小路であった。正面の盲壁《めくらかべ》に斜めに亀裂が入り、左右は塀である。破れたポスターが風にひらひら動いている。見上げると、そこにあるはずの目的物がなかった。曲りくねった道を行くうち見失ったらしい。いや、それだけではなく、鉄パイプの櫓と鉄板に囲まれた塀の上の建物を教会堂と見間違っていたのだ。それは、修理中のただの民家だった。

引返したところ、元の道に出たかどうか自信がなくなった。地図を調べてみたが、その旅行案内書の付録は、大きな道のみを示した概念図であって役に立たない。ままよと勝手に歩くことに決めた。六時半である。夏の午後は長いから、ゆっくりとこの街をそぞろ歩きする時間はある。

修復中の民家へ近寄ってみた。玄関口の扉には鍵がかかっていた。埃で濁った硝子窓の内側には人の住む気配はなく、家具一つない部屋が覗けられた。住民は、修復がおわるまでどこかに疎開しているらしいが、修復がなった家に、また戻ってくるのかどうか。家は、生活の痕跡を失い、廃墟に似すぎていた。

しばらく行って、アーケードをくぐると中庭があった。ここでも三層の回廊がある僧院風の古い家が修理中だった。板囲いの中に砂利や石材や使用目的不明の機械があった。壁は崩れ、室は歪み、屋根は傾いている。家々も中庭にも闇がこびりついたかのように黒々としている。私の視線は粘っこい闇にひっつかれたように緩慢に動いた。僧院か古いアパートか旅館か、とにかく集団が住んだ建物と見えた。ふと呼びかけられた気がして振向くと、どきりとする大きさで、教会堂が直立していた。

何かおかしいと思っていたが、その理由を発見した。鳩がいないのだった。尖塔に群がり、側壁を支えるゴチック式の飛び稜《りょう》に巣くう鳩がいない。それでは、せめて鴉《からす》でもいればと思うが、およそ鳥らしい姿形は何もないのだった。

教会堂の方角に向った。すこし登坂気味の道はくねくねと折れ曲り、塔も櫓もすぐに見えなくなった。さっき迷ったのにこりた私は磁石をとりだした。西南に教会堂があると確め、とにかくその方角に歩くことにした。

狭い、思わず体を斜めにすり抜けたくなるような道だった。左右からのしかかる建物は、石造りと見せて、実は石の化粧板を貼った煉瓦造りで、ところどころ剝落した化粧板の下から煉瓦と漆喰が露出していた。それはもう完全な無人の家で暗闇のなかへと崩れ落ちていくようだった。

闇――そうなのだ、腰壁《こしかべ》にも甃にも煉瓦の表向にも闇がこびりついていた。私の視線がさわると、永年溜った、濃くて粘っこい闇がじわじわと沁みだしてくるのだった。そして闇の中で私の靴音はひときわ高く鳴った。下駄をうちつけるような響きが四周におこった。

人々はどこへ行ってしまったのだろう。灰のような小さな空は、明るいとはいえないが、なお充分に昼の感じを残して、紺青に隈取られて雲がゆっくり流れていた。しかし、地上には動くものが何もなかった。さっきからずっと誰にも会わない。

誰かが住んでいる様子はあるのだ。歩道に片側の車輪をのせて車が駐車してある。乾物屋らしい店のショウウィンドウには色とりどりの罐詰や花さえ生けてある。が、ふと歩みを止めてみると、もう何の物音も聞えないのだった。磁石を見た。いつのまにか北へむけて歩いている。私は迷ってしまったのだ。仕方なしに闇雲に歩くうち、再び広場に出てしまった。教会堂の無恰好な姿に再会して、嘲笑されたような気がした。これほど、目の前にしたたかな高さで立ち、存在を誇示している建造物に入口がないとは……。

さっきとは逆に右側の道をとることにした。こちらのほうが幅広で見通しもよい。用心して、狭い裏道を避け、目標を見失わぬようにつとめた。この試みは成功して、鉄パイプの櫓を絶えず左手に見上げることができた。しかし、入口らしいものはどこにもない。道に面して一群の背低《せびく》の建物がびっしりと立ち並ぶ、それだけで、私はあっけなく一周して、また広場に戻ってしまった。この一群の建物の間にある迷路の謎を解けばよいのだとは考えたが、歩き詰めで疲れていた私は、フス記念像の縁石に腰をおろしてぼんやり塔の先を眺めた。ふと、カフカの『城』の一節が思い出されてきた。

こうして彼は歩みをつづけていった。しかし、長い道であった。つまり、村の大通りであるこの通りは、城のある山へは通じていなかった。通りはそこの近くへ通じているだけであり、次にまるでわざと曲がるように曲がってしまっていた。そして、城から遠ざかるわけではないのだが、近づきもしなかった。これでやっと通りは城のほうへ入っていくにちがいない、とKはいつでも期待するのだった。そして、そう期待すればこそ、歩みをつづけていた。疲労のために、この道をいくのをやめることをためらっているようであった。どこまでいっても終ろうとしないこの村の長さに彼は驚いてもいた。次から次へと小さな家々と凍てついた窓ガラスと雪とがつづき、人気《ひとけ》はさっぱりなかった。

要するに、教会堂には行きつけない、そういう具合に街が作られているのだろう。いかにもカフカらしい状況におちいった自分を、私は面白がっていた。

旧市庁舎の横に人が群がっていた。そこへ向って歩いていく人々の列ができている。四角い塔の時計が七時すこし前を示していた。私は群衆へ近付いていき、旧市庁舎の壁にある大時計に気がついた。

　金色の時計が上下に並び、下が一年の月を、上が時刻と太陽や月の位置などを示している。と、七時になった。上方の二つの窓が開き、十二使徒が次々に顔を見せた。下にいる骸骨が紐をひいて鐘を打つ。玩具のように軽やかな音だ。打ちおわると窓が閉じ、人々が散りはじめた。その時、私は、身形《みなり》のよい中年の紳士に英語で話しかけてみた。が、紳士はかぶりをふった。フランス語で話してみたが駄目だった。すると、紳士の後にいた金髪の若い女が、フランス語で答えてくれた。

「何かお望みですか」

「ええ、カフカの家を探しているんです。小説家のフランツ・カフカですが、彼の家を知ってますか」

「いいえ、知りません」

「そうですか……」

「待ってください。誰かに聞いてみます」彼女は、連れの青年に相談した。青年も知らないらしく、付近の中年夫婦に訊ねた。誰も知らない。

「みんな観光客で、ここに初めて来た人たちばかりですから」

若い女は、それでもあきらめず、広場を横切ってフス記念像の前へ来かかった、女の子を連れた男をみると、身軽に駆けていって話しかけ、息急き切って戻ってきた。

「分りました。あの教会の裏だそうです。行きましょう」

　女は嬉しげに青年と連れだって先に立った。緑のコートがひるがえり、形のよい脚が現われた。

若い、しゃきしゃきした歩き方だ。ティン教会の真むかいにある小さな教会堂の裏へ行き、四辻の角にある家を指差した。上の方に青銅盤がうちつけてあり、男の顔が浮き彫りにされてある。痩せて、陰気な細面、フランツ・カフカの名前が読めた。

「ここでした。一八八三年ここに生ると書いてあります」

「ありがとう」私は礼を言った。

「どういたしまして」若い女は、まだせわしい息をしたまま、緑の眸《ひとみ》を一杯に開いたうえにまばたきをし、青年の腕にすがった。青年が何か言うと彼女が通訳した。

「彼が知りたいと言ってます、なぜ日本人がカフカに興味をもつのかと」

「一言で答えられない難しい質問ですね。チェコの誇る作家だから……」

「いいえ」若い女が鋭くさえぎった。「カフカはチェコの作家ではありません。ドイツ系のユダヤ人でした」

「それはそうですが……」私は、彼女の突然の拒否に戸惑い、言い返す勇気をなくした。

「カフカは、チェコ語で書きませんでした。ユダヤ人でした。そしてブルジョワでした」

「でも……プラハに生れ、プラハを描いた」

「彼はプラハを描きませんでした。彼が描いたのはゲットーの限られた地区だけです。旅の方に、こんな議論をふっかけて御免なさい。でも真実は真実です」若い女は、自分の意見に自信を持てなかったのか、青年に相談し、しばらくして大きく頷いた。「今のわたしの考えを、彼も支持しています」

「それはそうです……」私には彼女と議論をする論点はなかった。カフカはプラハのチェコ人たちから、富裕なユダヤ人の息子として違和感をもって遇せられていた。彼女の意見は、それを現在に試行したものにすぎない。つまりチェコ人の常識なのだろう。にもかかわらず、カフカはチェコの誇るべき小説家であり、ここ旧ユダヤ人街はプラハの人が誇るべき名所ではないか。
若い二人が去ったあと、私はあらためてカフカの像を見上げた。追放された者の陰気な顔付だ。この世に、根付いて生きることをあきらめた、悲しげな表情だ。蒼い青銅の質感はその表情によく見合っていた。
日が翳りはじめたのだろうか。乳白の空の色に変化はなかったが、にわかに肌寒く、あたりが仄暗くなった。八月初旬というのにこの寒さは予想外だ。ホテルを出るとき、風が冷たいので、半袖シャツのうえに上着を着こんだが、今はセーターが欲しいところだ。風は西のモルダウ河の彼方から吹いていた。ふと、そちらを向いて、私は驚いた。ホテルから見えた丘の上のフラチャニ城が、街路の果てに、大きな黒いシルエットを空に浮き出させていたのだ。ふたたび『城』の一節が幻聴のように鼓膜を顫《ふる》わせた。

古びた騎士の山城でもなく、新しい飾り立てた館でもなく、横にのびた構えで、少数の三階の建物と、ごちゃごちゃ立てこんだ低いたくさんの建物とからできていた。これが城だとわかっていなければ、小さな町だと思えたかもしれない。ただ一つの塔をKは見たが、それが住宅の建物の一部なのか、それとも教会の一部なのかは、見わけがつかなかった。

フラチャニ城は横にのび、たしかに城か教会か分らなかった。沢山の建物が集った町のようにも見えた。いくつもの尖塔があるのが『城』の城との相違だった。しかし、近付きがたい高みに、堂々とした構えで建っているのは、『城』の城にそっくりだった。

玄関前に立った。唐草模様の青銅板が中央に塡《は》めこまれている木の扉だった。把手をにぎって押してみたが動かない。呼鈴らしい突起物も備えていない。家の脇を巡ってみた。ベージュ色の壁は、ところどころ黒く汚れ、木の窓枠はゆがんで立付けが悪そうだ。夕暮時にもかかわらず、内部には明りがまったくなく、深閑としていた。

風だ。今度は強く硬く、まるで氷のように項《うなじ》から背中に侵入してきて、私は身震いした。広場の方面へと吹き抜けていき、石の壁を風が擦る音が、街のいたるところで無数の笛を吹き鳴らすようにおこった。四囲を見回したが、どの街路も無人で、駐車した車が、廃港に捨てられた小舟のように、わびしく点在している。車がある以上人は住んでいるはずなのに、なぜ明りが一つも点らないのだろう。夕食の支度時なのに、なぜ主婦たちは買物に出ないのだろう。

街路を横切って、むこう側の歩道から、カフカの家を眺めた。きちんと窓を揃えた四階建である。付近の家々に似た、ごく簡素な造りだ。ユダヤ人街の中心部にある、街中の家だ。が、街といっても、異様なほど人がいないのであった。

再び、扉の前に来た。すぐ傍の柱に戦死者を示す二本指を立てた手の浮彫とドーナツ型の銀のヒイラギが飾ってある。青赤白に染め分けられたリボンが、風に舞っていた。もう一度、把手を動かしてみた。すると今度は意外にも、難なく開き、私は薄暗い廊下にたたらを踏んで入ってしまった。

電燈のスイッチを探したが見つからない。しかし中庭に面した窓からの光で、入念に磨かれたリノリウムの床が光っていたし、左手にいくつかの白いドアも見えた。ドアにはピカピカの真鍮の把手がついていた。最初のドアをノックしてみたが答えがない。思いきって把手を回すと開いた。家具一つないがらんとした部屋である。ここも掃除が行きとどいており、茶の絨毯には紙屑一つ落ちていなかった。赤い薔薇を描いたカーテンも真新しい感じで、誰かがここに住もうとして清掃をおえたが、まだ越してこない、そんな様子だった。大胆になった私は、次の部屋へいくドアを開き、もっと大きな、やはり空虚な部屋を見出した。こうして四つほど空部屋を通過したすえに、帰れなくなる恐怖に襲われた。一つの部屋には二つか三つのドアがあり、いずれも同じように白いペンキで塗られ、同じ大きさであった。行き当りばったりのドアを開いては閉じてきたので、再び入口のドアに到達できるか覚束なかった。記憶を頼りに戻り始めたところ、案の定、迷ってしまい、めくらめっぽうにドアを開閉していくうち、鍵のかかったドアに行き当った。思わずノックすると、中で人の気配がし、把手が内側から動いた。私は恐しさに逃げ出そうとしたが、心のどこかに希望があって、現われてくる人物を待った。

フランツ・カフカだった。痩せて、私より十センチは背が高かった。顔の形は表の青銅盤にそっくり、つまり黒い髪をオールバックにし、狭い額の下の、落ち窪んだ闇の中に灰味青の夜光虫のような目を輝かし、軽く曲ったユダヤ鼻を虫のように動かし、しかし沈黙を誓ったかのように唇はぴたりと閉じていた。ところで表の青銅盤とはっきりちがうのは、異常に大きな悪魔耳がピンと立っていたことだ。一瞬、私はイワン・カラマーゾフが見た悪魔を連想した。あまり若くない、ロシアの紳士で、流行おくれの上等な服装をきちんと整え、疲れた様子だったという、あの男である。しかし、フランツ・カフカは、ロシアの悪魔よりは若かった。目尻の深い皺や幾分使い古しの皮膚が目についたにしろ、私より十は若く、四十歳そこそこに見えた。私はおずおずと、日本語で話しかけてみた。

「勝手に侵入してきてすみません。わたしは日本の小説家で、あなたにお会いしたくてプラハに来た者です」

「ええ、構いませんよ。ドアの鍵をかけておかなかったのですから」正確な発音だった。差出された手は、大きくて、私の手を包みこんでしまった。彼が握りしめた時、骨の軋りが私の手に伝わってきた。

「ここを大分探しました。何しろ、あまり人に会わず、異邦人のわたしには複雑怪奇な道で迷ったものですから。あなたの家も何だか迷路みたいで、『審判』を思いだします」

カフカは微笑していた。親しみ深い、外販部員という様子だった。私は、高名な小説家のかわりに、勤勉で実直な勤め人の姿をそこに発見していた。

「もう十年ぐらい前ですが、わたしはあなたについて評論を書きました。『カフカと反世界の文学』と題した文章なんですが……」

「読みましたよ」カフカは頷いた。「ぼくについて書かれたものは全部読むことにしてるんです。実際、今はそれしか仕事がないのです」

「本当ですか。で、わたしの意見をどう思われます」

「それは……」カフカは、大きな耳で空気を扇ぐようにし、眉を寄せて唇をすぼめた。「ぼくは、ぼくについての文章に対して、もう一言も意見を言ってはいけないのです。ぼくの意見はすでに書かれたものだけで充分なのです」

「失礼しました」私は、自分の不仕付な質問を恥じた。しかし彼が私の評論に目を通してくれていること、おそらくは私がどういう人間かを知るらしいことが、私を心やすくさせた。

「わたしは午後、プラハに来たのです。ホテルに荷物をおくとすぐ、旧ユダヤ人街を歩きまわりました。しかし、意外でした。人の姿を全くと言っていいほど見かけなかった。街はたしかに、存在していました。あなたが好んで作品に再現されたような、古い曲りくねった横町、バロック風の玄関、ルネサンス風の回廊、暗いトンネル、通り抜けの家、秘密の中庭、決して近付けない教会堂がありました。しかし、人がいない。喪服をはちきれんばかりに着た肥った老婆とか礼服をつけて気取って歩く判事とか乳飲児を腕にした女とか甲高く叫びながら走りまわる子供たちとか……誰もいない。あなたはこの街の喧騒と人々についてしばしば書かれました。それが、今は死の静寂と空虚しかない」

「そうです。多くの人々が去っていき、多くの人々が殺され、この街には形骸だけが残っています」カフカは頷いた。夜光虫のような目は濡れて悲しげであった。私は、彼の三人の妹がナチの強制収容所で虐殺された事実を思った。

「こんなところで立話も何ですからお入りになりませんか」とカフカが言った。彼の背後には灰色の壁のような空間があるだけで、そこに部屋があるようには見えなかった。しかし、彼の誘いに従って、中に踏みこんでみると、教会にでもあるような木のベンチを並べた小部屋があった。窓のない窖《あなぐら》で、黴の匂いがし、とくに空気が稀薄なのか、私は窒息しそうになった。

「どうでしょう」と私は大きく息を吸いこみながら言った。「お暇ならば、街を散歩しませんか。あなたと御一緒できるなら光栄です」

カフカはちょっと考えこむ様子で、小部屋の中を歩き、二、三度壁にぶつかっては踵《きびす》を返したすえ、当惑の微笑――彼の微笑には最初から当惑の影があった――をうかべた。「もう何十年も外へ出ていないのです。街に対する興味をすっかり失ってしまったからです。こんなことを言って気を悪くなさらないでください。ぼくは、本当をいうと、ぼくの小説を読んで、街に来る愛読者の大群にうんざりしてるんです。彼らは、まるで、ぼくがこの街を忠実に写したように錯覚しています。そんな人たちにもし街で出会ったらと思うと、外出が億劫になるのです」

「わかります。あなたの作品は、魂の奥底からつかみだされたので、プラハの街の写実ではないのですからね。けれども、こうは言えませんか。あなたがこの街に生れ育った事実は消せない。愛読者というのは、そのわずかな事実にでもせめてあやかりたい、あなたが見たものを自分の目で実見したいと思う。わたしも、そうなんです。愛読者というのは、実際の街を、あなたの作品を通して見たがるものです」

「しかし……」カフカは、立ち止り、狭い額に、骨ばった大きな左の掌を載せた。考えるというより、何かを決心するときの、意思の力が、額から掌に伝わっていく様子だった。

「さっき、ティン教会へ行こうとして、どうしても行き着けないので、あなたの『城』を連想しました。わたしも、ごく平凡な愛読者の一人なのです」

「教会に行きつけないですって」カフカは掌を額より剝ぎとり、びっくりした目付になった。「それは妙ですね」

「改修工事中のせいかも知れませんが……。教会堂を異った方向から二度も巡回したけれど、入口は発見できませんでした」

カフカは笑いだした。左手の動きは、「そんな莫迦なことはありえない」と言っていた。

「よろしい、案内しましょう。簡単なことです」カフカは黒いコートを着て先に立った。後からみると頭から靴まで黒ずくめだった。

ドアを開くと最前の廊下に出た。窓外は一層暗く、中庭はほとんど夜の闇に潰っていた。それでも広場に出ると、空は蒼白い光に充ちていて、建物はピンぼけの白黒写真のように見えた。

「あれが、父の店でした」とカフカが指差したのは広場の角にある大きな家だった。「あそこの一階で、父は小間物の卸をやっていたのです。あの店を持つまで父は転々と店の場所を変えました」

フス記念像の前で、私は、昔カフカが友人のグスタフ・ヤノーホにこの像の前で語った言葉を啓示のように思いだした。私にとっては、その言葉は記念像と密に結びついていた。

なにもかもが、贋の船旗を掲げて航行しています。どの言葉も、真実に相応しないのです。たとえば——私はいま家にもどります。しかし、それはそう見えるだけです。事実は、私は、とくに私のためにしつらえられた地下牢に降りてゆくのです。しかもそれは、ごくありふれた市民の住居にそっくりで、——私のほかには——誰も牢獄であることに気づかない。

同時に、彼の日記の一節も浮びあがってきた。

すべてが幻である。家族、事務所、友人、街々、すべてが、大なり小なり、幻である。女も幻だ。手取り早くいえば、窓も出口もない独房の壁に、お前がじっと頭を押しつけている、ということだけが真実なのだ。

（一九二一年十月二十一日）

「ヤノーホ」と二人は同時に言って顔を見合せ、笑いだした。私がつつましく口を噤んでいるとカフカが続けた。

「二人とも同じことを考えていたようですね。ぼくはヤノーホとよくこういうふうに連れだって歩いた過去を思いだしていました。あなたもヤノーホの本を思い出していたようですね」

「ええ、すばらしい本でしたから。あなたの友人たちはみんなあなたについての本を書きました。マックス・ブロート、ウィリー・ハース、ヤノーホ。中でわたしが好きなのはヤノーホです。あの若い友人が一番、あなたの本質――そういうものがあるとしてですが――に迫っています」

カフカは肯定も否定もせず、天頂のあたりの雲が薄くて明るい部分をぐっと見上げた。鴉が一羽、そこを横切っていった。

「あ、鴉だ」わたしは驚きの声をあげた。「初めて見る鳥です。不思議なことに、昼間、一羽も見なかったのです」

「年をとって、よぼよぼの鴉ですよ、あれは」とカフカが断定した。「あの飛び方をごらんなさい。大した風でもないのに、嵐の中を飛ぶように動揺してやっと飛んでいます」

冷たい風が急に感じられた。寒かった。カフカのコートの裾が旗のようにはためいていた。私はカフカの姓がチェコ語で鴉を意味するkavkaから来ていることをふと思った。

「以前あなたは、御自分の部屋を独房になぞらえ、この世の一切の出来事を幻と見ておられましたね」

「そうです」カフカは溜息をついた。「それがぼくの病気でした」

私は彼の日記を読んだ感銘を語ろうとしてやめた。彼の死後公開された日記をカフカ自身は公開する意志がなかったこと、日記どころか遺稿を刊行するなと友人に指示していたことを思い出したからだ。私が読んで知っているカフカ像を、カフカ自身は好まないに違いなかった。個人の内奥の秘密をこっそりと記した文章を、赤の他人に読まれるのは誰だって気持のよいものではない。後世の読者が、どんなに残酷な仕打を作者にしむけるものであるかを、作者を前にして、私は改めて反省した。

カフカは繰返し記していた――完全な不眠、執拗な悪夢、仕事をさまたげる偏頭痛、街の騒音への怒り、他人の視線への恐怖、胸をはりさけんばかりにする不安、何もかも投げだしたくなるような疲労、頭の中の左上にチラチラする奇妙な焔。勤めから帰って執筆をはじめると、体の不調と街の音が彼を苛立たせる。やっと興が乗って筆が運びだすと深夜である。明日の勤めのために眠らねばならないが、それが寝つかれず、夜通し悪夢を見る。家族内の暴君である父への憎しみ、無意味なラテン語の教育を強制された学校のいやな思い出、チェコ人たちのドイツ系住民への嫌悪、ユダヤ人であるためのドイツ人から受ける軽蔑が、すべてグロテスクな夢となって明け方までカフカを苦しめる。衰弱した体に、追い打ちとして結核の発病、若死の宣告、恋人の離反が続く。それらすべてを、私が知っていることが、カフカにとって気持のよいはずがない。

〝ぼくの病気でした〟という、その病気の根は、一介の外国人に溜息で示しうるような程度をはるかに越えていたのだ。

裏通りに入った。カフカは、まるで影のように静かに歩き、私の足音だけが反響した。反響は、巷の凹凸にこだまし、闇に吸いこまれていった。空はまるで遠い水面を裏から見たようだった。私たちは海底を歩いているのだった。カフカの、奇異な歩き方は、足を地面につけず、水中を漂っているように見えた。私は、彼が潜水艇にのって、古い燃えつきた愛や、死んだ情熱や、明るさを失った希望が、瓦礫のように沈んでいる海底を見ていると、かつて、友人に語った気持が了解できた。

「さあ、ここです」とカフカが言った。それは、とある家の前だった。表面を、色は分らないがペンキで塗った石造りで、塗りは所々剝げ落ちていた。この石も煉瓦の上の化粧板なのかもしれなかった。付近の家とくらべて何ら変哲もない。ありきたりの民家である。

カフカは、鉄の扉を押した。暗いトンネルのような廊下の先は、中庭に抜け出ている。カフカにうながされて、中庭までできた私は、あっと叫び声をあげた。夜の闇と見えたのが、視野一杯の巨大な教会堂で、私のまん前に入口が開いていた。教会の内陣も工事中らしく、鉄パイプや鉄板や工作機械が、ごちゃごちゃと詰まっていた。

「どうもありがとう」と礼を言って振向くと、カフカの姿はなく、明り一つない、黒々とした街がトンネル越しに小さく見えただけだった。

イリエの園にて

受話器を置いたあと、夕暮の街を私は眺めている。靄《もや》のため、遠くの山脈は見えなかったが、新宿副都心の高層ビル群が、赤やいだ空を背景に黒く、墓石のように立っていた。

電話は大学の仏文学研究室の友人からで、数日前パリから帰ってきたという挨拶であった。とりとめのない旅の思い出話が続いたあと、ふと彼は言った。

「市久《いちく》が死んだよ。何でも日本人の観光客をバスでシャモニーへ案内する途中、事故にあって死んだというんだ。ほら、一月ほど前、新聞に出てたろう、十数人が怪我をし、二人死んだ事故、あの二人の中に市久がいたんだ」

「そうか……」私は絶句した。

「きみや、ぼくと同年だから、五十歳になったかならないかだな。観光ガイドなんかやって、まだ独身だったそうだ。変ったヤツだよ」

「四年前、パリに行った際、ぼくは彼に会っている」

「ええ」友人は驚きの声をあげた。「それは初耳だな。ぼくなんか、彼に二十年以上も会っていない。つまり彼が渡仏して以来だ」

「彼とぼくは同じ船でフランスに渡ったんだ。一九五七年秋、なるほどもう二十数年も前になる」

「そんなに前になるか……」

私はベランダに出て、並べた鉢植を眺め渡す。桜の花は散って、新葉が伸びてきた。藤と躑躅《つつじ》が今を盛りと咲き誇っている。松の新芽の塔が長く立ってきた。銀杏の葉は、ほぼ、並の大きさに育った。私は草花を好まず、樹木のみを養っている。四季の変化を見たいので、楠や松など少数の常緑樹をのぞくと、落葉樹が多い。ところで、毎年楽しみにしていたマロニエが、今年は芽を吹かない。新緑の季節に取り残されて、裸木のままだ。どうやら枯らしてしまったらしい。

四年前、イリエのプレ・カトラン公園で拾ったマロニエの実を、私は鉢に植えた。春には芽が出て、小さな葉を出した。これは年々大きくなり、今では幹が親指ほどの太さ、六十センチほどの背丈になっている。この小ささではまだ花も咲かないが、そのうちにあの黄色い蠟燭状の花を初夏に咲かすだろうと心待ちにしていたのである。

太陽は、右に視野をかぎるビルの後に隠れた。にわかに街衢《がいく》は灰色に色を落し、赤は副都心全体をつつみ、茶毘の火のように燃えたっている。私はマロニエの鉢を手元に引寄せ、幼くして死んでしまった木の肌を撫でてみる。それは乾いていて、空洞のような音を指に伝えてくる。

シャルトルの大伽藍の裏に、街を見渡せる見晴し台がある。白壁をまとい赤い屋根をかぶった、軽快な家々が緑に調和しながら歩きくだる様子が快くて、伽藍を訪れたあと、かならずまわってみることにしていた。その日も、日曜日のミサにあずかったあと、そちらへと歩み行った。

焼絵硝子《ヴィトロー》（ステンドグラス）の光や聖歌隊の合唱やパイプオルガンの音色に浸されていた意識が、静かな風に洗われて透明になった。会堂にいた人々は、駅や街へと散じてしまい、見晴し台へ来たのは数人だけだった。若い金髪の女と中年男、アメリカ人らしい、派手な服装の老夫婦、それに日本人に違いない、痩せた老人。パリには日本人が多く、この、羊革のだぶだぶのコートを着て、ゴーロワーズをくわえた白髪の老人に、別に私の関心を引く点は何もなかった。しかし、私が台の端に立っていると、老人は一直線に近付いてきた。

「失礼ですが、K君じゃないですか」

「はい」

私は老人を見た。どこか見覚えのある顔だが思い出せない。

「イチクですよ。イ、チ、ク」

「ああ、市久君か」

〝市久〟という文字と一緒に、二十年前のまだ二十代のフランス文学者の顔が、活発に動きまわり、溢れるように喋りまくった青年の顔が、老人の白髪と皺の間から沁み出してきた。

「なつかしいな。どうしていたの」

「ずっとパリにいた、あれからずっと」

「ずっと……すると、日本に帰らずに……」

「ああ、日本には一度も帰らずに。もっとも日本以外は、ヨーロッパ中、アフリカ各地、南北両アメリカと、世界中を旅したけれど」

「相変らず精力的だなあ。世界中を旅行しているなんて、きみらしい」

「仕事だから仕方がない。今は、こういう仕事をしている」市久は、フランス人の使う大型の名刺を、手馴れた具合に懐から抜き出した。ゴチック文字の浮彫印刷で〝イチク・アンテルナショナル旅行社社長〟と日仏二箇国語であった。「小さな会社だけれども、何とか食える程度にはやっている。人も三、四人使っている」

社長と見れば、それ相応の身形《みなり》はしている。シベリア貂《てん》の毛皮を襟にした羊革のコートは、高価なものだろう。龍村織《たつむらおり》のネクタイだって安くはなさそうだ。ただ、どこかうらぶれて見えるのは、彼が極端に痩せていたためだった。重いコートは、薄い肩の骨をあらわに出し、その下方は空虚で、まるでハンガーにかけられたようだった。

「随分年をとったと思っている」彼は口のまわりを火山のように皺だらけにして笑った。「久し振りに会う友人はみんなそう言う。第一、うちの社員なんか、おれのことをモン・グラン・ペールなんて呼ぶのだから。十年前に、体重が急に二十キロも減った。そのかわりに、白毛が増えだした。皺ができて白髪となれば、爺さんに見まがわれる。誰も、おれを、四十七歳とは見ない。それにしても、あんたは若い。おれと、たしか同い年だったろう。それが三十代には見える」市久は私を馬でも値踏みするように、前や横から見た。

「よせよ」私は面映くて彼を避けた。近寄った彼は、革とニコチンの混った、腥《なまぐさ》い臭いがした。

「しかし、ふけたため得をすることもある。商売するには、おれみたいな老人タイプのほうが信用される。もう三十年、すなわち、第二次大戦直後からの在パリ人だと言っても通用してしまう」市久は笑った。乱杙《らんぐい》気味の上歯には茶のやにが海藻のようにこびりついていた。「ところで、今日、これから用事があるか」

「ああ……コメディ・フランセーズのマチネでも見ようかと思っているんだ。十二時半のパリ行なら間に合うはずだ」

「それは残念だ。久し振りに会ったのだから、一緒に食事をしたいと思うが」

「しても、いいよ、コメディ・フランセーズのほうは別に今日でなくてもいい。まだ二週間はパリにいるんだからね」

「二週間、それでまた日本へ帰るのか」

「そう、もちろん、日本だ」

「きみが書いた小説は二冊ほど読んだ。北フランスを舞台にしたのと、パリを舞台にしたのと……この頃医者はやってないのか」

「ああ、数年前にやめてしまった」

「転向したわけだ。おれも転向した。十年前にフランス文学研究を捨てて、今の商売に入った。ところで、これから、イリエへ行かないか。電車で三十分で行ける。たしか十二時発だ」

「イリエ……」

「いまは、イリエ＝コンブレと改名されている。もちろんプルーストのせいだ。〝失われた時をもとめて〟のコンブレにあやかったわけだ。あんたはイリエへ行ったことがあるか」

「いいや。それが、ここからすぐの所だとは知らなかった」

「小説のコンブレというのは、どこにあるか場所が不明確で、ノルマンディあたりにあるかのように暗示されている、全くの架空の村だ。あんたは、プルーストを読んだことがあるか」

「あるかって……きみに読め、読めとすすめられて、とうとうプレイヤード叢書の三巻本を読まされたじゃないかね」

「そうだったか」

「忘れたのかい」私は驚いて彼を見た。

「忘れた、ずっと前のことだから」

「しかし、きみがぼくに〝失われた時をもとめて〟を読めと言ったんだぜ。今世紀最大の文学者はプルーストだから、ぜひ読めと」

「それは言ったかも知れない。あの当時、ぼくは誰に向ってもそう言った」

「全く鼻息の荒い、仏文学者だったよ」

「ずっと前のことだ」市久は顔をしかめた。目尻に縮緬《ちりめん》のような皺が寄った。「おれは、もう、フランス文学とは関係がない……ところで、イリエに行こう。今すぐ駅に行けば電車に間に合う」

市久は、私の返事を聞かぬうち、歩き出した。当然私がついてくるものと決めているのか、振向きもしないで、見晴し台の階段を降り、僧院や司教館の横を抜けて、大伽藍前の広場に出た。小さな娘を連れたジプシー女が手を差出して、「今夜の食べ物がないのです。お恵みを」と言った。市久は、さっき名刺を懐から出したのと同じ手付で、どこからか一フラン貨を取出して女に与えた。広場を横切り、ぐいぐいと足早に行く。羊革のコートが、強風に煽られた帆布のように鳴った。

「待ってくれよ、すごい勢いだね」私は頭にこびりついていた疑問を息をつきながら言った。「ねえ、知りたいんだ——もう学問を捨てたというきみが、なぜプルーストゆかりの地を訪れようとするんだ」

「行くのか」市久は不意に止った。

「行くよ。きみと付合う」私は息衝《づ》いた。

「ならば教えよう。懐しいからだ。もう何度も行っていて、好きだからだ。ただし、この十年間は行っていない」と、〝十年〟に力をこめた。そして言い忘れに気がついたように、急いで言った。

「学問とは関係ない。これは純粋に個人的問題なんだ」

「はあ……」私はまた考えこんだ。〝純粋に個人的な問題〟だったら、なぜ他人を誘って行こうとするのか。もっとも昔から市久は、こういう矛盾した言い方をよくしたものだ。

電車は単線で、乗客はまばらだった。私たちは最前部に席をとった。運転席が屋根の上にあるので、前の窓全体に客席がしつらえてあり、視界が広かった。しかし、硝子は泥に汚れていて、雲母のように無数の傷がついていた。黄ばんだ麦畑、森と、田園風景がゆったりと開いて行く。地平のあたりまでまっ平で山の影は見えない。電車は、車体全体を軋ませ、今にも毀《こわ》れてしまいそうな感じで、がたぴし走った。

市久は、身を乗り出して景色を眺めていた。そして、家や道や小川に、子供のような好奇心で注目するのだった。

「あれは、変ってない」「おや、あんな所に家が建った」「ついにあの道も舗装されてしまった」彼は呟き続けた。乗客たちが変に思って振向く気配がした。

彼は昔から旅行好きだった。二、三日姿を見ないとどこかへ旅をしてきたのだった。しかし、行先は大抵プルーストゆかりの地であり、評伝を書くための準備だと言っていた。日本館の彼の部屋がまざまざと記憶の淵から浮びあがった。備え付けの本箱では足りず、本は机上に城壁のように積みあげられ、さらに床にも溢れていた。彼は二年間の給費留学期間がすぎたあと、通訳とガイドのアルバイトで食いつないでいたが、金がすこしでも入ると本を買うのだった。或る日、彼はカードをびっしり並べた木箱を示し、これがプルーストの全小説の登場人物および建物や町のカードだと言った。登場人物については年齢、顔付、髪の色、目の色、身長、性格、親戚その他の項目別に、プルーストがどのような描写をしたかがタイプライターで写されていた。一目見ただけで、私はこれを作成するために費された大変な労力が推量できた。要するに、それはプルーストの長大な作品を、細かく分割してカードにそっくり移し変えたものであった。また、彼は別な種類の、たしか、青か赤の色付カードを示し、こちらは、プルーストがその生涯で実際に出会った人物、建物、町、著作別のカードで、前のカードと照合比較することによって、作家の想像力が現実をいかに拡大し変形し省略するかが分る筈だと言った。「なるほどね」私は感心して頷いた。「想像力の秘密が分る。それはすばらしいことだね。で、それはいつ完成するの」「多分、二十年、いま、おれは二十七歳だから、五十歳までには完成したいね」「大著になるわけだね」「そうだ」市久は顔を輝かした。その頃、彼はふっくらとした頰をもち、色白で、なかなかの美青年で、睫毛が長く、目を見開くと顔全体が輝きわたる感じになるのだった。

「きみはたしかプルースト研究用のカードを作っていたね。あれはどうなった」

「あれか」市久は頭を振った。「どこかに蔵《しま》ってある。いや、転々と引越している間に、失われたかも知れない。観光会社の社長にはもう必要ないから」

「もったいないな。あの頃、きみはあれに全力を注ぎこんでいたじゃないか。毎晩毎晩、せっせとタイプしていた」

壁ごしに聞えるタイプライターの音が、深夜まで絶えまなく続いていた。そのため、階下や隣近所からは苦情が出、館長にも注意された。しかし昼間、働く彼は、そうするより仕方がなかった。ひとしきりタイプライターを打ったあと、彼は私の部屋に遊びに来て、葡萄酒を飲みながら話しこむのが常だった。私が〝失われた時をもとめて〟を読もうかと思ったのは、彼の熱中ぶりに動かされてのことである。「ぼくも読んでみようかな」と一言言った翌日、彼はプレイヤード叢書の三巻本を持ってきた。「読め。買ってきてやった。代金はある時払いでいい」私は、すこしずつ読み始めた。はじめは半信半疑で、次第に夢中になって。医学の勉強の片手間読書ではかはいかなかったが、一年ほどかけて読みおえた。

「もうすぐ、教会堂に守られた小さな村が見えてくる。それがイリエだ」と、市久が言った。

「かつて、プルーストも、この線路の上を、パリからの汽車で来た。父のアドリアン博士は、教会堂が地平の彼方から見えだすと、膝掛毛布をたため、もうすぐ着くぞと叫んだという」

薄青い、円錐形の屋根をもつ塔が、家々の屋根の上に分離してきた。やがて教会堂全体が、沢山のボートの上に抜きんでている母船のようにして迫《せ》り上ってきた。しかし教会堂は近付くにしたがって、かえって縮こまり、小規模で単純な礼拝堂という様相になった。シャルトルの大伽藍を見た直後ではそう見えるのが当然なのかも知れない。が、その小さく簡単な塔と会堂が、きっかりとした線を白い空に描き、小さいながらも母船が責任をもってボートの群を守るようにしている風情が、けなげに思えた。

「降りる」と市久が席を立った。ホームに降り立ったのは私たちだけだった。駅名は、イリエ＝コンブレとなっていた。

「なるほどね、コンブレがイリエにくっついている」

「そうなのだ」市久が苦笑した。「今から五年前、一九七一年、プルーストの生誕百年記念に改名されてしまった。どこの土地にも、現実と小説とを混同する人たちがいる。彼らは、イリエはコンブレであり、コンブレはイリエをなぞったものと考えている。コンブレなんてこの世のどこにもないのだが、また、小説をよく読めば、それがシャルトルの近くにあるなどとは想像もできないのだが、それでも、イリエを発想の芯として、コンブレが出来たというだけで、イリエ＝コンブレという名前を考えつく」

「随分俗悪な思想じゃないか」

「そう、俗悪である。しかし、コンブレが作家の筆の下から誕生した時、現実のイリエが変質を強いられたことも否定できない。人々は、イリエにコンブレの模倣を発見し始めた」

「イリエ＝コンブレ、この合成語にはぼくはどうも馴染めそうもないね」

「おそらく、一番馴染めないで困っているのは、当のプルースト自身だろうか」市久は、プルーストが現にこの土地で生きている人であるかのように言った。時刻表を確めると、パリ行の次便は四時半だった。四時間、私たちはこの村に閉じこめられたわけである。

駅前には小さな広場があり、そこから奥へとマロニエの並木道が延びていた。土産物屋やホテルなど、観光地の駅前に見られるにぎわいはなくて、いきなり簡素な住宅が始まるのだった。駐車した車もなければ人の姿も見かけず、何だか空虚な甃《いしだたみ》が続いていた。家々は、フランスの田舎になら、どこにでもあるような佇いで、鎧窓をそなえ、赤や薄茶の壁と赤い屋根の二階建であった。ここでは、シャルトルの街の裏道のように、年月に荒く罅《ひび》割れた壁や、時間の重みに丸く撓《たわ》んだ屋根は見られなかった。

「平凡な屋並だね」と私は言った。

「そうだ。何か印象が稀薄だろう。記憶に残っていくものがない。イリエってのはそういう村だ。それは、コンブレのほうが、はるかに鮮明な印象で、一つ一つの小路まで奥深い実在感をもって現われてき、しかも文章の魔力によって、たえず多くの人々に新しい自己を見せつける。だから、イリエはコンブレに嫉妬せざるをえない。おれは、この嫉妬の感情が好きだった。イリエの気持が、おれにはよくわかった。なぜかといえば、おれ自身が、平凡で稀薄でこの世に実在しない幽霊みたいな人間だからだ」

「そうかしら」私は、すこし驚いて、市久の表情を読もうとした。冗談ではなかったらしい。深い縦皺の額には真面目さが漂っていた。

「おれは」彼は立止ると私の目の底をまっすぐ覗き込むように見た。「十年前に、コンブレ的なものを何もかも捨てたんだ。小観光会社の社長、これは幽霊にふさわしい仕事だ」

「どうして……」私が問おうとすると、市久は、踵《きびす》で体全体をダンスのように廻転させ、足早に歩きだした。私は追いかけざるをえない。小路から脇道へと、勝手知った人の足取で行く。しかし、曲り角で、ちょっと振り返って私を待つ動作には、観光客を相手にしている職業人の習性があった。

とある家の鉄扉を、いきなり、彼は押した。牧童用の鈴が鳴り、天井の低い、暗い空間が開いた。ささくれだった木のテーブルが三つ、丸太の腰掛が十ほど、埃を白くかぶり、黴の臭いがぷんと鼻を突く。私がためらっていると市久は、手まねきしてさらに奥へと踏み入った。階段を降りた先、窖《あなぐら》のようなところに、テーブルと腰掛があり、客らしい人たちがいた。白い鬚の老人一人と、中年の男たちのグループだ。一斉に私たちに注がれた視線には、刺すような翳りがあった。市久は、台所らしい部屋に入り、誰かと話を始めた。肥った婆さんだった。

「さあ、坐ろう」市久は、丸太の腰掛を引き寄せた。それは、中が空洞なのか意外に軽く、尻の部分に窪みがあって、坐り心地はよかった。

「ここは、定食だけのレストランで、今日の定食は鶏肉《プーレ》だという。酒は地酒の赤だ。いいだろうか」

「もちろん、いいとも」

「婆さん、ぼくを忘れてしまったので、思いださせるのに時間がかかった。以前は、よく来ていたのだが、十年間ごぶさたしたため忘れられた。ここは、地元の常客だけのレストランで、一見《いちげん》はだめな極りなんだ」

「そう……」

白い鬚の老人は、猫背を一層丸めて、スープをすすっていた。鰥夫《やもめ》暮しなのか襟が脂で黒く染みていた。中年の男たちは、何かの会合でもしているのだろうか、隅にかたまり顔を寄せてひそひそ話をしていた。

スープに続いて、料理が運ばれてきた。給仕人はおらず、婆さんが調理も給仕もひとりでやるのだった。丸ごと蒸し焼にした鶏の肉を手際よく削いでいき、残りをそのままテーブルに残した。赤葡萄酒の栓が抜かれた。

「肉も葡萄酒もパンも食べ放題で、料金は均一の一人二十フラン。パリよりは安い」

スープも肉も美味であった。二人はせっせと食べた。皿のものがなくなると、市久は婆さんの手付を真似て、上手に削いで、私の皿にも盛ってくれた。二本目の赤葡萄酒を、棚から持ってきて栓をぬく。彼は骸骨のように痩せているくせに、大食で、私の倍は食べて飲んだ。

白い鬚の老人が勘定をすまして帰りがけに、私たちに話しかけてきた。

「お前たち、ベトナム人か」

「いいえ、日本人だ」と市久が答えた。

「何か商売でこの村に来たのか」

「いいえ、プルーストの足跡をたどって来たのだ」

「ああ」老人は頷いた。それから市久に向って「お前、プルーストの小説が好きか」と尋ねた。初対面でお前《チュ》で呼びかけるのは、子供か植民地の人間に対するフランス人の習慣だ。市久は鼻白んで黙っていた。すると老人は大声で言った。

「おれは、プルーストの小説が大嫌いだ」

　老人が去ると、市久は肩をすくめた。私たちは顔を見合わして、首を傾げた。それっきり、老人については何も語らなかった。

　食後、付近でコーヒーをのもうと喫茶店を探したが見当らなかった。すこし酔った市久は、革コートに肩を押えこまれたように頼りなげに歩いていた。屋根の上や道の突き当りに現われては消える教会堂へ、二人は自然に近付いていった。相変らず人っ子ひとり出会わない。車は時折通ったが、運転している人の影が薄い感じで、去ったあと、静寂がひときわ強く耳に迫ってきた。広場に出た。教会堂が、衣服を急に剝ぎとられた人物のように、幾分恥ずかしげな様子で建っていた。

　市久は、正面玄関の階段に片脚をかけ、腕組みして、柱や扉を見上げた。

「これが、サン・ジャック教会。つまり小説中のサン・チレール教会。プルーストはこう書いている。〝その古い正面玄関、そこから私たちは入るのだが、それは黒くて、網杓子《エキュモワール》のように穴があき、形がゆがみ、どの角も深く掘れていて（正面玄関のつぎにひかえている聖水盤とおなじように）、あたかも教会にはいってくる農婦たちのマントのやわらかな摩擦や、おそるおそる聖水を使うその指先の摩擦が、数世紀のあいだくりかえされ、一つの破壊力となって、毎日ぶつかる荷馬車の車輪のために車除の石にその跡がつくように、石をくぼませ、石にみぞを彫りつけたかのようであった〟と。どうだろう、この石壁を見て、そんな気がするだろうか。たしかに、摩滅して凸凹だけど、網杓子《エキュモワール》、つまり泡掬いの杓子のように穴だらけには見えない。この石を一つ、描くために、プルーストは、長々しい描写を飽きもせずくりひろげる。しかし、それが小説だ。小説は現実を凌駕する試みだ。この教会の石壁や柱など、あと百年か二百年か経てば崩れて跡形もなくなるかもしれない。むろん、文章も、多くの読者の視線になぜられて磨り減り、物語も知られることによって意外性を失い、かつての新鮮さは失われるにせよ、教会の柱よりは長持ちするだろう」「どうかな……」私は疑わしげに言った。「かえって柱のほうが長持ちすることがありうるんじゃないか。失礼ながら、きみのプルーストに対する評価が正しいという証明は、現在、出来やしないんだから」

「そう思うか」市久は、柱を指先でさすった。「本当をいうと、おれは、今、彼をそんなに偉大な作家とは思っていない。若い頃とは、それが違うところだ。若い頃、おれは彼を無上の大天才と信じ切っていたけれども」

祭壇の下に跪いて祈る人がいた。私たちは忍び足で進んだ。小ぢんまりとした内部の様子が見えてきた。左右の壁から渡る梁の中央に束柱《つかばしら》を立ててゴチック形の屋根を安定させている。後陣の焼絵硝子を鑑賞するには、いかにも目ざわりな梁を見ばよく変えるため、そこに赤や青の花模様や十字架が描かれていた。このような構造の天井を、私は北フランスのリレの教会堂で見たことがある。素朴な味のある構造である。

祈る人――老婆であった――を邪魔しないよう、祭壇の手前で私は足を停めた。国技館のマスのように木で仕切られた中にベンチがあった。一つのマスが一家族用らしい。鍵のついた小箱があったが、鍵はかけられておらず、小扉の隙間から聖書と聖歌集が見えた。使い古した、おそらく代々その家に伝わったものと思えた。

脇間側廊へまわってみる。焼絵硝子の五色の光が、戦死者の名を刻んだ石版に落ちていた。〝イリエ教区、フランスのために死したる戦士たちのために。一九一四―一九一九〟とある。ながい間、人々はイリエに生れ育ったのであって、イリエ＝コンブレという新しい町名とは何の関係もなかった。私は市久にささやいた。

「いい教会だね。教区の人々が、ここを大事にしていることがよくわかる」

「ああ」市久は、焼絵硝子の一つ一つを眩しげに見上げては頭を振った。「どうしても納得できないことが一つある。プルーストは、教会の焼絵硝子《ヴィトロー》について、いろいろ書いている。中で〝太陽があまり姿を見せない日にも増してきらきら光ることはなかった。だから、そとが薄ぐもりなら、教会のなかは晴れにきまっていた〟というくだりがあるが、あれは納得できない。外が晴れて明るければ、ヴィトローは一層明るくなるはずだろう。それが曇っている時にかえって明るくなるなどという現象がありうる筈がない。今日は曇っている。だから、ヴィトローは暗い」

私は若い頃に通ったサンタンヌ病院の図書館の焼絵硝子を思った。西向きの窓は、午前中は倉庫の窓のように陰気だが、午後になって日が射すと、晴れ晴れと燃えた。読書の疲れた目に、硝子の青や赤の模様が与える刺戟が快く、午後になって日の射す一刻を待ち受けながら読み続けたものだった。しかし、曇天の場合、窓は終日、変哲もない暗さを保っていた。私は言った。

「曇った日には、やっぱり、ヴィトローは暗いようだよ。それが晴れた日より明るいためには、何かがなくちゃならない」

「そうとも」市久は、焼絵硝子の一つ、聖人像に目をとめていた。赤い帽子が濃い血のようで、頬は泥をかぶったように濁っていた。「あれは、曇り日に心を暗くする人の感覚だと思う。暗い心にはわずかな窓の光も明るい慰めだ。反対に晴れた日には、心が明るすぎて窓は暗くなる」

市久は、石段をおりて広場に立った時に、自嘲の笑を浮べた。

「おれは、無力な男だ。今日こそは、おれの目で、サン・ジャック教会を見ようと思ったのだが、実際に見たのはサン・チレール教会の脱け殻なのだから。プルーストの目を通してしか物が見えないとは、全くだらしのない事態だ」

「まあ、いいじゃないか」私は、幾分苛立って言った。市久は自分を、〝幽霊みたいな人間〟〝学問を捨てた人間〟〝無力な男〟と、しきりにきめつけているけれども、私には彼を慰める方途がない。それに、彼が何のために、〝十年ぶり〟にここへ来たのか、その理由がいまだにつかめないでいる。

淡い日が射して、街がいくらか暖みを増していた。教会堂の、側壁にはさまざまな色の石が積みあげられ、それが掘り出されたさまざまな場所を想像させた。ある部分には、大幅な修復の跡があり、この建物が、永年の間に、崩れようとしては手を加えられてきたことを示していた。

私たちは、教会堂を一周してみた。ロマネスク様式のアーケードが壁の一部に塡《は》め込まれていた。かつて、ここにロマネスク様式の教会があり、何百年かのあと、ゴチック様式に建てかえられた事実が歴然としていた。私は市久にその部分を指差した。

「こういう所に、この国のおそろしく堅固な文化の伝統を感じるじゃないか。時が経つにつれて、過去の上に現在を積み重ねていく。パリで、ぼくは、知人を訪ねたんだが、地下室にはローマ時代の水道の跡があり、一階には中世の石積、そのうえに十八世紀の建物が作られ、さらにその上に二十世紀になって三階ほど建て増されていた。過去が現在の重みを支え、現在は過去の上に成立しているんだ」

「そうだ」市久は、急に生きいきとした顔付になった。大きな目が輝くと、彼は十も若がえって見えた。「プルーストもそうだ。フランス文学の長い伝統の上に、はじめて彼が生れている。たとえば、あのプチット・マドレーヌ……」

彼は菓子屋のショウウィンドウに目くばせした。店は閉っていたが、磨かれた硝子の中に菓子が美しく並べられていた。ブリオッシュ、プチ・フール・セック、苺のタルトのむこうに、帆立貝の形をした、丸みのある菓子、プチット・マドレーヌが置かれてあった。それは〝失われた時をもとめて〟の発端をなす重要な菓子で、私たちはかつて、主人公のマルセルがやるように、プチット・マドレーヌを紅茶に浸して食べてみたことがある。

「あの、プチット・マドレーヌだって、このイリエが、中世にスペインのサンチャゴ・デ・コンポステラへの巡礼路にあったことから発している。サンチャゴはつまりフランス語のサン・ジャックで、コキーユ・サン・ジャックは帆立貝のことだろう。そして、サンチャゴへの巡礼は帆立貝の印を帽子に縫いつけていた。つまり、プチット・マドレーヌの一片は、中世の巡礼から始まって、イリエのサン・ジャック教会――それは、あんたの言うようにロマネスクからゴチックへ、そして現代への時間を含む――までを象徴として持っている。それは大変なことなんだ」

「全く大変だ」私は、市久が昔と同じように夢中になって喋りまくる様子に微笑した。もちろん、同意の表示が微笑にはこめられていた。

「おぼえてるか、あいつを食べたのを」

「おぼえてる」私は答えた。「一緒に食べたね。紅茶に浸すとバタくさい味になった。そして、きみは、プチット・マドレーヌの製法まで調べたじゃないか。それをカトル・カール、つまり四同割というんだと。バター、小麦粉、卵、砂糖の等分量を混ぜて焼くんだと。だからバタくさいんだと。みんなおぼえてるよ」

「そうだ、あの頃、ぼくらは……」市久は口を噤んだ。

「若かった」と私が続けた。

私たちは、散策の速度で、並んで歩いた。とある家の前で、市久は扉の上の表示を仰ぎ見た。

アミオ夫妻の家（レオニ叔母の家）
マルセル・プルースト記念

「ここだ、プチット・マドレーヌの発祥地は」と市久が言った。「入ってみようか。おれはもう何度も来ているからどうでもいい。あんたが入りたければ入ろう」

「そうだな……」

「レオニ叔母のモデルは、アミオ伯母だ。だから、アミオ伯母の家をここに復原してレオニ叔母の家としたわけだ」

「莫迦げてるよ、そういう発想は」

「莫迦げてはいるが、しかし、プルーストがアミオ伯母の家からレオニ叔母の家を創りあげた、その道筋はある程度たどれる」

扉は閉っていた。むかいの家に声をかけろと、小さな紙に書かれてあった。市久がむかいの家の呼鈴を押すと、小柄な老人が出てきた。鍵束を持ち出してき、扉をあけた。

「あなたがたは日本人でしょう。日本人はよくここに来ますよ。彼らはマルセル・プルーストが好きですね」

老人は、にこりともせず言った。丸顔に、度の強い茶の眼鏡をかけている。食事の直後なのか葡萄酒のためすこし頬を赤らめていた。

老人は、来館者署名簿を持ってきて私たちにも署名をもとめた。ところどころに日本人の名前があった。十年前のあたりを見ると市久の名前も三つ四つ認められた。案内しようとする老人を断って、市久は私をさそった。

「まず、少年の寝室を見よう」

木の螺旋階段をのぼり切った所の小部屋に、幅の狭い粗末な木製ベッドがあった。要するにそれだけのことだった。このベッドに横になった少年が、階下から来る母親を待つ情景を思い描こうとしても、目の前のベッドと階段が、かえって私の想像を制約してしまうのだった。

「狭くて小さいね」と私は言った。

「そうだろう。その通りだ。そこが大切なところだ」市久が言った。「おれも、最初ここに来た時は、がっかりした。こんな部屋を再現して、小説の愛好者に見せつけようとした人たちの行為に腹を立てもした、ちょうど今のきみのように。しかし、段々に意見が違ってきた。過去の遺物を大事にとっておこうとした人たちの心がすこし分ってきた。古い建物を保存し、博物館の蒐集に莫大な金をかけ、小説のモデルを再現する精神、これは、やっぱり偉大な精神だ」

「偉大とはいえないが、しかし、ある種の情熱ではあるだろうね」

「まあ、情熱と言ってもいいが……あんた、この小部屋をマルセルの部屋そのものと思うべきではない。これは少年の部屋の一部にすぎない。横になっている少年は、母親が階段をあがって来る音を聞く。″二重ドアの廊下に、編んだむぎわらの小さなかざりひもがさがっている青いモスリンの彼女の庭着の軽い衣ずれの音″を聞く。もちろん、そんな音は、今ここにはない。要するにここは、過去の生活の破片を陳列した博物館だ。普通の人間が、メロヴィング朝の便器やコップを見ても何も感じないように、普通の人間はここに来て何も感じない。それはそれでよくて、仕方のないことだ」

「しかし、博物館とここは違うよ。博物館には元々、テキストがない。博物館を凌駕するような小説の存在がない」

「それは……」市久は、ちょっとたじろいで、白い枕を乾いた干物のような掌で、撫でた。「いや、そうかも知れない」何やら考えこむ様子で、彼は階段をゆっくり降りていった。

老人が各部屋の入口をあけはなしにしてくれていた。居間や台所や書斎を私たちは巡った。書斎の画架に立てかけてあるマルセル・プルーストの写真の前で市久は足を止めじっと見入った。

「おれは、彼に会ったことがある」

「何を言いだすんだね」私はうしろから払子《ほっす》のような白髪を見ていた。彼の表情は想像がつかなかった。

「あんたの疑問はわかっている。プルーストは一九二二年に死んでいる。おれは、一九三〇年生れだから彼に会えるわけはないと思っている。が、本当に、おれは彼に、マルセル・プルースト氏に会った」

「それは比喩としてだろう」

「いやいや、比喩ではなく、事実として……」

市久は振り返った。窓からの光を下から受けて、上弦の月の明暗の境目のように、頬の皺は深かった。

「あとで、その話をするよ。それより、庭に出て見よう」

常緑樹が多いためだろう、木の下道は暗い緑に覆われていた。しかし、秋の気配は青い西洋芝に散り敷く枯葉に感じられた。庭の端が三角形にすぼまっているあたりまで行き、塀ごしに街路を見た。子供たちの澄んだ呼声がした。それは小鈴《クロシエット》を振るようだった。私は、ずっと以前に読んだ〝失われた時をもとめて〟の情景が徐々に記憶の底から浮びあがってくる快感を味わった。本当に十数年のあいだ、あの小説を読んでいない。きょう、市久に会わなければ、さらにこの先何年も思い出さなかったかも知れない。大木があって、つややかな茶色の実が殻よりはじけ出て、沢山落ちている。そう、マロニエだ。マロニエの大木の下で、鉄のテーブルを囲んで家族が休息している時に、庭のすみで、小鈴《クロシエット》の音〝金の音色の、二つずつひびく小鈴《クロシエット》の音〟がして、スワン氏があらわれるのだった。あれを読んだのは、日本館の、みすぼらしい一室で、ジュルダン大通りの自動車の轟音と頭上を歩きまわる神経質な画家の足音を聞きながらであった。周囲の騒音に苛立って、わざと大声で朗読してみたところ、翌日、市久から「なかなか、いい発音だった。あれならアリアンス・フランセーズの朗読コースで四番か五番で合格するだろう」と冷かされたりした。私は若かった。サンタンヌ精神病院に、几帳面に通って、患者の診察や脳波研究室での実習に従事し、夕方、精神医学の新しい知識で疲れた頭を、何か朝よりすこし重くなったように感じては帰ってきた。そして、夜、プルーストの文章を、辞書と首っぴきになって読んだ。なぜ、それがプルーストであって、ほかの作家ではなかったのか。むろん、時には飽きてしまい、ほかの作家に移って二週間や三週間を過したにしても、なぜ、結局はプルーストに戻ってきたのか。不思議なことだった。プレイヤード叢書版に誤植を発見した際など、深夜、市久のドアをたたき、大発見を祝して、彼が買いおきの安葡萄酒で祝杯をあげたりした。

「レオニ叔母の家の庭で小鈴《クロシエット》が鳴る場面があるだろう。あれは、いいね」

「ここには、そんなものはついていない」

「たとえ、ついていても、小説の中のような澄んだ音色はたてやしないよ」

「それはそうだ」

二人は、茂みのむこうに二階建の家を眺めやった。後光色に塗られた木組が、白壁をはさんでアクセントを与えている、軽やかな家だ。それは、物語の舞台として恰好な場所に思えた。いや、その家自身が物語を生み出すような、奥深い時間を内蔵しているように見えた。

「おかしいね。さっきまで何も語りかけて来なかったあの家が急に、豊饒な物語の時間を隠し持っているように見えてきた。家から物語が溢れ出てくるような気がするんだ」

「本当か」市久は声をはずませた。「それなら、あんたをここに連れてきた甲斐があった。実は、イリエに来てから、あんたがつまらなそうにしているんで心配していた」

「たしかに、そうだ」私は正直に言った。

「ぼくは文学散歩の類が嫌いでね。作品の世界は、その母体となった現実とは別個のものだと信じている。イリエを見ることで、コンブレがイリエ化される。つまり歪曲され崩壊され要約されるのが恐かった。しかし……」

「しかし……」市久は注意深く聞耳を立てた。

「ぼくは了解したんだ。きみが数多くこの地に来た情熱を。きみが、なぜイリエに夢中になったかがすこし分るようだよ」

「ありがとう」市久は微笑した。今日、彼がみせる、初めてのこだわりのない笑顔であった。その時、二十年前に、彼と過した共通の時間が私の胸の底で熱くなった。彼は年老いた。しかし、私自身も老いたのだ。

〝レオニ叔母さんの家〟を去って、私たちは村はずれへと向った。振り返って見ると、サン・ジャックの鐘塔《しょうとう》は、道の曲り具合で、中世の城のような威厳をそなえたり、田舎じみた小教会になったり、さまざまに変容した。曲りくねった小路に沿って、木の柱に黄色い土壁が剝き出した、板葺の農家があった。石橋にきた。

「ロワール河だ」と市久が言った。

「案外に小さいね」私は、このすぐ近くの町、ボンヌヴァルを訪れた時に見たロワール河を思い出していた。ボンヌヴァルには古い僧院を利用した精神病院があり、その全景を浮べたロワール河はいかにも大陸の中央に流れる大河であった。

「ロワール河はイリエを下った所から急に大きくなる。ある年の夏、おれはロワール河に沿ってドライブしたことがあるから、この目で確かめてはある」

地平線までまっ平な畑であった。すでにパリからシャルトルへ、シャルトルからイリエへと、森と畑とを交互に養って広がっていた大地は、このあたりでは、畑一色となって単純に横たわっていた。いや、わずかな森があり、その方角に狩の一行が歩み去るのが見えた。犬たちが点々と黒く這い、人々のかつぐ鉄砲の筒が白く光った。かすかな風に背を撫でられながら進むうち、左手に庭園の入口が現われた。上に白い表示板が渡してある。

プレ・カトラン
　マルセル・プルーストの園

市久が「タンソンヴィルだ」と言った。「山査子《オウベピンヌ》の垣根もある」

白い木戸を押した内側にはゆるやかな起伏を縫って散歩道が続いていた。その片側に、固い葉が、刺のある枝に支えられた山査子の生垣が続いていた。この人を拒否するような生垣が、春に白い小さな花をつけるからこそ、コントラストの妙があるのだろう。まったく無人の道を丘の頂きまで登り詰めたところで、眺望が開けた。子供連れの一家が、祖父母、両親、子供たちと、人形屋の店頭に陳列されたように、序列正しくベンチに坐っていた。草原では三、四歳の子供たちが数人、幼い足付で走りまわっていた。ビニールの袋を片手にした中学生ぐらいの女の子たちが何かを一所懸命に拾っている。近付いてみるとマロニエの実だった。私も、草葉の蔭で殻から食み出ていた実をつまみあげた。つややかな茶色の、〝マロニエ〟の音そのものが作り出したようなまろやかな実であった。土が日光が風が大事に育てあげた丸い果実は、今、私の掌の上で快げに笑っていた。手をのばせば、いくらでも触れてくる実を、私は五つほど拾ってポケットにおさめた。市久も二つ三つと摑んで、両手で作った皿の中で転《まろ》び合せ、コツコツと音をさせた。

「おれは、これを鉢植にしようと思う」と彼は言った。

「これに賭けてみようと思う。プルーストのマロニエが芽を出して、実を結ぶかどうか」

「一体、何を賭けようというのかい」

「おれの人生をさ」

「つまり……」

市久は、苦笑して答えなかった。私は淋しげに白髪を指先で押えた彼に言った。

「ぼくも、これを鉢植にしてみるよ。これだけ立派な実なら、きっと丈夫に育つだろう」

「本当に大きな木だ」と市久は梢の芯のあたりを見極めるように後ずさりした。幾分褐色に染まり初めた葉は、まだ豊かで、梢も枝も奥深くに隠していたが、葉間から無数の露がキラキラ光るように、天を映し出していた。露は現われては消え、おびただしい人々が生れては死んでいくように、形や位置を変えていた。

目通りは一メートル半はあるだろう。樹皮は厚くて、ところどころで裂けていて、そこから内部に貯えられた厖大な時間があふれでてくるようだ。根が地中にもぐりこむ所に大きな岩のような瘤があり、恰好の腰掛と見える。市久はそこに具合よさそうに腰をおろした。私も真似た。このあたりはマロニエの林で、私たちのにも負けぬくらいの巨木がずっと連なっている。幹と幹との間に、サン・ジャックの教会堂が、薄青く霞み、非現実の質感で、全体を見せていた。それは人工の産物というより、大地に養われて自然に生え育った樹木で、鐘塔の十字架は一輪の花のようだった。

「ちょうど十年前のことだ。ここで、おれはプルーストに会った」市久はいきなりそう言うと、目をつぶって腕を組んだ。

「へへ」私は茶化そうとしたが、彼の顔付が瞑想をする司祭のように真面目なので、やめた。

「そう。あれは秋で、曇っていて、肌寒くって、ちょうど今日みたいな日曜日だった。父が死んで、日本に係累が誰もいなくなって、悲しいような、さっぱりしたような気分でイリエにやってきた。もう何度も来て、親しみがあったし、とにかく、プルーストのためにフランスに来た男として、プルースト先生に敬意を表したくなったのだ」

市久の母は、二十年も前、私たちがパリで付き合っていた時に亡くなっていた。夜、酒に酔って私の部屋を訪れ、いきなり手放しで泣きだした彼の姿が記憶に残っている。翌日、彼は、私に、ペール・ラシェーズ墓地へ行こう、プルーストの墓に母の死を報告するのだと言った。母の死とプルーストの墓とどういう関係にあるのか、私はいぶかしがったが、今から思えば、父の死後、プレ・カトランへ来た気持と同じだったのだろう。一人っ子の彼は、両親の死によって、孤児になったわけである。

「いや、本当をいうと、おれは、プルーストに別れを告げに来たんだ。仏文の学生として読み出してから、もう十五年もプルーストにとりつかれていた。いい加減うんざりだった。もう、きれいに別れを告げ、二度とプルーストを読まないつもりだった。まあ、やっぱり、プルースト先生に敬意を表しに来たといえるか……」

市久は瞑目したまま、背を幹にもたせた。

「朝、イリエに着き、あちらこちらを散歩して、午後、プレ・カトランにやって来た。今と同じように子供たちがマロニエの実を拾っていた。おれは、昼食の葡萄酒のため睡気を覚えて、草地で眠ってしまった。が、出し抜けに、刃物で肩を突き刺されたような痛みに、おれは飛びおきた。目の前に、背の高い男がいた。ステッキの先をおれの肩からひらいた形で、意地悪げな気色で立っていた。彼がプルーストだってことは、すぐにわかった。とがった顎と口髭にかくれている薄い唇、人種の特徴を示す鷲鼻、この世の光景を何もかも吸いとってしまうような深い目。おれはね、立上って、まだ痛む肩のくぼみを押えながら、自己紹介をしたものかどうか迷った。何しろ相手はプルーストだ、無遠慮さでは人に退けをとらぬおれも、ちょっぴり心臆した。すると、先方から、マルセル・プルーストです、と言って握手をもとめてきたではないか。どんな感触だったと思う。死人の手のように冷たいと思うか。いいや、おれの手を包みこむ上等の毛布のような手だった。硬い糊の光るワイシャツの胸がピカピカ光って、首は高いカラーに締めつけられていた。開化期のハイカラな人物に出会っているようだった。おれが自分の名を言うより先に先方がおれの名を言った。

――存じあげてます。あなたの〝プルーストにおけるモデルと作中人物の関係〟も読んでいます、という。驚いた、そいつは学生時代に同人誌に書いた小評論なのだから。

――光栄です、とおれは日本風に深々と頭をさげた。

――あなたは、よくプレ・カトランに来られますね。ここがお好きですか。

――ええ、大好きです。あなたのおかげです。ここだけではありません。あなたの行かれた所はほとんど旅行しました。パリのアパルトマン、ノルマンディの海岸、ベネチア……。

――わたしを追いかけてらっしゃる。

――そうです。実際の土地や建物とあなたの全著作と、それがわたくしの研究材料なのです。失礼ですが、あなた御自身も、こうしてわたくしの前に立ってらっしゃる以上、研究材料です。

——それは当然です。わたし自身も、多くの本や知友や家族を材料にしてきました。

——あなたと対等のお付合がかなわぬのは残念です。あなたは、いつもわたくしの上位にいらっしゃる。

——逆でしょう、とプルーストは笑った。笑は人の年齢を正確に示すが、プルーストも五十歳ぐらいの、深い目尻の皺を示した。笑いながら、その口を、左手（つまり、ステッキを持たぬ方の手）でまるで、日本の女がやるようにかくすのだった。わたしはあなたの材料の一部、それにわたし自身はあなたの材料のなかの、もっとも下等な部類に属しますからね。全能者はあなたなんですよ。あなたは、わたしをいかようにもできる。分類しようと、破壊しようと、無視しようと、忘却しようと勝手です。

——讃美することもできます。事実、わたくしはそうしてきました。あなたの跡を追いかけるのは、そのためでした。そして、さいわいあなたの足跡はそう多くはなかった。あなたの行動範囲はヨーロッパのごく一部に限られています。わたくしが、あなたの立ち寄られたほとんどすべての場所に行けたのはそのせいです。

——それは大変な苦労でしたね。それで、わたしという人間が何かわかりましたか。

——いいえ、あなたはますます不透明で、輪郭もぼけてくるばかりでした。あなたの作品は、ますます異なった解釈の数が増えるばかりでした。あなたは、年々、訳が分らなくなり、分析・研究・解釈・意見で肥大していくばかりでした。正直言って、わたくしは自分の無駄骨折で疲れはてたんです。あなたについての、わたくしの意見など、世界中の夥しい意見のなかの小さな一つにすぎませんでした。そこで、わたくし、今日あなたにお別れを言いに来たのです。

と、ざっとこんな会話を交しながら、おれたちは公園をあちらこちらと歩きまわった。しかし、ある小路を曲ったところで、プルーストは不意に消えてしまった」

「そして」と私は言った。「きみは目を覚ました。それは、夢だったんだろう」

「いいや、事実だった。おれは本当に、プルーストに出会ったのだ」

「まあ、いいさ」

「おれは、とにかく、その後ながい間、ここに来なかった。今日、来てみる気になったのは、今日が父の十回目の命日だからだ。何となく、十年という年月を確認したくなった。おれはこの十年間、プルーストをただの一行も読んではいない」

「もう一度、プルーストに会いたくなったんじゃないか、ここで」

「いいや、ここへ来てわかったのだが、おれに出会ったプルーストは死んでしまったのだ。あの小路で消えたとき、彼は死んだのだ」

市久は自分の胸の中から、すべての過去を追い出してしまうように、長い溜息をつくと歩き出した。電車の出発まで小一時間あったので、私たちは麦畑を見渡せる村の周縁に沿って駅まで行くことにした。行けども行けども人に会わなかった。夕方の黒ずみかけた雲の下、畑は人の手を経ない荒野のようにひろがり、家々は住民が惨殺された廃墟さながらに静かであった。サン・ジャックの鐘塔だけが、天に十字の部分でぶらさげられたように、ゆらめきながら私たちを追ってきた。

電車が滑りだし、イリエの屋根が塔を中心に縮んでいくのを、市久は窓に額をすりつけて、見送った。そのあと、私たちは、すっかり疲れ果てていて、眠り込んでしまった。目が覚めたのは、パリの郊外に来てからだった。

「さっきの話だけど」と市久は、まだ半ば眠った目で、そして顔全体の筋肉がゆるんで呆けた面持となって、言った。「実は、プルーストと小路で別れる前にある出来事があった。言わないでおこうと思ったけれども、きみだけには言っておきたくなった。プルーストは、ぼくを抱きしめると、唇に接吻してきたのだ。不意をつかれたおれは、全く無力で、彼に唇を吸われるままだった。そして、意外なことに、おれは自分が彼に愛されている喜びで充ち、いつもの自分を失ってしまった。おれは自分が若いアルベルチーヌのような女になった気持だった。言っておくけど、十年前、おれの髪の毛はまだ黒々として、肉付もよく、三十代の前半か、人によっては、とくにフランス人にとっては、二十代の青年と見えたかもしれない。おれが、ふけだしたのは、この出来事の直後からだ。あの接吻のとき、プルーストに何もかも吸いとられたかのように、精が乏しくなり、痩せて、白髪に変った……」

電車はモンパルナスの駅に入った。私は市久を食事に誘おうとした。が、彼は、疲れたからという理由でことわった。「じゃあな」と階段をあがった所で左右に別れた。革外套を重そうに着て、せかせかと去っていく、影の薄い男、それが市久を見た最後だった。

私は死んでしまった幼い木の肌から指をはなす。茶毘の火はビルを燃やし続けている。ふと、このマロニエを葬ってやろうと思いつく。高原の別荘へ持っていき、いつかはそこに移し植えようと予定していた場所に石を積み、棺を焼くようにして、火を点そうと心に決め、立上った。

新富嶽百景

仕事部屋から新宿副都心のビル群が遠くに見える。夜になるときらびやかに灯が点り、これこそ文明の粋、水晶宮、地下生活者の敵とばかりに、超高層の窓々縦横きっかりの幾何学模様を誇らしげに見せ、私は気恥ずかしくなるのだ。むろん私は地下生活者でないばかりか、地上二十数メートルの高さを強制させられている空中生活者であり、エレベーターを使って、この七階の貧相な展望台まで重力に逆って登らねばならず、かつてペテルブルグに住んだ地下生活者の安定した密室をひそかにうらやんでいる。で、目をあげて現代の水晶宮を眺める私の気恥ずかしさとは、もはや地下生活者たりえない嘆きと、水晶宮をおそらくそれが最も欲した位置から眺めていることによって水晶宮憎悪の精神を裏切っているという謀叛人の痛みを含んでいるのだ。

超高層のビル群は、まことに傍若無人、その周囲に何ものもない平原に建つ記念碑、砂漠の墓石といった具合で企業の経済力を見せつけ、そのあけすけな表現への意思はおぞましく、出来れば目をそむけてしまいたいのだけれども、そこは地下生活者の衰微した末裔空中生活者の悲しさ、ふと疲れた目をあげれば、まあまあ美しい、とてもかなわぬと思い、力なく目を伏せることも多い。ここは小石川台地の頂上あたりに位置し、さして高きにあるとはいえぬわが七階の仕事部屋も谷間や低地からみればかなりの高さに迫上《せりあが》り、すなわち、地上を或る厚みをもって覆うビルの海原を通りこし、はるかなる新宿台地のそのまた上の新宿副都心のビル群を直接谷をこえて山と対するように見うる由縁であり、右側をマンションと銀行、左側を学校というコンクリートの壁に切り取られた視野の中では、現代水晶宮が、それが最も欲した位置から眺めるように、それだけが視野の中心に輝くように、見えるのであった。

このビルに引越したのは秋で、東と西には大きなマンションがそばだち、南の副都心方向のみが少し開けただけの眺望にさして取得はなかったが、静けさと広さが気に入り、原稿用紙の白の恐怖を万年筆で消していく生活に入った。半月して冬となり、風強く、北側の窓が笛のように泣く夕方、ふと目をあげた私は副都心のビル群の右、昔の軍隊風の言い方でいえば二横指《おうし》右に、黒い富士の影を認め、驚き喜び、ベランダにとびだして見入った。驚き喜び、まるで子供じゃないかという反省と、子供で何がわるいという居直りと、こもごも去来し、とにかく仕事部屋の真っ正面にそれが見えたという事実に満足した。

それを私は格別好いているわけでもない。それが好きという感情は、むしろあまり平凡、銭湯のペンキ画、土産物の包装紙、新春の掛軸で、加えて戦争中何かというと芙蓉の峰だの不二の高嶺だの霊峰不尽だのと吹きこまれたものだからむしろ悪い思い出のほうが多いのだ。

にもかかわらずそれを見て喜ぶ心にいつわりはなく、それを見て感動し泣いたことさえあるのだからおかしい。二年半のフランス留学のあいだ一体何度それを思いこがれたかと思い返しても記憶なく、異国にあって思わぬ以上、望郷の想いの中にそれの入る分量はごく些少であったのに、ジェット機が本土に近付き、ただいま左手に富士山が見えますと放送され、フウム何と俗っ気たっぷりなサービスかと気のない目をやり、雲のたたなわるむこうに真っ白な山の形を認めた瞬間、まことに思いがけなく涙が溢れだしてしまい、故国に戻ったという実感をそれが代表したことに吃驚《びっくり》したのだ。

私は東京育ちで、戦前の東京でも街中でそれは見えがたく、それを眺めて大きくなったという実感はないが、何かの折にそれを見れば喜ばしく、たとえば二階の屋根の上にのぼり、瓦屋根の黒々と連なる先に真白のそれがすっくと立つのを望んでしばし目をはなせずとか、ごみごみした迷路を走り遊ぶうち崖っぷちに出て、そこの古びた石段をこわごわ降りようとした瞬間、平板な市街をゆったり抑えつけるようにしてそれが横たわっていたとかの経験は、それへの思慕を心のどこかに瀦《ちょ》留《りゅう》させていったであろう。こうして、それは、ごくたまに偶然に出会う対象であり、ごくたまであるだけに珍らしく、しかもおおむね、甍《いらか》の連なる先、都市のかなた、地平にこびりつき、地平の一部として、自分の日常生活とは接触しない別世界の存在物として、自分には近付けない巨大なものとしてあった。たまに東海道を汽車で行くおり、伊豆半島のつけ根の海岸で泳ぐさい、それが近く大きく、自分のいる場所もその一部分であるかのように感じられ、この場所からさらに接近していけば頂上にまでも到りうると思うと、私はかえって居心地わるくなるのだった。

仕事部屋からのそれは幼い頃から経験していたそれであって、手のとどかぬかなたにあって、安全圏からの観賞の常として安心して眺めていればよかった。朝日を浴びて血潮色にきらめきたち、やがて血を流し去って、肌全体が内部から青く輝きだし、すでに濃紺から昼の色へと変った空を輝きで切り取っているかと思うと、昼間は見えず、副都心のビル群のみ明確に並んでいたのが、夕刻、日の傾きだすや夜の暗さを含みそめた青空の下に忽然とあらわれ、人工のビル群の傲《おご》りをたしなめるように大きい紫の山で、裾のあたりにようやく標高一五〇〇から一六〇〇程度の丹沢山塊を低く撫ぜ撫ぜしているのだった。一度あらわれたそれは刻々に様相を変え、それが面白いときは仕事も手につかず私は見惚れるのであって、今日はそれが見えそうだと予感すると、日が翳り始めるとはや落着かず、目は原稿用紙をはなれて漂い、結局は窓へとむかい心待ちにする。或る日、どんより曇っていて今日は駄目かと思っていたところ、快活な光が机上にこぼれたので目をあげると、幕をひきあげたように雲は地平線上に高く、その切れ目から放散した金の矢が黒ずんだビル群と富士とを貫いており、刻一刻黄金は赤を含み、やがてビル群は火事、富士は火の消えた熾《おき》という様子となり、大きな太陽が、山の左肩へとするするすると落ちて消え、空は山をかこんで燃えたち、その上はオレンジ色、さらに水色の縞をつくって、しばし太陽への別れを惜しむのだった。さて、それの見える方角を磁石と地図を頼りに調べてみると西南西であって、仕事部屋を紹介した不動産屋が部屋が南むきだと称したのは嘘であったわけだが、この嘘のおかげでそれを見られるのであった。北風の強い冬には、それは毎日見え、毎日となると何だか飽きてしまうのも、単調で簡単なその形のせいであって、私はよほど変った感じにでもならないかぎり、フンまたかと莫迦にし、この優越感のおかげで心鎮静してすごせるようになった。夕陽は日ごと落ちる位置を変え、それの左肩から徐々によじのぼり、ついに二月一日に山頂にぐいっと落ち、あとは右へ、つまり北へと移動していき、この移動は夏至の日まで続けられるはずだった。

富士山頂に落ちる夕陽の話を、その頃、友人の写真家にしたところ、いたく興味を示し、翌日には大きなアルミ鞄に三脚を持った彼が仕事部屋を訪れ、さっそくベランダで撮影を始めたが、運よく晴れていて、夕陽とともにそれがあらわれたときの彼のはしゃぎようは、ここでそれを最初に見た日の私を彷彿させて面映いくらいであった。

「これはちょっと、なかなかのものだよ」と彼は言い、すこし薄くなった脳天を薬指でこすり、この動作は高等学校時分から変らぬ彼の癖で、薬指でこすりすぎたためあの部分が薄くなったと推測されるほど、昔と変らなかった。

「しかし、富士の右側に張出したビル、マンションらしいが、あいつが邪魔だねえ。何とかならんかねえ」

彼は、二、三枚撮ったすえ、バズーカ砲みたいなレンズをつけ、狙い定め、今度は手前の谷間の緑の真ん中にある料亭の看板と高速道路に悪態をつき、カメラのあちこちを調整したうえで、のぞいてみろと言った。拡大され間近に見える山はどっきりするほど鮮明で、雪におおわれた襞《ひだ》や崩れた崖や小さな雲までそなえ、何だかあまりに生々しく、気味がわるかった。

「望遠鏡のくそリアリズムというやつだねえ、好かんなこういう写真は」私は目をはなし、肉眼で見た、柔らかい見馴れたそれに安堵した。

「いや、これは非現実的なファンタジーなんだ。きみがそうやって眺めている富士のほうが、よほどくそリアリズムなんだ。ま、それはともかく、きみは富士に登ったことがないだろう」

「ない」

「そこだよ、問題は。なぜ登らないんだ」

「さあてね」私は虚を衝かれて考え込んだ。

「いちども富士に登ろうと思わなかった。つまり、富士は眺めるものと頭から決めていたんだろう」

「そう言えるかも知れんな。まあこうだ、富士は登らないほうがいい、近付かないほうがいい、そう思ってはいた」

「なぜ」

「あの美しさ、あの非現実的なたたずまいは登ったりしたら毀《こわ》れてしまうだろう」

「なぜ」

「そういう気がする。月にアポロ宇宙船がついたとたん、月の美は傷つけられた。荒涼とした死の世界、兎飛びの飛行士、月はそんなものに要約されてしまった」

「そうかな。おれは逆に考えるね。アポロ宇宙船は月に新しい意味を加えた。この新しい意味は、地上から見上げていた月の美を傷つけるどころか、美の根拠を示し美を深めるのに役立つんだ」

「…………」

私が黙ったのは、彼の意見に屈伏したためではなく、彼の真意をよくつかめなかったからだが、彼はますます自信をもって語りはじめた。

「例えば富士は画家たちの恰好の画題だ。が、ほとんどの画家に共通しているのは、富士を遠望の対象とみなす、おれに言わせれば怠惰な精神だ。広重、北斎、岷雪みんなそうだろう。近代の画家も同じことだ。鉄斎、大観、龍三郎、武、みんな富士を遠くから眺めているだけだ。つまりずるいんだよ。自分の心で富士を勝手気ままに変形し、染めあげ、利用するが、富士が持っている本当の困難さ、孤独の淋しさ、休火山としての苦悩、そういうものは描かないんだ。われわれ写真屋仲間にも画家の観賞癖に感染してさかんに点景富士を撮るやつがいる。しかし、ちがうんだな、本当の富士は」

「本当の富士」

「そう、それが判った時に、富士は単なる景色の一部ではなくなり、堅固に存在しはじめ、景色全体を強く統合する力となる」

「難しいんだね」

「難しいか」

彼は笑ったが、その笑は自分の意見が相手を納得させたためではなく、相手の困惑を見て自説の弱さを嘲けったようであった。日が沈み、富士は黒ずんで赤い大気の中に立ち、やがて副都心のビル群が明りを点し、数十の赤い警戒燈が屋上をはじめビルのいたるところで心臓の鼓動のように明滅しだすまで彼は、執拗に撮影を続け、さらに新宿の夜景を夜おそくまで撮りまくったすえ、帰っていった。晴れた風のある日にはかならず彼から電話があり、富士が見えるか、見えそうかと尋ね、すこしでも可能性がありそうだと察すると、小まめに来ては、写真を撮るのだったが、三月はじめ暖かになると、まるで契約したようにそれは見えなくなり、したがって彼の来訪も跡絶えた。

まるで契約したようにと書いたが、それは契約の期限が切れたようにばったり姿を現わさなくなったのであり、晴れて風があっても空中には薄い靄《もや》があるのか地平のあたりは白っぽくて見通しが悪く、たまに朝早くにぼんやり姿を見せても日が高くのぼるとすぐ消えてしまい、そのまま夕方になっても影を見せないのであった。例外は強風の吹きすさぶ日で、それこそ契約違反のように恥ずかしげに立っているが、それも落日が北の方角へとずれているため光のコントラストが弱く、暗くなるとすぐ隠れてしまうのであった。

或る日、広重や北斎の画集を繰ってみたところ、彼の言うこともっともだという気がし、と言うのも、画家は、富士を常に風景を引立てるために描いており、波や橋や街や田園や風や雨のむこうに、すなわち人事や自然の動の彼方に超然として静まり返るそれを描きこむことによってかえって動をしたがって静を表現することに成功しているからだった。そこに描かれた富士は広重のような写実家でも写実そのままではないのであって、例えば頂角は自由に変えられ、険しく迫るのもあれば逆にゆったりひらべったくあったりし、北斎となるとデフォルメはさらに極端で形から遠近感までも変えられており、『礫川《こいしかわ》雪の旦《あした》』など私の仕事部屋のすぐそば、伝通院門前のそれなどは、まるで指呼の間にそれが描かれ、空気の澄んだ江戸にあってはそのように見えたのに違いなく、その感覚を大胆に表していた。それにしても画家たちは、富士をおよそ異った位置から眺め、諏訪湖から名古屋まで旅しながら、決してそれに近付き、それに登り、頂上を極め、さらにそれから見下すという発想を持たなかったことは確かで、画家たちの心は当時の日本人が、富士を眺めるものと決めて疑わなかった平凡な信仰の枠内に安住しているのだった。

それは毎日見えず、見えぬ以上は忘れていく習いで、それを気にせず過しているうち、八月中旬、事故がおこり、迂闊にも知らないでいた私は写真家からの電話であわてて新聞を読んだ。吉田大沢で、昨日の午後一時五十分ごろ、突然大量の大きな石が転がり落ち、死者十二人、重軽傷者二十九人の惨事となった。最初直径二メートルはある黒い岩が転がりだし、しばらくして次々に大小の石塊が白い砂煙をあげてものすごい速さで落ち、下山中の人々に襲いかかった、もともとこの沢は落石の多いところで沢の中央は危険とされていて、沢の端に下山道があったのが雪で荒れ、今年は沢の中央になっていたのが惨事の原因だという。しばらくして彼からまた電話があった。

「読んだかね」

「ああ、読んだ。しかし、すぐ電話をかけてくるとは、せっかちな男だね」

「きみの感想を聞きたくてね」

「こんな事故があると、ますます富士に登るのがいやになる。それに一日に二万人からの人間が列を作って登る図なんて、考えただけでうんざりだ。あんまり人数が多いから、あぶれた人間が危険な沢の中央をおりたのが惨事の原因だというが」

「嘘さ」

「え」

「その記事は全く嘘だというんだ。今度の事故は昔からの砂走り道でおきている。おれも何度もあの道を砂を蹴たてておりたことがある」

「登山客のマナーがわるくて、誰かが上で石を蹴とばしたのが次第に岩なだれをおこしたと……」

「それも嘘だ。新聞記者は富士を知らないで地元の山小屋の主人談や警察談を鵜呑にして嘘の記事ばかり書く。人の蹴落した石ぐらいで直径二メートルの岩が転がり落ちるものか。あの吉田大沢の上には屛風尾根という断崖があり、そこが崩れたんだ。その真下に、昔からの下山道があった。要するに地元の人たちは、前から危険を予知していた、責任は警告を無視した登山客にあるといいたいんだろうがね。そうじゃない、こんどの事故は、富士の怒りだよ」

「…………」

「危険な場所に下山道をつくり、ながいこと富士を見くびって何百万の人間を通させていた人々、およびその人々を信用して通っていた人々への怒りだ」

電話口で珍らしく彼は笑わず、またそれ以上の長話をせず、何だか富士に代って怒っているかのように、不意にガチャンと切ってしまった。

九月上旬、また彼から電話があり、のっけから富士山に登ろうと言った。

「いやだと言ったろう」

「でもね、今年は、めったにないチャンスなんだ。例の事故以来めっきり登山者が減ってね、知り合いの山小屋に問い合せたらがら空きだという。大体、九月に入ると例年でも登山者が減ると決っていて、おれは九月に登ることにしていたんだが、それでも小屋はほぼ満員になるからね。実はもう宿を予約してある。きみは行くことになってんだ」

「強引だなあ。ぼくはもうここ二十数年山登りをしてないから足に自信がない」

「なあに子供だって登れるんだ。おれは小学校一年の時登ったぜ。五合目まで富士スバルラインを車でいけばいい、そこが標高二三〇〇メートルだから、あと一四七六メートル登ればいい」

「登山用具を持っていない」

「普通の服装でいいよ。ただしキャラバンシューズにセーター、風除けのヤッケぐらいはいるが」

要するに私は彼の誘いにのって登山を承知してしまい、受話器を置いたときすでに後悔し始めていたが、まあしかし富士登頂なんてのも面白いと自分に言い聞かすように努めた。

約束の日に現れた彼はアルパイン・ジャケット、登山靴、チロル帽と登山者の出立で、不断着のズボンに運動靴、ベレー帽の私は、いささか気押され気味であった。彼の運転する車に乗り、道々彼の登山歴を聞かされたが、彼は大の山好きで年に数回、二〇〇〇メートル級以上の山に登り、すでに深田久弥の日本百名山のうち七十三を登り、富士は毎年夏に一回、冬に一回登り、登頂回数は数えきれずという。

「おれはね、八人兄弟、全部男の末っ子で、兄たちと一緒に富士を登ったのが小学校一年の時さ。

富士山てのは、ゆっくり登れば何でもない山なんだが、兄たちは意地悪で待ってくれない。それで泣きながら登ったよ。それでも頂上へついたら笑い出してね。笑った、笑った、笑がとまらなくなった」

「それで、きみは、よく笑うんだな。富士山頂で定着した笑癖というやつだ」

「その通り」彼はハンドルを握ったまま顔をこちらへむけて頷いた。「ほんとうにそうなんだ。あんなに爽快な笑というのは初めてでね。以来、山頂で笑いたいために山登りをするようになった」

彼は笑い出し、ハンドルが振れて、道の脇にそれ、後の車が驚いて警笛を鳴らした。

「あぶない」と私は悲鳴をあげた。

霧の中に入った。路面と原生林とが白くうすれ、不安ななかでワイパーの音が鋭く鳴った。小雨らしい。ワイパーをとめると雨滴がこびりつき、白い景色がうろうろした。天気予報では晴のはずだったがと言うと彼が笑った。「なにがおかしい」「まあ見ていろ」と、彼が言い終ったとたん、まるで拭い去られたように霧がなくなり、朗かな日の光が射し、岳樺《だけかんば》の林も道も乾いて光っていた。赤茶けた丸い山が青空をぐいと押しあげている。何だかあまりに近く、あまりに丸く、見慣れた形と違いすぎていたが、それに違いなかった。「あそこが頂上か。近いもんだね。これなら簡単に登れそうだね」「そう思うかい」「うん、思ったより小さい」「気をつけろ、富士は簡単な形をしているだけに、人の遠近感覚を狂わせる山なんだから」「そうかな」「まあ見ていろ」

自動車道路の終点、五合目に着いたのは四時頃で、そこから八合目の山小屋まで二時間ほどかけて登り、そこに一泊したうえ、翌朝早くに起きて山頂を目指し、日の出を見る計画であった。駐車場には車が充ち、食堂にも大勢の人がいたが、登山姿となって歩きだしたのは私たち二人のみだった。

岳樺の林の中を湿った道が続く。赤みがかった層雲が眼下をびっしり埋め、そこに山の影が映っている。影富士だと彼が言った。雲の作る大平原のはるかむこうに黒い山脈が際立っていた。八ヶ岳と浅間だ、雲がなければ南アルプスの連峰が一望のもとに見えるはずと彼が言った。林を抜けたところで俄然眺望が開け、すぐ近くの低い山の頂きが一つ、引いた波の上にひょっこり現われた岩のように見えてきた。三ツ峠だ、あそこにはパノラマ台があり、太宰治が井伏鱒二と登り、そこからこちらを眺めたが何も見えなかったという。彼は三脚をおろし写真を撮った。「あの峠は大体霧の中にあるのが常で、こういう現象は珍らしいんだ」と何枚も何枚も撮っている。シャッターの音が大きく、岩を打つようだった。雲は低く遠くの山は高くなった。さっき浅間と見えたのは白根の間違いだったという。土産物屋兼休憩所のような小屋があり、そこから上が一気に見渡せた。それは厖大な土の堆積で、ところどころに青黒い岩を傷のようにのぞかせ、岩の上に点々と山小屋をのせて、こちらに腹をぎゅうと突き出していた。土の堆積にとって、何だか岩は余計物で、したがって山小屋も余計物で、やがて抛《ほう》り出されてしまうようにあぶなげであった。

「あそこにかたまっている山小屋のまんなかあたり白い旗の出ているのがわれわれの宿だ」

「ああ白い旗が風にはためいている」

「ぼくは毎年そこに泊る。主人が懇意なものだからね」

「ずいぶん近い。手にとれるようだ」

「まあね、まあ見ていろ」と彼は同じことを言った。

岩場にかかった。急峻な所には鎖がついていて、たぐりながら行くのだが、たちまち、皮膚の栓が一斉に取っぱらわれたように汗が吹きだし、運動不足のむくいが現われた。長身の彼は、私の倍もあるリュックを背おい、軽々と岩から岩へと飛び移る。が、私がそうおくれもしなかったのは、彼が頻繁に写真を撮るからで、時々私の方が彼の撮影を待つことさえあった。そんな具合で、予定よりはるかにおくれ、日が暮れ、北斗七星が見分けられる頃になってもまだ道半ばで、予定より一時間おくれの七時に、やっとついた。主人は外に出、懐中電燈で輪をつくって合図しつつ私たちを待っていた。

動きをやめたとたん体を締めつける寒さで、私たちはセーターを着込み、囲炉裏端でウイスキーを飲み始め、主人も加わって四方山話になった。落石騒ぎ以後登山客がめっきり減って損害は大きい、警察は神経質すぎて安全な登山道まで危険視する、人が登らなければ事故をおこさないですむという考えは間違いだ、わしは三十年この山にいるが一度も落石にやられたことはない、と主人はぽつりぽつりと話した。外へ出てみると、雲は拭い去られ、ともしびきらめくは富士吉田、地平のあたりに小さく白い天と地は東京、あとはひたすら星また星で、主人は明日の天気は間違いなしだと頷いた。酔の勢いで眠ろうとしたが、さすが標高三〇〇〇メートル、寒く息苦しく寝付かれず、若い頃登った北アルプスの山小屋の、板敷に茣蓙の寒さを思い出し、続いて、雨で黒部渓谷の水が増し、テントが流されそうになって、深夜周章して斜面を逃げ、雨にうたれて一夜を明かし、凍え死にそうになった顚末を一つ一つ確かな映像として見た。私が山登りに熱中したのは学生時代から医師になりたての頃、つまり二十代の前半であって、鋲を打った革の登山靴にゲートルを巻き、進駐軍放出の寝袋やテントを持ち、夏のみならず冬も、しばしば真冬に、山へ分け入り、一枚板の粗末なスキーでツアーをしてまわったが、どうしたことか、急に、山へ足を向けなくなった。今、標高三〇〇〇メートルの冷気のなかで、ゆるくなくも甦ったのは、二十数年の昔に去った青春の日々で、その生々しい情景が眼底を刺戟するのを、半ば困惑しながら、しかし半ば愉しんでいた。それでもいつしか眠りに落ち、目覚めたときは、彼はすっかり身支度をすませていたが私は頭痛と嘔気で起きあがれず、高山病だと笑われた。

「どうも昨夜は飲みすぎたらしい」

「なあに、空気が稀薄のせいだ。すこし深呼吸しているとなおるよ」

広間では人々がもう起きていて出発の準備をしていた。まだ夜で、凍った星が満天を充していた。星は昨夜より一段と数を増したように思え、星座を確めながら飽かず眺めた。このように完全な星座の布置《ふち》を、戦争中焼跡で見た。学生時代にも山でよく見た。子供の頃から私は星と星との間に想像の線を描き古代ギリシャの羊飼が見たであろう形象を天に復原するのが好きであった。北と東に開けた空には、双児、山猫、大熊、オリオンが見分けられ、天の河は天頂近くを悠々と横切っていた。この夥しい星の世界で何がおきているかを人類は知らない。知らない以上は星にはあらゆる可能性がある。宇宙人、大文明国家の成立を誰も否定する根拠がない。宇宙が無限であるとは、つまり無限に未知であるとは、何という不思議だろう。私は子供のように感傷にふけり、彼に呼ばれてやっと我に帰った。

私は、弁当と雨具だけをいれたサブリュックを、彼は写真機材でふくれた大型リュックを背負い、闇の中に踏み出した。山小屋の裏手からは急な岩場で、懐中電燈が頼りである。頭の底に釘でも打込まれたような痛みがとれず、運動による息切れが始まるとさらにひどくなった。彼は時々振返って私の足元を照らしてくれた。見上げれば頂上のあたりまで光が点々と連なり、大勢が登っていることがわかる。やがて岩の形が蒼白く見えだした。夜より分離した空が、まだ闇を含めた地平の上に燃えている。山が雲が湖が、目覚めて体を動かすようにして分節し、明確化してきた。明るい空に星は融解していき、その明るさを一層強めるのに役立っているかのようだった。オレンジ色の太陽が異常な速度で昇ってきた。あまりに大きくて、あまりに朗らかで、私は自分が小さく暗い存在だと意識した。書きあぐねている作品のこと、友人との不和、もろもろの老化現象、それに現在頭を締めつけている頭痛が、私を呻かせた。彼はそれを太陽への讃嘆ととり「すばらしい御来光だろう。こんな澄んだ朝はめったにないよ」と言った。朝食の握り飯に私は手がつかず、さかんに食べては語る彼のそばでぼんやり斜面を眺めていた。巨大な斜面は、青青として夢見る雲海をぐいと遮り、岩と土との下に、三〇〇〇メートルの高さまで盛りあがってきた莫大な力を秘めていた。

八合目の山小屋群が岩の上にへばりつき、その右にこの前事故があったという砂の斜面が広く低く走っていた。頂上の付近の、黒い岩鼻が崩れ大きな崖となっていて、そこから大量の岩塊が斜面を転がり落ちていったのだ。新しい立札が立ち「危険につき立ち入らないで下さい」とある。

「あそこは昔からの下山道でね。砂走りといって砂を蹴たてて楽におりた場所だ。ぼくはもう数え切れぬくらいあそこを降りている。ただし、上の岩が崩れ落ちてくる恐怖はいつもあって、谷底を歩かぬように用心はしていたが……」

「谷を歩いていた人がやられたんだろうね」

「むろんだ。山側に寄っていた人は助かった。もっとも混んでいる時は、そんなふうに下山の道を選択する余裕もなく、並んで我先にと駆けおりるから、やられた人は運が悪かったんだ」

崖はやがて細部まで見分けられてきた。白い筋はつらららしく、その周囲だけ濡れて黒光りしている。寒風が北、つまり右から吹き寄せて来、脚を踏んばっていないと飛ばされそうだ。ひときわ強い風の時は砂がばらばらと頰を打った。砂といっても直径二ミリから五ミリの赤や黒の小石である。山小屋はすべて「八合目、一万尺」と看板を出していた。考えてみれば私たちの泊った所も一万尺とあり、七合目と八合目の間はすべて一万尺を自称しているのだった。

三時間、私たちは久須志神社の白い狛犬と白い鳥居をくぐって山頂に着いた。風を受けながら火口を見渡した。よく観察すれば火口が南北に長く東西に短い楕円形を成していることがわかる。つまり富士全体も南北にゆったりとひろがり、東西につまっているので、東京からの富士がゆったりとひろがり、山梨あるいは東海道からの富士が鋭く立っている事実は、広重などが敏感に描き分けているところだ。擂鉢形にさがった下には砂礫が詰まり、割合に浅い。

「いつだったか、おれはあのお鉢の底までスキーでおりたことがある。あそこの虎岩をまいて渦巻状に滑りおりたんだが快適だったね。ただし戻ってくるのに往生したが」

「虎岩てのはどれだい」

「ほら、あの測候所のドームから真っすぐ下にある岩、虎に似ているだろう」

私には見分けられない。そう言われればそうかなと思うだけである。

外輪を時計と逆回りに巡ることにした。北端の白山岳《はくさんだけ》をまき、剣ヶ峰への道をいくと斜面に石を並べてさまざまな落書がしてある。登山の記念なのだろうが、大学の山岳部などがこういうちゃちな自己顕示をしているのはいやらしい。西端の尾根は物凄い風圧で立つのがやっとである。足下より一気に一〇〇〇メートルの余は岩が崩れ落ちた大沢だ。南アルプスの大様な形。木曾、乗鞍、それに北アルプス、かつて登った山々であるが故にたやすく形が見分けられる。風はぐいぐいと押してき、固体のようだ。飛行機乗りは空気を固体と感じるというが、それが実感される。彼が撮影を終るのを待って出発した。測候所の球形のレーダーは、岩山のうえにしっかりと立ち、所員は冬の支度とかで忙しく立働いていた。黒御影の石柱に〝日本最高峰富士山剣ヶ峰三七七六米〟とある。その石肌の冷えを掌に移し、私はへたりこんだ。ではこれが頂上なのだ。五十年の私の人生において、さまざまな箇所から見上げてきた場所、私の時間をこびりつかせた場所、おびただしい土の堆積の頂きなのだ。そして……私はふとアメリカのデイトンにある空軍博物館の一枚の写真を思いだした。雲をいただいた山頂をB29の大編隊が通っていく。南方マリアナ基地を発したB29は、富士を目当に飛来し、その上空高度一〇〇〇〇メートルについて時速二〇〇キロの偏西風にのると一路東京を目指した。それは東京初空襲の折の記念写真であった。雲に覆われた美しい山容とジュラルミンの殺人兵器との対照、日本人にとって崇敬のそれが、アメリカ軍にとっては単なる里程標にすぎなかった皮肉。

「どうだい、征服者の気持って、まんざらでもないだろう」

「まあね」

「その碑を背景に記念写真を撮ってやろうか」

「まあ遠慮しとこう」

「実はもう数枚撮ってしまったよ。一番できのいいのをやろう」

「ところで、なぜきみはぼくを誘ったんだ」

「気まぐれさ。しかし登ったのを後悔してるのか」

「いささかかね。富士といえば近付きがたき対象、それとしか言いようのない別世界だったが、今は山の一つになった」

「結構じゃないか。真実そうだもの。これは山だもの。親しみのある山の一つだもの」

私は目を瞑《つむ》った。風が建物の狭間で笛のように鳴っていた。いつのまにか頭痛はとれ、快い疲労のみが顳顬《こめかみ》から鼻梁にかけて脈搏《う》っていた。

「いいかね。一度でも登った山は、遠くから眺めると、登る前と全く別に見える。比喩は悪いが、女と同じなんだよ」

「それがきみの言う本当の富士という意味かい」

「そうだ」

「本当のってそういうものかな」

彼は黙っていた。目を開くと、測候所の人が近付いてきて、中を見ませんかと誘った。私は機械のことは全く分らないからと断った。日焼した若い所員だった。写真家とは旧知の間柄らしく、共通の知人の誰彼の噂話を始めた。

再び火口を巡った。浅間神社の先にきて、虎岩がたしかに虎のうずくまる形に見え、そばに小高く立つ伊豆ヶ岳がオランウータンの顔に見えた。山が動物に似ているのは、山にもともと動物的な何かがあるからに違いない。東京の仕事部屋から見える頂上の真中の出っぱりは、このオランウータンの頭だと知れた。一五〇〇メートルの大断崖のはるか下に宝永火口が見える。そこを雲がゆっくりと撫でていく。雲また雲、おそらく高度三〇〇〇メートルほどの積層雲であろうが、ずっと富士を取りまいている。彼が今日は海が見えないから残念だと言い、カメラを頭上で振った。

砂走りの下山道が閉鎖されているため、今来た登山道をおりた。山小屋に帰り、あずけた荷物をリュックにもどすと、測候所へのブルドーザー道を小屋の若い人が案内してくれた。足裏でずり落ちる砂礫にのっておりる砂走りの気持をこれで味えた。彼はカメラをビニール袋に入れて砂埃より守った。

その日から、何やら実験する気持で、仕事部屋の窓からそれの出現を待ったけれども、それはなかなかに現われず、たまたま朝に見えても、すでに地表を這う汚染された空気でぼけており、あとは終日消えてしまう始末であった。ようやく十月の下旬になって、夕刻、落日を右から受けて、それが紫色にゆるやかな斜面を輝かし、それが見える以上は空気は澄み、副都心のビル群も窓の一つ一つの輪郭をあらわにぐっと近付いて見えた。とにかく明らかなのは、人間の作ったビルなどそれに較べれば、まるで安手でちっぽけなことで、ビルは高さ二〇〇メートル、それは三七七六メートル、それの十八分の一、しかも迫力なく変化なく不思議なく、もうどうにもならぬ。目を凝らせば頂上は南北八〇〇メートルの幅を持ち、中央にオランウータンの頭ぬっと突き出し、右に久須志岳、左に測候所のある剣ヶ峰あきらか、この頂上の幅と同じく八〇〇メートルさがったあたりが、七合目から八合目にかけての自称一万尺の山小屋群のへばりつく岩場で、私たちが泊った宿もあり、そこから主人が薄い寒気のなかで暮れゆく下界を見下しているに違いなく、今やそれは単に見られるだけの存在でなく、周囲を見返し、その高さ大きさでもって副都心のビル群はおろか、大都会だとうぬぼれている市街すべてを圧倒していた。それを見ようとする私の視線は、それから放散する強い視線にのみこまれ統合されてしまい、私、硝子窓に護られ椅子に坐った安楽な姿勢でそれを見ているる人間など無に等しいと言いたげに、それは強く確かにあった。高々、二〇〇〇年か三〇〇〇年の人間の歴史など二五〇〇〇〇〇年前に生れた富士にとっては無であり、あとわずか五〇年か一〇〇年経てば副都心のビル群など、どう破壊され変形されているか分らず、その時になってもそれは確乎としてあることには間違いなく、広重フン、北斎フン、日本国フンと言わんばかりのそれ、人間が永遠に愛するわなんてほざくのはちゃんちゃらおかしく、まあおれを見てくれと立つそれなのであった。私は彼に電話しようとしたが、すればすぐ飛んできて、写真機材を並べ、「本当の富士はわかったかね」と詰問で苦しめられるのは必定だから、やめた。

翌朝もそれはよく見え、九合目あたりにうっすら雪化粧ですらりと立ち、空気の含む青によって青味がかってはいるが、なお本来の赤さを肌に沁み出して、秋風に洗われる市街を見渡していた。折から仕事部屋を掃除に来た妻は、それを目にとめると嘆声をあげ、今日あたりもっと近くで見たらどんなにすばらしいだろうと言った。

「あなた、今日はどういう日か知っている？」

「富士がよく見える日」

「そんなんじゃなくて、あの日も富士がよく見えた。今日は私たちの結婚記念日、第二十回目の」

「第二十回、そんなになるかな、そうだな、そういえばそうだ」

偶然、二十年前のその日私たちは結婚式をあげ、第一日は箱根宮ノ下のホテルに泊り、翌日を箱根で遊び、全山の紅葉と真白の富士を見たのだった。

「今から富士の近くへ行こう。そして今晩は宮ノ下のホテルに泊ろう」

「今すぐ出かけるの」

「そうだ。車で行けば何でもない」

息子と娘の食事の世話を、同じマンションに住む私の母にたのみ、妻と私が車に乗り込んであわただしく出発したのが十時過ぎだった。平日のため東名高速道路はトラックが多く、運転する妻は恐がってゆっくりと走ったが、それでも正午すぎには御殿場インターチェンジに着いた。酒匂川《さかわがわ》のあたりからぐいぐい迫出《せりだ》してきたそれは、西から湧き出した雲を背景にそびえていた。夏の登山の折、北側のスバルラインを通ったのだから今日は南側の表富士周遊道路を新五合目まで登ろうと思った。唐松が黄金色の朗らかな葉をつけ、裸木となった岳樺の幹が色づいた林に白い模様をつけている。それは見る見る近付き、広大な裾野に私たちをのせて、たぐり寄せているようだったが、不意に西からの雲にすっぽりと包まれてしまった。

「残念ねえ」

「この分じゃ五合目も雲の中だな」

「どうする」

「まあとにかく行ってみよう」

〝三合目、海抜一九〇〇米〟の標識を過ぎた頃から霧が湧き出た。時々むこうから降りてくる車が前照燈を点している。

「もしかすると、五合目へ行けば、雲の上に出られる。この前はそうだった」私は急カーブの運転に難渋している妻を励ました。けれども、五合目も濃い霧のただなかで、路上に引かれた駐車場の白線が見えるだけだった。休憩所らしき建物があり、客寄せのためラウド・スピーカーから女の声がキンキンとどろいていた。五台ほどしか車がなく、客の入りはさっぱりらしい。女の声が耳ざわりなので休憩所からできるだけ遠くに駐車し、途中で買った弁当を食べることにした。吹きあげる寒風に震えあがり、セーターを二枚着込んで胸突坂を登り、〝宝永火山遊歩道〟の立札のそばに腰をおろした。あたりは真っ白で何も見えない。大分離れたつもりだったのに、風むきのせいか休憩所の放送が時々やにはっきりと聞えてきた。

まず野鳥のさえずりで始まる。秋深しというのに春の鳥だ。「カッコウ、カッコウ、ホーホケキョ……ええこちらは海抜二三八〇メートル、新五合目のレストハウスでございます……ここから徒歩で二十分にあります宝永山の火口は頂上と同じぐらい雄大なものです。山頂に見える白いドームは日本で一番高い……カッコウ、カッコウ、ホーホケキョ……この雄大な自然を大切にいたしましょう……」

「困ったね、こっちは風音でも聞きたいと思っているのに」

「あれ、何回でも繰返す録音よ、電話の天気予報なんかに使う」

弁当は冷え切っている。白くて寒い。

「……右に見えますのは南アルプスの山々、木曾山脈もくっきりと望めます……清水港、三保の松原、駿河湾……太平洋上の島々……カッコウ、カッコウ、ホーホケキョ……一一八七メートルの愛《あし》鷹山《たかやま》です。その先に見える半島が常春の国、温泉地、伊豆半島です……」

「あら、霧が濃くなった。わたしたちの車も見えなくなっちゃった」

「寒いね。底冷えするね」

「……この雄大無比の自然、下界を見下しながら……お手洗は売店の隣にございます……富士山羊羹、富士山餅、富士山飴……カッコウ、カッコウ、ホーホケキョ……」

どうも落着けず、食欲もなく、高山病になったのか軽い頭痛さえしてき、立ちあがって一歩を踏みだしたとき、そこが駐車場まで五メートルもあろうかという崖っ淵だと気付き、あわてて後ずさりした。

退却を決意し、急坂をエンジンブレーキをかけながら下った。ところが三合目の標識まで来たとき、不意に霧が晴れ、黄葉した唐松が黄金色に輝いた。振返った私はあっと声をのんだ。葡萄色と黒の山肌が隈なくあらわれ、頂きの雪と測候所のドームも間近に、それの全体がヘヘンとせせら笑うみたいに鮮かに見えるではないか。近くにそれを見るのは初めての妻は驚いて車を停め、「へえ、なるほど……」と見詰めた。さっきまでの雲が去ったあとから、また一団の雲が近付いてくる。そうなればまた霧の中だ。

「あの雲が来る前に五合目に着ければいいんだが。間に合わないかも知れないが」

「あの雲、そう大きくないわ。すぐ通り過ぎるんじゃないかしら」

私たちは引返した。五合目は、最前の五里霧中が嘘のようにあけすけに晴れていた。休憩所では相変らず音量一杯の放送を繰返している。しかし、目の前に景色が万遍なく見渡せると、光が音を散らしてしまい、女の甲高い声がすこしも気にならない。港も半島も山々も、何もかもが明確で、その形と色を私たちに展示していた。海は重々しく光り、水というより岩山を丹念に磨きあげたようだ。

休憩所に入ってみた。売店は閑散としていて、店員たちはテレビの前に集っていた。日本シリーズである。「近鉄がやや不利で、広島は勢に乗っています……」というアナウンサーの声が店内に充ちていた。富士山餅、富士山飴、富士山羊羹、熔岩糖、絵葉書、どれも私たちには興味なく、食堂で煮しめたようなコーヒーを飲んだ。客は私たち二人だけで、ここでもつけ放されたテレビは日本シリーズ。雄大な自然を見下そうと窓側に坐ったのだけれども、窓は埃によごれ、まるで砂塵のなかの景色だった。

「あれから二十年か」

「そうよ、二十年」

私たちは顔を見合せた。時の流れが若かった二人の顔を変えた。出産、育児、転職、転居、死、さまざまな出来事が私たちにおこった。

「癪にさわるなあ」と私は、テレビに負けぬよう大声を出した。「二十年なんて、あいつにとっちゃ何でもないんだ。千年も昨日のごとしってわけだ」

「あいつって……」

「あいつだよ」私は顎で、プイッと、それを指した。

熊

軽井沢、と言っても西の端の信濃追分に、家を建てたのは一九七四年のことだった。古い油屋旅館の先を曲がると、濃い緑で暗くなった森の登り坂になる。それが浅間山の前にそびえたつ石尊山《せきそんざん》への登山道である。坂道は途中で千メートル林道を横切る。その先が、追分原と呼ばれる国有林であった。旧軽井沢のような広大な敷地を持つ大別荘とは違って、一区画が二百坪ほどの小さな別荘が、アカマツ林やカラマツ林の背だかな植物群に埋没するように建てられていた。私の買った土地も、大部分がカラマツ林で、その一部をほじくるようにして小さな家を建てたのである。隣町の御《み》代《よ》田《た》の大工に建築を注文して、別荘風のしゃれたのではなく、この付近の農家にそっくりの造りにして、一年中四季おりおりに住めるように配慮した。

冬の雪、春の新緑、ウメとモモとサクラが同時に花開く美の競演。ウグイス、モズ、カッコウ、ホオジロ、ホトトギス、年によって多少は種類は違うけれども、小鳥のさえずりは存分に楽しめた。やがてハルゼミの合唱がはじまる。東京の暑っ苦しいセミの声と違って軽やかで涼しげで、そよ風のように森を撫でていく。石尊山登山道を下って、旧中山道を横切ってさらに下ると、田圃の連なる農業地区にたどりつく。苗代ができていて、田圃には水が張られ、田植えの近いころは、毎日のようにこのあたりを散歩する。村中総出で赤い襷をかけて菅笠をかぶった女たちが唄いながら植えていく田圃の風景はもうなくて、大抵は爺さん一人でゆっくりと植えていく。朝挨拶して「ご苦労さんです」と声をかけ、夕方に行ってみると、二区画ぐらいを植えてしまい、しかもまっすぐな苗の列は熟練のわざで晴れ晴れしい。緑が濃くなり、田圃はカエル軍団の大合唱に覆われる。とくに私が好んだのは空高く飛んでいく姿が青空に溶けたように消えてしまうと、元気いっぱいに鳴くヒバリであった。

梅雨時になって、雨に濡れたヤマボウシの真っ白に光る姿が艶麗である。梅雨が終わって、真夏の太陽が、東京と違って涼しげな感じなのは、高原を吹き渡る風のせいである。夏のまっさかりには、これは私が植えさせた赤と白のサルスベリの花が青空を悠々と泳いでいる。稲の穂が形を整えてくるころ、心を真っ白に洗い清めてくれるようなソバの花が地を飾る。しかし、夏の盛りには、すでに秋の虫が地から顔をそっと出すようにして鳴き始めている。耳を澄ませばコオロギ、スズムシ、カンタンなどが聞きわけられる。高原の夏は去る足が速く、学校に通う子を持つ家庭は争って帰京していき、気がつけば近所の別荘は固く戸締りをして静まりかえっている。カシ、ナラ、クヌギの実が、普通「どんぐり」と一括される懐かしい実が、斜面をころころと転がりながら飾っている。それを食べにくるリスやモモンガ。とくに後者のかわいらしい、子供の遊びのような空中滑走がいい。秋の虫の鳴き声のうち私の好きなカンタンは静寂を洗うようにかすかな鳴き声で慰めてくれる。さまざまな紅葉を見ているうちに日が経ち、霜が降りて、ある日庭中一面の雪景色になる。

四季というけれども、それはきっかりと四つに分かれるものではなく、夏はその早い変化の中に秋を含み、秋雨のしとしと降るころは、冬の寒さの予告が行われている。紅葉の時期は短く、彩られた葉は落花のように地表を飾り、雑木林はすけて遠くの山々が見えてくる。或る朝、八ヶ岳の全容を見て、完全に冬が来たと知るのだ。

時として急激な変化の奇襲を受ける。その典型が、台風の来襲である。一九九〇年八月上旬にそれがあった。朝、猛烈な雨音の打撃に目覚めた。六時のテレビニュースを見ると、台風は浜松付近に上陸、北上中とある。昼になって雨風ともに激しくなり、庭の端の三本のシラカバの一本が倒れた。風とは一筋になって吹く者ではなく、沢山の筋に別れて森にいくつもの倒木の道をつけていくものだと感心しながら、窓から観察していると、庭の南側に密生していたカラマツが、大きな風の一吹きで、驚くほど正確に同時に三十度ほど傾いた。シラカバの二本も三十度傾いた。今まですぐ立っていたものは地球の重力の方向を示していたので、安心して見ておられたのだが、これだけ沢山の樹木が同じ角度で傾いていると、自分は間違って重力を感知しているような不思議な気持ちになる。

翌日植木屋に来てもらって対策を練った。カラマツもシラカバも根が浅く強風に弱い。これらを元にもどして植え替えても、十分な栄養を吸う力はなく、すべてが枯れてしまう。全部伐採するより仕方がないでしょうというつれない返事だ。専門家の意見には従うことにした。数日で作業が終わると散髪したあとの坊主頭のような庭になった。風情のないことおびただしい。しかし、数年経つと、庭がすっかり情景を変えてしまった。庭の真ん中のクリの木が急に太くなって、枝葉を野放図に茂らせるようになった。実生《みしょう》のコブシがずんずん背を伸ばして、春先に白い花を満開にした。妻と二人して西側に一列植えたイチイの木はカラマツに陽光を奪われて、枝も細くて低く葉の色も冴えなかったのが、ぐんぐん背を伸ばし、生垣のようになってきた。そういう具合に変化してくると不思議なもので、カラマツが落ち武者のようにつぎつぎに枯れて姿を消していくのだった。

ところで人も変わっていく。この地に別荘を作ったときには、東京でもよく知りあっていた小説家、詩人、仏文学者、露文学者、英文学者、経済学者など、十数人が別荘を持っていて、信濃追分は友人たちの文化村という様相を呈していた。みんなが本陣旅館に集まり、東の中軽井沢の文人、さらには東の果ての旧軽井沢の大家を呼んで、年に一度華やかな宴を張ったものだった。

それらの名の知られた人たちにくらべると、私のように四十近くなって、やっと文士のはしくれになった者は、末席に控える世話人格であった。

宴の招待客を誰にするかを或る露文学者と相談して連絡をとるのが私の仕事であった。しかし、先輩の方々と、顔見知りになり、文学の話ができるのは楽しく、宴が終わると露文学者と二次会をするのは、もっと楽しい出来事であった。

それから年月が流れて、友人たちはつぎつぎに亡くなっていった。年に一度の追分の宴も露文学者の死によって幕を閉じた。会場だった本陣旅館も売られてしまい、宿の主人も奥まった森の中に隠棲することになった。近くに残った友人は仏文学者が一人だけになった。

一九九五年は奇妙な出来事に翻弄された。一月の阪神淡路大震災、三月の地下鉄サリン事件という大事件に振り回された。大震災では医師のボランティアとして神戸で働き、避難所を巡回した。サリン事件では、息子がサリンの車の一台後ろの電車に乗っていて、危ういところで助かった。なんだか奇妙な事件が起こる予兆に落ち着かない年だった。秋口になり、避暑に来ていた人々は、ほとんどが引き上げてどの別荘もきっちり戸締りをして、森は人影のない自然に戻っていた。残っているのは私のように四季に対応する造りの構えをととのえた者か、この頃から、急激に増えてきた人々、長野や上田から自宅を高原に移した人々だけであった。山に住んで上信越自動車道を車で飛ばして出勤するのだ。私の住居の前にも、車で佐久の総合病院に通って働く外科医の一家が家を建てて住みついた。

私が長編小説を書きあげるのに夢中でいるうちに、いつの間にか十年ほどの年月が去った。そして気がつくと七十歳代の半ばになっていた。小説の創作が進んでいくのが唯一の喜びであった。

或る日、昼間の執筆につかれたので、夕方赤い夕陽がまだ浮かんでいる時刻に散歩に出た。気持ちが晴れやかで、つい遠出して、わが家に帰ったときには、とっぷり日がくれて、森は半ば夜の闇に浸っていた。西側の門に張った鉄鎖が真ん中からぷっつり切れて、石で固めた門柱が両側から内側にかしいでいた。車でも衝突したのかと中をのぞいてみたが、それらしい破片やガラス片もない。おかしいと思って、門内に入るのをやめ、北側の道をそっと歩いて北の門から玄関に入った。安心したのは妻が弾いているバイオリンの音が、のびやかに響いていたからだった。別に泥棒にはいられた形跡もないと安心して、「今、帰ったよ」と声をかけた。

「なにか変わったことはなかったかい」

「別に……」

「鋼鉄の鎖が切れて、門柱が傾いていた」

「おかしいわね。誰のしわざでしょう」

バイオリンを夢中になって弾いていたら家の外の音など聞こえるはずはない。私は電燈を消して庭に誰かいないか探った。狭い庭は中央のクリの大木のほか、ミズナラ、オニグルミ、ヤマボウシ、アカマツなどが植えてあるが、そう立て込んだわけでもない森である。注意深く、二人で薄暗い木々を見回してみたが、誰か怪しい者が隠れている様子はない。その時、妻が声を潜めて、あれ何かしらと上の方を指差した。クリの大木の幹をなぞりながら視線をあげていくと、いたいた、かなり高い所の太い枝に黒い大きな影がうごめいていた。今年はクリの豊作で、息子や娘たちが遊びにきたとき、地面に落ちたイガグリを開いて、新鮮なクリを取り出し、山盛りになったのをふかして沢山食べたものだ。甘い香ばしい果実だった。しかし人間が木登りをするには幹が太すぎ、梯子をかけるには高すぎて木に生ったままのクリは虫の栄養になるにまかせた。

「あれは熊のようだな。月の輪熊だ。あんな高い所に登って、悠々と夕食の宴だ。人間技ではできない」

「大変。どうしたらいいかしら」

「ほっといて好きなだけ食べさせてやろうよ。なんだか楽しそうに食べてるじゃないか」

「でも食べ終わったら下に降りてくる。植物食に飽きて今度は肉食が欲しくなってこっちに向かってきたらどうするのよ」

「それもそうだな」

南側の家、つまり私たちの真ん前の隣家の庭で薪を割る音がしていた。外科医の日課で夕方に病院から帰ると、冬の暖炉のために薪割りをして積み上げるのが習いになっていた。妻が言った。

「あの方、外にいるのは危ないわ。熊が来ていると教えてあげましょうよ」

電話をかけた。外科医夫人が、窓を開いてクリの木の熊を見あげ、あわてて夫に薪割りをやめさせた。窓が開いて熊の匂いを嗅ぎつけたのか急に犬が吠えだした。外科医はレトリバー犬を飼っているが、自分たちが家にいるときには家の中に入れて一緒に生活することにしている。そのため犬も熊の存在に気付かなかったらしい。

熊が犬の吠え声に反応して、クリの木を慌てたように降りてきた。白い眼が二つ夕闇の中に浮いている。肩のあたりが夕暮れの反射で、なめらかに光る。こちらの恐怖がそうさせるのか相当に大きなやつに見えた。地面の匂いを嗅ぐように鼻先を下げてこちらに向かって歩いてきた。妻が低い悲鳴をあげた。私たちの家は庭の四季を鑑賞できるようにガラス張りで熊が巨体で押せばすぐに割れてしまうだろう。この高原の避暑地に熊が出没するようになったのは十数年前からである。主に旧軽井沢方面に出没するというので、町役場が対策を指示したポスターを配ってくれた。死んだふりをするのは最低の対応で、どうぞ食べてくださいと熊を誘うだけで、それより小さな鈴を鳴らして人間の存在を知らせたほうがいいと書かれていた。そこで鈴をふたつ旧軽銀座へ行って買ってきた。散歩のときに腰につければいいのだが、追分には熊が出ないと、なぜか思いこんでいたので、散歩のときも忘れていることが多い。今夜もそうだった。

「おい、熊よけの鈴どこにある」と妻に尋ねると、「知らない。あなた、どこかに仕舞っていたじゃない」と、心細い答えだ。とにかくこの家に人間がいると熊に教えた方がいいと考え、電燈をつけ、勇ましい曲を聴かせたらよかろうと、窓を少し開けてベートーヴェンの『第五』を大音量で鳴らしてみたら、熊は驚いた様子で小走りに外科医先生の家のほうに走っていった。背中が街燈に光ってたくましく威厳がある。

「いま、地面に降りてそちらに向かってますよ」と妻が電話で報告した。

「困りました。食事の支度中で、匂いが強いので……一応ピッキオに助けをたのみましたが」と興奮した夫人の声が聞こえる。

犬の吠え声が激しくなった。熊は外科医の庭に入り姿が見えなくなった。すっかり夜となり、満天の星である。

「どこへ行ったんでしょう」

「それがわかれば世話ないよ」

Picchioとドアに書かれた黄色い車が来た。サーチライトで、こちらの庭を隈なく照らして熊をさがし、それから移動して外科医の家の庭を照らした。しばらくして水色のダブルジャケットの青年二人が訪れた。

「付近一帯を捜しましたが、おそらく追分原に逃げ込んだらしく、今夜は出てこないでしょう。位置発信機、テレメーターともいいますが、それをつけた、われわれがよく知っている雌の熊です。性格は穏やかで、今までに人間を襲ったことはないので、そう心配されることはないでしょう。しかし、お宅と外科の先生の庭に果実ゆたかなクリの大木が存在することは確実に記憶したと思われますので、今後も飢えると来訪してくるでしょう。彼女の食事中は刺激せずにおけば、あなた方に危害を加えることは、まずないでしょう」

彼らが去ってから妻が笑顔で言った。

「てきぱきとした気持ちのいい若者たちね。ピッキオってどういう団体なのかしら」

「よく知らないけれど、軽井沢の自然と交流し遊び学ぶことを世話しているNPO法人だとか聞いたことがある。星野温泉の野鳥の森で小鳥のさえずりを聞く会合をしたり、星空観察の集まりをしたり、ムササビの空中滑走を観察する人々を案内したり、とくに、熱心なのは最近増えてきた熊の生態観察で、テレメーターをつけて居場所を突き止めて、人間と衝突したりしないようにしているらしい」

「さっきの熊にも、そのテレメーターをつけたりしていたのかしら」

「そう言ってたね。なんだか旧知の熊について話すような調子だった」

電話がかかってきた。外科医夫人で、先ほどの熊は、お宅のクリで満腹したらしく、追分原の国有林の自分のねぐらにはいったらしいということだった。

「これで一安心ね」

「しかし、わが家のクリの味を覚えてしまったのだから、また訪ねてくる可能性は大きいな」

「あなた、おどろかさないでよ」

「事実を言っているだけだ。ぼくはねえ、あの熊と友達になれたらいいなと考えている。もし熊語てのがあるのなら、うんと勉強して話せるようになり、その生活ぶりや思想を学びたい」

「熊の思想……馬鹿馬鹿しい」妻はからかわれたと思ったのか、怒ってキッチンに入ってしまった。私は本気だったので、妻が怒ったのが残念だった。

高原に来ると早起きになる。つまり夕食後九時には床に入り、夜明けに目覚めて、朝日が昇り明るくなり、小鳥たちが合唱を始めるのを聴いて回るのだ。大体の鳥の囀りは名前を当てられるのだが、モズのようにいろいろな小鳥の鳴き声を巧みに真似る鳥にはまどわされる。時々、モズも真似をしたことのない知らぬ声に出会う。その鳥の名前を調べるのも楽しい朝の仕事である。

しかし、熊が出た日の翌朝は妻が眠っている間にクリの木の付近を歩きまわって熊の糞を捜しあてて深い穴に埋めるのに専念した。中々大量の黒い糞であったが、植物性のものであったせいか、嫌な悪臭は少なく、清潔なかたまりとして存在し、穴の底に落ちると土に溶け込んでいくようであった。妻が汚がるのと、熊の再来を怖がるのを避けるための労働だった。

朝の散歩のさらなる楽しみは仏文学者に出会って会話を取り交わすことだった。この人、大の勉強家で昼間は書斎に籠ったままで大作の翻訳に打ち込んでいて、会う機会がないが、さいわい、朝は早起きで散歩をするので出会う機会が多いのだ。その朝も、森の奥を歩いている彼に出会った。当然のこととして、昨日夕方から夜にかけての熊の一件が話題になった。彼も昨夜のピッキオの車や隊員たちの騒ぎを知っていたが、翻訳に熱中しているうち無関心になったという。

「熊には関心がないな」

「きみだったらそうだろうな」と私はうなずいた。彼は花、蝶、小鳥、美女、美男子、リス、馬、が関心の的で、詩に描き、散文に写してはいるが、熊は関心に値する美を持たぬと『随筆集』に書いていた。

帰宅すると妻がクリの大木を見上げていた。

「大分沢山の枝を折っていったのね」と溜息をつく。「おお、こわい」と身震いする。動物が嫌いで猫も犬も飼わない主義だ。東京のマンションで、近くの部屋の人が、昼夜をわかたず吠える犬を飼っていたときには、不眠症と軽い鬱病になった。

しばらく経った日の、ある朝のことだ。屋根の上でだれかが話をしているような気がした。ひそひそ話で内容はわからない。子供でもいたずらしているのかと妻を起して、二人で耳を澄ますと、確かに人間の声らしい。しかし、泥棒にしては、あまりにも大胆で無防備でおかしい。とにかく、調べてみようと二人は起きて着替えると外にそっと出てみた。いたいた、猿が二匹、何かの実を食べながら、さかんに何か言っている。まるで人間の言葉のように聞こえるではないか。

「あれ、イチイの実だぜ」

常緑樹のイチイは雄と雌の木があり、雌の木に赤い実が生る。雌の木は少ないので、木の実はなかなか集まらない。私たちはその少ない収穫を苦心して集めて楽しみにして食べていたのだ。それを猿に遠慮会釈もなく泥棒されるとは、許せない。

そのころ、これまで旧軽井沢に出現して土産物屋の売り物をかっぱらったり、阻止する店の人を引っかいたりしていた猿たちが中軽井沢方面に移動したという噂がささやかれていたが、追分にはまだ姿を見せていなかった。が、ついに現れたかという思い、多分に好奇心を満足させる思いがあった。が、妻は例によって大の動物嫌いで、私に「早く追い払ってよ」と言う。

「どうやって、おっぱらうんだ」

「知らない」

そのとき、妻がまた悲鳴をあげた。近くのムラサキシキブの枝を折っている子猿二匹を見つけたのだ。ムラサキシキブは薄紫色の美しい花を夏に咲かせて私たちを楽しませてくれるので大切に肥料をやって育てていたのだ。秋になると丸い紫の美しい実をつける。なんと、子猿はその実を食べているのだ。しかも、大きな茎を折って、アイスキャンデーでも食べるように横に首を振って食べている。妻が叫んだぐらいでは、振り返りもせず、大切な実を喰い散らしている。私も大声で叫んでみたが、びくともしない。追いかけていくと、ムラサキシキブの幹を巧みに登りコブシの幹をたどって二階の窓にいる二匹猿、おそらく両親の所にいき、私たちの好物である果物を乱暴に喰い散らしている。ちょっとした思いつきでフライパンを擂り粉木でたたいてみたが、まったく効果がない。二階に登って、小窓を開けると、親子四人は、庭で収穫したさまざまな果物を目を細めて食べていて、私たちの声など、まったく無視している。しかし、外科医夫人がレトリバー犬を散歩につれだしたとき、犬が猿に向かって吠えると、四匹はすぐ逃げ出した。木々の枝から巧みにとびうっては去っていった。小窓には網戸がつけてある。また彼らが来たとき、あれを破って家のなかに入ってこられたら大変だと思い、御代田の大工に電話して鉄格子をつけてもらうことにした。

熊と猿の騒ぎはそれで終わったようだ。二週間経っても三週間経っても、彼らは現れなかった。十月になって、方々の田圃で取り入れが始まった。外が賑やかになったので臆病な熊も猿も出てくるはずはないと、私は推測した。十一月になると、霜が降りて、時々小雪が降った。こんな寒さではもう熊も冬眠にはいっているだろうと安心した。冬至が近づいて昼が短くなった。散歩には早めに出たのだが、家に帰りついた時には、あたりはすっかり暗闇に包まれた。

西門を入ろうとして、奇妙な臭いに襲われた。熊の臭いだとすぐ嗅ぎ分けられたのは、それが秋口に埋めた糞の臭いにそっくりだったからだ。さらに、妻が家にいるのに電燈をつけていないのも熊の存在を推測させた。懐中電燈をつけないでよかったとすぐ思った。足音を立てないように、北側の小道をそっと歩いた。北側、つまり勝手口をそっと押すと、妻がすぐ顔を出して「熊よ」とささやいた。

「そんな感じがしたんで、そっと歩いて来たんだ。彼女は今どこにいる?」

「クリの木のてっぺんよ。この前と反対側、外科医先生の側。なんだか、すっかり太ってね。登るのに何度も滑って、やっと上にたどり着いた」

「まだ、クリの実のある所があるのかな」

「それがあるのよ。この前、双眼鏡でようく見たらモミジの枝とクリの枝とからんだあたりに、沢山残っていた。この前、わざと残しておいたのね」

「外科医先生は知ってるのかな」

「さっき奥さんからお電話があった。あちらの庭にもクリの大木があって、この前も食べるつもりだったのが、犬が吠えたでしょう。それであわてて逃げちゃった。で、今夜は電燈を消して犬を興奮させないようにしていたら、ほとんど全部の実を食べて、それからうちのほうのを食べに行ったんですって。もう満腹なのに、まだ食べるのは冬眠の前の習性なんですって。奥さん、ピッキオにも電話したら、超満腹にするのは、いよいよ冬眠の時期が近い証拠だと言われたそうよ。そうだとすると人間に襲いかかることは、まず考えられないんだって」

「なんだか気の毒になってきたな。ストーブもない、寒い所で眠り、春を待つなんて。まあぼくらにできることは、出来るだけ沢山食べていけと応援することだけだ」

「そうね。がんばれって旗振ってあげたいわ」

　私たちは腹が減ってきたが、電燈をつけて熊を驚かすと可哀そうだ、と蒲団に潜り込んで待つことにした。二人とも、そのまま眠ってしまった。目覚めたのは、零時すぎていた。星月夜で二人で双眼鏡で探索したが、熊の姿は見当たらない。ピッキオの事務所から、熊が無事冬眠に入ったと電話で報告があったのは三日後であった。熊の生態について何も知らない私は、いろいろ質問した。冬眠は十一月末から十二月ごろに始まります。熊の不思議なことは、交尾は冬眠の前の夏、特に夏の初めに行うのだが、秋に栄養たっぷりのドングリやクリをたべて太っている雌だけが秋に着床つまり妊娠することです。交尾してすぐに妊娠しないから、これを遅滞着床と言います。そして冬眠中に出産します。大体二月ごろの出産が多いです。子供は二匹で、雄と雌が一匹ずつです。母熊は冬眠中に二匹の子供に母乳を与えて育てるのです。春に冬眠をやめてでてくるのは、母親と坊やと嬢ちゃんの三匹です。父熊は交尾をするだけで、おさらばをしてしまい、女房と二匹の子供には会わないのです。はあ、人間とは、随分違った家族づくりです。子供を産んだ母熊は、夏に男熊に会うのを極端に嫌います。うっかりしていると、大切な子熊たちを殺されてしまうのですから。冬眠が終わったとき、つまり春の好物はビタミンの豊富な山菜です。それで冬眠中不足していたビタミンの補給をするのです。春の山菜が無くなった夏になると、秋のドングリやクリの実のような栄養豊富な木の実が出てくるまでのつなぎに、栄養価はおちるが、味のいいサルナシ、マタタビ、アケビなどの実を食べるのですが、主食としてはドングリとクリの実を、将来冬眠のときに子育てするために食べるのです。そこで、外科医先生と文士先生のお庭のクリの巨木は、あの雌熊にとっては宝の山なのです。あの雌熊には、テレメーターという位置発信機を首につけてありますから、いつも存在する場所を特定できます。今、冬眠の場所を特定できましたから、来年の春、二匹の子供とともに野にでてくる雌熊をビデオに撮って、お見せすることはできると思います。

「ご覧になりたいですか」

「ああ見たいですね、ぜひとも」と私は夢中になったときの高い声で叫んだ。

「あなた、なにを興奮して話してるの」と妻が尋ねてきた。

「あのクリの木が大手柄を立てたんだ。つまり、あの木の栄養豊富な果実で、あの太った雌熊は子供を産むことができるんだ。来年の春、冬眠が終わって春の野原にでてきたとき、あの雌熊は二匹の子熊を連れている。そして秋になって、クリの実が豊作になると、三匹でやってきて、どうもありがとうございますと頭をさげるんだ」

「一匹でも大騒ぎなのに、三匹もやってきたら、もうどうしようもなく、危険よ。そんなに熊に好かれる木なんか切ってしまいましょうよ。秋になるたびに、熊が現れ、その数が増えていくなんて、まっぴら御免です」

「そういわれればそうだけど……」私は答えに詰まった。やれやれ、人間の美しい夢は熊には通じない。熊が長い進化の時間のなかで、たどりついた子孫繁栄の道は人間には通じない。なんと厄介なことか。

ちらほらと降っていた雪はこのとき、どっと濃密な雪になり、広々とした雪景色を大きな白い桶のなかの視界に限ることになった。強い風が吹いて斜めに降る雪が再び森を広くした。私はその冬を手始めに翌年の暮れまで、つまり一年中滞在していた。妻だけは、土曜日に管弦楽団の練習があるので新幹線で上京し、日曜日の午後には、又新幹線で帰ってきた。休日は軽井沢駅の周辺は車が混んで渋滞するので、私が車で軽井沢の次の駅、佐久平まで送って行き、帰りは迎えに行ってやるのだった。

ちょうど連載している長編の第一部が終わったため、私はその推敲にいそがしかった。書いている小説には膨大な資料が要るので、それを東京まで運ぶのも面倒で、ずっと追分で生活することにした。そのせいか、雌熊のことが気になった。赤ん坊を産んだであろうか。母乳は潤沢に出たろうか。

赤ん坊は元気に育っているだろうか。四月になって温かい気候になると、もう冬眠をやめて野に出て新鮮な山菜を食べているだろうか。秋のドングリやクリの実のつなぎに食べる夏の実、アケビやマタタビは手にいれたであろうかと、こまかい生活のあれこれが心配になるのであった。私がせっせと肥料をやったせいか、クリの花はどっさりと咲いて、今年は豊作だと見極められた。クリという植物は気まぐれで、まったく花を咲かせない年が今までもあったのだ。

年も終わりに近づいたが、雌熊はやってこない。せっかくの豊作なのにと私も妻も残念がった。あんなに熊が来るのが怖いと言っていたくせに、今や妻もあの雌熊の味方になっていた。

クリスマス・イブのミサのために私たちは旧軽井沢の聖パウロ教会に行った。素朴な木製の私たちの大好きな聖堂である。ミサが終わって外に出たとき、熱心なカトリック教徒である友人の老夫婦が話しかけてきた。

「クリスマスおめでとうございます」とお互いに挨拶した。最近友人知人の誰彼が亡くなったという噂話になった。そう、追分に別荘を持っていた文人たちも、例の仏文学者と私を除くとすべてが亡くなっていた。老夫人が地方新聞を見せて、「きのう熊が射殺されたんですってね」と言った。

「なんでも二匹の子連れの熊で、ホテルのゴミ捨て場をあさっていたところを、前から待ち構えていた猟師に撃たれたんですって」と写真のでているページを開いて見せた。

「前に二度も残飯をあさりに来ていて、そのたびに捕獲されて、きつい刺激剤で苦しめて、二度とくるなと説教して放されていたのね。それが今度は三度目でしょう。ホテルのほうも熊が出るのがこう何度もあると客足が減るので、猟師をやとって待ち受けていたのね」

「子熊二匹はどうなったんですの」と妻が尋ねた。

「ある動物園が引き受けて飼うことになったんですって」

「それはよかったけど、母親と離れて檻の中で不自由な生活するなんてかわいそうな話ね」と妻はそのまま、むせび泣きになった。帰宅するとピッキオに電話して、新聞にでていた雌熊の射殺事件について尋ねた。私たちが想像していたように昨年の秋にクリの実を食べにきた雌熊だった。冬眠を終えて子熊が母親と一緒に外の原野にでたところをビデオで撮影して、それから後を追って撮影してきたのだそうだ。親子の熊が、お宅のクリの大木に登るシーンを撮りたくて、あれこれ作戦を練っていたのです。子熊たちが母熊の世話で生きるのは大体十五ヵ月ですから、まだまだ母熊は子熊たちのために食物を集める必要があり、クリより量の多い残飯をねらって来て、ついに殺されたんです。クリの木に登る、平和なシーンを撮影できずわたしたちも失望している所です。話してくれたのはピッキオの女性隊員だった。

翌年の三月末に彼らが撮影したビデオのDVDが送られてきた。春から夏にかけての熊親子の幸福そうな生活が活写されてあった。しかし秋になってホテルの残飯あさりになってからは省略されてあり、お望みならばお贈りするが、残酷な場面なので一応御意志をうかがってからにしますと手紙が入っていた。私は先方の好意に感謝しながら、お断りした。

妻の死

二〇〇八年十一月十九日の午後十時ごろ、執筆に疲れた私は妻に「先に寝るよ。おやすみ」と言って寝室で横になった。そのとき妻はリビングで長崎への旅行の準備のため何か繕いものをしていた。私たちは「ペトロ岐部と187殉教者」列福式に参列する準備をしていたのだ。「おやすみなさい」と妻が答えた。それが私が彼女から聞いた最後の声になった。

一寝入りした私は午前三時ごろ、トイレに行きたくなり、ふと隣の妻の寝床を見ると空である。まだ起きているのか、もう遅いのにどうしたのかといぶかりつつ、廊下に出るとリビングのドアから電灯の光が漏れている。「まだ起きてるのか。もう寝なさい」と言いながら、リビングに入ると、姿が見えない。繕い物は床に置いたままになっている。風呂場に光を認めて、妻を呼んだが返事がない。急に不安になって、風呂場のドアを押し開けると、浴槽に妻が両手を湯の上に出して沈んでいた。「あや子、どうした」と駆け寄ると、妻はずるずると更に深く沈んでしまった。脈がない。死んでいると気がつくと私はあわてて浴槽の湯を抜き、大声で呼びかけながら、ともかく医師として知っているかぎりの蘇生術を妻に試みた。無駄であった。無念であった。眠っていて何もしてやることができなかった自分を責めた。

埼玉県朝霞の息子と千葉県美浜区打瀬《うたせ》の娘に電話して、母親の急死を伝え、すぐ来てくれと頼んだ。それから近くの、もっとも信頼している医師（毎年定期検診をお願いしている医科大学教授）に相談しようと、深夜ではあったが電話した。奥さんが、外国での学会から帰ってきたばかりで疲れているので電話は断るように言われているというお答えであった。医学部の同級生に尋ねようと思ったが、最近はクラス会にも出ていないので、深夜突然の電話は迷惑だろうと躊躇した。誰からも助言が得られないとすると、自分で考えて事を進めるより方途がない。

原因不明の突然死である。私が夜、午後十時ごろ、「先に寝るよ、おやすみ」と針仕事をしている妻に声を掛けたとき「おやすみなさい」と妻は笑顔で答えた。私たちはずっと前から列福式に参列できることを光栄に思っていたのだ。福者（聖人のつぎの位の信者）を祝うミサに参列し、ついでに長崎を観光しようと準備をしていた。私は取材や講演で長崎には何度も行っているが、妻は初めてで、今度の旅行を楽しみにしていた。また、最近は別に病気もなく元気で、あちらこちらの名所を撮影しようと、最近買ったデジタル・カメラを充電したり、旅行案内書を読んで、私に質問したりしていた。

私には元気であった妻が突然死んだ理由が思いつかなかった。湯は冷めていたから熱湯で火傷したわけではない。妻は泳げないから、溺死したとも考えられないこともないが、湯船は浅いのだから立ち上がれば助かるのに、湯水に浸かって沈んでいたというのが解せない。脳出血も考えたが、それだけで湯に沈むかどうか。私は迷ったすえに、原因不明の不審死として110番に通報した。しばらくして警官十名ほどと救急車が来た。救急車のほうは、もう死んでいるのだから病院への搬送はないとすぐ帰った。不審死という思いがあったため、私は妻を浴槽に寝かしたままで湯を抜いて蘇生術をしたときいじっただけで、浴槽内は発見当時の状態のままにしていた。警官隊はすぐ遺体を寝室に移して調べた。隊長らしい人が、発見の様子を尋問したが私は事実を、そのまま述べた。隊長は朝九時半ごろ監察医務院の監察医が来るまで遺体には触れないようにと言って帰った。息子と娘が来た。息子は朝霞から車を運転してきた。娘は打瀬からタクシーに乗ってきたが、泣きどおしであったと言い、目を腫らしていた。

夜が明けたが三人とも黙っていて朝食を食べる気にもならない。娘はなおも泣き続けていた。監察医が若い研修生を二人連れて現れたのは、予定通り午前九時半ごろだった。私は、自分が医師であることを告げ、死因は不明だが、死因を調べる遺体解剖はかわいそうだから、やらないですましたいと言った。医師はうなずいて診察にかかった。五分ほどで、「わかりました。脳出血です。くも膜下出血でしょう。脳脊髄液に大量の出血がありました」という報告が医師からあった。「死亡なさった時刻ですが、体の硬直、出血液の色の変化から推測すると、十九日午後十一時ごろだと思います」と言い、すぐその場で死亡診断書を書いてくれた。妻は上向きになって湯に浮いているときに、不意に意識を失い、そのまま湯に沈んで死んだのだ。別に苦しまなかった、それだけが私のせめてもの慰めになった。

妻の妹と姪と娘で遺体の清拭《せいしき》をして旅行用に買った服を着せた。息子は私たち夫婦が所属している四ツ谷の聖イグナチオ教会に電話して通夜と告別式の日と時間を決めた。私は新聞社の文化部に電話して、告別式の教会名と時刻を載せてくれるよう頼んだ。

その日の新聞の夕刊記事のおかげだろう。十一月二十三日日曜日夜の通夜と翌日午後一時三十分の告別式には、大勢の方々が来てくださった。新潮社出版部の斎藤暁子さんが教え子や編集者や記者の指揮を手際よくとってくださり、ありがたいことであった。私の気持ちとしては香奠はいただかず、ただミサに参列してくだされば妻も喜んでくれるだろうと思った。司式は、私たち夫婦に洗礼をさずけてくださった門脇佳吉《かきち》神父様にお願いした。わざわざ箱根の静養先からかけつけてくださった。息子と娘は本当に一生懸命あれこれ手配したり気をくばってくれて、うちのめされて呆然としている私は、子供を持つという状況が、どんなに有り難い恵みであったことかと神に感謝した。

告別式のあと、午後三時出棺。火葬は幡ヶ谷の代々幡斎場で行われた。四時半に火葬が終わり、息子が骨壺を、娘が写真を持ち、本郷の自宅に帰った。寝室の私の枕横に妻の骨壺を置いた。しかし、どうしても私は眠れず、リビングに息子とソファで寝た。娘は妻の蒲団で昔兄の使っていた部屋で寝た。

死亡診断書を届け、年金を停止し、その他いろいろな書類を送ったり貰ったりしなければならない。遺産相続の計算もある。息子が手伝ってくれなかったら、途中で私はへばってしまったであろう。

妻の骨壺は寝室に置き、花で飾った。私はその横に独りで寝た。しかし、眠れない夜が続いた。しばらく控えていた睡眠剤を飲むことにして、やっと眠る。しかし、午前三時ごろには目覚めてしまう。妻の死を知った時刻である。トイレに立つ。リビングが暗いのに安心してまた横になる。NHKの深夜便をラジオで聴き、いつのまにか眠ってしまう癖がついた。

翌年、二〇〇九年二月初旬、息子とわが家の菩提寺、向丘二丁目の曹洞宗K寺に行き、妻の骨を墓に納めたいと頼んだ。住職は、硬い顔つきのまま、「当寺は仏教の寺で、キリスト教徒はいっさい断りですな」と言った。

「しかし、私の家は、明治以来、御寺を菩提寺として、祖父母、父母と墓に納骨しているし、供養料も納めています。それでもお断りなさるのか」

「そうだ。うちは由緒ある仏教の寺だ。キリスト教徒はだめだ」

「どうしても？」

「そう、どうしても」

私はそれ以上の議論は避けて家に帰った。父の死後、私は、父母の供養年には法事を頼んで、読経をしてもらっていたので、よく顔見知りの住職なのだが、そのキリスト教への敵意は確固としていた。この寺が菩提寺になったのは、維新のとき、金沢藩士だった私の父方の祖父が、妻を亡くしたときに金沢の菩提寺である西養寺《さいようじ》は遠すぎるので、東京にもう一つ菩提寺をと当時の住職に頼んで墓を造ったのだ。大きな欅の下のこの墓には、私は幼いときから両親に連れられて何度もお参りに来ているし、本堂の改築のときには寄付をしたりして、檀徒としての義務は果してきたつもりである。あるとき突然年一回の供養料を数万円に値上げしてきたが、私は従順にその額を納めてきた。

住職がきっぱりとキリスト教者の妻を拒否するので、妻の骨壺は行き先を失って、私の枕元に安置しておくより仕方がなかった。寝るとき骨壺を抱きながら、「あや子、困ったね。僕もキリスト者だから、あの寺の墓地には入れない。息子夫婦も孫も入れない。どうしたものかね」と話しかけるのだった。墓のない妻の困惑は私の困惑でもあった。またキリスト者である息子夫婦、孫にも関係のあることであった。

翌日、金沢の菩提寺、東山の西養寺の住職に電話を掛けて、事情を話し、キリスト者の妻の墓をそちらに造りたいと希望をのべると、「うちは、どんな宗派の方でも墓に入っていただいて、かまいません」という寛大な返事であった。私は東京の墓を廃して、祖父母、父母、妻の墓を金沢に造る決心をした。この決心を三人の弟に電話してみると、「おにいちゃんの思う通りにしてくれ」という答えであった。

四月中旬、息子と娘を連れて金沢の東山の天台宗西養寺を訪ねた。ここは九基の徳川時代の先祖の墓があり、長男の私は幼いときから父に連れられて先祖の供養に来たことが何度もあり、住職とは顔見知りであり、先祖の墓の場所もよく知っていたし、徳川時代の過去帳を見せていただいたこともあった。

私たちは東京の墓をどこに移すかを考えて、西養寺の墓地を見てまわった。住職は斜面の下のほう、阿弥陀仏像のすぐ上に盛り土とコンクリートの壁があり、景色もいいからどうかと言ってくれた。しかし、私はコンクリートはもろいもので大雨のときには割れてしまうのではないかと心配し、ここに墓を造ってしまうと、もっと斜面の上のほうにある先祖の墓参りをしないのではないかと危惧もした。むしろ、ずっと上で階段を登らねばならないとしても、先祖の墓の近くがいいのではないかと考えた。息子と娘も私の意見に賛成してくれた。

すぐそばに桜の大樹があって春は花吹雪に包まれるであろう。また紅葉の木が門のように開き秋にはその間に東山の甍《いらか》の波が光り、さらに金沢の街並みが駅まで続く見事な景色を見せてくれるだろう。さらに冬には山脈の白い毛帽子のような白山が天を飾ってくれるだろう。K寺の欅や近所の世俗の建物の迫った陰気な感じとはまるで違った、四季おりおりの景色の見える場所であった。ここに東京の墓を移そうと言うと、息子も娘も喜んで同意してくれた。私はすぐ住職に来てもらい、そこに墓を移す許可を得た。住職が墓石店の主人を紹介してくれた。
主人に現場を見てもらい、新しい墓の大体の位置を定めた。

私たちは、西養寺から浅野川まで下っていき、浅野川べりの遊歩道を旭町《あさひまち》まで歩いた。「旭町ぬの六十四」というのが、私が幼いときの本籍で、そこに親戚が一軒だけ住んでいた。当時は葦が中洲に繁っていてあたり一面の田圃で、まったくの田舎であった。私は長男だったから父に将来の墓守としてつれてこられたらしく、この親戚にも寄ったのだ。梅雨時前にはあたりに螢が飛び交い、それが子供心にも「ふるさと」という印象で迫ってきた。私がその話を息子と娘にすると、非常に関心を持ち、「ぬの六十四」というのを探そうとしたが、住所の表記法が今は変わってしまい、昔の親戚を探し当てることは不可能であった。

その年の四月二十二日の誕生日に、私は満八十歳になった。傘寿のお祝いだと三人の弟が花を持って訪ねてくれた。前年の三月二十一日の妻の誕生日に、彼女は七十歳で、そのお祝いで、妻、息子一家、娘と金沢に来たことを思い出した。私は、東京よりも、金沢が本当の故郷のような気がして、なにかあると訪れたくなるのだった。そして、まさか八カ月後に妻が亡くなるとは思ってはいなかった。そして妻の死んだ翌年に私は満八十になったのだ。

五月二十六日に、金沢の墓石店の主人がK寺の墓石をトラックに乗せて運び去った。

五月三十日、私は息子と娘と三人で金沢へ行き、東京から運んできた墓石をどこに設置するかを、西養寺で墓石店の主人と相談した。桜の大樹の下で新しい墓からの景色を確かめながら、位置を定めた。そのためだけの旅だが、私たちはなるべく妻のために、位置のよい墓を建ててあげたくて、わざわざ出向いたのだ。娘は泣きすぎたために、のちに霰粒腫《さんりゅうしゅ》という瞼に袋ができる病気になり、眼科で手術を受けた。ほんとうによく泣く子で、ママの死がよほどのショックであったらしい。

墓ができたのは七月上旬で、墓石店の主人が新造の墓の写真を送ってきた。

七月十九日、日曜日、私、息子一家、娘、妻の妹、姪とで金沢西養寺で納骨式をした。九時からまず西養寺の住職、川崎全寛師に納骨式をしていただいた。名古屋陸軍幼年学校時代からの友人渋谷亮治君も友人の安嶋ひろ子さんもともにお参りをしてくれ、その友情の厚いのに私は心温まる思いであった。午後は、カトリックの友人木越邦子さんがチプリアーノ神父様を乗せて車で来てくれ、墓の前でミサが行われた。これはカトリック教徒にとっては大切でありがたい儀式であり、信者の妻も喜んでくれたと私は信じた。聖体を正式にいただいたのは私と息子夫婦と孫だが、娘もいただくことができ、感激してむせび泣きしていた。神父様が帰られると、私たちは、西養寺の御住職にお礼を言い、西養寺の長い石段を降りて東の廓まで歩いた。

翌二〇一〇年私と息子と娘の三人は、桜のころにお参りしようと計画を立て、桜前線の動きを見守った。金沢の渋谷君とも連絡をして、小松空港までの切符を買い、ホテルを予約したのだが、そのころから寒い日が続き、桜の開花はかなり遅れるらしかった。が、息子も娘も会社に勤めているので年休の時期を変えるわけにはいかず、まあ今回は仕方がないと旅に出た。四月四日西養寺に行ってみると、まだ桜はほとんどが蕾のままで、一輪、二輪が開いているだけでもの足りなかった。しかし、新しい墓からの春景色は素晴らしく、東山の甍は暖かに光り、遠い金沢の街の霞にけぶるさまも風情があった。白山は雲の中で見えなかったが、三人は、美しい景色に酔うような心地で、住職の読経に手を合わせた。渋谷亮治君とその友人の安嶋ひろ子さん、カトリックの木越邦子さんも来てくださった。

　川の岸辺の遊歩道へ出て、私の子供のときの本籍地、旭町まで散策した。岸辺に花畑を造っている家が多く、沢山の橋が伝統の金沢情緒を見せて川を渡っていた。水は澄んで、犀川のような水量はないが、さらさらと川底を洗っている。サギが一羽、一本脚で立って小さな洲で眠っていた。

　ふと目についた竹藪が、何となく見覚えがある。あれが親戚の家ではないかと思った。家の前から登っていく坂道にも見覚えがある。通りかかった女性に、この坂の上のほうにお地蔵さんが並んでいますかと尋ねると、並んでいますという答えだ。昔、幼いとき、父と墓参りをした帰りに本籍地に住む親戚を訪ねたものだ。そのとき高い塀の刑務所の横の坂道を下るとお地蔵さんが並んでいて、父はそれを見ると、「懐かしいな。これがおれの古里の印なんだ」とつぶやくのが常であった。お地蔵さんの前を少し行くと親戚の家があった。その地理関係を私ははっきり覚えていた。

　坂を登ると左側に小さな地蔵が並んでいた。昔の通りである。さらに登ると、道に鉄の杭が打ち込んであり、自動車通行禁止と立て札が立っていた。あまりに急な、狭い道なので危険とみてそういう決まりにしたらしかった。以前監獄のあった所には少年鑑別所が建っていた。


　私と妻とが結婚したのは一九六〇年の秋である。新婚旅行に外国に行くという時代ではなかった。私たちは箱根の富士屋ホテルで最初の夜を過ごしたのであった。箱根山中の紅葉は美しかった。大抵は秋、それの美しさを私は妻と何度も思い出として話したものだった。私は東京大学医学部附属病院の助手をしており、家の近くの新田裏《しんでんうら》という停留所から十三番の都電に乗り東大病院まで通っていた。この十三番電車を、万世橋の手前の松住町で駒込行きの電車に乗り換えて東大赤門前で降りるのが日課であった。往復一時間のこの都電を私は文庫本の小説を読んで楽しんでいた。この習慣は、医学生になって大学に通ったときからずっと続いていた。

私の家は、花園神社のすぐそばの西大久保一丁目で明治通りに面していた。しかしまだ車は少なく、バスや都電の音が響くだけで、割合に閑静な家であった。

一九六二年に、男の子が生まれた。私はこの長男が、将来、家を継いでくれ、墓を守ってくれるということが、まず嬉しかった。これは墓守をしている長男でなければわからない気持ちだと思う。

私は赤ん坊を連れて、あちこちに行くために中古のルノーを買った。息子の満一歳の誕生日に私たちは車で千葉の田園地帯をドライブした。長男がよちよち歩きをしだしたので、私は妻と長男の手を引き、小川や森を散歩した。汽笛がなり、すぐそばの土手の上を蒸気機関車がながい客車を引いて通った。蒸気機関車が怖かったのか、息子が泣きだしたのには、私たちのほうが驚いた。

翌一九六四年は東京オリンピックの年だった。娘の家にテレビがないと知った岳父が黒白のテレビを贈ってくれた。おかげで、病院から帰ると私は、テレビに釘付けになり、オリンピックを楽しむことができた。女子バレーが金メダルをとったときには、本当に嬉しかった。

一九六九年の暮れ近くに女の子が生まれた。私は男ばかしの兄弟だったので、女の子が珍しく嬉しかった。

その年の春、私は上智大学文学部心理学科の教授になった。六八年に、前年に初めて書いた『フランドルの冬』という長編小説が、ある新人賞をもらい、私は作家の端くれになっていたので、文学部ののんびりした生活は、小説を書くのに恰好の場を与えてくれた。

夏休みが二ヵ月もあるのもありがたかった。翌年、主任教授の霜山徳爾先生が貸別荘を一生懸命に探してくれたので、先生の別荘の近くに一軒借りて夏を過ごした。学生たちが遊びにきて、去年生まれた娘を抱いて、「わあかわいい」と手渡ししていた光景を私は思い出す。

一九七〇年十一月二十五日、三島由紀夫が市ヶ谷の自衛隊で自殺した日に、私たち四人家族は、西大久保の家から、本郷壱岐坂のマンションに引っ越した。今までの家が車の洪水でうるさくなったのと、埃だらけになったために、静かな家に越してこれたのは幸いであった。

私は軽井沢の夏がすっかり気に入ってしまい、やっと一九七四年に、信濃追分に別荘を建てた。妻も子供たちも、森のなかの生活が気に入ってしまい、散歩をしたり石尊山《せきそんざん》という浅間山の前にある山に登ったりした。また中軽井沢の温泉プールや子供会に行ったり、とにかく楽しい夏休みになった。私は、隣町、御代田《みよた》の大工さんに、民家風の家を造ってもらい、一年中、とくに秋から冬にかけて別荘に行って、楽しんだ。とくに正月は、小雪の下で遊んだり、近くの菅平のスキー場に行って滑ったり、それまでと全く違う遊び方で子供たちも山がすっかり好きになってしまったようだ。

子供たちが生育して、子育ての手がいらなくなると国立音楽大学バイオリン科出身の妻は、昔の同級生に誘われて、アマチュア管弦楽団のバイオリン弾きを始めた。これは死ぬまで続けていた。

一九九〇年に電気企業に勤めていた息子が結婚した。三年後に孫が生まれた。娘が家を出てアナウンサーの学校に入り、いくつかの放送局に勤めたすえ、QVCという外資系の会社のナビゲーターになった。

私も妻もそれ相応に年を取っていった。私たちは仲のいい平凡な夫婦で、世の中が不況になれば、息子や娘の心配をし、孫が中学生、高校生と段々に背が高く、育ってきたのを喜んだ。

とくに病気もなく、健康な夫婦で、もちろん私のほうが九つ年上であるから、先に死ぬものと考えていたので、妻の突然の死は、まったく考えてもいなかった。

子供たちが家を出て、妻のいない家に私は独りで住み、独りで食事を作り、掃除と洗濯をしている。二週間に一日、精神科医としてある私立病院で外来患者、入院患者の診療をするほかは、小説を書き、ことに最近は古典を読んでいる。

私は別にだれも恨んではいない。K寺の住職が、自分の寺にキリスト教徒を納骨したくないというのも信仰のなせることで、信仰は各人の自由だから恨む理由はなにもない。西養寺の住職のように、仏教もキリスト教も融和して受け入れる態度をとるのも、そういう慈悲の心を尊く思うのみである。人間は、宗教の信仰については自由であって、それが当然だと思う。

付録　長編小説執筆の頃

『フランドルの冬』の頃

一九六〇年三月末、フランス留学から帰国した私は、東大附属病院精神科助手としての多忙な生活にたちまち押し流されてしまった。外国でのんびり過してきた者にとって、日本の生活のテンポの速さは、いきなり激流に押し流されるようで、自主性も個性も失なってしまう。診察、検査、研究調査、医局の雑用と、めまぐるしい毎日が続いた。或る夜、医学論文用の横書の原稿用紙を眺めていると、それをひょいと縦書にして小説を書き始めたのである。帰国後まもない春の夜で、窓からの風が生暖かったのと、何か今までの医者の生活と違った別世界へ第一歩を踏み出した感じは今でも覚えている、その世界がどういうものか定かではなかったけれども。

小説を書きたいという気持が強くなったのは、その前年北フランスのサンヴナンという寒村にある精神病院に医師として働いている間であった。この地方は、ロンドンに似た気候風土で、十月の末からは霧と雨の暗い湿った冬に入る。日本人など一人もいない異国の病院で、ながいながい冬を過すうち、私の心に次第に一つの小説世界が結晶されてきた。私は身辺にいる医者や看護婦たちを文章でスケッチし、物語を作っては毀《こわ》して、ノート一冊を書きつぶした。どのような小説になるかの予定も目鼻も私にはなかった。ただ、確かであったのはそれが長編小説だということだけだった。

長編といっても私がその頃読み耽っていた小説家の諸作品が漠然と念頭に浮ぶのみで、はっきりとした文学観も文学の系統的知識も私にはなかった。暗いフランドルの冬に見合う作品として、ジュリアン・グリーンやエルヴェ・バザンの諸作品が、私には新しく思えた。そして、学生の頃に読んだドストエフスキーやトルストイが遥かな先達として見えていた。まあそれだけの準備と知識でいきなり長編小説を書こうと企てたのだから無謀には違いなかった。果して私の筆は難渋し、書いては消し、消してはまた復活しという具合に試行錯誤の連続となった。それでも医者の仕事が忙しくなればなるほど、私は夢中で小説の筆を執った。患者の海に溺れそうな医師の日常と拮抗する別世界を私は生み出したかった。

毎日一行か二行でも、ともかく書くという行為をおのれに課した。

一九六一年の夏、戸隠高原に出掛け、五百枚ほど書き溜めた草稿を前に、小説の構想を練ることに没頭した。当初五百枚ぐらいで終るだろうと高をくくっていた作品が、五百枚書いてもまだ序の口の未完成品なのはなぜかをいろいろと考え、とにかく書きたいものを全部書くと四部作で全二千枚ぐらいになるというのが私のえた結論だった。フランドル地方の精神病院を舞台に、正常と狂気の競い合う長大な物語を考えていた。

相変らず私の時間のほとんどは臨床と研究の二つに吸い取られていた。大学病院での激務の合間にあちらこちらの刑務所や少年院の調査に出掛けた。また週一回、府中刑務所の医務部に通い、累犯受刑者の面接調査を定期におこなった。フランスに行く前に、私は死刑囚や無期囚の調査をし、渡仏中に論文を書いていた。それらの殺人者とは違った種類の犯罪者と私は接することになった。窃盗、詐欺、放火、傷害、ヤクザ犯など、犯罪者の奥深い人格や生のありように私は目を奪われた。現実からの衝撃が強すぎて、私の小説執筆は何だか色褪せた弱々しい行為に思え、筆は鈍りがちだった。

しかし、ともかくも私は書き続けた。読者は私一人だけで、書いた部分に自信はなく、いつ活字になるか分らぬ作品を、何年も書き続けるのは辛い仕事だった。その頃、時々会っていた辻邦生に創作のことを打明け、草稿を読んで批評してほしいと頼んだのは、一九六三年の秋だった。二月ほど前に彼は『廻廊にて』を出版し、新進作家として認められてきており、フランス留学中から私の唯一の文学友達だった。四部作のうち第一部にあたる部分五百枚を彼に渡した。暮に彼は私の家に来て、まだ充分作品の世界が現実ばなれしておらず、全部を書き直すべきだと感想をのべた。材料は面白いのだから、ぜひ完成するようにと激励もしてくれた。彼は、私が孤絶した状況で、短編習作の経験も積まず、いきなり二千枚もの長編を書いている事実に同情してくれ、翌年の春、「近代文学」に拠っていた若い作家たちが同人雑誌を出す企てがあるので参加したらどうかと誘ってくれた。

一九六四年の五月九日（この日付を私は今でもは

っきり記憶している)、辻邦生は私を新宿の茉莉花に連れていき、十数人の若い作家たちに紹介してくれた。彼らの中心にいたのが立原正秋で、岡松和夫、後藤明生、高井有一、佐江衆一、宗谷真爾、津田信、遠丸立、白川正芳、金子昌夫、兵藤正之助らとともに同人雑誌「犀」が刊行されることになった。季刊で十号まで出すということで、同人になった以上、私も何か短編を書かねばならぬ。迂闊なことに、私は今まで短編小説をあまり読んでおらず、あわてて勉強し直し、習作を重ねた。「犀」第一号には私の作品は間に合ず、翌年二月に出した第二号に『象』を、八月の第四号に『カラス』を発表した。

同人諸君との交友で、私は文学志望のさまざまな経歴や性格や思想の人々と知り合った。彼らとの会話、合評会での発言などが、私には大いに参考になった。しかし、私を彼らに紹介した辻邦生は、何かの事情で同人には加わらず、また同人雑誌という枠内では、私の書き溜めてきた長編は発表できず、淋しい思いもした。私は、結局、自分の長編をこっそり書き継ぐより仕方がなかった。

一九六五年の四月、東大精神科から東京医科歯科大学の犯罪心理学教室に移ってから、つまり臨床医としての猛烈多忙な職場から、研究室という落着いた職場に変ってから、私はすくなくとも夜は安んじて小説執筆にむかえるようになった。暮の或る日、雑誌「展望」を読んでいたら、太宰治賞の募集要項に行き当り、「枚数制限なし」の一行が、何か啓示のように目を打った。ほかの新人賞は百枚以内という制限があり、私は応募をあきらめていたのだ。締切は来年の一月末日。ともかく自分の長編を出してみようと決心し、清書にかかった。しかし二千枚は到底無理で、二五一枚で時間切れとなった。一応これだけでも独立した作品に見えるかも知れぬと自分を慰め、清書しながらひらめいた『フランドルの冬』という題を書きこみ、筑摩書房まで届けに行った。

この日、一九六六年一月三十一日も忘れられぬ日だ。締切は午後五時までというのに、道に迷ってしまい、五時を過ぎても目当ての筑摩書房に行き着かない。あきらめかけたところ、目の前の古びた建物に同書店の看板がかかっていた。実は私は二、三回その前を通っていたのだが、鉄筋コンクリート造りの立派な建物を想像していて、通り過ぎていたのだ。受付の女の子は立って帰り仕度をしている。風呂敷から二五一枚を出し、太宰賞の応募原稿だと言うと、女の子は何だか気がなさそうに受け取った。私は心配になり、大切な原稿ですからよろしくと余計な口をきき、女の子が汗まみれの私を見て目を丸くしたので、照れて走り去った。

これが太宰治賞の次席になって「展望」八月号に掲載された。その雑誌が出た七月初旬、私が小説を書いていることが精神科医仲間にひろまってしまい、気恥かしい思いをした。なにしろ医学とは実学で、空想や絵空事を極度にきらう。医学会などで他人の業績への最大の悪罵は「文学的」である。精神科医になって二十二年経っていて、数多くの精神科医と交際しながら、私は誰にも自分が小説を書いていることを告白しなかったのだ。が、一度公開されてしまえば仕方がない。私は居直ることにした。すると意外な告白が方々から私に向ってなされた。精神科医で小説をひそかに書いており、小説家を志している人が十人の余はいて私に手紙をくれたり電話をかけてきた。「医家芸術」という雑誌が送られてきて、医師で小説書きが大勢いることも知った。別に気恥かしがる必要もないと私は安心した。

七月十五日の太宰賞の受賞式で、私は生れて初めて大勢の小説家や批評家の顔を見た。受賞者の吉村昭がすでに名のある新進作家であったとも教えられた。私の作品を推してくださった選考委員は井伏鱒二、臼井吉見、唐木順三、中村光夫の諸氏、否定意見は石川淳と河上徹太郎の二氏だった。いずれにしても私の作品に目を通して下さったことで私は感謝していた。会場で会った臼井吉見氏が「あなたは書ける。どんどん迷わず書きなさい」と激励して下さったこと、これも初対面の高橋和巳が、「あれは長編小説の一部じゃないですか、文体が長編の文体だ」と言った微笑が忘れられない。

しばらくして『フランドルの冬』を出版したいと筑摩書房が申し入れてきたとき、私は応募部分は実は長編小説の一部であると告げ、出版するなら全部一緒にして欲しいと答えた。それから一年間、書き溜め分の清書のつもりで改作に集中した。二千枚を半分に縮め、登場人物を整理し、舞台も前作のパリとフランドルとが交替して現われる形式から、フランドルの精神病院内部に限った密室世界の物語とした。

一九六七年八月、九〇〇枚の長編が刊行された。書きだしてより、七年数カ月の年月が経っていた。

『荒地を旅する者たち』の頃

一九六八年三月、『フランドルの冬』が芸術選奨新人賞を受けてから、私のところにもぼつぼつと小説の注文があり、雑誌に短編を発表するようになった。

しかし、文芸雑誌に短編を書いていき、芥川賞でもとって世に出るという日本式の行き方に私は疑問を覚えていた。小説の分野として短編はもちろん重要とは思ったが、それ以上に長編小説への興味が私には強かった。数年に一つぐらいのテンポで長編小説を発表していくのが理想に思えた。

『フランドルの冬』では全く省略した、パリの留学生仲間の話を使って私は一つの長編を完成させようと発想した。六七年の夏頃から少しずつ書き進めていた。それを六八年の「新潮」六月号に『闇に立つ白き門』という題で発表した。二五〇枚ぐらいあったと思う。が、どうも作品が未完成で主題を書き切っていない感じが残り、私はこれをさらに長い作品として完成させたいと思うようになった。

ところで、長編小説を書き続けていくために必要な、落着いた雰囲気が私の勤めていた東京医科歯科大学には無くなっていた。六八年の初頭から東大医学部の学生処分を切っ掛けに始まった東大紛争は全国の大学に波及し、学生の反乱と大学側の強圧・逃避・改革への志向と、騒然とした有様となった。医歯大も例外ではなかった。学生たちは外来診療所や研究室を封鎖し、教職員は右往左往した。連日の会議、学生たちとの交渉で私の心は掻き乱された。

東大の安田講堂を占領し、青年医師連合を作って教授会と対立し、東大闘争の中核となった医学部学生や医師のなかには、私の友人や知人も多くいた。彼らは、パンフレットやアジビラを送ってきて、カンパをつのって来た。一方、彼らと対立した医学部教授会にも私の先輩友人が何人もいて、会えば相談を受け話し合う間柄であった。すでに東大を出ていた私は、紛争主体の双方の様子が手に取るように分る立場にいた。

六九年一月の安田講堂の攻防戦の日、私は機動隊に囲まれた東大の中に何とか入りこもうとして、歩き回っていた。学生と機動隊が衝突する有様を医科歯科大学の屋上より見た。拠点校である同大学から武装した学生たちが駿河台方面へ繰り出す有様にも出会った。私は学生たちの主張に共感しながら、全共闘派支持を宣言している文学者たちの颯爽とした態度に疑問を覚えた。何かを破壊したい時代の空気は了解できたが、破壊した先に何を創り出すのか不分明なままでは、二・二六の青年将校とすこしも変らず、権力の側の取締り強化に口実を与え、結果として反動の時代を作り出すだけではないかと思った。

それに私の中には天邪鬼が住んでいて、時代の流行の思想に背を向けたくなるのだ。マルクス・レーニン・スターリン主義、実存主義、構造主義、全共闘・毛沢東主義、ユング主義、どうも何だか面映くていけない。

六九年の四月、私は上智大学文学部教育学科心理学専攻（これは七七年四月に文学部心理学科と改称）の教授になった。以前から親しくお付合をしていた同大学同学科の霜山徳爾教授の招きによるので、医学畑の人間がいきなり文学部に行ったため、目新しい体験をすることになった。

東大精神科にしても東京医科歯科大学犯罪心理学

教室にしても、医学部という所は毎日の出勤が極りである。週一日パート医者で私立病院へ行くことは許されていたが、週日は毎日拘束される。ところが私立大学の文学部に行ったら、週四日でよいという。人によっては週三日ですましている人もいる。集中講義をすれば一月ぐらい外国へ行っていても誰も文句を言わない。何という自由でのびやかな職場かと私は感心した。

上智大学はイエズス会の経営で、世界中の国から神父が先生として来ている。ドイツ人、フランス人、スペイン人、アメリカ人、インド人、中国人と教授仲間の交友が増えてきて、その人たちの物の考え方感じ方が私には興味深く教えられることが多かった。神父の中に私のキリスト教観を一変させた優れた人たちがいた。私は新しい職場の雰囲気に馴染むにつれ、今迄医者または医学者として見ていた世界が、実は狭く偏っていたことに気付いていきた。

ともかくよく本を読み研究にも精を出した。大学院の講義で、年に一つのテーマを限り集中して話をすることにしたので、若い学生諸君の要望に答えるよう、こちらも勉強しなくてはならなかった。フランスの十九世紀精神医学史をはじめ現代の碩学たち、アンリ・エー、ユージェーヌ・ミンコフスキー、ジャック・ラカン、ガストン・バシュラールなどを、次々と講じていった。

六九年というと、全国の大学で学園紛争が続発していた。一月中旬の安田講堂攻防戦の余波はまだ強く残っていて、上智大学でも学生たちのストライキや反乱が相次いでいた。来た早々、全学集会があり、それを阻止しようとする全共闘系の学生たちが殴りこみをかけ、教職員が学内に泊りこむという事態も繁々《しげしげ》だった。が、そういう騒ぎも七一年には嘘のように鎮まってしまい、一種しらじらとした鎮静期に入ったのである。私の大学での生活は落着いた状況で続けられることになった。

私大の教授というのは驚くべき薄給だが、その反面自由も多い。私が小説を書いていてもそのことで人に後指をさささせるようなことはなかった。いや、少くともそのことで私が不愉快を覚える経験は一度もなかった。第一、小説で少しずつでも儲けなければ生計が成立たなかった。大抵の人が他大学に時間講師として出向いて身銭をかせいでいたが、私はその代りに小説を書くのだという口実もできた。

　ともかく週三日は家に籠り、あと毎夜の時間を私は小説の創作に当てた。医学部時代より、文学に用いられる時間はぐんと増えた。それに有難かったのは夏休と冬休が長かったことである。七月より九月までの三ヵ月はまるまる休めたし、二月と三月にはわずかな拘束日しかなかった。

　大学では精神医学者・犯罪心理学者、家に帰れば小説家という二重生活となった。学問関係の書籍や資料は全部研究室に持ちこみ、家には文学書と小説の資料しかおかないようにした。その場所に行けばパッと頭を切り換えてしまう。場所によって考えることがまるで違うようにした。これが大学でも文学を教えねばならぬ学科にいたら、そう事は截然《せつぜん》と分けられなかったであろう。さいわい、精神医学も犯罪心理学も実用の学であって、文学の創造とは直接の係りがなかった。学問で疲労した頭を文学が慰め癒してくれた。

　私は小説を書き続けた。が、長編小説の筆は遅々として進まず、書き損じの山ができた。何とか作品としての形が見えてきたのは七〇年の暮頃である。『荒地を旅する者たち』という題も定まった。

　〝荒地〟とは西欧文明がある頂点に到達して荒廃していく状況をさす。私がパリにいた五七年より六〇年に、パリの疲弊はすでに色濃く、没落への予兆に充ちていた。科学を生みだし、逸早く産業社会を作りあげた国は、爛熟によってむしろ自らが生みだし作りあげたものの牢獄に閉じ籠められてしまう。行き着くところは狂気と犯罪である。小説全体の構図を私はそのように思い描いていた。

　七一年の五月、『荒地を旅する者たち』は新潮社の「新鋭書下ろし作品」の第一弾として世に出た。しかし小説への反響はあまり無く、売行きもさっぱりであった。文明が爛熟して没落するという主題が、高度成長に酔い、石油ショックを未だ経験していない読者にはさっぱり通じなかったのだと思う。主人公の精神医学者が医学の持つ危機を指摘したり、パリの街が墓場のように描写されたりというくだりは、ある編集者が言ってくれたように、〝今の日本にはちょっと早すぎたのだ〟ということかも知れない。ともかく、丸四年をかけて書きあげた長編の第二作は、私の意気ごみに反して、あまりにも手答えがなさすぎた。何だか気落ちして、私は次の長編に取り掛る気になれなかった。

丁度、私の長編が出た直後、高橋和巳が亡くなった。『フランドルの冬』について最初に私に語り掛けてくれた人として懐しい人であった。筑摩書房関係のパーティで時々会い、新宿を一緒に飲み歩いたりした。彼の死は、あたかも全共闘運動の終焉と期を一にしていて、象徴としての意義を持っていた。

青山斎場で、長い列を作って献花した大群集の、気落ちした力のない様子を私は思い出す。長編作家としての高橋和巳を私は高く評価していた。彼がやってき、やろうとしたことは、日本文学に長編小説の広々とした世界をもたらすことであった。私も及ばずながらその遺志を継ごうと思った。

『帰らざる夏』の頃

『フランドルの冬』に七年、『荒地を旅する者たち』に四年。つまり十一年間に千枚ほどの作品を二つ書いた勘定になる。平均年二〇〇枚、どうもあんまり能率がよくない。この二つでもって私の十一年間は食われてしまい、三十歳だった男は四十一歳になっていた。これでは時間が早く過ぎ去りすぎる。何とかならないか。

まず、雑誌に短編を書きながら長編を書き続けるという二重生活は、大学教師と小説家の二足の草鞋（本当は週一日、私立精神病院にパート医者として出掛けていたから三足履いていたことになる）を履く者にとって無理である。どこかを切り捨てるとしたら、短編を減らし長編に集中するより仕方がない。これが私の結論だった。立場弱き初心者として注文に応じて書いていた短編を、私は断ることにした。テレビや講演も余程の事情でもなければ引受けぬことにした。こうして約二年間、私は次の長編『帰らざる夏』に熱中した。

元々戦争中の出来事を小説に書きたいという気持はあった。二・二六事件に私の近親者が係りを持ったこともあって、あの雪の日の事件から戦争までを一家族を中心に描いてみたいと思い、心掛けて資料を集めていた。が、一家族を描き分け、時代の全体との係りを見据えるには、まだ準備が不足していた。私の視野を狭く限定していき、私にとって切実な体験であった陸軍幼年学校生活を作品に結晶させようと考えた。

七一年の春から夏へ、ノートをとりながら構想を練る日々が続いた。八月初めに大体の構想が定まった。一九四五年八月十五日の朝から十六日にかけての二十四時間を濃密に描くという発想である。書き始めると作品全体が見えてきた。こういう感覚を何と言うのか知らないが、カテドラルを建てる建築家が柱の形や壁の装飾など隅々までを幻視する気持に似ている。三鷹事件に影響された主人公が自刃する最終場面まで極めていた。とにかく、その最期に作品全体を収斂させるように書き進めることにした。それまで書いた二つの長編では、まるで見知らぬ森を道を探りながら書く心地であったのが今度は違っていた。長編創作の骨がすこし私にも分ってきたようだった。

この頃、忘れえないのは柏原兵三との交際である。本郷西片町の彼の家は本郷一丁目の私の家と近く、そんな親しみもあって一緒に飲んだり行き来していた。肥って大柄で近眼の彼は高血圧の気があり、体重を減らそうと西片から勤め先の上野の芸術大学まで歩いたり、いろいろ苦心していて、医者としての私も何かと相談を受けた。

七一年の六月中旬、彼と法師温泉に一泊旅行をした。一緒したのは高井有一、後藤明生、松島義一だったと思う。深夜まで飲み、あらかた料理を食い尽したとき、柏原は持参の黒皮鞄より手品のように缶詰やつまみを取り出して卓上に山積みにした。「ぼくは何かが欠乏するのが嫌なんで、いつも何かを余計に準備するんだ」と言った、彼の善良そうな、しかし真剣な顔が忘れられない。旅をするときは食糧のほかに旅先で読む本を数冊は持っていく、愛用の文房堂の原稿用紙が廃止されると聞くと倉庫にあった五万枚の原稿用紙を〃一生用〃に全部買い取る、などみな同じ精神の現われである。

大体六〇年代に出た小説家たちは、おたがいの付合いがあまりない。各自が自分の城にひっそりと籠って、時たま新宿あたりで飲むという具合であって、一昔前の文士のように家族ぐるみで往来するようなところがない。だからみんな何となく孤独で、淋しげで、出版社のパーティなんかでも知人がいなくて隅っこで杯を重ねるという風になる。柏原兵三の付合いもどこぞのパーティで、端っこに隠れて立っていたら行き合ったのが始めてだった。

六〇年代作家は内向の世代とかフォニー派とかいろいろレッテルが貼られるけれども、要するに徒党を組まず、組めず、おたがいに相違を認め合って、各自がばらばらである。柏原兵三の丸い肩にもそういう孤独が翳りを作っていた。

この年の暮、彼は高井有一と坂本忠雄と私を自宅に招いてくれた。高台に戦前からある古い家は、私が生れ育った西大久保の家に似ていて、心休まる思いがした。彼が血管のレントゲン撮影の状況を「ドカーン、ギャー」と喊声《かんせい》まじりで熱演してくれた姿が忘れられない。が、その日が彼と会った最後となった。

七二年二月十三日の朝、西尾幹二より電話があり、今さっき柏原兵三が急死したという。驚いた私が駆けつけてみると、蒼白の屍となった彼の前に悦子夫人や西尾幹二や坂本忠雄や友人数人がいた。昨夜は機嫌よく風呂に入って寝たが、明け方猛烈な頭痛と半身麻痺におそわれ、それきりだったという。高血圧による脳出血であった。元来彼は多病で、腎結石、痛風、眼底出血、高血圧に悩んでいたが、病にもめげず快活で多産の作家であった。惜しい友人をなくしてしまった。

時々、辻邦生や丸谷才一と会し飲んだのもこの頃である。丸谷は『たった一人の反乱』を、辻は『背教者ユリアヌス』を書きあげ、二人とも意気熾《さか》んで、その若々しい気炎が私には大いに励ましとなった。

夏休暇となって、私は長編の執筆に没頭した。上智大学に来てから軽井沢新道に別荘を借りて夏を過すことにしていて、そこを活用した。偶然そこは、あとで書く『錨のない船』のモデル来栖三郎大使の別荘のすぐ近くであって、知らずして私は未来の作品の舞台で生活していたことになる。

夏から秋、そして暮にかけて私は長編執筆に心を奪われていて、それ以外のことを何も思い出さない。試みに日記帳を開いてみても白紙のままである。ただ十二月二十七日、『帰らざる夏』九六五枚書き終えるとある。何とか年内に作品を完成したくて机に向っていた自分の姿勢をぼんやりと思いだす。

　草稿は講談社に渡り、翌七三年初頭にもどってきた。一部に加筆して欲しいという編集部の意見があり、その作業に三月頃までかかったと思う。作品が出版されたのは七月二十四日、見本刷を見たのは七月中旬であった。初版一万五千部、これはすぐ売り切れ八月初め再版一万部となった。私の作品で初めて売れた本だった。

　九月十八日、中央公論社の近藤信行氏より電話があり、『帰らざる夏』が谷崎賞に決定したという。大岡昇平氏が強く推して下さったとも付言があった。十月半ばの授賞式では、舟橋聖一氏が選評をしてくれた。氏は白内障で本が読めず、テープに録音したものを聴いて読書としていた。はじめは受賞に反対であったが十八時間の録音テープを聞き意見が変った、最後の切腹のシーンで、腹を押えると動脈がドクドク脈搏《う》つとあるが自分の腹を押えても動脈などありはしない、あれはおかしいという話だった。私は、受賞者の言葉で、肥った人は腹部大動脈は触れえないが、痩せた少年なら確実に触れる旨答えた。

　因みに、十八時間もの録音テープを吹きこんで下さったのは近藤信行夫人緑さんである。大変な苦労であったに違いなく、私は深く感謝している。

『宣告』の頃

一九七三年の夏、『帰らざる夏』を世に出してから、私はつぎの長編のスケッチにかかった。前年の初めに書いた死刑囚を主人公とした短編(『夜宴』)をふくらませて大きな小説にできないかといろいろと構想を練った。

私が死刑囚たちに会って、彼らの生活や苦悩を知ったのは、ずっと以前、一九五五年から五七年にかけて、東京拘置所の医官をしていた、まだ二十代の若いときである。私は彼らの凄絶な生のありように人間存在の深淵を見、夢中になって話を聞き、面接を繰り返した。東京拘置所だけでなく、仙台、大阪、札幌の拘置所にも足をのばして、約百数十人の死刑囚に会った。死刑囚の心をさらに側面から知ろうと長期囚収容施設である千葉刑務所へ行き五十人の無期囚にも面接してみた。

一九五七年の秋フランスへ留学する際、私は死刑囚と無期囚の面接記録を持っていき、パリで何とか論文の形でまとめようと努力した。結局それを『死刑確定者と無期受刑者の研究』として仏文でフランスの「医学心理学誌」に発表したのは一九五九年のことだった(この論文は坂井光平氏の訳で、一九七四年に私が本名の小木貞孝で金剛出版より刊行した『死刑囚と無期囚の心理』に収録してある。なお同書は二〇〇八年に新装版として加賀乙彦名義で復刊した)。

以来、いつかは私が見知った死刑囚たちを、小説の形で、虚構と想像力で充実させた文章として、再生させたいと願うようになった。十数年経って私の思いは、押えきれない圧力で筆に流れ始めた。その場合、手持ちの材料があまりにも豊かでありすぎ、小説のなかにあれこれ煩瑣《はんさ》な事実が入りこむのを用心しなければならなかった。小説は事実をなぞるものではなく、虚構のなかでの必要で充分な表現をこそ目差すものである。どんなに切実な体験を作者がしていようと、小説の主人公の体験は、作者と同じ次元のものではない。カフカが「私は」で書いて成功しなかった小説を、「Kは」と書きだしたとたんに作者と主人公の距離がとれて、うまく書き進められたという話が私を勇気付けた。

多くの死刑囚の中から、メッカ殺人事件の正田昭が段々に鮮明な姿で私に見えてきた。彼とは私が拘置所をやめてからも文通をしていて、それは一九六九年の彼の死刑まで続いたのだった。私は正田昭の著書や彼の手紙を読み返し、正田と文通していた姫路の女子高の先生Nさんに彼の手紙を見せていただき、あれこれ資料を集めた。こういう資料が、今、長編小説を書こうとすると、息を吹きかえし私の心の中で生きてきた。

正田昭に促されて私は聖書を注意深く読むようになった。カトリックの信仰について学ぶには私が勤めていた上智大学は得がたい場所だった。私は上智大教授の門脇佳吉神父のもとに何度も通って、私の疑問をただすことができたし、図書館の豊饒な蒐集を利用することもできた。

上智大学の心理学科で私が持っていた講座は精神医学と犯罪心理学であり、その講義と研究に昼間の時間がとられるので、私が小説に使ったのは毎夜と週三日の在宅の時間であった。

題を『宣告』とし、「新潮」に連載を開始したのは一九七五年の新年号からで、七八年の七月号まで、四十二回で完結した。毎回五十枚前後で全部で二二〇〇枚となった。連載中に短編をいくつか書いたが、私の全力はほぼこの長編に吸いこまれていき、ほかに大した仕事はできなかった。

ともかく今迄書いてきた長編の二倍の長さで、長いなりにそれなりの苦心があった。文体・構成・視点・会話と地の文との配分・人物の造型・語りのテンポなど考えるべき諸点が沢山あった。ともかく二二〇〇枚のあいだ読者の興味をつなぎとめ、読み進むにしたがってつぎつぎと新しい別世界が開けてくれるような書き方をしなくてはならぬ。私は、日本の現代文学をあれこれあさってみて、現代作家が、こと長編小説の創作については、大して考えていず、短編の寄せ集めのような作品や、ひとりよがりの退屈な作品が多いのに驚いた。自分なりに長編小説の問題を考えていく資として、この頃、さかんに長編小説を読んだ。十九世紀ロシアやフランスの作品を読み返したり、プルーストやフォークナーなどに読みふけっているうち、ふと、日本の近代文学にはどんな長編小説の傑作があるかが気になってきた。それは明治以後現代にいたるまで、世界文学の殿堂に出品しても通用する十の傑作をえらびだしてみようという悪戯に落着いた。一九七四年四月の「文芸展望」第5号に載せた『迷路』論を皮切りに、七六年七月の『細雪』論までこの仕事は続き、十一月に『日本の長篇小説』という本となって筑摩書房から刊行された。

十の長編をえらびだすため、すくなくともその三倍の作品群を読破した。近代の日本では、二〇〇枚から五〇〇枚ぐらいの作品が長編とよばれ、作品の数も多く秀作も数えきれぬほど目につくのだが、一〇〇〇枚以上の作品となると、通俗小説は別として作品の数はすくなく、秀作をえらびだすのに苦心した。そうして長編小説についての立ち入った評価にもめぼしいものが少ないと分った。なぜか日本文学の主流は短編小説と中編小説(二〇〇枚から五〇〇枚ぐらいを私はそう呼ぶ)であり、長編小説は傍流視されている。大体、新人の登龍門が芥川賞という短編賞であるのも日本の特殊事情なので、これは短編を中心とした考え方のあらわれであろう。そして短編で世に出た人がつぎに長編を書くという道筋が当然のことのように思われている。むろん短編にも長編にも才能を発揮しうる人もいるけれども、私は短編と長編とは小説の文体・構成・視点・人物の造型・語りのすべてにおいて異なっていると見るので、二つの分野で傑作を書く人というのはよほどの天才のような気がする。そうして天才はこの世に少ないのだ。

『宣告』の連載中、もう一つ私のしたことは海外旅行であった。一九六〇年にフランスからアメリカ経由で帰国してから、ずっと私は海外に出なかった。六七年の『フランドルの冬』、七一年の『荒地を旅する者たち』と二つ外国を舞台に書いている間は、私はフランスに行きたくなかった。私が書きたいのは私の心の中にあるフランスとフランス人であって、彼地に行って強い印象を受けて作品の世界が歪むのを恐れたからである。そうして『帰らざる夏』の頃は、あまりにこの一作に生活を集中させたため物心の余裕がなかった。ところが『宣告』では連載の責を果せば、ある程度まとまった暇ができた。

一九七六年の秋、私は十六年ぶりにフランスに行き、『フランドルの冬』のモデルとなった北フランスの精神病院を訪ねたり『荒地を旅する者たち』の舞台であるパリ市内を歩きまわってみた。やはり小説を書いてから見てよかったのだ。この十六年間に、フランスはすっかり変っていた。僧院風だった病院の建物は味気ないビルに変り、パリにはアメリカ風の高層ビルが建ち、ゾラの小説以来夢想をさそう場所であった中央市場《レ・アル》は姿を消していた。七七年の夏にはハワイへ、同年の秋にはソ連に旅した。さらに七九年の夏には東欧へ、暮にはアメリカへと、私はせっせと外国を旅した。六〇年代から七〇年代にかけて、激しく変化したのは日本のみではなく、諸外国でも同じことだと私は認めた。私が自閉し壁のさなかで小説を書いているうちに、世界中がとんでもなく変化と変動を経てきたのだった。

一九七九年二月、『宣告』は二巻本とし新潮社から刊行された。満六年間かけた仕事が一段落した機会に私は大学をやめて筆一本で立って見ようと決心した。この年の四月で五十歳になる、その前にやめようと思った。この決心は、しかし、その前年あたりから私の胸にきざしたので、別に唐突なものではなかった。

大学をやめる最大の理由は、自分をどこかの組織に所属させたくなかったことである。文士は独立して自分自身のみを頼みとすべきだという気持が私には強かった。そのつぎの理由は大学教授という地位が小さな世界に安住していて居心地がよすぎたことである。私はきっかり十年間上智大学にいたが、この十年間に一応の知的好奇心のある若い学生たちとの交流と同僚の職員たちとの付合をして、それは温く愉しい経験であった。本を読む時間もたっぷりあったし、休みのときには旅行もできた。しかし、大学というのは閉され保護された小世界であって、この浮世の荒い波風は吹き入ってはこない。本当の現代を見すえ、おのれの文学を鍛える場としては物足りない。ともかく、私は若いうちに自分のしたい、自由な生活、好きな時に好きな所へ行け、いろんな階層の人たちと付き合える場に飛び出したかった。

最後の問題は生計が成り立つかどうかだったが、これは賭けてみるより仕方がないと思った。この機会にはっきり書いておきたいのだが、私は『宣告』がその年の六月に日本文学大賞を受け、何かが安定してから大学をやめたのではないのだ。そういうことと私の決心とは何の関係もない。

『宣告』はさいわい評判がよくて、よく売れ、初版上一五〇〇〇部下一三〇〇〇部はすぐ売り切れた。その後も版を重ねてくれ、しばらくの間私の生活を支えてくれた。私は次の長編にかかる準備を始めた。私は何か大きく長い作品を考えていて、十数年前から折にふれてはノートをとっていた。明治から昭和へと近代日本の歩みを一家族を中心に描出してみたいというのが私の野心で、その年の秋口までに三〇〇枚ほど書き進んだところで、ある日、元駐米大使来栖三郎と妻のアリス、彼らの混血の三人の子供たちの話を聞いたのである。私は書きかけの作品を脇に置き、たちまち来栖一家の歴史を詳しく調べ、さまざまな資料を集めることに熱中しだした。

『錨のない船』の頃

一九七九年の十二月、私は映画監督の龍村仁《じん》氏とふたりでアメリカを旅した。日米開戦の前夜特命全権大使となってワシントンに飛んだ来栖三郎のお嬢さん方に会うのが主な目的であった。来栖大使はアメリカ人アリスと結婚し三人の混血の子供を持った。長女ジェイ、長男良、次女ピア。来栖良は陸軍航空隊に入り、東京防衛の任務について一九四五年大空襲のさなかに戦死、ジェイとピアの姉妹は戦後アメリカ人と結婚して渡米していた。すでに日本で調べられるだけ来栖一家の事蹟を追っていた私たちは、あとはジェイさんピアさんから父大使やアリス夫人についての話を聞くだけとなっていた。

ニュー・オルリンズの近く、ラ・フィェットのジェイさんのお宅で私たちはジェイさんとピアさんに会った。まる二日間いろいろな話をうかがった。来栖大使の父としての知られざる半面、アリス夫人の母としてのユーモアあふれる数々のエピソード。私の心の中で、日米両国のあいだに、ただよい行く船のような一家の姿が見えてきた。

ノン・フィクションという方法で来栖一家を描くに足る資料を私は集めていた。調べたこと、聞いたこと、それにいささかの想像を加えて小説を書くことは可能だと思われた。が、虚構による創作に慣れてきた私には、ノン・フィクションの方法が窮屈に感じられた。取材に協力してくれた人々への遠慮があって、対象となる人物の欠点や性の奥深い暗所へ筆がのびない。まるで好人物ばかりの、毒のない物語には小説の面白さはない。事実、私が勉強のために読んだ十ほどのノン・フィクションには、人物のおこす事件や関係した世界の目新しさはあるけれども、人物の造型は通り一遍のものがほとんどで、小説としての新しさには欠けていた。私は、ノン・フィクションは、結局のところ真実を表現できない、せいぜい真実らしいものの表面をなぞるだけのように見えた。そして、ノン・フィクションの傑作、たとえばトルーマン・カポーティの『冷血』(一九六六)は、作者の自己宣伝に反して、完全なフィクションであると考えた。あの取材のとき、カポーティはテープコーダーを使わなかったというが、作者の筆記は、すでにして想像力の所産であって、語った人の言々(パロール)ではない。それは、すでにして意味されたもの(シニフィエ)を手探りしたものなのだ。

ともかく帰国した私は、取材した資料を括弧に入れて小説を書き始めた。勤めをやめたおかげで、すべての時間を自由に使えた。私は昼間を小説の執筆にあて、夜は読書その他に使うように生活のリズムを立て直した。

運動不足を避けるため、二年ほど前から始めていたアイス・スケートをなるべく毎日行なうことにした。週一回、品川スケート場でインストラクターよりフィギュアの基本を教わり、それを練習することにした。空いているスケート場を求め、品川のほか池袋、王子、高田馬場、神宮、軽井沢と足をのばした。

以前、テニスやゴルフに手をのばしたが長続きしなかった。相手が必要なスポーツは、私のように不規則な時間しか持たぬ者には向かない。その点スケートは、好きな時間にひとりで出来るので有難かった。さいわい、東京は室内リンクが方々にあり一年中滑れる。しかも氷の上に体を押し出し、重力の束縛をのがれ滑っていく時の快感はえも言われぬ。どんなに多忙でも毎日リンクに行く。余暇に小説を書く、そんな具合になったほど、私はこのスポーツに熱中してしまった。

一日に四枚か五枚小説を書くと、あとは読むことにした。大学に勤めていると専門書を読むのが精一杯で、いきおい小説や哲学書や一般書ははしょられていた。戦後文学の未見のものを読み、折から流行のラテンアメリカ文学を読み、ラカンやフーコーをまとめて読みと、私の読書は進んだ。大学をやめてよかったと思うと同時に、もっと早くやめるべきだったとも悔まれた。

書いている長編の題を『錨のない船』と決めたのは、アメリカで会ったジェイさんの一言「外交官の家というのは〝錨を失った船〟みたいに漂いいくのです」に示唆を受けてからだった。私の知らない日米交渉や外交官の生活、陸軍の航空機製作史などを研究するのは楽しい仕事だった。混血の子供たちが、開戦のあと戦争中にいかに苦難の道を歩まねばならなかったかを思い、国家の悪について思索を重ねた。プラトンやヘーゲルやマルクス・エンゲルスの国家論を読み、六〇年代の思想家の脱国家論に解発され、それらの思索は小説の世界へとさりげなく融かしこまれた。

気がついてみると、私は『帰らざる夏』では、戦争中の日本という国家のいだいた理想と教育が少年の心をどんなふうに屈折させたかを書き、『宣告』では国家の作りだした刑罰がどのように国民を管理支配するかを書いていた。国家が私の心に宙吊りになって離れていかない。そしてこの文章を書いている現在、私は私の六つ目の長編『湿原』で、国家に翻弄された男女の話を書きあげたところだ。『錨のない船』はその中間にあって、国際結婚が二つの国家の争いによって引き裂かれていく物語である。

高井有一からの電話で立原正秋が食道癌らしいと知らされたのは一九八〇年の四月、桜が満開の頃であった。昨年四月より咽喉の具合がおかしく医者に通ったが異常は発見されず、放置するうち、暮に咳がひどくなり、今年になって、精密検査のため東大医科研に入院したけれども原因の分らぬまま退院、つい最近聖路加病院で癌を発見された、すでに手おくれで死は時間の問題だという。
ただちに聖路加病院に見舞いに行った。思ったよりは元気であった。読売新聞に連載中の小説のゲラ直しをしていた。彼は自分の病気が癌だと知っており、それを発見できなかった医者の無能に怒っていた。医者のひとりであり、とくに医科研の主治医が私の友人であったため、自分への批判と私はとって心痛んだ。そして立原正秋が、この若さで死を迎える、やりきれぬ思いが伝わって、私は心で涙していた。

外へ出ると冷雨で、満開になったばかりの花は散り初めていた。十日ほどして、女子医大消化器センターへ移った立原を訪れた。彼の医者への攻撃は激しくなり、私は黙って合槌をうつより仕方がなく、辛い見舞になった。書きたいものが山ほどある、今死ぬのは残念なのだと目を剝いて言った彼の顔が見おさめになった。その後見舞に行こうと何度も思ったが、人づてに彼が人に会いたがらぬと聞いて遠慮した。

八月十二日、追分に岡松和夫より電話があり立原正秋の死を知らされた。翌日、鎌倉梶原の立原宅へ行った。藤枝静男、高井有一、岡松和夫、白川正芳、佐江衆一らの同人雑誌「犀」の仲間が集っていた。夕刻読経が始まった。夜風が入って涼しい。私が坐っていたのは、かつて立原と飲みかわした懐しい部屋であった。立原の死顔は、栄養よく、健康なときと変らず若々しかった。その若々しさが悲しかった。

翌日昼葬儀あり、焼香のさなか油蟬のふと跡絶えて、しずもりが耳を押した。晴れて暑い日だったが、日明るく風は涼しかった。文士の友人は大体が「犀」の仲間たちのみであって、立原が文壇で孤絶していた状況を示していた。小坪の焼場は風でざわめいていた。彼の体は淡い煙となって天に昇っていった。私は藤枝さんと骨を分けて壺に入れた。

私はいわゆる文学青年の時代を経ず、三十代になって突然小説を志し、同人雑誌「犀」の同人となって何人か文学友達を得た。なかでも立原正秋は、強烈な個性で私に迫ってきた一人だった。彼と私とは文学的感性においてあまり一致せず、それどころか対立したくらいだった。私は彼の西欧理解の一方性について行けず、また文体の趣味においても異質感を覚えていた。しかし、このような差異を私に自覚させてくれ、それを真っ正直に表明してくれた点で彼はえがたい友人であった。彼は言葉の人であり、沈黙による以心伝心は取るところではなかった。その点、私に言わせれば西欧的な人間だった。

高橋和巳、柏原兵三、立原正秋、若くして逝《ゆ》いた人々が私のその時々の道程に影を落している。彼らは若くして死ぬことをどこかで予感していたかのように多産な人たちであった。とくに立原はそうだった。死後、私は彼の小説を読み返し、生前もっと読んでおけば、もっと深い所で話し合え理解し合えたのに、と後悔した。『冬の旅』の犯罪者の世界は私の世界と相互浸透しているように思えたし、ヨーロッパを舞台にした『帰路』と私のフランスを舞台にした小説との比較も彼としてみたかった。

『錨のない船』の執筆は順調で、一九八一年の十月に第二稿一六〇〇枚が完成した。これを講談社に渡したのが、十一月半ばであった。取材を始めてから丁度三年かかっていた。刊行が一九八二年の四月二十二日、私の五十三歳の誕生日であった。

これで私は五つ長編小説を書いたことになる。五つの作品は、その時々の私の人生を異った色合で照らしている。その一つ一つを書くあいだ私の魂は、その一つ一つに集中していて作品に順化されている以上、回想すればその作品の色合がまず思い出される。長編を書きながら短編をいくつか書いてきたが、そのほうは長編のまわりを彩る小さな光のように私には見える。

長い作品を書いているあいだ私に必要なのは、孤独な時間であって、私は書けば書くほど、そういう底なしの時間にのめりこんでいくようである。それにしても私は青春の経験と夢とを小説に書き続けていることにこの頃気づく。陸軍幼年学校、学生運動、精神科医、死刑囚と犯罪者、ヨーロッパ体験、これらすべては二十歳代の私の経験と夢であった。三十歳になったあとの私は、その青春の経験と夢という重い債務を支払うために小説を書き続けているかのようである。

あとがき

『加賀乙彦短篇小説全集』全五巻を潮出版社から上梓したのは、一九八四年の二月から八五年の五月までのことだった。一九六七年八月に処女作を世に問うてから十数年たっており、私は五十六歳になっていた。『湿原』という長編を書き終えており、つぎの作品を書く準備として読書、旅行、資料集め、ノートに忙しかった。そういう私にとっては、短編小説だけを集めた全集を作り、ともかく短編をまとめてから、それまで書いていなかったような長大な小説を書く気になったのだ。

これまでの作家人生で、私は自分の幼少年時代を思い起こすことがなかった、そして自分の両親や兄弟の思い出を小説に書きこむこともなかった。ところが、本当のことに幼年時代は宝の山であり、だからこそ父母、親戚、友達の存在から、私はわざと自分を遠ざけていたのだ。そして私は小説のノートを夢中になって書きすすめた。時々、自分の書く長大な小説のノートに圧倒されながら、同時に喜びとともに恐怖をも覚えた。もう少し明瞭に言えば、長々しい小説を書く喜びとともに途方もない失策に苛まれる失望が、同時に私に襲い掛かるという苦しみを覚えるのだった。

『永遠の都』という長編小説の執筆が私の老年を齧りつくそうとしだした。発表の場は新潮社の「新潮」で、毎月五十枚であった。こうして『永遠の都』六千枚を書きおえたのが一九九七年のことで、私は六十八歳になっていた。

「大作」を終えたのだから短編をという注文が二、三あった。が、私はその注文を受けるだけの余力がもうなかった。疲れ果てていた。ともかくも休むべきだと思った私は、信濃追分の高原に籠もって文芸雑誌を読み、友達すじの単行本に目を通したり、外国旅行（ドイツ、ベルギー、フランス、イタリアなど）をしたりであった。

『永遠の都』が全七巻として文庫版で刊行されたのが、一九九七年の五月から八月にかけてであった。と同時に新潮社から『永遠の都』の続編を注文された。私としては、まだ続編を書くだけの余裕もなく、疲労もとれず、作品の中心となる説話も定まらずと返事をしたが、心身の疲労が緩和してくるに従って、『永遠の都』のまだ終結しない文脈を閉じたい気になると告白して、ついに続編『雲の都』の執筆を引き受けることになった。そして、「新潮」二〇〇〇年一月号から『雲の都』を連載し始めたのである。この続編が二〇一二年七月に完結され、『雲の都』全五部が出版されることになる。私は八十三歳になっていた。

八十三歳となった老人は、その後の話、一冊二百枚ぐらいの「中編」小説を二冊書いた。一つは『殉教者』（講談社　二〇一六）という徳川時代初期のキリシタン迫害の物語、もう一つは一九六八年の横須賀線爆破事件の犯人の一生を描いた『ある若き死刑囚の生涯』（ちくまプリマー新書　二〇一九）で、これもキリスト者の壮烈な物語である。

この二冊に続いたのが本書、幻戯書房の『妻の死　加賀乙彦自選短編小説集』である。私は三十五年ぶりに自分の『短篇小説全集』を読みかえし、十作品を選び出した。それに最近の『熊』と『妻の死』を加えたのが本書である。

こういう自選短編小説集がどのような評価を得るのか知らぬが、作者にとっては三十五年ぶりに短編を集めた本で、鳥渡《ちょっと》嬉しい。
今年、私は九十歳だから、老骨をちょっと撫ぜられる心地である。

＊

最後に、『ドストエフスキー博物館』『ヤスナヤ・ポリャーナの秋』『教会堂』『イリエの園にて』の四編について、執筆時の参照文献を列記しておく。

A・G・ドストエーフスカヤ『夫ドストエーフスキイの回想』上下　羽生操訳　興風館　一九四一
エーメ・ドストエフスキイ『ドストエフスキイ伝』高見裕之訳　アカギ書房　一九四六
『ドストエーフスキイ全集（16〜18）書簡（上中下）』米川正夫訳　河出書房新社　一九七〇
ドストエーフスキイ『カラマーゾフの兄弟』第一〜四巻　米川正夫訳　岩波文庫　一九二七〜二八
ドリーニン編『ドストエフスキー　同時代人の回想』水野忠夫訳　河出書房新社　一九六六
ビリューコフ『大トルストイ』Ⅰ〜Ⅲ　原久一郎訳　勁草書房　一九六七〜六九
ソ連科学アカデミー編『トルストイ研究』小椋公人訳　未来社　一九六八
本多秋五『『戦争と平和』論』鎌倉文庫　一九四七
トルストイ『戦争と平和』全八冊　米川正夫訳　岩波文庫　一九二七〜二八

カフカ『城』原田義人訳　『世界文学大系58　カフカ』筑摩書房　一九六〇
『カフカ全集Ⅵ　日記』マックス・ブロート編　近藤圭一、山下肇訳　新潮社　一九五九
G・ヤノーホ『カフカとの対話　手記と追想　増補版』吉田仙太郎訳　筑摩叢書　一九六七
パーヴェル・アイスナー『カフカとプラハ』金井裕、小林敏夫訳　審美文庫　一九七五
谷口茂『フランツ・カフカの生涯』潮出版社　一九七三

『筑摩世界文学大系57　プルーストI　失われた時を求めて』井上究一郎訳　筑摩書房　一九七三（本文中の引用はすべてこの訳によった）
ジョージ・D・ペインター『マルセル・プルースト――伝記』上下　岩崎力訳　筑摩書房　一九七一～七

二

クロード・モーリヤック『永遠の作家叢書　プルースト』井上究一郎訳　人文書院　一九五七
『プルースト文芸評論』鈴木道彦訳編　筑摩叢書　一九七七
ジャン・ムートン『作家と人間叢書　プルースト』保苅瑞穂訳　ヨルダン社　一九七六

初出一覧

くさびら譚　「展望」一九六八年五月号／『風と使者』筑摩書房　一九六九年七月／『加賀乙彦短篇小説全集1　くさびら譚』潮出版社　一九八四年二月

最期の旅　「新潮」一九六九年六月号／『夢見草』筑摩書房　一九七二年十一月／『加賀乙彦短篇小説全集2　最後の旅』潮出版社　一九八四年四月／「最後の旅」より改題

遭難　「文藝」一九七〇年八月号／『夢見草』／『加賀乙彦短篇小説全集2　最後の旅』

雨の庭　「文學界」一九七一年六月号／『夢見草』／『加賀乙彦短篇小説全集3　雨の庭』潮出版社　一九八四年七月

残花　「文藝」一九七四年三月号／『異郷』集英社　一九七四年六月／『加賀乙彦短篇小説全集4　残花』潮出版社　一九八四年十一月

ドストエフスキー博物館　「すばる」一九七八年十月号／『イリエの園にて』集英社　一九八〇年五月／『加賀乙彦短篇小説全集4　残花』／「ドストエフスキイ博物館」より改題

ヤスナヤ・ポリャーナの秋　「すばる」一九七八年十二月号／『イリエの園にて』／『加賀乙彦短篇小説全集4　残花』

教会堂　「文藝」一九八〇年一月号／『イリエの園にて』／『加賀乙彦短篇小説全集5　新富嶽百景』潮出版社　一九八五年五月

イリエの園にて　「文學界」一九八〇年四月号／『イリエの園にて』／『加賀乙彦短篇小説全集5　新富嶽百景』
新富嶽百景　「新潮」一九八一年一月号／『加賀乙彦短篇小説全集5　新富嶽百景』
熊　「新潮」二〇一三年五月号
妻の死　「文藝春秋」二〇一一年一月号

＊

付録　長編小説執筆の頃

『フランドルの冬』の頃　『加賀乙彦短篇小説全集1　くさびら譚』
『荒地を旅する者たち』の頃　『加賀乙彦短篇小説全集2　最後の旅』
『帰らざる夏』の頃　『加賀乙彦短篇小説全集3　雨の庭』
『宣告』の頃　『加賀乙彦短篇小説全集4　残花』
『錨のない船』の頃　『加賀乙彦短篇小説全集5　新富嶽百景』

「熊」「妻の死」以外は『加賀乙彦短篇小説全集』を底本とし、各編に加筆訂正をしている。

加賀乙彦　かが おとひこ

小説家、精神科医。一九二九年四月二十二日、東京府東京市芝区三田（現東京都港区三田）に生まれ、淀橋区西大久保（現新宿区歌舞伎町）で育つ。四三年四月、名古屋陸軍幼年学校入学、敗戦により四五年九月、東京府立第六中学校復学、十一月、旧制都立高等学校理科編入学、四九年三月、卒業、四月、東京大学医学部入学、五三年三月、卒業。東大精神科、同脳研究所、東京拘置所の医務技官を経て五七年、精神医学および犯罪学研究のためフランス留学。船中で私費留学生だった辻邦生と出会う。六〇年、帰国。六四年、立原正秋主宰の同人雑誌「犀」に、また辻邦生を介して同人雑誌「文芸首都」にも参加した。東京大学附属病院精神科助手を経て六五年、東京医科歯科大学犯罪心理学研究室助教授。六八年、長編『フランドルの冬』で芸術選奨文部大臣新人賞受賞。また同年、短編「くさびら譚」で芥川賞候補。六九年より上智大学文学部心理学科教授。七三年、『帰らざる夏』で谷崎潤一郎賞受賞。七九年、上智大学をやめ文筆に専念、『宣告』で日本文学大賞受賞。八六年、『湿原』で大佛次郎賞受賞。八七年、カトリックの洗礼を受ける。九八年、『永遠の都』で芸術選奨文部大臣賞受賞。九九年、作家としての業績で日本芸術院賞受賞、二〇〇〇年、日本芸術院会員、〇五年、旭日中綬章受章、一一年、文化功労者。一二年、『雲の都』全五巻で毎日出版文化賞特別賞受賞。ほか著書に『加賀乙彦自伝』（二〇一三）、『殉教者』（二〇一六）、『ある若き死刑囚の生涯』（二〇一九）など多数。

妻の死　加賀乙彦自選短編小説集

二〇一九年六月二十日　第一刷発行

著　者　加賀乙彦
発行者　田尻　勉
発行所　幻戯書房
郵便番号一〇一-〇〇五二
東京都千代田区神田小川町三-十二
電　話　〇三-五二八三-三九三四
FAX　〇三-五二八三-三九三五
URL　http://www.genki-shobou.co.jp/

印刷・製本　美研プリンティング

ISBN978-4-86488-170-8 C0093

岬　柴田翔

待つことを知る者には、全てが与えられる——戦時下の小学生。東京五輪間近、ドイツ留学に躊躇する研究者。岬の上に住む一家。自然のままに生きた弟。円熟深まる柴田文学が描く、20世紀を生きた人々の物語。話題をよんだ長篇『地蔵千年、花百年』に続く、半世紀の時を経て書き継がれた中短篇集。　2,200円

この人を見よ　後藤明生

徹底した批評意識と、「小説」の概念をも破砕するユーモアが生み出す、比類なき幻想空間。一人の単身赴任者が谷崎潤一郎『鍵』に抱いた疑念はいつしか、近代日本文学全体を巻き込んだ「終わりなき謎」の饗宴(シュンポシオン)へと変貌する……鬼才が遺した最後の未完長篇1,000枚を初書籍化。　3,800円

熊出没注意　南木佳士自選短篇小説集

旅館の一室におかれたなにげない注意書きから一篇の小説が生れる。からだに飛び込んできた言葉が、からだのなかで次の言葉を生む——ひとが生きのびるはかなさ、したたかさ、グロテスクさについて、表題作ほか全10篇に書き下ろし「作品の履歴書」を加えた、作家生活30周年記念の愛蔵版。　2,900円

猫の領分　南木佳士自選エッセイ集

「トラは、晩年、寒い朝のテリトリーの見回りは家のなかで済ますようになった。窓辺で、いかにもなにか考えていそうに見えるそのうしろ姿は、きっといまの自分のように何も考えてはいなかったのだ」。表題作ほか単行本初収録の20篇を含む全85篇。作家生活30周年記念の愛蔵版。　2,900円

東十条の女　小谷野敦

自分とセックスしてくれた女に対しては、そのあと少々恐ろしい目に遭っていても、感謝の念を抱いている——婚活体験を描いた表題作、谷崎潤一郎と夏目漱石の知られざる関係を描いた「潤一郎の片思い」など全6篇。〈いまの文学〉に飽き足らない、あなたに贈る〈ほんとうの文学〉。　2,200円

晴れた空 曇った顔　私の文学散歩　安岡章太郎

太宰治、井伏鱒二、志賀直哉、永井荷風、芥川龍之介、島崎藤村、内田百閒、梶井基次郎、そして中上健次まで——山形、弘前、広島県深安郡加茂村、枕崎、坊津、種子島、京都、リヨン、隅田川、木曾路、岡山、駿河台の山の上ホテル、身延山、熊野路を巡る、作家たちを育んだ風土との対話12篇。　2,500円